KB071804

악마 교수와
전설의 의대생

김명주 장편소설

청어 ^{도서출판}

악마 교수와
전설의 의대생

김명주 장편소설

가혹한 악마 교수와
집념의 학생
그들은 무엇을 위해 싸웠으며
최후의 승자는 누구인가?

차례

희망찬 3월의 아침,

동하는 새 학년에 대한 설렘을 안고 하숙집을 나와 학교로 향했다. 발걸음은 가벼웠으며 그 유명하다는 황 교수에 대한 궁금함과 기대감으로 마음이 한껏 부풀어 있었다.

첫 시간이 황 교수 담당이었다.

해부학 주임교수 황유진.

도대체 어떻게 생긴 인물이란 말인가? 의과대학 교수들치고 악명을 떨치지 않는 인물이 없다지만 황 교수는 그중 가장 악명이 높은 교수였다. 의과대학의 살아있는 전설이요, 악마교수요 학생들의 원수요, 그뿐인가, 지옥의 저승사자, 염라대왕, 의과대학의 수문장, 인간백정같은, 그런 화려한 수식어들이 따라 다니는 교수였다.

3월 아침의 의대 캠퍼스는 적요했다.

엷은 안개와 햇살, 맑고 청량한 공기 도열하듯 늘어서 있는 아름드리 고목들, 고색창연한 붉은 벽돌의 건물들, 벽마다 기어올라가고 있는 담쟁이 넝쿨들, 의과대학은 데모도 안 한다더니 문리대처럼 최루탄 냄새도 없었고 '유신 반대'나 '박정희 하야', '군사독재 타도' 같은 현수막도 볼 수가 없었다.

그런데 강의실로 향하던 동하는 문득 발길을 돌렸다.

동하는 혼자서 정원에 서 있는 히포크라테스 흉상 앞으로 갔다.

이제 본과 공부를 처음 시작하는 마당에 뭔가 새로운 마음의 다짐을 하고 싶었다.

다행히 흉상 근처에는 아무도 없었다. 동하는 가만히 흉상을 우러러보았다. 이른 봄날의 푸른 하늘 아래 청동빛 히포크라테스 흉상의 모습은 숭고해 보였다. 청동빛 의성(醫聖)의 주름진 이마와 어깨 위로 아침 햇살이 내려와 앉아 반짝이고 있었다.

'아아, 성스러운 의성이시여. 이제 저는 의예과 2년을 마치고 본과 1학년에 진급하여 의학을 공부하게 되었습니다. 열심히 공부하여 훌륭한 의학도로 커나가 이 사회에 봉사하고……'

동하는 마음속으로 조용히 기도하였다. 흉상도 조용하고 자애로운 미소로 자신의 기도를 들어주는 듯했다. 그러나 그 조용하고 자애로운 미소가 앞으로 시작될 기나긴 싸움의 전주곡일 줄은 동하는 꿈에도 알지 못하였다.

중간보다 약간 큰 키에 딱 벌어진 어깨, 튼튼한 다리, 반듯한 이마에 미남형의 얼굴, 배움의 의지가 서려 있는 크고 빛나는 눈. 바로 패기 찬 청년 박동하였다. 그는 힘찬 걸음으로 3층의 1학년 강의실로 향했다. 그런데 강의실은 이미 꽉 들어찬 학생들의 웅성거림으로 가득했다. 본과 첫 수업에 대한 기대감으로 다들 일찍 학교로 온 것이었다.

동하는 조금 머쓱해져서 강의실 뒷자리를 살폈다. 그때 중간쯤에서 노윤기가 손을 흔들며 외쳤다.

"이리 온나! 니 자리 벌써 맡아놨다 아이가."

바로 그 뒤에는 안형오와 윤성환이 앉아 있었다.

"오늘은 형오도 일찍 왔구만?"

동하는 씩 웃으며 말했다. 아침잠이 많은 형오는 의예과 시절부터 지각쟁이로 알려져 있었다.

"하하하, 오매불망 얼마나 기다리던 해부학인데 일찍 안 오고 견딜까.

악마 교수와

지난밤부터 가슴이 마치 디젤엔진처럼 쿵쾅거리고 뛰며 잠이 영 안 오는 것이 아까 새벽까지 눈알이 말똥말똥하더란 말이지."

형오가 한바탕 과장된 너스레를 떨어대자 성환이 거들었다.

"본과 1학년 때는 해부학이 가장 중요한데 잠이 제대로 잘 올 사람이 있나. 학점도 가장 크고 말이야."

경상도 양산에서 온 노윤기, 충청도 당진 토박이인 윤성환, 전라도 해남 출신의 안형오는 못 말리는 사투리 삼총사로 유명한 명물들이었다. 그들 세 사람에 충청도 서천 출신의 박동하가 가세하면서 이들 네 명은 이제 의과대학을 지키는 대흥동 사총사로도 불리고 있었다. 다들 대흥동에서 하숙을 하고 있는데다 대흥집이라는 학사주점을 근거지로 삼고 있기 때문이었다.

대흥동은 의대생은 물론이요, 타 대학 학생들도 많이 하숙을 하고 있는 곳이었다. 그리고 대흥집이 마치 본부 같은 곳이었는데, 그 동네에는 하숙촌의 정신적 지도자적 위치에 있는 강혁이라는 법대생 선배도 살고 있었다.

학생들은 첫 시간에 대한 기대와 황 교수에 대한 호기심으로 웅성거리고 있었다. 그때 누군가 갑자기 소리쳤다.

"야, 조용히들 해라! 교수님 오신다!"

순간 '드르륵' 하는 소리와 함께 강의실 앞문이 열렸다. 그런데 강의실에 나타난 사람은 의예과 2학년 때 총대(학과대표)를 했던 임시 과대표였다.

"여러분 잠시 말씀을 전해 드리겠습니다. 오늘 첫 시간은 황유진 교수님의 골학(骨學 osteology) 수업인데 황 교수님께서 학교 일로 출장을 가셨답니다. 그래서 오후 첫 시간에 들어 있는 김상헌 교수님의 해부학과 강의시간이 바뀌었답니다."

순간 '와' 하는 함성이 들렸다. 긴장이 풀리는 것도 있었고 황 교수를 늦게 만나 다행이라는 의미도 있었다.

"자, 조용히들 해주세요."

과대표는 자기 자리로 들어가고 벽시계가 정각 9시를 가리켰다. 순간 김상헌 교수가 서슬 퍼런 인상을 풍기며 쑥 들어왔다. 마치 문 밖에서 정시가 될 때까지 대기하고 있던 사람 같았다.

강의실은 순식간에 고요해졌다. 학생들은 다시 긴장한 채 모든 움직임을 멈추고 김 교수를 주목했다. 김 교수 역시 해부학 담당 교수였다. 해부학에는 모두 네 명의 교수들이 있었는데, 김 교수는 주임교수 바로 아래인 서열 2위의 교수였다. 그 역시 악명이 높기로 둘째가라면 서럽다는 사람이었다.

키가 크고 마른 편인 김 교수는 흰 가운에 넥타이를 단정히 매고 커다란 가방을 들고 들어왔다. 그는 얼굴이 말라서인지 유난히 광대뼈가 도드라져 있었고 눈꼬리가 옆으로 칼끝처럼 찢어져 있었다. 흡사 태권도 사범 같은 인상이었다.

김 교수는 아무런 말이 없었다. 다짜고짜 출석부를 꺼내들더니 1분, 1초가 아깝다는 듯 '따다다다' 초스피드로 출석을 불렀을 뿐이었다. 출석을 다 부르고 난 김 교수는 숨 돌릴 새도 없이 재빨리 가방을 뒤적였다. 그때 윤기와 형오가 소곤거렸다.

"저그 김 교수 눈 좀 보래이. 완전 살모사 아이가?"

"별명이 날으는 면도칼이라는디."

"흐미, 찔러도 피 한 방울 안 나오는 사람이라더만 진짜 독하게 생겨 부렀네."

그때 김 교수가 짜증 섞인 말투로 버럭 소리를 질렀다.

"야야! 그쪽 조용히 해라!"

악마 교수와

그러자 도저히 못 참겠다는 듯 형오가 또 한마디 하였다.

"워메, 김 교수 말여. 군발이 옷을 입혀불면 영축없는 빨치산 몰골이 것는디?"

"쉿, 조용히 좀 해라."

성환이 오른손 검지를 쭉 펴서 입에 갖다 댔다. 순간 가방에서 뭔가를 끄집어내던 김 교수가 이쪽을 날카롭게 쏘아보았다. 두 사람은 뜨끔해서 고개를 푹 숙였다. 김 교수는 갑자기 출석부를 들고 저벅저벅 걸어왔다.

"야, 이 새끼야! 조용히 하라는 소리 안 들려?"

그러더니 형오의 머리통을 단단한 출석부로 '딱딱' 하고 두 번이나 후려쳤다.

"너 이 새끼, 나가! 밖으로 나가!"

난데없는 김 교수의 행동에 모두 놀라서 바라보았다.

"빨리 못 나가?"

김 교수가 다시 한 번 소리쳤다. 형오는 어쩔 줄 모르며 찔끔찔끔 주위를 둘러보다가 엉거주춤 일어서서 밖으로 나갔다.

김 교수는 다시 교단으로 올라갔다. 학생들은 모두 정신이 없었다. 문리대에서도 지금까지 교수가 학생을 때리고 욕하는 것은 본 적이 없었다.

"앞으로 내 강의 시간에 떠드는 개새끼들은 가만 놔두지 않겠다. 자, 모두 주목!"

김 교수가 꺼낸 것은 실제 사람의 척추뼈(Vertebrae) 한 개였다. 김 교수는 척추뼈를 들고 각 부위의 이름과 그쪽에 붙는 근육과 인대, 그리고 척추뼈 주위로 지나가는 신경과 혈관 등에 대해서 따발총을 쏘아대듯 강의를 했다. 그러더니 가방을 주섬주섬 싸가지고는 아무런 말도 없이 휭하니 나가버렸다. 그뿐이었다. 잡담은 고사하고 자기소개나 인사말 같은 것조차 없었다. 무언가 좀 내키지 않고 짜증스런 표정으로 바람처럼 강의실을 나가버렸다.

"뭐꼬? 기가 차대이. 첫 시간부터 욕하고 때리고 쫓아내고. 아직 주임 교수는 얼굴도 못 보았는데, 이기 뭐꼬?"

"그러게 말이다. 하도 빨라서 무슨 소린지 하나도 못 알아들었다니까."

동하도 어이없어 하며 말했다.

김 교수의 입과 손에 들린 척추뼈만 바라보다가 한 시간이 다 지나가버린 것 같았다. 무엇을 배웠는지 도통 알 수가 없었다. 게다가 김 교수는 한 시간이 아니라 쉬는 시간 십 분까지도 모두 강의를 하는 데 다 써버렸다.

"글쎄, 나는 머리통을 얻어맞고 나서부터는 정신이 없다닝께."

쫓겨났던 형오도 벌레 씹은 얼굴로 다시 들어와 앉았다.

그렇게 학생들이 불만 섞인 목소리로 두런두런 하고 있는데, 이번에는 마치 계주 선수들이 바톤 터치라도 하듯 생리학의 홍신태 교수가 강의실로 불쑥 들어왔다.

홍 교수 역시 흰 가운을 단정하게 입고 지시봉을 들고 두터운 생리학 원서를 옆구리에 꿰차고 들어왔는데 흡사 옛날 선비 같은 모습이었다.

"뭐여? 물 뽑을 시간도 안 준다는 거여?"

성환이 느릿한 목소리로 투덜거리며 자꾸 엉덩이를 들썩거렸다. 윤기가 성환을 쿡 찌르며 한마디 했다.

"그냥 싸라, 마. 아니몬 참든가. 움직이는 사람 아무도 없다 아이가. 니도 또 쫓겨나고 싶나?"

성환은 결국 포기하고 다시 엉거주춤 의자에 눌러 앉았다.

학생들은 이제 다시 들어온 홍 교수에게 새로운 기대를 걸며 주목했

악마 교수와

다. 그러나 홍 교수 역시 김 교수와 별로 다를 것이 없었다.

홍 교수는 출석도 부르지 않았고 한술 더 떠서 경멸인지 뭔지 모를 야릇한 시선으로 학생들을 한번 쭉 훑어보았을 뿐이었다. 홍 교수 역시 살아 있는 생리학 컴퓨터 같았다. 잡담은 한마디도 없었다. 강의 내용 이외에 그가 한 소리라고는 "이봐, 그쪽 뒤! 자세 똑바로 해!" 그 한마디뿐이었다.

동하는 뭐가 뭔지 하나도 모르겠고, 정신이 없었다. 모두 생소한 의학 용어인데다가 무슨 얘기를 하는 것인지 도대체 감을 잡을 수가 없었다.

잠시 쉬는 시간이 되었다. 아까부터 안절부절못하던 성환이 제일 먼저 일어나 쏜살같이 화장실로 뛰어갔다. 다른 학생들도 막혔던 봇물이 터진 것처럼 우르르 밖으로 몰려나가 화장실도 다녀오고 복도에서 무리지어 담배도 피우고 하면서 서로 얘기를 나누었다. 동하도 삼총사와 함께 한적하고 햇살이 드는 복도 맨 끝으로 가서 바깥을 내다보았다.

"그란디 요것이 뭔 날벼락이다냐. 한 번 찍혀버리면 징하게 갈군다던디. 첫날부터 요것이 무슨 망신이다냐?"

형오가 투덜거리자 윤기가 한마디 하였다.

"사람이 우째 그렇노. 우쨌든 첫날 첫 시간 아이가. 형식적으로라도 본과 1학년에 진급해서 정식 의대생이 된 것을 축하한다꼬 하든가, 아니면 자기가 누구고 해부학이 어떤 학문이라꼬 하든가, 뭐 이런 최소한의 인사나 소개 정도는 있어야제. 그게 스승과 제자 사이의 예의라 말이야."

"그러게 말이여. 워째 교수덜마다 강의 못해서 환장한 사람덜 같어."

형오도 동감을 표했다.

"아따, 갈궈도 오지게 갈구는고마이. 강의라는 것도 말여, 얼라들이 잘 알아 듣게꼬롬 되작되작 맺고 끊고, 당겼다 풀었다 혀줘야 하는 것이제. 나가 밖에서 쫌 들었는디 무조건 따다다다가 뭐여!"

그때 윤기가 무심코 뒤쪽을 힐끗 돌아보다가 깜짝 놀라서 외쳤다.

"야야! 큰일났다. 아아들, 벌써 다 들어갔다 아이가!"

네 사람은 허겁지겁 강의실로 달려가서 꼭 닫힌 뒷문을 살짝 열었다. 강의실에는 이미 생화학 교수가 와서 한창 강의를 하는 중이었다. 이마가 훤하게 벗겨지고 금테 안경을 낀, 사람 좋게 보이는 생화학의 정인범 교수였다.

네 사람은 허리를 한껏 굽히고는 소리 안 나게 까치발을 한 채 안으로 살금살금 들어가기 시작했다. 그때였다. 갑자기 천둥벼락 같은 정 교수의 호통소리가 들려왔다.

"야, 거기 네 명! 나가! 시간 넘었다. 맨 끝줄에 앉은 학생, 지금 들어오는 네 놈들 다 내쫓고 문 잠가버려. 어서 나가!"

난데없는 호통소리에 네 사람은 이백 볼트 전기라도 감전된 듯 그 자리에서 뻣뻣이 굳고 말았다.

"뭘 꾸물거려! 빨리 나가라니까!"

이번에는 더욱 성난 정 교수의 호통소리와 함께 분필이 날아오더니 '쨍그랑' 소리를 내며 유리창에 떨어졌다. 강의가 중단되고 학생들이 뒤쪽을 흘끔거렸다. 네 사람은 쭈뼛쭈뼛 눈치를 보다가 얼굴이 벌게진 채 강의실을 물러 나왔다.

강의실 안쪽에서 철커덕 하고 문이 잠기는 소리가 들렸다.

"저런 쓸개 빠지고 흐리멍덩한 놈들은 우리 의과대학에서는 필요 없다! 시간도 제대로 못 지키는 놈들이 무슨 의학 공부를 하겠다는 거야? 얼빠진 새끼들! 다 보따리 싸가지고 고향으로 꺼지라고 해!"

순간 동하는 얼굴이 화끈 달아올랐다.

네 사람은 터덜터덜 교정으로 나갔다. 어차피 한 시간은 결석으로 체크되고 강의를 들을 수가 없었다. 문리대의 의예과 시절에는 강의 시간

악마 교수와

에 조금 늦더라도 뒷문으로 슬금슬금 들어가면 그만이었고 그것을 가지고 뭐라고 하는 교수도 없었다. 그러나 여기서는 사뭇 사정이 달랐다.

"겨우 1~2분 늦은 걸 가지고 쫓아내다니······"

앞으로 더욱 정신을 바짝 차려야 할 것 같았다.

밖으로 나온 네 사람은 이곳저곳을 배회하다가 교정을 가로질러 히포크라테스 흉상이 서 있는 곳으로 갔다. 갈 곳이 거기밖에 없었다.

"워따메, 첫날부터 요것이 뭔 망신이다냐. 두 번씩이나 쫓겨나 버리고. 그려도 나가 인물이 쪼까 된다는 소리를 듣고 사는 편인디, 인자는 쪽 팔려서 이 얼굴을 들고 살아갈 수가 없게 되어 버렸어."

형오가 투덜거리자 윤기도 한마디 하였다.

"우째 처음부터 이리 패가 꼬이노. 조금 늦게 들어갈 수도 있는 기지. 일부러 그런 것도 아닌데, 그걸 갖꼬 우찌 나가라 소리를 버럭버럭 지르나 말이야. 생화학 교수도 성격이 좀 이상한 사람 아이가."

그러자 성환도 거들었다.

"그러게 말이여. 교수들마다 새끼를 입에 달고 다니지를 않나 오늘은 어째 되는 일이 하나두 없는 날 같어. 대흥동 맴버들 한티 왜 이런다냐. 대흥집에 가서 살풀이라도 해야 되나."

그렇게 네 사람은 하릴없이 히포크라테스 흉상 근처의 잔디밭에 앉아 있었다. 사방은 고요하였다. 동하는 낯이 뜨거워서 차마 흉상을 올려다 볼 수가 없었다.

"본과 첫날부터 이게 무슨 창피람."

불과 몇 시간 전에 이 흉상 앞에 와서 의학도로서의 새로운 각오까지 했었는데······

'첫날부터 쫓겨나고 비록 망신을 톡톡히 당했지만, 오늘 일을 거울삼아 앞으로 더 열심히 학교생활을 해야겠어.'

동하가 굳은 각오로 시선을 드는데 히포크라테스 흉상 건너편의 간호대학 쪽에 서 있는 순백의 나이팅게일 입상이 눈에 들어왔다. 아름답고 성스러운 모습이었다. 순간 웬일인지 한 소녀의 모습이 떠올랐다.

윤수아.

그랬다. 의예과 2학년이던 지난 여름방학 때 안면도로 농촌 봉사활동을 갔다가 알게 된 소녀였다. 봉사단 일행은 그곳 성당에 짐을 풀고 농촌봉사와 의료봉사 활동을 시작했었다. 그때 그 소녀는 거동이 불편한 동네 노인들을 모시고 성당 앞마당에 나타났었다.

소녀는 서울에서 중학교를 다니는데 방학을 맞이하여 외삼촌이 있는 그곳으로 다니러 왔다고 했다. 외삼촌이 그곳 성당의 방지거 신부님이라고 하였다. 신부님께서도 가끔 나와서 함께 일을 하시기도 하고 봉사단원들을 격려해 주었다.

소녀는 자신도 다음에 간호대학에 들어가 간호원(간호사)이 되어 아픈 사람들을 도와주는 일을 하고 싶다고 하였다. 찰랑찰랑한 단발머리에 까만 핀을 꽂고 늘 하얀 블라우스를 입고 있던, 한 폭의 성화처럼 아름답고 고귀해 보이던 소녀였다.

자신이 미대에 다닌다면 청아한 눈빛을 지닌 그 소녀의 얼굴을 그려 보고 싶다는 생각을 하였다. 동하는 왜 그 소녀의 모습이 갑자기 떠오르는지 알 수가 없었다. 자신을 잘 따르고 이것저것 물어보고 이름도 물어 보고 하던 소녀였다.

"니 무신 생각을 그리 골똘히 하노? 애인이라도 생겼나?"

깊은 생각에 잠겨 있던 동하의 어깨를 윤기가 툭 치며 말했다.

"자, 일어서자."

"어…… 벌써?"

그들은 엉거주춤 일어섰다.

악마 교수와

"점심이라도 일찍 먹어줘야 안 쓰겠냐? 그저 스트레스 팍팍 쌓일 땐 고무줄 짜장면을 뜯어주는 게 최고랑게."

아침도 먹는 둥 마는 둥 하고 일찍 하숙집을 나왔던 동하도 배가 고프기는 했다. 동하도 친구들을 따라서 구내식당을 향해 걸음을 떼었다.

그리고 그날 오후

드디어 전설적인 악명을 자랑하는 해부학 주임교수의 골학 시간이 다가왔다.

강의 시간이 되자 쥐 소리도 들리지 않을 만큼 긴장된 정적이 감돌았고, 학생들은 모두 출입문 쪽을 주시했다.

그 유명하다는 황 교수는 도대체 어떻게 생긴 사람이란 말인가?

잠시 후 정시가 되자 드르륵 하고 강의실 문이 열리더니 황유진 교수가 성큼성큼 들어왔다.

뒤이어 안경을 낀 조교 유동식 선생이 덜그럭 덜그럭 소리를 내면서 나무상자를 들고 따라 들어왔다. 사람의 진짜 뼈가 들어 있는 상자였다. 조교 선생은 날렵한 손놀림으로 교단에 나무상자를 반듯반듯하게 진열해 놓고 강의실 뒤편으로 갔다.

황유진.

중키에 살집이 있는 다부진 몸매, 약간 벗겨진 대리석 같은 이마, 타협이란 없을 것 같은 완강해 보이는 광대뼈, 붉은색이 감도는 부드러워 보이면서도 근엄한 얼굴, 도도하면서도 날카롭게 빛나는 눈과 과묵해 보이는 두터운 입술. 그것이 전설의 해부학 주임교수의 첫 인상이었다.

언제나 단정히 넥타이를 매고, 빳빳하게 다림질한 흰 가운을 입고, 주머니에는 늘 벌점 체크용 수첩을 넣고 다니며, 두터운 해부학 책 『그레이 아나토미(Gray's Anatomy)』를 옆구리에 끼고, 한 손에는 지시봉과 공

20

악마 교수와

포의 교육봉을 함께 들고 다니는 것으로 유명한 해부학 주임교수.

그중에서도 교육봉이란 학생들의 기강을 잡기 위한 경찰 곤봉같이 생긴 몽둥이였는데 자신의 비위에 거슬리는 학생이 있으면 장소 불문하고 가차 없이 달려가 두들겨 팬다고 했다. 황 교수 연구실에는 특별 주문 제작한 교육봉이 잔뜩 쌓여 있다는 소문이 돌았다.

황 교수의 수첩은 교육봉보다 더 무섭다는 말이 돌았는데 모든 학생들의 사진이 붙어 있는 수첩을 만들어 가지고 다니면서 강의 시간, 실습 시간, 시험 시간, 복도나 교정, 어디서든지 수첩에 벌점을 체크한다고 했다. 물론 그 모든 것이 성적에 반영이 되었다.

하지만 황 교수를 처음 보는 순간 동하는 일단 안도의 숨을 내쉬었다. 황 교수는 무슨 뿔 달린 도깨비나 괴물 같은 사람이 아니었다. 홍조 띤 얼굴의 인자하고 고매해 보이는 학자였다. 게다가 황 교수는 딱딱하고 사무적이던 다른 교수들과는 달리 부드러운 얼굴로 자기소개와 열심히 공부하라는 인사말과 격려의 말까지 하는 것이었다. 강의는 그렇게 시작이 되었다.

"해부학(Anatomy)은 의학의 가장 기본적인 학과로 인체의 구조를 공부하는 의학공부의 첫걸음이다. 해부학은 희랍어로 아나토메(anatome)에서 유래했다. 아나(ana)는 나누다라는 뜻이고 토미(tomy)는 자르다라는 뜻이다. 즉 잘라 나눈다는 뜻이다. 그중에서 골학은 해부학의 첫 부분으로서 그 기틀이라고 할 수 있다."

'골학부터 잘 공부해 두어야……'

'역시……'

비록 악명이 높긴 하지만 뭔가 다른 교수구나 하고 느낀 것은 동하뿐만이 아니었다. 삼총사도 안도감 넘치는 눈빛을 보내고 있었다. 다른 학생들도 말을 하지는 않았지만 같은 표정들이었다. 도대체 선배들로부터 전해져 오는 황 교수에 대한 소문이 맞는 것인지 의심스러웠다. 어디를 보아도 그런 면은 전혀 보이지 않는 듯했다.

다만 한 가지 마음에 걸리는 것이 있다면 이따금 상대방을 꿰뚫는 듯한 매섭게 빛나는 황 교수의 눈빛이었다. 왠지 함부로 범접하기 어려운 거리감이 느껴졌는데 바로 그 점이 강의실에 앉아 있던 학생들에게는 일말의 불안감으로 남아 있었다.

황 교수는 어마어마하게 두꺼운 골학과 해부학 원서들을 통째로 스캔해서 머릿속에 입력해 넣은 듯 청산유수가 따로 없었다. 해부학에 대해서는 모르는 것이 없고 뭐든 훤하게 통달한 듯 단 한 마디도 막힘이 없었다.

"자, 오늘부터 일주간은 상지의 뼈에 대해서 공부하고 실습하겠다. 견갑골(scapula 어깨뼈)은 따로 공부해야 하고 견갑골을 제외한 위팔의 상완골로부터 손가락뼈까지 차례대로 모두 공부해야 한다. 우선 한쪽 팔에 있는 모든 뼈들의 이름부터 알려 주겠다."

그러면서 황 교수는 아까 조교 선생이 가지고 온 상자에서 뼈 자루를 꺼내더니 탁자 위에 모두 쏟아 놓았다. 와르르 뼈들이 쏟아졌다.

"오늘은 이름만 알려준다. 아틀라스(Atlas 해부학도감)를 보며 공부해라."

황 교수가 뼈를 하나씩 집어 들며 말했다.

"이것은 위팔뼈 휴메루스(Humerus 상완골), 여기가 휴메루스의 헤드(head 머리)이다."

황 교수의 설명은 계속되었다.

"아래팔뼈는 나란히 2개가 있다. 울나(Ulna 척골)와 라디우스(Radius 요골)이다. 이 3개의 뼈가 만나는 곳이 엘보우 조인트(elbow joint 팔꿈치 관절)이다. 손목과 손에는 생각보다 많은 뼈가 있다. 자, 보아라."

황 교수는 뼈를 하나씩 보여주며 이름을 알려주었다.

악마 교수와

"이건 트라페지움(trapezium 대능형골 큰마름뼈), 이건 트라페조이드 (trapezoid 소능형골 작은 마름뼈), 이건 카피테이트(capitate 유두골 알머리뼈) 하메이트(hamate 유구골 갈고리뼈), 이건 피지휨(pisiform 두상골 콩알뼈)……."

황 교수는 계속 뼈를 하나씩 들어 보이며 열변을 토해냈다.

"이건 트레퀘트럼(triquetrum 세모뼈), 이건 루네이트(Lunate 월상골 반달뼈), 반달처럼 생겼다. 자, 오늘은 우선 긴팔뼈 세 개만 가지고 각 부위의 이름부터 공부하기 바란다. 이제부터 실습에 들어가겠다. 각자 골학 준비실에 가서 휴메루스(Humerus 상완골), 울나(Ulna 척골), 라디우스 (Radius 요골) 등 팔뼈 세 개를 챙겨서 실습실로 오기 바란다. 지금부터 십 분을 주겠다."

황 교수의 말이 끝나자 학생들이 우르르 자리에서 일어났다. 동하도 다른 학생들과 함께 골학 준비실로 향했다. 황 교수의 시선에서 잠시 벗어나자 다들 혀를 내두르며 소곤거렸다.

"워따메, 황 교수. 완전 시장바닥 약장수같구만이라. 자, 이 뻭다구로 말씀드리면~ 야야, 애들은 가라."

"와, 손목에 웬 놈의 뼈가 저리 많다냐."

"참으로 조물주가 원망스럽다 아이가. 무신 놈에 뻭다구를 저래 많이 만들어 가지고 해골 복잡하게 하노 말이다."

"조용히 해라. 혼나고 싶냐. 지금 조물주 원망해서 뭐하겠냐."

성환이 윤기에게 주의를 주었다.

골학 준비실에는 인체의 모든 뼈들이 부위 별로 서랍마다 가득가득 들어 있었다. 그리고 긴 뼈들은 별도로 책장처럼 생긴 선반에 가득가득 쌓여 있었다. 학생들이 줄지어 서서 차례대로 그날 실습할 세 종류의 뼈들을 한 개씩 꺼내기 시작했다. 이제 동하 차례였다.

"야, 내 것도 좀 꺼내줘라."

동하가 자기 몫의 뼈를 챙기고 있는데 뒤에 서 있던 같은 고향 출신인 오종만이 말했다. 평소 자신을 라이벌처럼 여기고 있는 친구였다. 가타부타 말이 많고 절대 손해를 보지 않는 약삭빠른 성격이라 동하가 조금 거리를 두고 있는 동기였다. 동하는 조금 귀찮았지만 첫날부터 괜한 실랑이를 하고 싶지 않았다.

"그러지, 뭐."

동하는 자기가 쓸 뼈들 중 두 개는 왼쪽 겨드랑이에 끼고 또 하나는 왼손으로 든 채 오른손으로 밑에서 긴 뼈를 잡아 뺐다. 그때였다. 위에 쌓인 뼈들이 균형을 잃었는지 갑자기 와르르 무너지면서 바닥에 쏟아져 내렸다.

"너! 이 새끼, 뭐하는 거야!"

동하가 당황해서 허둥지둥하고 있는데 등 뒤에서 천둥벼락 같은 고함 소리가 들려왔다. 놀라 뒤돌아보니 황 교수가 당장이라도 잡아먹을 듯한 얼굴로 서 있는 것이 아닌가.

"너, 몇 번 누구야?"

"저, 저는 32번 박동하입니다."

동하는 바짝 긴장해서 간신히 자기 학번과 이름을 댔다.

"박…… 동하. 야, 이 개새끼야! 조심해야 할 거 아냐! 장난 하러 왔어? 똑바로 해!"

황 교수는 수첩을 꺼내 이름과 학번을 적더니 매섭게 한 번 더 노려보고는 옆쪽으로 휙 가버렸다. 동하는 얼굴이 화끈거리고 식은땀까지 흘러내렸다.

"그러게 왜 첫날부터 찍히고 그러냐."

종만은 고맙다는 말도 없이 비꼬듯 말하며 자기 뼈들을 챙겨가지고

악마 교수와

그 자리를 떠나 버렸다.

"저놈아, 뭐꼬? 지 때문에 벌어진 일 아이가."

뒤쪽에서 지켜보고 있던 윤기가 다가와 씩씩거렸다.

동하는 아무 말도 하고 싶지 않아 벌게진 얼굴로 바닥에 떨어진 뼈들을 주워 선반 위에 차곡차곡 쌓아놓기만 했다. 정말 잘해 보자고 굳게 마음을 다졌는데 아침부터 강의실에서 쫓겨나고, 오후에는 또 황 교수에게 찍히고, 왠지 이상하고 찜찜한 느낌이 들었다. 동하는 잡생각을 떨쳐버리며 서둘러 자기 뼈를 챙겨들고 윤기와 함께 실습실로 향했다.

막상 실습실에서 난생 처음 사람의 진짜 유골을 앞에 놓고 직접 만져보자 기분이 이상했다. 그것들이 실제 사람의 뼈라고 생각하니 섬뜩하면서도 한편으로는 경건한 마음이 들었다.

'이건 그저 공부하기 위한 실습 재료일 뿐이다.'

동하는 단순하게 생각하기로 했다. 뼈에 감정을 이입하면 머리가 복잡해질 것 같았기 때문이었다.

뼈는 생각보다 꽤 묵직했고 누런빛을 띤 표면은 선배들의 손때가 묻어 반들반들했다. 동하는 다른 학생들과 함께 그 뼈를 해부학 도감(Atlas 해부학 그림책)과 비교하면서 뼈의 각 부위의 명칭과 거기에 붙는 근육(Muscle)과 인대(Tendon), 그리고 그 부위로 지나가는 각종 혈관과 신경 등에 대해서 알아보기 시작했다. 그렇게 학교생활이 시작되었다. 황 교수와의 좋지 않은 첫 대면 이후 동하는 바짝 긴장해 있었지만 별다른 이상 조짐은 보이지 않았다.

골학 실습은 날이 갈수록 복잡해졌다. 처음에는 한두 가지만 나오던 뼈들이 날이 갈수록 가짓수가 늘어났다.

'도대체 사람의 몸속에 웬 놈의 뼈들이 이렇게 많고 복잡하단 말인가.'

동하는 정신이 하나도 없었다. 다른 학생들도 끙끙거리기는 마찬가지였다. 뼈의 각 부위 명칭을 원어로 외우고, 거기에 붙는 근육과 인대 명칭을 외우고, 신경을 외우고, 혈관을 외우고, 그리고 잊어버리고. 그러기를 수도 없이 반복하였다.

학생들 모두가 생소한 의학용어인 원어들을 신기해하면서도 당황스러워 했다. 아무리 외우고 공부해도 도대체 한도 끝도 없는, 깊고 거대한 심연을 파헤치는 것 같았다.

특히 스컬본(Skull Bone 두개골 해골)에는 크고 작은 구멍이 왜 그리 많이 뚫려 있는지 두개골을 뒤집어 보면 온통 구멍 천지였다. 큰구멍(Foramen magnum), 원형구멍(Foramen rotundum), 타원구멍(Foramen ovale), 뇌막동맥구멍(foramen spinosum), 목정맥구멍(Jugular foramen), 파열구멍(Foramen racerum) 등, 그 많은 구멍을 통해 목을 거쳐 올라온 수많은 혈관과 신경들이 모두 뇌 속으로 들어가는 것이다.

'도대체 인간의 몸이 왜, 무엇 때문에, 이렇게 복잡해야 한단 말인가.'

동하는 가끔씩 조물주가 원망스럽기까지 했다. 어떨 때는 울화통이 치밀어 올라 두개골을 집어 던져 버리고 싶기도 했다. 해부학만, 아니 골학만 공부한다고 해도 평생을 두고 해도 모자랄 것 같았다.

물론 해부학 외에 생리학, 생화학 등의 다른 과목도 정신없이 진도가 나갔다. 그리고 마찬가지로 생리학, 생화학 실습도 계속되었다. 거기에다 모든 과목의 시험을 수시로 봐야 했다. 일 년에 네 번 있는 정기적인 쿼터 시험(학기시험) 외에도 교수들은 수시로 시험지를 들고 왔다. 교수들은 마치 기분 내키는 대로 시험을 보게 하는 것 같았다.

악마 교수와

그러던 어느 날

같이 골학 실습을 하던 동기들에게 예기치 못했던 사건이 벌어졌다. 그날은 하체 부위 중에서도 허벅다리 뼈인 휘머(Femur 대퇴골)와 종아리 뼈인 티비아(Tibia 경골)와 휘불라(Fibular 비골)를 가지고 공부를 하는 날이었다.

실습실은 저마다 서너 개씩의 뼈를 들고 해부학도감을 보며 실습하는 학생들로 인해 시장바닥처럼 웅성거렸다. 학생들은 매일 강행군으로 계속되는 강의와 실습과 시험 때문에 파김치처럼 지쳐있었다.

골학 실습 시간에는 한 사람 앞에 1개씩의 뼈가 모두 배당된다. 그러므로 한 사람이 휘머, 티비아, 휘불라, 이렇게 3개 이상의 긴 뼈를 가지고 공부를 하는 셈이었다.

그런데 가운데 쪽에서 한 조를 이루어 휘머와 티비아를 가지고 공부를 하던 전경철과 박재성, 두 사람이 지루해졌는지 뼈를 가지고 장난을 치기 시작했다. 경철과 재성은 뼈로 서로를 톡톡 치기 시작했다.

"어허, 이것 봐라. 검 다루는 솜씨가 제법인데."

"대백제의 신검이라고 알아? 이거 족보 있는 검술인데."

두 사람은 뼈를 들고 서로 상대편의 가슴을 찌르고 때리고 하더니 본격적으로 칼싸움을 하기 시작했다. 그렇잖아도 공부 때문에 스트레스가 쌓여 있던 두 사람은 아예 뼈를 하나씩 들고 실습실 뒤편으로 나갔다. 그리고 킥킥거리며 검도를 하듯이 폼을 잡고 대결을 시작했다.

"이얏, 얏!"

"네 이놈! 내 칼을 받아라!"

"어쭈, 제법인데? 그래, 와 봐라. 찔러 봐라, 이놈아!"

경철과 재성은 기합 소리를 내면서 신나게 뼈를 맞부딪쳤다. 이따금씩 '딱! 딱!' 하면서 뼈끼리 부딪치는 소리까지 났다. 두 사람은 더욱 신이 나서 액션 영화를 찍듯이 온갖 포즈를 다 취하며 난리법석을 떨었다.

동하는 두 사람의 행동이 거슬렸지만 거기에까지 신경 쓸 새가 없었다. 그래서 그냥 흘끗 한번 쳐다보고는 다시 뼈에 몰두했다. 다른 학생들도 마찬가지였다. 남이야 뼈를 가지고 무슨 짓을 하든 말든 지금은 거기에 신경 쓸 짬도, 틈도 없었다. 그때였다.

"드르륵!"

갑자기 거칠게 실습실 문이 열리는 소리가 들리더니 황 교수가 들이닥쳤다. 경철과 재성은 어쩔 줄 모르며 그 자리에 꽁꽁 얼어붙어 버렸다. 황 교수의 얼굴은 차가운 흙빛 그 자체였다. 실습실도 순식간에 찬물을 끼얹은 듯 조용해졌다.

"거기 본(Bone 뼈), 이리 가지고 와."

황 교수의 음성은 섬뜩하리만큼 냉랭했다. 두 사람은 고개를 푹 수그린 채 뼈를 황 교수에게 건넸다. 황 교수는 차가운 표정으로 뼈를 받아들더니 단호한 걸음으로 교단으로 올라갔다. 동하도 상황이 심각한 것을 느끼고 마른침을 꿀꺽 삼켰다.

황 교수는 교단에 올라가서도 한참을 침묵하고 서 있었다. 일 분 일 초가 너무나 길고 무겁게 느껴지는 순간이었다. 그리고 영원히 굳게 다물고 있을 것 같았던 황 교수의 입이 열리더니 침착하게, 그러나 서릿발처럼 차가운 말들이 쏟아져 나왔다.

"이번에 본과 일 학년에 올라온 학생들은 성적이 우수하다는 얘기를 듣고 자못 기대가 컸었는데, 오늘 반대로 실망이 크다!"

황 교수는 잠시 말을 멈추고 학생들 한 명 한 명을 똑바로 훑어보았다. 황 교수의 날카로운 시선이 꽂힐 때마다 학생들은 창에 찔린 개구리들처럼 몸을 움찔거렸다. 열심히 공부를 하고 있던 학생들조차도 죽을 죄를 짓기라도 한 것처럼 안절부절못하고 있었다. 경철과 재성은 감히 고개를 들지도 못하고 쩔쩔맸다. 황 교수가 다시 입을 열었다.

"이 뼈들은 가짜 뼈가 아니라 모두 진짜 사람의 뼈다. 이 뼈들이 어떻게 해서 여기까지 왔는지 아는가?"

실습실에서는 이제 숨소리조차 나지 않았다.

"여러분은 앞으로 3개월 후 골학 실습을 끝내고 카데바(Cadaver 실습용 시체)를 가지고 인체 해부학 실습을 하게 된다. 그들은 대부분 변사체로 발견된 사람들로 거리에서 객사한 사람들이다. 대부분 신원 미상이고 연고자가 없어 경찰서를 통해 시청에 인계된 후 기증 형식으로 여기 들어와 포르말린 탱크에 보관된다. 일 년이 지나도 보호자가 나타나지 않으면 해부 실습용으로 사용되는 것이다."

황 교수는 잠시 숨을 고른 뒤 다시 말을 이었다.

"실습이 끝나면 가을에 뼈만 추려서 나눈다. 바로 지금 여러분이 손에 들고 실습하는 뼈들이다. 여러분의 선배들이 썼고, 여러분이 쓰고, 여러분의 후배들이 공부할 귀중한 뼈인 것이다!"

견디기 어려운, 납덩이같은 무거운 침묵이 실습실 안을 짓눌렀다. 동하는 뼈를 가지고 장난을 쳤던 당사자가 자기였던 것이 아닐까 하는 착각이 들 정도로 얼굴이 화끈거렸고, 침이 바짝바짝 말라붙는 것 같았다.

"부귀영화를 누리다 죽은 사람은 물론이요, 가난하게 살다가 죽은 사람도 사후에는 양지 바른 명당자리를 찾아서 묻히고 후하게 장례를 치러준다. 돈푼깨나 있다는 사람들은 막대한 돈을 들여서 왕릉 같은 분묘를 만들고 비석을 세우고 잔디를 심는다. 부디 그 영혼이 천국에서 편히 쉬시라고 지나친 정성을 들이는 사람들도 많다. 그러나 이들은 이 사회의 밑바닥에서 비참하게 살다가 죽어서도 묻어줄 사람 하나 없어 이곳까지 왔고, 편히 묻히지도 못하였다. 여러분은 이 뼈들을 고인을 다루듯 조심스럽게 고마운 심정으로 다루어야 될 줄로 안다. 그런데……"

황 교수는 잠시 말을 끊더니 경철과 재성을 쏘아보았다.

"저 두 사람은 뼈를 가지고 장난을 했다. 이 사람들 중에는 먹을 것이 없어 폐가에서 혼자 살다가 비썩 말라 굶어 죽은 노인들도 있고, 배가 아파 뒹굴다가 돈이 없어 의사 얼굴도 못 보고 죽은 노동자도 있고, 추운 겨울날 들어갈 데가 없어 길거리에서 거적때기 쓰고 신음하다 얼어 죽은 거지도 있다. 모두가 그런 사람들이다!"

황 교수의 목소리는 점점 커져갔다.

"생명은 다 고귀하고 평등하며 높은 자도, 낮은 자도 없다. 아무리 이들이 살아생전 최하의 삶을 살았다 해도 이토록 함부로 대하고 장난을 쳐도 되는가? 어찌 그따위 생각으로 생명을 다루는 의술을 펼칠 생각을 하는가!"

학생들은 모두 굳어버린 석고상처럼 부동자세를 취하고 있었다. 순간 황 교수의 얼굴에 가벼운 경련이 스쳐갔다. 황 교수는 들고 있던 뼈를 교탁 위에 올려놓았다. 순간 '탕' 소리가 너무도 크게 울려 퍼졌다. 마치 법정에서 나무망치를 땅땅 두드리며 선고를 내리는 순간 같았다. 황 교수는 침통한 얼굴로 다시 말을 이었다.

"공부하기 위해서 볼펜으로 뼈에 금을 긋고 하는 것까지야 이해한다. 그런데 지금 저 학생들은 이 숭고한 뼈를 희롱하고 모욕했다. 의대생이기 이전에 한 인간으로서, 대학생으로서 어찌 그럴 수가 있는가? 이들에 대한 일말의 인간적 연민과 동정심도 없단 말인가?"

악마 교수와

황 교수는 다시 경철과 재성을 쏘아보았다. 두 사람은 형장에 선 죄인들처럼 얼굴이 새파랗게 질려 있었다.

"너희들. 이 뼈가 자기 아버지, 어머니, 형제, 자매의 뼈라면 감히 그렇게 할 수 있었겠나?"

황 교수의 말에 두 사람은 감히 아무 말도 하지 못했다. 황 교수는 다시 모두에게로 시선을 돌렸다.

"어찌 저 두 학생뿐이겠는가? 오늘 이 사태는 여러분 모두의 정신 상태를 대변하고 있다. 그래서……"

황 교수는 잠시 호흡을 가다듬더니 이렇게 말했다.

"이번 일 학년은 특별히 내가 잘 봐줄 것이다."

그제야 여기저기에서 꾹 참았던 숨을 내쉬는 소리가 조금씩 들려왔다. 그러나 그것이 전부가 아니었다. 그 숨소리를 통곡 같은 장탄식으로 변하게 만든 한마디가 남아 있었다. 황 교수는 사형선고를 내리는 심판관처럼 차갑게 선언했다.

"지금 저 두 사람은 의학을 공부할 자격이 없다! 내가 다음 주에 교수 회의에 정식으로 회부해서 퇴학시킬 테니 다들 그리 알도록!"

순간 갑자기 실습실 안이 술렁거리기 시작했다. 모두가 거의 공황 상태였다.

"퇴학이라니. 그건 사형 선고나 마찬가진데."

"공부도 못 해보고 퇴학이라니!"

그때였다. 황 교수가 노기 어린 음성으로 학생들의 웅성거림을 단호하게 잘라버렸다.

"여러분의 선배들에게 물어보면 알겠지만, 몇 해 전에도 두개골을 가지고 배구놀이를 하다가 김상헌 교수에게 들켜서 퇴학 당한 전례가 있다. 예외는 없다. 거기 두 사람, 지금 곧 가방을 싸가지고 집으로 가도록! 미안하지만 너희들은 필요 없다. 그리고 다른 사람들은 실습을 계속 하도록!"

말을 마친 황 교수는 경철과 재성에게 눈길조차 주지 않고 횅하니 밖으로 나가버렸다.

황 교수가 나가자마자 실습실 안이 갑자기 시장바닥처럼 웅성거리기 시작했다. 청천벽력이었다. 윤기가 답답한지 의자를 박차고 일어섰다.

"퇴학이 다 뭐꼬? 해도 해도 너무 한다 아이가. 앞으로 잘하라꼬 군기 좀 잡으면 되는 기지, 퇴학이 다 뭐꼬?"

다들 똑같은 심정이었다. 모두들 놀라서 서로 얼굴만 바라보며 어쩔 줄 몰라 했다. 경철과 재성은 헤비급 핵폭탄을 맞은 듯 창백해진 얼굴로 아무 말도 하지 못했다.

형오가 나서서 말했다.

"황 교수, 참말로 징하네이. 거시기 뭐다냐. 사람이 쪼께 장난도 칠 수 있는 거 아니겄어? 얼라들이 밤낮 공부만 하느라 스트레스가 쌓이다 보니께 쪼까 정신이 오락가락 혀서 그란 건디."

다른 학생들도 서로 얼굴을 바라보며 봇물 쏟아놓듯 불만을 터트렸다. 그때, 보다 못한 성환이 나서서 외쳤다.

"니들 뭐하냐? 빨리 황 교수님한테 가서 무릎 꿇고 싹싹 빌어!"

"맞다, 아이가. 니들 지금이라고 있을 때가? 빨리 쫓아가서 빌그라."

다들 동감이었다. 두 사람은 곧바로 황 교수의 연구실로 달려갔다.

실습실에 남은 학생들은 한탄하기 시작했다.

"야, 정말. 이거 무서워서 공부 하겠냐? 아무리 의대라지만 이거 너무 들볶는 거 아냐? 다들 황 교수, 황 교수 하더니 왜 그리 말들이 많은지 이제 알 것 같다."

그런데 그 난리통에도 끝까지 책상 앞을 지키며 책장을 들추던 오종

악마 교수와

만이 싸늘하게 한마디 했다.

"쟤들이 너무 한 건 사실 아니냐? 그래도 사람 뼈인데. 자업자득이라고 봐, 난."

윤기가 종만을 향해 불끈하는 표정을 짓다가 이내 포기하고는 모두에게 소리쳤다.

"됐다, 마. 이자들 고마해라! 공부들 안 할 기가? 조교 선생님 또 오신다 아이가."

그러나 더 이상 공부할 의욕을 잃은 학생들은 해답도 없는 대화를 나누며 계속 웅성거렸다. 잠시 후 두 사람이 실습실로 돌아왔다. 학생들 모두가 결과를 궁금해 하고 있었다. 윤기가 다급해 하며 물었다.

"우찌 됐노?"

"잘못했다고 싹싹 빌었냐? 용서는 받은겨?"

그러나 경철은 얼굴이 굳어져서 아무 말도 하지 않았다. 재성이 긴 한숨을 토해내며 겨우 입을 떼었다.

"말도 마라. 아예 말도 못 붙이고 왔다. 연구실 문까지 닫아 걸고는 할 얘기 없으니 가라고 소리만 지르더라구. 이제 어찌하면 좋을지 모르겠다. 뭘 어떡해야 할지……"

말없이 서 있던 경철은 그 큰 덩치에 어울리지 않게 눈물까지 훔쳐냈다. 동하가 생각하기에도 큰일이었다. 그러나 뾰족한 방법이 떠오르지 않았다. 그날 하루가 어떻게 지나갔는지 아무 정신이 없었다. 다른 학생들도 마찬가지였다.

그날 저녁

 학사주점 대흥집에는 대흥집 멤버들과 근처의 다른 과 하숙생들이 모두 모여들었다. 경철과 재성 두 사람을 위로하고 대책을 상의하기에도 바쁜 판국이었지만, 공교롭게도 마침 그날 모임은 강혁 선배를 위한 축하 파티의 자리였다.

 강혁은 독특한 정신세계로 대흥동 하숙촌 학생들의 정신적인 지도자적 위치에 있는 인물이었다. 그런 그가 이번 사법고시에 당당히 합격을 했다. 어쩔 수 없지만 두 사람의 문제는 일단 뒤로 미루어야 했다.

 대흥집은 C대학교 캠퍼스 주변의 하숙촌에 산재해 있는 싸구려 막걸리 집 가운데 한 곳이었는데, 주로 근처의 대학생들이 단골손님인 소위 학사주점이었다.

 천정에는 언제나 때에 절어 침침한 형광등이 나른한 빛을 쏟아내고 있는 곳, 벽에는 찌그러진 크고 작은 노란색 주전자들이 훈장처럼 걸려 있고, 삐걱거리는 나무의자들이 있고, 찌개를 끓여 먹는 사람들을 위해 돌로 만든 둥근 탁자가 있고, 그 가운데는 연탄화덕이 타오르고 있는 곳. 언제나 뿌연 막걸리가 가득한 술 단지가 있고, 연탄불 위에는 멸치와 무와 파를 쓱쓱 썰어 넣은 술국이 씩씩 김을 뿜어대는 곳. 누가 술값 대신 잡히고 갔는지 주인 없는 낡은 기타 한두 개가 늘 나뒹굴고 있고, 벽에는 여기저기 조악한 낙서들이 그려져 있고, 누가 가져다 걸었는지 비틀즈와 닐 다이아몬드의 흑백사진 액자가 걸려 있는 곳. 대흥집은 주

악마 교수와

머니가 가난해도 마음은 늘 풍성해지는 그런 곳이었다.

주모는 60대의 후덕한 아주머니였는데, 미인은 아니었지만 그 동네에서는 황진이 아주머니로 통했다. 인심 좋은 기분파라 잘만 보이면 서비스 안주도 푸짐하게 내주었고, 학생들이 싸구려 안주 하나만 시켜놓고 무한정 눌러 앉아서 떠들고 마셔도 아무 눈치도 주지 않는, 마음만은 꽃미녀인 황진이였다.

대흥집에는 벌써 강혁을 축하하기 위해 근처 학생들이 구름처럼 몰려와 진을 치고 있었다. 여느 때처럼 20여 명이 넘는 대학생들 앞에 커다란 막걸리 잔이 놓여졌다. 그리고 노란색 주전자가 좌중을 한 바퀴 돌아다니면서 뽀얀 막걸리를 잔마다 가득가득 넘치게 채웠다.

"자, 여러분. 모두 앞에 놓인 잔을 높이 들어주십시오. 오늘은 큰 축하를 하기 위해 모였습니다."

"자, 여러분들도 잘 아시다시피 우리 대흥동 하숙촌의 정신적인 지도자이신 불가사의한 수재 강혁 형께서 금년도 사법고시에 당당히 합격하였습니다. 강형의 합격을 우리 모두 진심으로 축하하고, 장래에 더 큰 영광이 함께 하기를 기원하며. 자, 위하여!"

미술대에 다니는 오진우 선배가 선창을 하자 모두가 함께 잔을 들고 따라 외쳤다.

"위하여! 위하여!"

그 다음 순서는 모두가 술잔을 높이 들어 벌컥벌컥 마셔대는 자유 시간이었다.

통기타를 치고 노래를 부르고 젓가락으로 드럼처럼 주전자와 탁자를 치며 노래를 불러 댔다. 좌석에서 흥겨운 웃음소리와 박수 소리가 울려퍼지고 분위기가 점점 달아오르기 시작했다.

강혁. 실로 그는 불가사의한 인물이며, 놀라운 인물이었다. 우여곡절 끝에 사법고시 합격이라는 쾌거를 일구어낸, 천재적이면서도 범상치 않은 인물이었다. 그러나 막상 당사자인 강혁은 한쪽 구석에 무덤덤하게 앉아 있을 뿐이었다.

"자자, 오늘 술값은 모두 내가 낼 테니, 아무 걱정들 말고 마음껏 퍼마셔요."

사학과에 다니는 이형탁 선배가 술을 따라주며 떠들어 댔다.

"이형, 또 외상 긋는 것 아니요?"

누군가 한마디 했다.

"외상이라니? 그 무슨 섭한 말씀을. 그렇잖아도 방금 도착한 따끈따끈한 향토장학금이 요기 계시다는 거 아니냐. 그러니까 다들 걱정은 접어두시길."

형탁이 갑자기 엉덩이를 좌중에게 불쑥 디밀고 불룩한 바지 뒷주머니 쪽을 톡톡 치며 장난스럽게 말했다.

"아따, 행님요. 눈앞에서 아른아른 혀쌌는 고 화장실부터 좀 치워버려야 쓰겠소. 술맛이 싹 가시요."

형오가 한마디 거드는데 황진이 주모가 두부 두루치기를 내오면서 끼어 들었다.

"쓸데없는 소리들 말어. 오늘은 내가 내는 거니까. 오늘은 우리 강 선생 고시 합격한 기념으로 내가 내는 거니까 걱정들 말고 마셔."

주모는 싱글벙글이었다.

"황진이 아지매요, 나중에 강형이 높은 사람 되믄 잘 봐달라꼬 아첨하는 겁니까? 그라몬 접때부터 밀린 우리 외상값도 싹 탕감해 주이소. 이참에 우리 불쌍한 어린 양들도 다 같이 구제해 주이소!"

"탕감은 무슨 탕감, 그게 무슨 소리여! 그 외상값이랑 이 외상값이랑 어떻게 같어! 그러구 내가 예수여, 뭐여. 내가 왜 어린 양들을 다 구제

악마 교수와

해. 그쪽 건 틀림없이 내야 돼."

"아, 여러분."

그때 강혁이 모두를 제지하며 일어섰다.

"오늘은 제가 내겠습니다. 부족한 저를 축하해 주려고 이렇게들 모였는데 제가 내는 게 당연한 것 아니겠습니까. 자, 우리가 평소 그렇게 먹고 싶어 했던, 원수 같은 오징어볶음과 돼지고기 두루치기를 오늘 안주로 사겠습니다. 마음껏 드십시오!"

강혁의 화끈한 제안에 모두가 신이 나서 화답을 했다.

"만세!"

"역시 강형이 최고여. 다들 박수!"

"하하하!"

대흥집은 모두의 웃음소리와 박수소리와 환호성으로 떠나갈 듯했다. 그때 진우 선배가 다시 일어섰다.

"아, 잠깐 조용히들 하세요. 그리고 내가 깜박 잊었는데 오늘 축하할 일이 또 하나 있습니다. 우리 대흥동의 명물, 살아 있는 방언학의 마지막 전승자이자 못 말리는 사투리 삼형제인 노윤기, 윤성환, 안형오, 그리고 공부벌레 박동하 등 의예과 동포들이 본과 1학년에 올라갔답니다. 한마디로 정식 의대생이 된 거죠. 자, 이제 시험 복이 터진 이 의대 공부벌레들의 진급도 함께 축하해 줍시다! 자, 위하여!"

"위하여!"

"하하하."

"야야, 잘됐다. 2차는 본과생 니네들이 사라!"

친하게 지내는 법대 선배인 남태호 형이 남의 속도 모르고 소리쳤다. 동하를 포함하여 의대생들은 지금 겉으로는 웃고 있어도 경철과 재성 때문에 속이 말이 아니었다.

동하는 잠시 감회에 젖었다. 어느새 2년이 지나간 것이다. 강혁. 한때는 이 대흥집에서 법대와 문리대의 학생 간부들을 불러 모아 시위를 주동하여 문리대는 물론이요, 전 대학을 데모의 소용돌이 속으로 이끌어 갔던 인물, 제대 복학한 법대 3학년. 그렇게 시위 주동자로 지목되어 제적을 당하고 감옥살이까지 하기를 2년. 다행히 시국사범 구제조치가 취해지면서 그는 다시 복학을 할 수 있었다. 그리고 사법고시에 합격하는 기염을 토해냈다.

큰 키에 건장하고 딱 벌어진 어깨, 부리부리한 두 눈과 거뭇거뭇한 턱수염으로 인해 언뜻 보면 야성적으로 생긴 사내였다. 하지만 알고 보면 섬세하고 인정도 많은 사내였다. 그리고 배짱도 큰 사람이었다. 그가 가장 아끼는 후배는 역시 제대 복학생인 법대생 남태호였다.

또한 강혁은 철학 사상과 종교에 대해서도 공부를 많이 한 사람이었다. 그리하여 웬만한 철학과나 신학과 학생들보다 더 아는 것이 많았다. 탁월하고 뛰어난 수재라고 할 수밖에 달리 표현할 말이 없었다.

그때 형탁이 나서서 다시 건배를 하자고 제안하였다.

"자, 다시 한번 강형의 합격과, 그리고 여기 의예과 동포들의 본과 진급을 축하하고, 대흥동 하숙촌 모든 동지들의 발전과, 끝으로 황진이 아주머니의 만수무강을 위하여!"

다들 흔쾌한 목소리로 잔을 높이 들고 외쳤다.

"위하여!"

"위하여!"

하지만 의대생 멤버들은 기분이 마냥 좋을 수만은 없었다.

강혁을 위한 축하 파티가 끝나자 다들 베니스나이트로 가서 신나게 고고춤을 추고 놀자며 일어섰다.

"저희들은 학과 문제로 상의할 게 좀 있어서 2차는 못 갈 것 같아요.

악마 교수와

다들 재미있게 놀다 오세요."

"같이 가면 좋을 텐데. 우리가 언제 다같이 신나게 몸을 풀어보겠냐."

형탁이 아쉬워하며 다른 일행들을 데리고 밖으로 나갔다.

"왜들 갑자기 심각해? 학교서 뭔 일 있었남?"

학생들의 얘기를 언뜻 들었는지 황진이 주모가 빈 김치 보시기를 새 것으로 바꾸어 주며 물었다.

"아닙니다, 아주머니."

동하가 정색을 하며 말했다.

"아니긴 뭐가 아녀. 얼굴에 다 써 있구먼."

"그게 아니라…… 뭐, 아주머니 앞이니까 그냥 다 말씀드리죠, 뭐. 실은 실습 시간에 사람 뼈를 가지고 장난을 치다가 교수한테 걸린 게 문제가 돼서 학교에서 짤리게 생겼습니다."

"아, 이 좋은 날 그게 무슨 귀신 씨나락 까먹는 소리여? 학교서 자른다는 게 정말이여? 그래서 다들 춤 추러도 못 가고 이렇게 앉아서 고민들하고 있는 거였어? 그럼 무조건 가서 빌어. 선상님한티는 그저 잘못한게 있으면 무조건 잘못했다고 비는 게 상책이여."

"그래, 맞아. 황진이 아주머니 말씀이 맞다. 비는 것밖에 다른 수가 뭐 있겠냐?"

그리하여 다음 날, 두 사람은 날이 밝기가 무섭게 학교로 달려가 황교수 연구실로 향했다. 황 교수는 실습이 있었던 날에는 집으로 퇴근도 하지 않고 아예 연구실에서 간이침대를 펴고 잔다는 말을 들었기 때문이었다.

경철이 부들부들 떨리는 손으로 황 교수의 연구실 문을 두드렸다.

"똑똑똑!"

"누구십니까?"

이른 새벽인데도 벌써 일어난 것인지 졸음기라고는 눈곱만큼도 없는 낭랑한 황 교수의 목소리가 연구실 문 안쪽에서 들려왔다.

"저, 전경철입니다."

"누구?"

황 교수가 안에서 물었다.

"어제 실습실에서 장난치다가……"

"아, 너희들! 할 얘기 없다고 했잖아. 가 봐!"

"교수님, 제발 한 번만 용서해 주십시오. 정말로 잘못했습니다."

두 사람은 연구실 문 앞에 무릎을 꿇고 앉았다. 그러나 황 교수는 끝내 문도 열어주지 않았고 아무런 대꾸도 하지 않았다.

그리고 얼마나 시간이 흘렀을까. 학생들이 하나둘 등교를 하고 다른 교수들도 복도를 오가기 시작했다. 그때까지도 두 사람은 황 교수 연구실 앞에서 무릎을 꿇고 앉아서 울면서 빌고 있었다. 여기저기에서 수군거리는 소리가 들려왔다. 그러나 그들은 발가벗고 벌을 서는 망신을 당할지라도 용서를 받을 수만 있다면 그렇게 할 각오가 되어 있었다.

하지만 1교시 직전이 되자 연락을 받았는지 덩치 큰 수위 두 명이 허겁지겁 달려와서는 다짜고짜 두 사람을 끌어내기 시작했다.

"학생들, 여기서 이러고 있으면 안 됩니다. 당장 나가요!"

두 사람이 꿈쩍하지 않고 버티자 수위들이 달려들어 두 사람을 질질 끌다시피 밖으로 끌어냈다.

그들은 몸부림치며 울부짖었다.

"제발 한 번만 용서해 주세요! 교수님, 교수님!"

그러나 황 교수의 연구실 문은 끝내 열리지 않았고, 두 사람은 건물 밖으로 쫓겨났다. 수위들은 아예 두 사람이 다시 건물로 들어오지 못하도록 입구에 버티고 서 있기까지 했다. 결국 그들은 울면서 하숙집으로

악마 교수와

돌아올 수밖에 없었다.

그리고 사흘 후, 두 사람은 교수회의에 회부 되었다. 그 자리에서 황교수는 강력하게 두 학생의 퇴학을 초지일관 주장했다.

"두 학생은 반드시 퇴학시켜야 합니다. 학교의 기강을 다시 바로 세워야 합니다! 정신 자세가 틀려먹은 학생들은 절대로 그대로 둘 수 없습니다."

그러나 다행히 온건파 교수들의 만류와 반대로 두 학생은 1년간의 정학 처분을 받게 되었다.

그 사건 이후 의과대학은 입김조차 얼릴 것 같은 싸늘한 냉기만 쌩쌩했다. 학생들은 누구나 겁을 먹고 잔뜩 주눅이 들어 있었다. 동하도 그 일로 등골이 서늘해졌다. 소문대로 황 교수는 피도 눈물도 없는 사람 같았다. 그러나 어쨌든 두 사람이 퇴학 당하지 않은 것만 해도 천만다행이었다.

다시 정신없는 일상이 시작되었다

사실 꼭 황 교수만 학생들을 괴롭히는 것이 아니었다. 기라성 같은 수많은 교수들이 송곳니를 번뜩이며 물어 뜯어대는 데는 정말이지 사람 미칠 노릇이었다.

눈만 뜨면 그저 해부학, 생리학, 생화학이었으며, 솔직히 그것이 인생의 전부였다. 그리고 수시로 치러지는 시험과 시험, 시험 지옥이었다. 동하도 단 하루도 마음 편할 날이 없이 그저 발등에 불이 붙은 듯 쉬지 않고 점수를 좇아 뛰어다녀야 했다. 그도 그럴 것이 의과대학은 모든 과목의 평균성적이 70점 이상이 되어야 다음 학년에 진급할 수가 있기 때문이었다.

게다가 평균성적이 70점 이상 나와도 한 과목이라도 60점 이하, 즉 과락이 있으면 진급하지 못하고 유급을 당했다. 그렇게 되면 다음해에 그 비싼 등록금을 다시 내고 후배들과 같은 학년이 되어 모든 과목의 점수를 다시 따야 했다.

뿐만 아니라 같은 학년에서 두 번째에도 또 유급을 하면 자동적으로 퇴학 처분을 받았다. 그러니 학생들이 유급과 퇴학의 공포 때문에 눈에 불을 켜고 점수에 혈안이 되지 않을 수가 없었다. 하지만 시간이 가면서 본과 생활도 어느 정도 틀이 잡혀가기 시작했다. 그리고 드디어 호기심 반 두려움 반인 인체해부학 실습 시간이 다가왔다.

해부학 실습은 월요일 오후 2시에 시작해서 6시까지 진행되었다. 그

악마 교수와

러나 6시에 끝나는 날은 한 번도 없고 보통 밤 10시, 늦으면 밤 12시가 넘어서 끝난다고 했다. 각 조는 4명인데 한 조에 시체가 1구씩 배당이 되었다.

동하는 전에 호기심으로 삼총사와 함께 해부학 실습실에 몰래 가본 적이 있었다. 해부학 실습실은 지하에 있었다. 어두컴컴하고 이중으로 된 지하 계단을 내려가면 커다란 자물쇠가 굳게 채워진 2중 철창문이 나왔고 그 안에 실습실이 있었다.

실습실 쇠창살의 유리창 너머로 20여 개가 넘는 실습 테이블과 교탁, 실습 칠판이 보였다. 실습 테이블 위에는 번뜩이는 스테인리스 섀시가 설치되어 있었고, 실습실 한쪽에는 빗자루와 자루걸레, 쓰레기통, 양동이 따위의 청소용구들이 놓여 있었다.

빛이 전혀 없는 어두컴컴한 실내는 뭔가 스산한 느낌이었다. 시체가 보관된 탱크의 철문 뚜껑은 굳건히 닫혀 있고 녹이 슨 커다란 자물쇠가 2개나 채워져 있었다. 그 육중한 자물쇠가 죽음이라는 영원한 침묵을 가두어 놓은 것 같았다.

뭔가 가라앉아 있는 듯한 무겁고 음습한 공기, 고요와 어둠, 소독약 냄새, 불쾌한 습기, 붉은색 보안등의 침침한 불빛, 쇠붙이 냄새와 동물성의 피 냄새 같은 것. 동하는 혼자서는 무서워서 도저히 못 내려갈 것 같았다. 그들은 쇠창살 앞에서 서성거리며 기웃거리다가 되돌아 나왔다.

밖으로 나오자 환한 햇살이 찬란하게 쏟아져 내리고 있었다. 네 사람이 느낀 것은 비슷했다. 그날은 그냥 죽음의 무게가 막연하게 느껴졌을 뿐이었다. 이제 그곳에서 인체 해부학 실습이 시작되는 것이다.

실습 그 첫날이 되었다. 학생들은 흰 가운을 입고 호기심과 두려움을 안은 채 우르르 지하 실습실로 내려갔다. 지하 실습실에는 소독약 냄새와 지하실 특유의 퀴퀴한 냄새와 쇠 냄새, 그리고 비릿한 동물성 냄새가 보이지 않는 안개처럼 고여 있었다.

실습실로 들어가자 조교 유동식 선생이 각 조별로 실습 테이블을 배치해 주고 있었다. 조교 선생 역시 깐깐하기가 보통이 아니었다. 학생들은 교수들이 하도 깐깐하기에 조교 선생은 좀 순하고 부드러운 줄 알았지만, 막상 그렇게 생각했다가는 오히려 뒤통수를 얻어맞을 지경이었다. 교수들보다 더하면 더했지 덜하지 않은 것이 유동식 선생이었다. 금테 안경 너머에 있는 그의 눈매는, 좀 나쁘게 말하면 흡사 뱀처럼 빛나는 사내였다. 하여튼 황유진 주임교수부터 조교에 이르기까지 모두 학생들 괴롭히는 것을 삶의 유일한 쾌락으로 알고 사는 사람들 같았다.

동하는 5조에 배당이 되었다. 모두에게 자리를 배치해 준 조교 선생이 앞으로 나가 일장 연설을 했다.

"자, 이제 오늘부터 그동안 기다렸던 해부학 실습에 들어간다. 1주에 한 번씩 네 시간이 들어 있는데, 아마 네 시간만 하고 끝나는 날은 거의 없을 것이다. 여러분의 실습에 임하는 성의와 태도에 따라서 다르겠지만 밤 열두 시까지 할 수도 있다."

여기저기서 긴장된 숨소리가 들려왔다. 다들 잘못하면 밤 12시까지 실습을 해야 한다는 사실에 중압감을 느끼고 있었다.

"아무쪼록 열심히 실습에 임하여 좋은 성적을 거두기 바란다."

조교 선생은 성적에 대해서도 언급했다.

"시험 성적도 중요하지만 나와 각 교수님들이 가끔씩 돌아다니면서 체크해서 실습 점수도 따로 매긴다. 특히 '주임교수님'께서 자주 오셔서 보아주실 것이다."

조교 선생은 유난히 주임교수라는 단어에 힘을 주어 말했다.

"흐아……"

여기저기서 짧은 탄식이 새어나왔다. '주임교수'는 다름 아닌 황유진 교수였기 때문이었다. 이미 다 아는 사실이었지만 학생들은 주임교수라는 말만 들어도 새삼 오금이 저렸다.

"모르는 것이 있으면 그때 기탄없이 질문을 하기 바란다. 그리고 '주임교수님'의 질문에도 정확하게 잘 대답하도록!"

조교 선생은 마지막으로 당부의 말을 덧붙였다.

"또한 여러 가지 실습에 임하는 자세나 행동에도 각별히 주의하기 바란다. 그 모든 것이 점수에 반영이 된다. 참고로 말하지만 실습점수도 총괄적으로 모두 '주임교수님'께서 매긴다. 여러분들도 잘 알겠지만 의과대학에서는 각 과의 '주임교수님'이 최고 책임자시다.

해부학 '주임교수님'은 특히 더 까다로운 분이시니까 잘못 지적당하여 피해를 보는 일이 없도록 각별히 조심하기 바란다."

처음부터 끝까지 오로지 '주임교수'를 강조하는 말뿐이었다. 그것은 사실이었다. 의과대학에서 주임교수의 위치는 실로 막강했고 대부격이었다. 주임교수란 대학에서 어떤 전문학과나 학부의 일을 통괄하는 교수를 말한다. 학문적으로나 대외적으로도 가장 높은 위치에 있는 인물이며 그 권한 또한 막강했다. 군대로 치자면 마치 사단장과 같은 위치라고 할 수 있었다. 의과대학에는 기초와 임상 모든 과목마다 해당교실이 있고 주임교수가 있다.

조교 선생이 다시 목소리를 높였다.

"자, 우선 오늘 할 일은 다음 주부터 실습을 할 수 있도록 준비를 하는 일이다. 여러분이 실습할 카데바(Cadaver 해부 실습용 시체)를 꺼내서 각 조별로 머리칼과 그 외 온몸의 모든 털을 면도한 후 비누로 잘 닦고 씻어서 깨끗하게 만들어 테이블 위에 실습 준비를 해놓는 일이다."

드디어 올 것이 온 순간이었다. 학생들 모두가 긴장된 표정으로 조교 선생을 바라보았다. 조교 선생이 탱크와 테이블 쪽을 각각 가리키며 말했다.

"카데바 탱크를 열고 각 조별로 자기 조의 해당 카데바를 찾아서 꺼내기 바란다. 그리고 테이블로 끌고 가서 고무호스를 이용해서 수돗물로 닦으면 된다."

조교 선생은 이번에는 실습실 구석에 있는 긴 대나무 장대들을 가리켰다.

"그리고 모든 카데바의 팔목과 발목에 나무 조각이 고무줄로 매여져 있는데, 거기에 번호가 씌어져 있다. 저쪽에 있는 갈고리가 달린 긴 대나무 장대를 이용해서 꺼내기 바란다."

그러면서 조교 선생은 실습실 구석에 있는 긴 대나무 장대들을 가리켰다.

"자, 모두 따라오도록!"

말을 다 마친 조교 선생이 카데바 탱크 쪽으로 앞장서서 갔다. 동하를 비롯한 학생들도 우르르 몰려가서 탱크를 에워쌌다. 매우 큰 탱크였다.

조교 선생이 육중한 2개의 자물쇠를 땄다. 그리고 벽에 붙은 레버를 천천히 돌리기 시작하자 붉게 녹이 슨 커다란 쇠뚜껑이 서서히 올려지기 시작했다. 끽끽거리는 기분 나쁜 금속성의 마찰음과 함께 두꺼운 철근 와이어들이 쇠뚜껑을 위로 들어올렸다.

그러자 처음 다가온 것은 냄새! 그랬다. 냄새였다. 포르말린 액체와 시체 냄새가 섞여서 코를 찌르는 그 독한 냄새. 냄새가 얼마나 지독한지 순식간에 눈물 콧물이 줄줄 흐르고 피부가 따갑고 매웠다. 거기에다 속이 울렁거리고 구역질이 쉴 새 없이 올라왔다. 그때 조교 선생이 크게 소리쳤다.

"자, 1, 2, 3조 빨리 카데바를 꺼내도록!"

커다란 목욕탕 같은 탱크 속에 포르말린 액에 잠긴 시체들이 둥둥 떠

있었다. 아, 참혹했다. 순간 동하의 전신에는 경련이 스쳐갔다.

남자, 여자, 젊은이, 늙은이들의 시체가 검붉은 포르말린 액체 속에 서로 뒤엉켜 있었다. 옷은 대개 모두 벗겨져 있었는데, 더러는 옷이 입혀진 시체도 있었다. 서로 끌어안듯 엉켜 있는 시체들도 있었다.

허리가 구부러진 사람, 팔다리를 구부린 사람, 눈을 뜬 사람, 감은 사람, 살찐 사람, 마른 사람, 평안한 표정을 지은 사람, 고통스러운 표정을 지은 사람, 사후 강직으로 딱딱하게 굳어버린 여러 형체의 송장들, 40여 구가 넘는 송장들이 포르말린 탱크 속에 꽉 차게 들어 있었다. 생명이 떠난 육신이 거기에 있었다.

'저것이 인간의 죽은 모습이란 말인가!'

동하는 놀라지 않을 수가 없었다. 벌써 썩어버렸을 육신이지만 약물 속에 담가 놓았기 때문에 썩지 않고 보관되어 있는 것이었다. 허망했다.

'저것이 우리들이 죽은 후의 모습이라니. 생명은 무엇인가. 저들의 영혼은 모두 어디로 떠나갔단 말인가? 생명을 가진 육체와 생명이 떠난 육체가 그토록 다르단 말인가. 인간의 삶이란 무엇인가?'

동하는 잠시 그러한 철학적인 숙연함에 젖어 있었다. 한편, 다른 학생들도 지독한 냄새와 놀라움 속에서 우왕좌왕하고 있었다. 그때 조교 선생이 다시 소리쳤다.

"팔목과 발목에 끈이 묶여져 있다. 자기 조의 카데바를 확인하고 그 끈에 장대의 갈고리를 걸어서 카데바를 탱크 옆으로 끌어내라. 탱크 옆으로 끌고 온 후 함께 들어내라. 빨리!"

조교 선생이 목에 핏발을 세우고 소리쳤다. 그는 마치 나치스의 냉혹한 젊은 장교 같았다. 모두들 눈물 콧물을 줄줄 흘리고 재채기를 해대며 어쩔 줄 몰라 우왕좌왕하였다. 동하도 괴로웠다. 외면하며 도망치려는 학생, 열심히 꺼내 보려고 달려드는 학생, 가지각색이었다.

"마스크는 하지 못한다. 그냥 꺼내라. 손에 고무장갑 낄 수 없다. 맨손으로 직접 들어서 꺼내라. 빨리!"

조교 선생이 다시 신경질적으로 소리쳤다. 동하는 도저히 그 냄새를 견딜 수가 없었다. 눈도 따갑고 코와 목도 맵고 아파서 견딜 수가 없었다. 동하의 조원들이 이심전심으로 재빨리 눈짓을 교환했다. 잠시 도망치자는 의미였다. 3조와 4조의 학생들도 모두 지상으로 뛰쳐나왔다. 앞의 조들이 카데바를 모두 꺼낼 때까지는 시간이 있었기 때문이었다. 3조에 가 있던 윤기가 구역질을 하며 말했다.

"내사마, 저 냄새만은 도저히 못 참겠대이. 무신 냄새가 최루탄 까스보다 열 배는 더 독하노."

4조로 배정된 형오도 벌게진 눈으로 고개를 절레절레 저었다.

"워메, 앞으로 워쩌야 쓰겄냐이. 얼매나 냄새가 콕콕 찌르는지 멀쩡혔던 눈알이 홀랑 빠져버리는 줄 알았당께로."

형오와 함께 4조가 된 성환도 찝찝한 표정으로 한마디 했다.

"나는 말여, 빤쓰까지 다젖었다니께. 내참……"

게다가 모두들 서로 못하겠다고 아우성이었다.

"야, 네가 꺼내라. 네가 키가 제일 크고 힘도 좋잖아."

"야야, 같이 꺼내야지. 우리 조원들이 서로 단합해야 하는 거 아니야?"

조원들이 서로에게 미루기를 하면서 잠시라도 신선한 공기를 더 마시려고 심호흡들을 해댔다. 비위가 상한다며 계속해서 구역질을 하거나 담배를 피워대는 학생들도 있었다. 동하도 끔찍하긴 마찬가지였으나 어쨌든 맑은 공기를 마시니 살 것 같았다.

그때였다. 지하실에서 누군가의 급박한 외침이 들려왔다.

"야! 빨리 들어와. 지금 출석 불러!"

모두들 놀라서 담배고 뭐고 후다닥 집어던지고 지하실로 뛰어 내려갔다. 실습실 안에는 언제 등장 했는지 장화를 신은 주임교수가 교단 앞에 꼿꼿하게 서서 출석을 부르고 있었다. 실습실 바닥은 카데바 탱크에서 흘러나온 물과 수돗물로 질척질척 했다.

동하와 일행은 재빨리 자기 자리로 돌아갔다. 그런데 황 교수는 벌써 동하가 속한 5조 명단을 지나서 10조의 명단을 부르고 있었다. 하늘이 노래지는 것 같았다. 해부학 실습 첫날부터 또 찍힌 것이다.

출석을 다 부른 황 교수가 천천히 입을 열었다. 해부학 교실에서의 황 교수는 마치 학생들 위에 군림하는 상명하복의 절대 군주 같았다.

"지금 여기 있는데 출석을 부를 때 대답을 하지 않은 사람들, 즉 밖에 나갔다 온 사람들은 모두 결석으로 처리하여, 오늘 실습 점수는 0점이고 전체 실습점수에서 무조건 10점씩 감점한다!"

동하는 가슴이 철렁했다. 0점에, 더구나 감점이라니 기가 막혔다. 황 교수는 강경했다.

"냄새가 난다고 도망치고, 눈물이 나고 콧물이 나고 맵다고 피해서는 공부를 할 수가 없다. 여러분의 선배들도 모두 이 냄새를 맡아가며 이보다 훨씬 더 열악한 환경 속에서 실습을 하고 지나갔다. 여러분이라고 예외일 수는 없다. 그런 썩어빠진 자세로는 절대로 의사가 될 수 없다. 그리고 설령 의사가 된다고 해도 훌륭한 의사가 될 수 없다. 그러니 열심히 실습을 하도록! 빨리!"

황 교수의 목소리는 냉정하고 단호했다.

학생들은 황 교수의 엄청난 위엄에 눌려 아무 소리도 못하고 다시 카데바를 꺼내는 작업을 계속했다. 동하의 조 차례가 되었다. 동하는 조원들과 함께 장대를 들고 탱크로 다가갔다.

"각 조의 조장이 장대로 걸어서 당겨라."

조교 선생이 소리쳤다. 조장은 편의상 전통적으로 가장 앞 번호인 사람으로 정해졌는데, 5조의 조장은 동하였다. 동하가 머뭇거리자 조교 선생이 소리쳤다.

"5조, 5조 조장이 누구야?"

"저, 접니다……"

동하가 어쩔 수 없이 앞으로 나섰다.

"그래? 빨리 걸어서 당기도록. 저쪽 코너에 있는 카데바가 5조다. 보이지? 이 탱크 옆으로 올라서서 장대를 걸어라, 빨리!"

동하는 탱크 옆에 올라서서 눈물, 콧물을 줄줄 흘리면서 장대를 휘저었다. 카데바는 등을 구부리고 엎드린 채 둥둥 떠 있었는데 생각처럼 뜻대로 되지 않았다. 6조와 7조도 옆에서 자기네 카데바를 건져내기 위해 갖은 애를 쓰고 있었다. 그들 조의 시체는 서로 포옹하듯 엉켜 있었는데 떼어놓기 위해 장대로 쑤석거려 댔다.

"똑바로 꺼내! 뭐하고 있어?"

조교 선생이 다시 소리쳤다.

'나는 왜 또 조장이 되어서 이 고생을 한단 말인가!'

동하는 순간 억울한 생각마저 들었다.

사실 동하는 문리대 의예과 2학년 때도 운 나쁘게 조장이 되어 망신을 당한 적이 있었다. 그러니까 그날은 토끼를 해부하는 날이었다. 비교해부학(comparative anatomy 생물의 구조에 있어서 유사점과 차이점을 공부하는 학문)의 조교 선생은 독사라는 별명을 지닌 인물이었다. 독사처럼 날카로운 눈빛에 안경을 낀 조교 선생이 쇠창살 우리에 들어 있던 토끼를 한 마리씩 꺼내 조장에게 차례로 던져주었다.

조장은 토끼를 받아서 교탁 앞에 마련된 양동이로 가서 토끼 머리를 물 속에 집어넣어 익사시킨 후 배정받은 실습 테이블로 가져와야 했다. 그리고 조원들과 함께 토끼의 배를 가르고 내장을 하나씩 꺼내서 실습

악마 교수와

을 하는 것이었다.

1조와 2조의 조장들은 모두 토끼를 잘 죽여서 테이블로 가지고 가서 실습을 하고 있었다. 그 다음은 3조 차례였다.

"3조, 3조 조장 나와."

조교 선생이 소리를 지르자 동하는 엉거주춤한 모습으로 앞으로 나갔다.

"자, 받아."

조교 선생은 우리에서 토끼 한 마리를 꺼내더니 휙 던져주었다. 동하는 엉겁결에 토끼를 가슴으로 받아 안았다. 흰털이 아름다운 토끼였다.

"자, 죽여."

조교 선생이 턱으로 양동이를 가리켰다. 동하는 토끼를 안고 양동이 쪽으로 다가갔다. 가슴과 손바닥으로 따뜻하고 부드러운 토끼의 몸과 커다란 귀가 느껴졌다. 그리고 말갛고 빨간 눈동자, 그 애절하고 순수해 보이는 토끼의 눈동자와 마주쳤을 때 동하는 움찔했다. 토끼는 마치 자기를 제발 살려 달라고 애원 하는 것 같았다.

'아, 이 순박한 초식동물을 어떻게 무자비하게 죽인단 말인가?'

동하는 갑자기 정신이 아득해지는 것 같았다. 품 속에 있던 토끼가 불편한지 몸을 바르작거렸다. 그러나 실습을 위해서는 어쩔 수 없는 일이었다. 죽이라는 명령은 이미 떨어졌다. 동하는 토끼를 안고 양동이 쪽으로 다가갔다. 토끼는 아무것도 모르는 채 계속 네 다리로 바르작거려댔다.

'토끼야, 미안하다. 하지만 어쩔 수가 없구나. 용서해다오.'

동하는 속으로 용서를 빌며 토끼의 머리 부분을 가만히 물 속으로 밀어 넣었다. 손이 떨리고 심장이 마구 두근거렸다. 그러자 순간 토끼가 심하게 꿈틀거렸다. 토끼 목덜미의 가죽을 통해 격렬한 토끼의 몸부림이 그대로 전해져 왔다. 순간 동하는 전기에 쏘인 듯 깜짝 놀라 토끼를 놓쳐 버렸다.

토끼는 그대로 양동이를 박차고 밖으로 뛰쳐나갔다. 그 바람에 양동이가 엎어져 실습실 바닥에 물이 흥건하게 쏟아졌다. 토끼는 이리저리 학생들의 다리 사이로, 실습 테이블 사이로 실습실 안을 뛰어다녔다.

"와아~"

심각한 상황이었지만 학생들은 자기도 모르게 함성과 웃음을 터뜨렸다. 개중에는 배를 움켜쥐고 깔깔거리는 학생들도 있었다. 동하는 얼굴이 화끈거렸다. 자신이 큰 실수를 한 것이다.

"당장 토끼 잡아와!"

조교 선생이 화가 나서 소리쳤다. 그 사이 뒷조였던 4조 조장은 토끼를 죽여서 손에 들고는 개선장군처럼 웃어가며 실습 테이블로 돌아가고 있었다. 5조와 6조의 조장들도 번갈아 토끼를 죽이고 있었다. 왠지 그들의 얼굴에는 능글거리는 잔인함이 묻어 있는 듯 느껴졌다.

토끼는 이리저리 필사적으로 도망을 다니다가 끝내 1조의 손에 붙잡혀서 조교 선생에게 인계되었다. 조교 선생은 바둥거리는 토끼를 한 손으로 잡더니 우악스럽게 머리를 양동이 속에 집어넣었다. 그러더니 무지막지하게 죽인 토끼를 시멘트 바닥에 집어 던졌다. 물에 젖은 토끼의 몸은 척 소리를 내며 시멘트 바닥에 떨어졌다. 이미 토끼는 사지를 벌린 채 축 늘어져 있었다.

"가지고 들어가. 너희 3조는 오늘 실습점수 10점씩 감점한다."

동하는 죄인처럼 죽은 토끼를 끌어안고 고개를 숙인 채 실습 테이블로 돌아왔다. 앞자리의 학생들이 자루걸레로 바닥에 흐르는 물을 닦아냈다. 같은 조의 성환이 핀잔을 했다.

"야, 너는 어째 조장이나 되어 가지구 토끼 한 마리두 지대로 못 죽인

악마 교수와

다냐."

다른 조원들도 불만을 떠뜨렸다.

"인자 우리 조는 독사한테 팍 찍힌 거다."

"동하 너, 정신 좀 바짝 차려라. 독사한테 한 번 찍혀버리면 끝까지 물고 늘어져서 피를 봐버린다 안 하데."

"우리 이래 가지구 본과 1학년에 올라딜 가겠어?"

"정말 미안하다. 볼 낯이 없다."

동하는 조장을 잘못 만나 실습점수를 감점 당한 조원들에게 진심으로 미안하고 얼굴이 계속 화끈거렸다.

조원들이 날카로운 메스로 토끼의 배를 갈라내고 오물거리는 간, 창자, 위장 따위의 내장을 꺼내기 시작했다. 해부대 위로 붉고 따뜻한 피가 번져 나왔다. 조금 전까지만 해도 살아서 윤기 있는 흰 털과 빨간 눈동자를 반짝이던 토끼가 싸늘한 사체로 변해서 누워 있는 것이었다. 동하는 다시 숙연한 느낌이었다.

'생명의 정체는 무엇일까? 그리고 그 생명의 기운은 어디로 흔적도 없이 날아가 버린 것일까? 자신을 바라보던 투명하고 말간 눈동자 살려달라고 애원하는 듯한 눈빛, 꿈틀거림…… 토끼의 목덜미 가죽을 통해 손바닥과 팔 그리고 가슴으로 전해져 오던 그 꿈틀거림, 그 꿈틀거림에 대한 연민, 그것이 바로 생명이었을까?'

생명이 떠난 후의 슬픔, 아마도 생명의 본질은 슬픔인지도 모른다는 생각이 들었다.

동하는 어떻게 시간이 흘러갔는지 정신이 없었다. 머릿속으로는 생명에 대한 수없이 많은 생각들이 명멸했고, 손으로는 끊임없이 토끼의 내장을 갈라내고 분리해야 했기 때문이었다.

실습이 끝나자 조별로 자신들이 실습한 토끼를 비닐봉지에 싸들고 실습실을 나갔다. 의예과에서는 전통적으로 실습이 끝난 닭이나 토끼를 술집으로 가지고 가서 안주로 요리하여 조별로 단합대회를 한다는 것이었다. 물론 동하가 속한 조도 하숙집 근처의 술집으로 토끼를 가지고 가서 매운탕을 끓여 달라고 한 후에 막걸리를 시켰다.

하지만 동하는 다른 친구들처럼 토끼 고기를 먹을 수가 없었다. 그저 막걸리만 벌컥벌컥 마셔댔을 뿐이었다. 동료들에게 피해를 입혔다는 죄책감과 죽은 토끼에 대한 연민, 그리고 소심하고 나약한 자기 성격에 대한 부끄러움 때문이었다.

동하는 마음이 무거웠다. 산 닭을 삶아 뼈를 추려낼 때도, 살아서 팔딱거리는 붕어를 서로 붙들고 날카로운 메스로 배를 갈라 내장을 꺼내고 부레를 꺼낼 때도, 살아 있는 개구리의 사지를 나무판에 핀을 박아 고정시키고 허연 배를 메스로 갈라 오글거리는 내장을 꺼낼 때도, 그 팔딱거리는 작고 붉은 심장을 보았을 때도 동하는 생명에 대한 연민으로 손을 떨었다.

동하가 술에 좀 취하자 다른 조의 윤기가 와서 어깨를 두드려 주며 위로했다.

"동하야, 괜안타. 힘 내그라."

형오도 한마디 거들었다.

"박동하, 니는 다 좋은디 말이여. 나는 니가 쪼까 마음을 독하게 먹었으면 허는 마음이 있어야. 머슴아가 고로코롬 소심해버려 갖고 워따 쓴다냐. 긍께 의과대학에서는 마음이 독혀버려야 사는 거라고들 안 허대."

그랬던 동하였다. 그런데 지금 본과 1학년에 올라와서도 또 그 빌어먹을 놈의 조장이 되어 있었다.

'참내, 나는 대체 되는 일이 없다니까.'

동하는 내심 억울해하며 탱크의 난간에 올라갔다. 하지만 아무리 장

악마 교수와

대를 휘저어도 카데바의 끈을 고리에 걸 수가 없었다. 눈도 어찌나 매운지 제대로 뜰 수조차 없었고, 잘못하면 발을 헛디뎌 탱크에 빠질까 봐 겁도 났다.

그때 황유진 주임교수가 나타나서 고함을 쳤다.

"비켜, 이 멍청한 녀석들! 장난하는 거야, 뭐하는 거야? 장대 이리 내. 몇 조야?"

동하가 겁먹은 목소리로 말했다.

"5…… 5조입니다."

황 교수는 무섭게 동하를 노려보았다.

"너, 이 새끼 이름이 뭐야?"

"박동하…… 입니다."

"박동하, 태도가 그게 뭐야! 너 골학실습 때도 걸린 놈이지?"

황 교수는 동하를 기억하고 있었다.

동하는 얼굴이 화끈거렸다. 황 교수는 동하가 들고 있던 장대를 빼앗더니 직접 카데바를 건져내기 시작했다. 비록 야단을 맞긴 했지만 머리가 희끗희끗한 중년의 주임교수가 직접 카데바를 꺼내는 모습은 숭고해 보이기까지 했다.

'인간의 삶이란 과연 무엇인가…….'

그 순간 동하는 다시 또 철학적인 감상에 사로잡혔다.

"빨리 끌어내! 뭐하는 거야? 이 새끼들, 정말 형편없어. 이런 놈들이 어떻게 의대에 들어왔나? 똑바로 못해?"

카데바를 꺼내던 황 교수가 5~6조 조장이 하는 것을 보고 호통을 쳤다. 신경질적이라고 소문난 황 교수의 성질이 그대로 드러나고 있었다.

"여기는 철학을 하거나 구경하는 데가 아니다. 철학을 하려면 철학과로 가면 된다. 여기는 의학이라는 과학을 공부 하는 곳이다."

황 교수의 질책은 계속 이어졌다.

"나는 성격이 매우 안 좋은 사람이다. 제군들이 자꾸만 내 비위를 건드리면 2학년에 진급하는 데 많은 애로사항이 있다. 여러분 전체를 유급시켜 버릴 수도 있고, 전체를 퇴학시켜 버릴 수도 있다. 의학을 공부하기 싫으면 꺼지면 된다. 이 여우 같은 새끼들. 꾀부리지 말고 빨리 들어내지 못해?"

황 교수의 호통에 놀란 5~6조 조장들은 장대를 걸어 조원들과 함께 눈물을 줄줄 흘리며 카데바를 들어냈다. 딱딱하고 푸르딩딩한 피부, 그 서늘한 감촉, 미끈거림, 포르말린 냄새. 동하가 속한 조의 카데바는 중년의 남자였다.

실습조원들은 카데바를 간신히 테이블에 눕힌 후 머리털을 비롯해 온몸의 털을 면도칼로 밀어내고 비누칠까지 해서 깨끗이 닦아낸 뒤 조교의 검사에 통과했으나 황 교수에겐 불합격을 당해 밤 10시까지 다시금 카데바를 말끔히 닦아내고 잘 정리해 놓은 다음 겨우 실습실을 빠져나왔다.

후들거리는 지친 다리로 하숙집에 돌아온 동하는 몸부터 씻었다. 몸에서 포르말린과 시푸르뎅뎅한 카데바 냄새가 고약스럽게 물씬거렸다. 동하는 몇 번이나 두 손에 비누칠을 하고 씻고 또 씻어도 눈과 코, 목이 맵고 따가운 데다 온몸에 베어든 악취가 좀체 가시질 아니했다.

동하는 저녁도 먹지 못한 채 빈속으로 잠자리에 들었다. 밤 10시에 저녁을 차려주는 하숙집은 아무데도 없었다. 게다가 하숙집들은 저녁식사 시간이 끝나면 남은 음식은 고사하고 그릇까지 깨끗이 닦아서 찬장 속에 넣어 두었다. 동하는 배가 많이 고팠지만 가게에 나가서 빵이나 우유라도 사먹고 싶은 생각조차 없었다. 카데바 냄새 때문이었다.

그날 밤. 동하는 잠이 오지 않아 밤새껏 몸을 뒤척였다. 처음으로 카

악마 교수와

데바를 보고 온 충격 때문에 마음이 이상했다.

죽음이란 무엇일까? 그것이 죽어버린 인간의 모습이라니. 아니 생명이란 또 어떤 것일까. 그랬다. 살아 움직인다는 것. 생명체란 살아 움직이는 것이고 죽음이란 생명이 꺼져버린 것, 그것은 한낱 시푸르뎅뎅한 고깃덩어리 따름일 터였다. 동하는 이 생각 저 생각으로 머리가 아프고 무거웠다.

윤기는 해부학 실습 다음날부터 힘들어 죽겠다고 토로했다.

"어젯밤 꿈에 산 카데바가 나타나 따라오며 자기 살덩이를 내놓으라고 해서 잠 한숨도 못 잤다 아이가."

성환도 똑같은 고충을 토로했다.

"나는 비위가 상해서 한 끼도 못 먹었다니까. 그만한 각오 없이 의대에 들어온 건 아니지만 말이야, 내가 정말 잘 선택한 길인가 처음으로 후회라는 게 생기더라구. 도저히 난 비위가 상해서 공부를 할 수가 없겠다구."

형오도 걱정했다.

"뇌를 가르면 순두부 같은 게 나와 버린다든디, 인자 순두부도 못 먹는 거 아녀? 나가 순두부라면 어릴 적부터 사족을 못 쓰는디!"

사실이었다. 충격의 첫날이 지나가고 해부학 실습이 진행되면서 특히 곱창, 삼겹살, 짜장면, 카레 같은 것은 입에도 대지 못하는 학생들이 많아졌다. 하지만 하루하루 시간이 흐를수록 동하는 물론 다른 학생들도 축축하고 서늘한 실습실, 카데바에게도 조금씩 익숙해져가고 있었다.

실습시간에 가끔 다른 조들의 카데바를 둘러보면 모두가 가지각색이었다. 금이빨을 끼고 입을 벌리고 팔을 구부린 채 죽어 있는 할머니, 뼈와 가죽만 남은 비쩍 마른 할아버지, 뚱뚱한 아저씨, 손발이 갈퀴 같은 아주머니까지. 동하는 이제 카데바들의 얼굴마저 친숙하게 느껴질 정도였다.

그렇게 해부학 실습은 매주 월요일 오후마다 어김없이 진행되었다. 실습시간마다 담당 교수들이 들어와 지도를 해주었고, 조교 선생은 아예 매일 들어와 실습실에서 살다시피 하였다.

황 교수도 거의 매일 들어와 서슬 퍼런 표정으로 실습 상황을 점검하고 학생들을 지도해 주었다. 실습시간에 장난을 하거나 딴전을 피우는 학생이 있으면 황 교수의 교육봉이 어깨로, 등허리로, 엉덩이로 퍽퍽 내리꽂혔고 욕설이 천둥처럼 따라붙었다.

"야, 이 새끼야! 너 뭐하고 있어? 이런 쌍놈의 새끼. 몇 번 누구야?"하는 식이었다.

사정이 그렇다 보니 학생들은 황 교수만 옆에 나타나도 주눅이 들어 덜덜 떨었는데, 그렇다고 함부로 떨 수도 없었다. 떨면 또 떤다고 때리는 사람이었다.

한번은 한 학생이 긴장하여 메스를 든 손을 떨자 당장 황 교수의 교육봉이 날아왔다.

"야, 이 새끼야! 너 왜 떨어! 너, 뭐 잘못했어? 이 새끼야. 당당하란 말이야. 나중에 환자 배 갈라놓고 벌벌 떨고 있을래? 이 등신 새끼야. 이거 정신상태가 영 엉망 아냐? 다들 주목!"

황 교수의 불호령에 학생들이 바짝 긴장했다.

"전체 학생 차례대로 나와 엎드려뻗쳐! 실시!"

결국 그날 실습 중이던 학생들은 별로 잘못한 것도 없는데도 엎드려뻗쳐를 한 채 교육봉으로 몇 대씩 얻어맞아야 했다. 공부를 잘하고 착실한 학생도 예외는 없었다. 그렇게 많은 학생들을 때리려면 힘이 들 텐데도 황 교수는 어떻게 된 사람인지 때릴수록 힘이 나는지 펄펄 나는 듯했다. 자신의 심기가 뒤틀어지면 아무거나 꼬투리를 잡아 전체 학생들을

악마 교수와

모두 두들겨 팼다. 정신상태가 틀려먹었다는 것이었다. 황 교수는 그렇게 수시로 군기를 잡는 사람이었다.

그렇게 삼엄한 긴장 속에서 해부는 가슴, 복부, 다리 등으로 나누어서 진행되어 갔다. 학생들이 메스로 검푸르딩딩한 카데바의 배를 갈랐다. 피부가 딱딱하게 굳어서 칼날이 잘 들어가지 않았고 어느 때는 메스 날이 부러지기도 했다. 피는 흘러나오지 않았다. 이미 혈관 속에 굳어 있었기 때문이었다.

배의 피부를 가르고 귤껍질 같은 지방층(fat)을 제치면 복막(peritoneum)이 나왔다. 복막은 배 안의 장기들을 둘러싸는 장막이다. 복막 안에는 대망(greater omentum)이라는 큰 그물막이 있다. 이것이 대부분의 장기들을 앞에서 덮고 있다. 간과 위 사이를 잇는 두 겹의 복막층은 작은 그물막(lesser omentum 소망)이라고 하였다.

하루는 복강(abdominal cavity) 내 장기 해부를 할 때였다. 카데바는 이미 배를 풀어 헤친 채 장기를 모두 드러내고 있었다. 아틀라스에 나와 있는 빨강, 파랑, 노랑색의 내장들은 편의상 구분하기 좋게 색을 입힌 것일 뿐 실제 색깔은 판이하게 달랐다. 그저 거무튀튀한 것이 이것이든 저것이든 비슷비슷해 보였다.

황 교수는 여기저기 실습 테이블을 돌아다니며 즉석에서 강의를 하고 오랄 테스트(구두 시험)를 하였다. 황 교수가 동하가 속한 조에 오더니 설명했다.

"다이아프라큼(diaphragm 횡경막) 아래 오른쪽, 이 거대하고 미끈한 장기가 바로 리버(liver 간)다. 우리 몸의 장기 중 가장 크다. 1.5킬로 정도 된다. 정상적으로는 붉은 갈색을 띤다."

황 교수는 청산유수였다.

"그리스의 의학자인 갈레노스는 간을 '생명의 보금자리'라고 하였다.

간은 오른쪽엽과 왼쪽엽으로 구분되며, 두 엽 사이에 쿠아드레이트 로브(quadrate lobe 네모엽)와 카우데이트 로브(caudate lobe 꼬리엽)이 위치한다. 보통 오른쪽엽이 왼쪽엽보다 다섯 배 정도 부피가 크다. 오른쪽엽과 왼쪽엽 사이에는 간동맥과 문맥, 쓸개관, 림프관 등이 주행하게 된다."

이어서 황 교수는 핀셋과 메스와 리트렉터(견인겸자)를 이용하여 손으로 장을 들어냈다. 황 교수는 청산유수였다.

"자, 이것이 듀오데눔(duodenum 십이지장)이다. 제1요추의 우측 높이에서 시작한다. 위장의 끝부분과 연결되어 있다. C자 형이고 말발굽 모양이다. 손가락 12개를 옆으로 늘어놓은 길이어서 십이지장이라고 한다. 십이지장은 제주넘(jejunum 빈창자 공장), 일리움(ileum 회장 돌창자)으로 이어진다. 즉 십이지장 공장 회장을 모두 합쳐 스몰 인테스틴(small intestine 소장)이라고 한다."

황 교수가 조원을 지목하며 물었다.

"소장의 길이가 얼마나 되나?"

동하가 보니 꾸불꾸불한 소장이 마치 시장바닥 순댓집 솥에서 김을 모락모락 피워 올리며 따리 틀어놓은 돼지순대와 흡사하였다.

"1~2미터 정도."

조원이 우물쭈물 대답하자 황 교수가 호통을 쳤다.

"1~2미터가 뭐야! 6~7미터가 된다, 알겠나?"

황 교수의 설명은 계속 이어졌다.

"그리고 잘 보아라. 이 소장이 대장으로 이어진다. 어센딩 콜론(ascending colon 상행결장), 트랜스버스 콜론(transverse colon 횡행결장), 디센딩 콜론(descending colon 하행결장)으로 해서 S자 모양의 시그모이드 콜론(sigmoid colon 구불잘록창자)으로 해서 렉툼(rectum 직장)으로 이어진다. ……"

악마 교수와

그렇게 실습은 숨 가쁘게 진행되어 갔다. 하루에 한 가지씩 그날 실습 스케줄에 따라 정확하게 실습이 진행되었다. 실습을 지도하는 교수마다 성격이 독특하고 모두 악명을 떨치고 있는 사람들이었다.

그리하여 카데바는 시간이 갈수록 점점 더 처참한 모습으로 변해가고 있었다. 나중에는 두개골을 톱으로 자르고 수박 뚜껑처럼 떼어낸 후 뇌를 꺼내서 해부하고, 눈알도 파내서 해부하고, 턱뼈와 이빨과 혓바닥까지 모두 빼내고, 코와 귀까지 모두 뜯어냈다.

동하가 어쩌다 화장실을 다녀오다가 계단 위에서 실습실을 내려다보면, 흰 가운을 입은 학생들이 저마다 자기 조의 시체에 달려들어 해부 실습을 하고 있는 모습이 마치 지옥의 아귀 떼들이나 나치스의 생체 실험실을 보는 것 같았다.

해부학 실습이 끝나는 늦가을이 되면 마지막으로 뼈만 모두 추려내서 양잿물에 삶고 말려서 약품처리를 한 후에 각 부위 별로 다리뼈는 다리뼈대로, 팔뼈는 팔뼈대로 모아서 자루에 담아 골학 준비실에 저장하여 골학 실습 표본으로 쓴다. 그리고 떼어낸 근육이나 내장은 모두 함께 모아서 가마니에 넣어 야산에 매장하고 간단하게 위령제를 지내주는 것이었다.

그러는 동안 해부학 교수들과 생리학, 생화학 교수들은 쉴 새 없이 학생들을 볶아댔다. 수시로 계속되는 시험, 수시로 구두로 대답해야 하는 공포의 오랄 테스트, 게다가 실습평가까지. 거기에다 진도는 왜 그렇게 빨리 나가는지 허겁지겁 따라 가기에도 숨이 찼다.

더구나 황 교수는 아예 예고도 없이 수시로 시험지를 들고 와서 시험을 쳤으며 재시, 삼시까지 보게 했다. 그나마 기회를 주니 다행이었지만 재시, 삼시 때는 시험문제가 두 배로 어려워지는 것이 문제였다. 도대체 그는 해부학에 대해서 모르는 것이 없는 사람 같았다. 그도 그럴 것이 그는 해부학 교실과 의과대학의 산 증인이요 대들보였고 터줏대감이었다.

　의과대학을 졸업하고 의사국가고시에 합격을 하여 의사가 되면 95퍼센트 이상의 학생들이 임상의학을 전공한다. 그리고 극소수의 학생들이 기초 의학을 전공한다. 말하자면 해부학, 생리학, 생화학, 병리학, 약리학, 미생물학 등을 공부하는 교수가 되는 것이다.
　하지만 그 길은 평생 공부를 계속해야 하는 학자의 길이고, 빛도 나지 아니하고 월급도 적다. 사정이 그렇다 보니 의대를 졸업하고 기초 의학을 전공하려는 사람이 별로 없다. 교육과 학문에 뜻이 있는 극소수의 사람들만 남는 것이다.
　물론 기초든, 임상이든, 그 자리에 오르기란 결코 쉽지 않다. 특히 기초의 경우 대학원에 다녀야 하고, 조교부터 시작 해야 하고, 박사학위를 따야 하고, 춥고 배고픈 학자의 길을 갈 마음의 준비가 되어 있어야 하는 것이다.
　더욱이 의사가 많지 않던 옛날에는 임상 의사가 되면 돈방석에 올라앉을 수도 있었다. 그러니 기초 의학을 전공 한다는 것은 매우 희귀한 일이었고, 그중에서도 모두가 외면하는 해부학의 경우에는 더욱 그러하다. 학문의 성격상 크게 발전하고 진보하는 성격의 학문도 아니고 더구나 매일, 아니 평생토록 시체를 매만지며 해부 실습을 해야 하는 곤혹스러운 일이기 때문이었다.
　황 교수 역시 학계에서 청빈한 학자로 교육자로 인정받고 있었다. 물론 대학 교수인 만큼 못사는 것은 아니었지만, 그렇다고 무슨 큰 부자로 잘사는 것도 아니었다. 그처럼 험난한 길을 묵묵히 걸어가고 있는 사람 중의 한 사람이 바로 황 교수였다.

악마 교수와

황 교수는 학문을 위해서, 아니 마치 해부학을 위해서 태어나고 존재하는 사람 같았다. 그래서 학생들 사이에서는 황 교수가 숫제 '황 해부'로 통했다. 돈도 마다하고 힘들고 외로운 길을 걷는 훌륭한 학자라는 점은 모두가 인정하는 사실이었지만, 사사건건 학생들을 들볶고 갈구고 괴롭혔기 때문에 평화로운 날이 단 하루도 없었다.

해부학 실습을 시작한 학생들은 그런 황 교수 아니, 황 해부에게 들들 볶이면서 하루하루 바쁘고 고통스러운 날들을 힘겹게 보내고 있었다. 그것은 동하도 마찬가지였다.

더구나 황 교수는 점수 문제나 학문적인 면으로 들어가면 사람이 돌변해서 날이 시퍼런 면도칼처럼 변해 버렸다. 출석을 부를 때는 대리 대답 같은 것은 꿈도 꿀 수 없었다. 하지만 그 와중에서도 이따금 대리 대답을 해주는 용감한(?) 학생들이 있었으나 황 교수 강의 시간만큼은 어림없는 얘기였다. 황 교수는 이름을 부르면 꼭 손을 들고 대답을 하도록 했다. 그리고 좀 미심쩍다 생각되면 아예 그 학생을 일어서게 하여 자신의 수첩에 붙어 있는 사진과 얼굴을 대조 확인했다. 황 교수는 그런 수첩을 개인적으로 만들어 가지고 다녔다. 그러니 대리 대답은 아예 불가능한 얘기였다.

어쨌든 시체 해부와 학생 괴롭히는 것이 유일한 인생의 즐거움이요, 취미가 아닌가 하는 느낌마저 들게 하는 사람. 시험 문제를 유난히 복잡하고 어렵게 출제해서 학생 들볶는 것이 생활화된 사람. 황 교수는 그런 인물이었다.

해부학 실습을 시작한 학생들은 그런 황 해부에게 들들 볶이면서 하루하루 바쁘고 고통스러운 날들을 보내고 있었다. 그것은 동하도 마찬가지였다. 그리고 시험도 자주 보았는데 황 교수의 시험 관리는 특히나 철저하고 엄정하였다.

해부학 시험은 어떻게 보는가? 매번 시험은 똑같은 방식으로 치렀다. 황 교수는 자신이 직접 시험지 뭉치를 들고 조교 선생을 대동한 채 강의실에 나타난다. 황 교수의 시험 절차는 복잡했다.

한번은 이런 일이 있었다. 황 교수가 80여 명의 학생들이 꽉 들어찬 강당 같은 강의실에 들어서자마자 교탁을 치우라고 명령하더니 일장연설을 늘어놓았다. 그 역시 매번 반복하는 일이었다.

"시험 시간은 충분히 준다. 서둘지 말고 그동안 공부한 실력을 유감없이 발휘하기 바란다. 하지만 행여 컨닝을 하거나, 옆 사람과 잡담을 하거나, 고개를 돌리거나 하는 행위는 결코 용서 못한다."

이번에는 조교 선생이 바통을 받아 학생들에게 지시를 내렸다.

"일동 차렷! 왼쪽 줄부터 차례대로 책가방, 노트, 책, 모두 교단 앞으로 내다 놓는다. 실시!"

학생들은 너나 할 것 없이 앞으로 쏟아져 나와 책가방, 책, 노트는 물론 종이 한 장 남김없이 모두 교단 앞으로 가져와 쌓아 놓았다. 동하도 책과 책가방을 교단 앞에 가져다 놓고 볼펜 한 자루만 달랑 들고 자기 책상으로 돌아와 앉았다.

"모두 차렷!"

조교 선생의 선창과 함께 황 교수와 조교 선생이 이쪽 줄, 저쪽 줄을 돌아다니며 행여 내놓지 않은 노트나 가방이 있는지 다시 확인하고 확인했다.

"야, 임마! 노트 내놓으란 소리 못 들었어? 너 몇 번 누구야!"

저쪽에서 날벼락이 떨어졌다. 황 교수는 그 자리에서 수첩을 꺼내 학번과 이름을 적었다. 그 학생은 이제 요주의 인물로 체크되고 실습 점수에서 감점이었다. 교단으로 돌아온 황 교수가 손가락으로 줄을 가리키며 말했다.

악마 교수와

"지금부터 1번 줄, 5번 줄 바꾼다. 3번 줄, 6번 줄 바꾼다. 실시!"

행여 옆 사람과 작당이라도 할까봐 줄을 바꾸는 것이었다. 그러나 그 것이 전부가 아니었다. 이번에는 앞뒤로 줄을 또 바꾸었다.

"이쪽 2줄 맨 뒤 2줄하고 자리 바꾼다. 여기는 가운데 줄하고 자리 바 꾼다. 빨리빨리!"

이렇게 해서 뒤죽박죽 자리를 바꾸고, 다시 또 뒤섞어 놓고 나서야 비 로소 시험지가 배부되었다.

"일체 잡담 금지!"

시험지가 모두 배부될 때까지는 입이라도 뻥긋하는 사람이 있으면 또 날벼락이 떨어질지 몰랐다. 그래서 모두들 입을 꾹 다물고 반듯하게 앉 아 있었다.

"시험 점수는 강의실 복도에 붙여놓겠다. 행여 시험 점수에 의문이 있 는 학생은 언제든 나를 찾아와 얘기하도록. 그러면 조교 선생을 통해 채 점된 시험지를 확인시켜 주겠다."

시험지 배부가 모두 끝나자 황 교수가 날카로운 목소리로 주의를 주 었다.

"시험지 인쇄가 잘못되어 잘 보이지 않을 경우 절대 말하지 말고 손만 들어라. 그 외에는 일체 다른 행위나 잡담 금지다!"

드디어 시작하라는 지시와 함께 시험이 시작되었다. 그 모두가 으레 이어지는 과정이고 절차였다.

시험 보는 동안도 황 교수는 굶주린 사자처럼 으르렁거리며 이곳저 곳을 수시로 돌아다니며 감독했다. 독사 같은 조교 선생 역시 마찬가지 였다. 황 교수는 시험시간 중간 중간에도 이따금씩 포효했다. 그 쇳소리 섞인 공포스런 음성이 허공을 가르곤 했다.

"야, 거기 고개 돌리지 마! 저쪽 뒤, 자세 똑바로 해!"

그렇게 삼엄한 분위기에서 시험을 보는데 그날은 한쪽에서 다른 때와는 다른 엄청난 황 교수의 고함 소리가 들려왔다. 박훈채가 겁 없이 컨닝을 하다가 황 교수에게 들켜버린 것이다.

"일어섯!"

황 교수의 쇳소리 섞인 음성이 날카롭게 시험장을 갈랐다. 순간 동하를 포함한 모든 학생들의 시선이 일제히 그쪽으로 향했다.

"컨닝 페이퍼 내놔."

얼굴이 하얗게 질린 훈채가 손을 벌벌 떨면서 메모지 몇 장을 황 교수에게 건네주었다. 그 순간 갑자기 "퍽, 팍" 소리와 함께 "흑!"하는 훈채의 비명소리가 들려왔다. 황 교수가 교육봉으로 훈채의 팔과 어깨를 강타한 것이다.

훈채는 그대로 앞으로 고꾸라졌다. 그러자 황 교수는 구둣발로 훈채의 허벅지를 짓이기고 가슴을 걷어찼다.

"개 같은 새끼! 이런 새끼들이 크면 나중에 돈에 환장해서 환자들한테 인자한 척 웃어가며 뒷구멍으로 사기치고, 허위진료 하고, 돈이나 우려내려고 혈안이 된단 말이야! 어디 의사라고 다 의사고 의대생이라고 다 의대생이냐? 그런 것들은 차라리 없는 게 낫다. 가소로운 새끼!"

"교, 교수님. 한 번만 용서해 주십시오."

훈채가 눈물, 콧물로 얼룩진 얼굴로 덜덜 떨면서 더듬거렸다.

"가방 가지고 당장 나가! 개허접쓰레기 같은 새끼! 쓰레기가 될 소지가 있는 것들은 내가 그 싹을 잘라 버린다! 너는 퇴학이야, 개쌍놈의 새끼!"

황 교수의 손에서 훈채의 시험지가 걸레쪽처럼 갈기갈기 찢어지고 있었다. 그런데 궁지에 몰리면 쥐도 고양이한테 대든다고 훈채가 지지 않고 항변했다.

악마 교수와

"교수님! 제가 컨닝 페이퍼를 만들어 온 건 잘못됐지만, 그렇다고 왜 구타를 하십니까?"

동하는 할 수 있는 얘기라고 생각했다. 오히려 가슴속이 시원하기까지 했다. 다른 학생들도 마찬가지 심정이었다. 그러나 황 교수는 눈 하나 꿈쩍하지 않았다.

"구타? 야, 이 새끼야. 그럼 경찰서에 가서 고발해, 이 새끼야! 선생은 학생이 잘못하면 때릴 권리가 있어. 너 때린 게 죄가 되어 판사가 감옥에 가라면 가겠다. 총장이 그만두라면 사표 내고 그만 두겠다. 건방진 놈! 억울하면 너도 때려봐라, 이 나쁜 자식!"

다시 황 교수가 교육봉을 휘두르려 하자 조교 선생이 서둘러 훈채를 끌고 나갔다. 황 교수가 씩씩거리며 외쳤다.

"시험 계속해! 그리고 언제든지 나한테 유감이 있는 놈은 나와라. 피차 신분을 떠나 일 대 일로 상대해 주겠다."

아닌 게 아니라 황 교수는 해병대 군의관 출신으로 태권도와 유도로 단련한 단단한 체력의 소유자였고, 합기도도 공인 3단의 실력을 보유하고 있다고 했다. 겉으로 보기에도 학생들 서너 명쯤은 너끈히 해치울 것 같은 다부진 체격이었다. 그러니 학생들은 살벌한 분위기에 더욱 쫄아들 수밖에 없었다.

"시험 다 봤으면 시험지를 책상 위에 엎어놓고 나가라! 밖에 나가면 무조건 시험장에서 백 미터 이상 멀찍이 떨어져라. 만일 눈에 띄는 사람이 있으면 즉각 감점이다. 알겠나!"

시험을 다 본 동하는 조용히 답안지를 책상 위에 엎어 놓은 뒤 교단 앞에서 자기 책가방을 찾아서 밖으로 나왔다.

때마침 뒤따라 나온 윤기가 눈을 찡긋했다. 운동장으로 나가자는 뜻이었다. 시험이 끝났다고 강의실 밖에서 시험에 대해 답을 얘기하거나 떠들거나 했다가 황 교수에게 적발되면 즉각 이름이 체크되고 감점을 당했다.

두 사람은 운동장으로 달려가 깊은 심호흡부터 했다.

"내사마 숨이 칵 막혀 죽는 줄 알았대이. 이기 사람 사는 기가? 무신 사람을 저리 잡노."

윤기의 말에 동하도 고개를 끄덕였다.

"나도 황 교수가 백 미터 밖에만 떠도 찬바람이 휙휙 부는 것 같고 사지가 벌벌 떨린다니까. 그나저나 시험은 잘 봤냐. 나는 그럭저럭 봤는데."

"마, 황 교수한테 뭘 기대하겠노. 점수 주는 대로 받는 기지."

윤기는 말은 그렇게 했지만 표정을 보니 시험을 잘 본 듯했다.

"시험지도 황 교수가 직접 챙겨 들고 간다더라. 단 한 장도 조교 선생한테 안 시키고 자기가 직접 채점을 다 한대."

"예전에 어떤 학부모가 학점 땜빵 할라꼬 돈 싸들고 황 교수 찾아갔다가 되레 검찰에 고발당했다는 소문 못 들었냐. 타협이란 택도 없는 사람이래이."

"그나저나 훈채가 걱정이네."

"최소한 정학 처분은 받지 싶다. 황 교수가 어떤 사람이고? 학생들하고 전생에 무신 원수를 졌는지 학생 잡는 게 취미인 사람 아이가."

철저한 강의, 철저한 시험, 철저한 성적 관리, 추호의 잘못도 인정하지 않는 사람이 바로 황 교수였다.

조금 뒤 형오도 운동장으로 나왔다. 세 사람의 주제는 폭력교수 황 교수에 대한 얘기뿐이었다.

"아따, 저 인간이 진짜 교수 맞어? 깡패지. 지성의 전당이라는 데서 몽둥이를 휘둘러 대다니 인격이 제대로 된 인간이여? 대학 한번 다녀보겠

악마 교수와

다고 하다가 여차하면 교수한티 오지게 맞아죽을 판국 아녀."

"해병대 군의관 때도 병사들이 아프다면 아픈 데만 골라 두들겨 팼다는 소리까지 있대이. 머리가 아프다면 머리를 쥐어박고 허리가 아프다면 허리를 때리고 다리가 아프다면 다리를 걷어찼다는 기라. 아프다면 군기가 빠져서 그런 거라며 계속 아프다는 데를 '아퍼, 아퍼? 어디, 어디?'하면서 집중적으로 더 때렸다 카데. 그라니 부대엔 아예 환자라는 게 없었다지 않드나."

"말도 마라. 환자가 없으니 시간이 남아 돌아서 해병대 유격 조교까지 했다는 소문도 있더라. 개병대 곤조가 있다는 거야. 그래서 별명도 황해부, 황개병, 개유진, 황백정 아니냐."

사실 황 교수의 폭력 문제는 하루 이틀 된 문제가 아니었다. 몇 해 전에는 한 학생을 심하게 때려 입술까지 찢어져 꿰매는 지경이 되자 학부모가 경찰에 고발하여 벌금형까지 받았다고 했다. 그때 대학본부와 교수회의에서도 황 교수 문제로 논쟁이 있었는데 황 교수는 당당하게 이렇게 말했다고 한다.

"모교를 떠나는 게 서운하지만 사표 내라면 언제든 내겠습니다. 교수 못해 먹으면 시골 가서 농사 짓고 살면 됩니다!"

사실 병리학이나 내과, 외과에서도 암암리에 폭력을 휘두르는 교수들이 있었고 무엇보다 황 교수의 위상 때문에 함부로 할 수도 없었다. 사표를 내는 즉시 다른 사립 의과대학이나 신생 의과대학에서 몇 배의 월급을 더 제시하며 가마를 태워 모셔갈 것이었다.

그런 황 교수의 위상 때문에 결국 대학 당국은 황 교수에게 학생폭력을 자제해 달라고 요청하는 선에서 뒤로 물러설 수밖에 없었다. 하지만 황 교수의 태도는 조금도 변하지 않았고 오히려 심기를 건드려 더 심해졌고 지금은 아예 "의과대학은 군대식 사관학교 식으로 만들어야 한다"

는 주장까지 하고 다닌다고 했다.

그리고 그는 자신도 의사이면서 의대생이나 의사들에게 무슨 악감정이 있는 사람 같았다. 툭하면 입에 붙이고 다니듯 튀어나오는 훈시가 있었다.

"야, 이 새끼들아! 의사라고 어디 다 의사냐? 개허접쓰레기 같은 새끼들도 얼마나 많은데, 병도 못 고치면서 환자들에게 돈 몇 푼 우려내려고 거짓말하고, 사기치고, 허위진료 하고, 쓸데없는 약을 한 보따리씩 먹이고. 가소로운 새끼들. 되려거든 진짜 의사가 돼 보라 이 말이야. 개허접쓰레기가 될 소지가 있는 것들은 내가 그 싹을 찾아서 잘라내 버린다. 나는 그럴 의무와 책임이 있는 사람이다. 착실하고 공부도 잘해야하지만 인간성이 바로 서야 한다. 그러므로 인간성이 틀려먹은 놈들은 내가 그 싹을 찾아 잘라 버린다 알겠나?"

황 교수는 그렇게 학생들을 질타하였다.

"그나저나 성환이 이놈아가 와 안 보이노."

윤기가 두리번거리며 말했다. 그러고 보니 성환이 나타나질 않았다. 동하는 괜한 걱정이 들었다.

"혹시 시험 망친 거 아냐? 대흥집에 가볼까? 거기 있을지도 모르잖아."

아니나 다를까 세 사람이 대흥집에 가보니 성환이 벌레 씹은 표정으로 벌컥벌컥 술만 마셔대고 있는 것이 아닌가. 윤기가 놀라서 물었다.

"니, 와 일노? 시험 망쳤드나?"

"그랴. 다 망쳤다, 망쳤어."

성환이 절망의 탄식을 쏟아놓자 형오가 어안이 벙벙해서 물었다.

"뭔 소리여? 일찌감치 공부 다 해놨다고 탱자탱자 했잖여."

"그게 아녀. 시험이야 잘 봤지. 근디."

동하가 혹시나 해서 물었다.

악마 교수와

"너, 이름이나 번호를 안 쓴 거 아니냐?"

황 교수는 시험지에 학번이나 이름 중 한 가지만 빠져도 무조건 0점으로 처리하는 사람이었다. 의학도에게는 정확하고 확실한 것이 생명이며 어느 경우에도 주의 의무가 있다는 소신 때문이었다. 황 교수의 평소 지론은 이랬다.

"주의 의무를 다하지 않으면 신경을 자른다는 게 혈관을 자르고, 뱃속에 거즈나 가위 따위를 집어넣은 채로 꿰매고, 회복실에서 환자에게 산소를 공급한다는 게 질소를 공급하고 해서 환자가 사망하는 예가 있다. 그래서 의학도에게는 오직 정확하고 확실한 것이 생명이고, 어떠한 경우에도 주의 의무가 필요하다. 시험도 마찬가지다. 아무리 시험을 잘 봤어도 시험지에 이름이나 학번을 기재하지 않으면 무조건 0점 처리한다. 이름이나 번호 중 한 가지만 안 써도 0점이다. 아무리 울고불고 매달려도 0점이다. 알겠나?"

덕택에 학생들은 황 교수 시험 시간만 되면 이름과 학번을 썼는지 몇 번씩 확인했고, 시험이 끝난 후에도 혹시 이름이나 번호를 빠트렸나 걱정을 했다. 하지만 성환의 입에서 나온 소리는 전혀 다른 것이었다.

"설마 내가 이름하고 번호를 빼먹겠냐. 그게 아니고 어젯밤 황 해부한테 찍혔단 말이여."

윤기가 궁금해서 못 참겠다는 표정으로 닦달했다.

"내사마 답답해서 심장마비 걸릴 꺼 같다. 대체 무신 말이고? 소상히 좀 말해봐라."

성환은 긴 한숨과 함께 막걸리 한 잔을 단숨에 들이키더니 사연을 들려주었다.

어젯밤 성환은 잠시 머리도 식힐 겸 미대에 다니는 옆방의 진우 선배와 함께 당구를 한판 치러 갔었다고 했다. 시험공부는 일찌감치 다 해놓아 여유도 있었던 터였다.

한참 당구를 치는데 누군가 어깨를 툭 치더라는 것이었다. 성환이 무심코 뒤돌아보니 푹 눌러쓴 야구모자에 점퍼 깃을 잔뜩 올리고 한밤중인데도 선글라스까지 낀 형사 같은 사내가 자신을 쳐다보고 있는 것이 아닌가.

"누구…… 신디?"

잠시 사내를 위아래로 훑어보던 성환은 곧 입을 다물어 버리고 말았다. 그 사내는 바로 다름 아닌 황 교수였던 것이다.

"너, 본과 1학년이지?"

"……!"

황 교수는 공부를 잘하는 학생뿐 아니라 꼴찌를 헤매는 학생까지 이 학교에 다니는 모든 학생들의 얼굴과 이름을 모두 달달 외우고 있었다.

"몇 번 누구야? 몇 번 누구냐니까!"

"2, 24번 윤성환인디요!"

황 교수는 즉시 수첩을 꺼내더니 성환의 이름과 학번을 적었다.

"시험공부는 다했나? 내일 시험이 있는데 한가하구만!"

"머, 머리 좀 식힌다는 게……"

그러나 황 교수는 대답도 듣지 않고 그대로 나가버렸다고 했다.

성환은 그 일로 이만저만 낙담한 것이 아니었다. 다들 황당하기는 마찬가지였다. 형오는 아예 고개를 절레절레 흔들었다.

"흐미, 이걸 워쩌야 쓰냐. 정통으로 콱 찍혀부렀네이. 가끔 황 교수가 시험 전날 변장을 하고서 시내에 뜬다드니 선배들 말이 사실이었고마이."

아닌 게 아니라 동하도 그 말은 익히 들은 바 있었다. 특히 본과 1학년 학생이 발견되는 경우 즉시 적발하여 체크하고, 정신 자세가 틀렸다

악마 교수와

는 이유로 나중에 감점을 한다고 했다. 윤기도 혀를 찼다.

"와, 엄청 뒷골 땡기네. 우리가 중학생이가, 고등학생이가. 황 교수가 학생주임이가. 인자 학생들 사생활까지 관여한다 말이고?"

"누가 아니라냐. 그렇게 한다고 누가 월급을 더 주는 것도 아닐텐데. 대체 왜 그러는지, 참내."

동하도 어이가 없어서 말이 안 나왔다. 그러나 결국 성환은 시험을 잘 보고도 벌점으로 감점을 당했고 박훈채는 다음날 긴급 교수회의에 회부되어 1년간 정학 처분을 받았다. 어쨌든 황 교수는 그런 사람이었다.

사실 황 교수의 벌점이라는 것이 치사하기 짝이 없는 경우도 많았다. 새빨간 티셔츠나 반바지 따위를 입고 와도 걸렸고, 기타를 들고 다녀도 걸렸고, 찢어진 청바지를 입고 다녀도 걸렸고, 한참 유행하는 장발도 적발 대상이었다.

한 번은 형오가 슬리퍼를 신고 학교에 갔다가 황 교수에게 걸리고 말았다.

"너, 이리 와 봐. 그게 뭐야?"

"……"

"누가 쓰레빠를 끌고 학교에 오라고 했어!"

"구, 구두를 잃어버렸는디요."

"변명하지 마. 너, 몇 번 누구야?"

결국 형오는 다음 시험 때 감점을 당하고 말았다. 매사가 이런 식이니 학생들은 멀리서 황 교수만 나타나도 괜히 옷매무새를 만져보고, 가슴이 두근거리고, 겁에 질리는 판국이었다.

그래도 다행인 것은 황 교수가 공부하겠다는 사람들에게는 반대로 하해와 같이 아량이 넓은 사람이라는 점이었다. 하루는 6조의 오종만이 해부학 실습시간에 하지로 지나가는 혈관과 신경 근육에 대해서 황 교

전설의 의대생

73

수에게 질문을 한 적이 있었다. 그러니까 그때가 밤 10시가 넘은 시각이었다. 황 교수가 말했다.

"실습이 끝난 후 가르쳐 줄 테니 남아있도록!"

실습은 11시 30분에 끝났고, 그들 조원 4명은 곧바로 황 교수의 연구실로 불려갔다. 황 교수는 조원들을 앉으라고 하더니 질문한 사항에 대해서 자세히 설명하기 시작했다.

황 교수는 먼저 대퇴골과 하지의 뼈, 발가락뼈, 무릎 뼈까지 모두 꺼내놓고 자세하게 혈관과 신경의 분포와 근육에 대해서 설명을 해주었다. 그러더니 이번에는 하지 해부학 책과 골학책, 아틀라스 등을 다시 여러 권 꺼내 놓고 쉴 새 없이 설명을 했다. 중간에 잠을 쫓으라고 황 교수가 끓여준 커피 한 잔씩을 얻어 마신 것이 전부였다.

황 교수의 설명이 끝난 시각은 새벽 3시 50분이었다. 이제 집에 가도 좋다고 하였다 질문 한번 괜히 했다가 잠 한숨도 못 자고 꼬박 날밤을 새운 것이다. 그들은 질문한 것을 후회했다.

어떻게 보면 해부학밖에 모르는 사람이 황 교수였다. 자나 깨나 앉으나 서나 오직 해부학을 계속 공부하고 가르치고, 실습 하고, 시험 치르는 것이 일이자 유일한 취미이고 낙인 사람이었다.

그렇게 동하가

해부학 실습으로 한창 분주하던 그 즈음, 대학을 휴학하고 사법 연수원에 들어갔던 강혁이 다시 대흥동에 나타났다. 그것도 언제 뒷머리를 길렀는지 짧은 꽁지머리를 까만 끈으로 묶은 도인 같은 모습이었다. 그리고 놀랍게도 강혁은 사법 연수원을 자퇴했다고 하였다.

대흥동 식구들은 출세와 성공이 보장된 자리를 헌신짝 버리듯 내팽개치고 돌아온 강혁을 보고 모두 깜짝 놀랐다. 동하도 놀라기는 마찬가지였다.

'그가 다시 돌아오다니! 강형에게 무슨 일이 있었길래.'

도대체 영문을 알 수 없었다. 그러나 막상 당사자인 강혁은 오히려 홀가분하다는 표정이었다. 강혁은 대흥집 멤버들과 함께 대흥집에 모인 자리에서 이렇게 말했다.

"연수원에 들어간 뒤 내가 왜 법 공부를 하게 됐나라는 심각한 고민이 밀려오더군. 결론은 그 출발점이 사명감이 아닌 오기였다는 거였어. 수감 생활을 하면서 생긴 오기 말이야. 법 쪽은 내 자리가 아니었어. 법 공부는 오히려 남태호 같은 친구가 적성에 맞을 거야."

동하가 걱정스러워서 물었다.

"강형, 정말 법 공부를 접으신 겁니까? 정말 미련도 후회도 없겠습니까?"

강혁은 밝은 얼굴로 말했다.

"전혀. 난 오히려 무거운 짐을 벗어던진 듯 홀가분한 걸?"

윤기가 어안이 벙벙해서 물었다.

"그라몬 앞으로 어떡하실라꼬 그랍니꺼?"

"자기가 하고 싶은 짓을 하며 사는 게 사람살이의 정답인 것 같아. 나는 앞으로 철학을 공부할 거야."

강혁은 이미 생각을 굳힌 듯 했다. 대흥집 멤버들은 사법고시 합격까지 포기하면서까지 뜬금없이 배고픈 철학을 공부하겠다는 강혁을 도무지 이해할 수가 없었다. 강혁이 모두의 마음을 읽고 있다는 듯 고개를 끄덕이며 말을 이었다.

"내가 정말 공부하고 싶은 분야는 철학 사상과 인간의 정신 쪽이야. 인간의 자유와 감성을 확장시키고 인간의 지적 전진에 기여하는 삶을 살고 싶어."

형오가 혀를 내두르며 한마디 했다.

"아따, 행님요. 나가 어려운 말은 쪼까 알아듣는다고 자부하는 편인디, 행님 말은 난해의 경지를 넘어 버려서 하나도 못 알아듣겠소이."

동하가 강혁에게 물었다.

"구체적인 진로가 정해졌습니까?"

"사실은 말이야. 이번에 철학과 3학년에 편입했어, 하하하."

이번에는 모두가 더욱 놀라서 뒤로 자빠질 지경이었다. 강혁이 그 길고 지겨운 학과 과정을 또 도전해 보겠다는 말을 한 셈이었다.

"하하하. 나는 다시 학교로 돌아와서 좋은데, 여러분들의 기대에는 부응하지 못했던 모양이군!"

강혁은 다시 큰소리로 웃으며 막걸리 잔을 비웠다. 안주를 내오던 황진이 주모가 얼핏 이야기를 들었는지 어이없어 하면서 혀를 쯧쯧 차고 있었다.

악마 교수와

"나 원 참. 이게 도대체 무슨 미친 짓이여. 가만히 앉아 있어도 월급 탁탁 나오고, 자동으로다 판검사 되고, 출세는 그냥 따 놓은 당상 아녀. 그걸 다 팽개치고 돌아오다니 내 머리로는 도저히 이해가 안 가는구면."

막걸리 잔을 기울이는 강혁을 바라보며 황진이 주모는 마치 잡은 고기를 놓친 사람처럼 분통 터져 하고 아쉬워하였다.

"황진이 아지매요, 어차피 돌아온 형님인데 너무 구박 말고 옛날처럼 잘 좀 대해 주이소."

윤기가 나서서 황진이 주모를 위로했다

"허기사, 속담에 평양 감사두 저 싫으면 그만이라는 말도 있다더만. 우리가 공부 많이 한 강 선생의 깊은 뜻을 어찌 알겠소. 어쨌거나 강 선생은 평범한 인물은 아니오, 아니고 말고."

황진이 주모는 결국 포기하고 주방으로 가버렸다. 그리하여 강혁은 다시 대흥동 식구가 되어 법학과가 아닌 철학과 3학년에 다니게 되었다.

어쨌든 동하는 정말로 열심히 공부를 하였다. 그래서 줄곧 중상위권의 성적을 유지하고 있었다. 이대로만 나가 준다면 본과 2학년에 무난히 진급할 수 있을 것 같았다.

그러던 어느 날, 동하는 봉변을 당하기도 하였다. 그날도 6시면 끝나야 하는데 밤 12시까지 실습실에 붙잡혀 있었다. 그렇다 보니 해부학 실습이 있는 날은 하숙집 저녁식사 시간을 넘겨 저녁밥을 굶는 일도 허다하였다.

게다가 하숙집들은 밤 12시가 되면 대문을 닫아걸고 마당에 켜진 불까지 꺼놓기 일쑤였다. 동하의 하숙집도 마찬가지였다. 하숙집 아주머니는 늘 깊은 잠에 빠져 있었고, 다른 하숙생들도 거의 잠들어 사방천지가 캄캄하였다. 거기다 동네 개들은 왜 그렇게 짖어대는지…….

동하는 해부학 실습을 겨우 끝내고 밤 12시가 넘은 시간에 하숙집으로 돌아왔다. 그날도 다른 때와 마찬가지로 가방을 먼저 담 너머로 던져 넣은 뒤 힘들게 담벼락을 기어 올라가기 시작했다.

그때였다. 갑자기 거센 호루라기 소리가 어둠을 가르며 습격해 왔다. 그리고 어둠 속에서 튀어나온 몇 명의 사내들이 달려들어 자신의 팔과 어깨를 순식간에 결박한 후 막무가내로 끌고 가는 것이었다. 정신을 차리고 보니 방범대원들이었다.

"저 C대 다니는 학생입니다. 이 집 하숙생이에요. 절대 도둑이 아닙니다."

동하는 강하게 반항하며 항변 했으나 워낙 완력이 센 사내들이라 꼼짝할 수가 없었다.

"안에 들어가 하숙집 아주머니한테 확인해 보면 될 거 아닙니까?"

동하는 계속 항변해 보았으나 방범대원들은 꿈쩍하지 않았다.

"현장범이니 일단 서에 가서 신분 확인부터 합시다!"

그래서 하는 수 없이 관할 파출소까지 끌려가야 했다. 내일 아침 또 시험이 있어서 1분, 1초가 금쪽같은데 정말로 난감한 상황이었다. 동하는 붙잡혀 가는 내내 자기가 의대생이라고 밝혔으나 말이 통하지 않았다. 파출소 순경도 헛웃음을 쳤다.

"그러니까 학생이면 학생증을 내놔보라구."

그러나 하필 동하의 학생증은 아까 담장 안으로 던져 넣은 가방 안에 들어 있었다.

"이 친구, 이게 무슨 냄새야? 술 냄새 같기도 하고, 무슨 약 냄새 같기도 하고. 어쨌든 수상한 놈이야."

온몸에서 나는 포르말린 냄새와 시체 냄새 때문에 동하는 더욱 오해를 받았다.

"정 그렇다면 하숙집에 확인 전화를 해보십쇼."

악마 교수와

순경이 못 믿겠다는 눈빛으로 하숙집에 전화를 넣었다. 새벽 1시가 넘은 시각이었다. 초저녁잠이 많은 하숙집 아주머니는 한참만에야 전화를 받았다 가방에 학생증이 있다고 하였다. 그리고 얼마 후 하숙집 아주머니와 옆방에 사는 공대생 권민수가 파출소로 뛰어왔다.

"맞아요. 우리 집 학생여요. 그란디 동하 학생이 무슨 문제라도…….술 마시고 행패 부리고 하는 학생은 절대로 아닌디……."

퉁퉁한 하숙집 아주머니가 동하를 보자마자 깜짝 놀라며 신분을 확인해 주었다.

"실은 실습이 늦게 끝났거든요. 죄송합니다, 야밤에 나오시게 해서. 민수야, 너도 고맙다."

동하는 하숙집 아주머니와 민수가 구세주같이 느껴졌다. 그리고 밤늦게 미안한 마음이 들었다. 민수가 동하의 학생증을 순경에게 건네며 말했다.

"여기 이 형, 의대 본과에 다니는 학생 맞습니다. 동하 형 학생증도 제가 가지고 왔어요."

동하는 마당에 던져 넣은 가방에서 학생증까지 챙겨온 민수가 정말 고마웠다. 순경은 학생증 사진과 동하의 얼굴을 번갈아 확인해 보더니 차갑게 주의를 주었다.

"앞으로는 늦더라도 문을 두드려 열어 달라고 해야지 함부로 담을 뛰어넘는 행위를 하면 절대 안 됩니다. 알았으면 가보세요."

그렇게 해서 동하는 겨우 파출소에서 풀려났다. 하숙집 아주머니가 나오며 넋두리를 해댔다.

"아이구, 의대생 하숙 힘들어서 못 치겠네. 아무리 공부도 공부지만 오밤중에 오라 가라 하니 내가 무슨 죄여. 하숙 치는 게 무슨 죄라고."

동하는 괜히 큰 죄나 지은 사람처럼 머쓱하고 미안했다. 그러나 그 후로도 월담은 계속될 수밖에 없었다. 초저녁잠이 많은 하숙집 아주머니 때문이었다. 나중에 알고 보니 윤기도 그런 일을 당했다고 했다.

"야심한 밤에 우예 대문을 두드리겠노. 자는 사람들한테도 미안한 일 아이가. 내 한 사람 위하자꼬 대문을 열어두라고 할 수도 없는 기고. 우리 같은 의대생들한테는 기냥 담 뛰어넘는 게 상책인 기라. 동하 니도 이자 월담도사 다 됐고마, 하하하."

동하도 동감이었다. 그리고 그날 이후 동하의 별명은 '월담도사'가 되어 버렸다.

그렇게 담을 넘어 고양이처럼 살금살금 기어서 들어가 보면 하숙방은 늘 불기 없이 싸늘했고 고독과 적막감이 가득 고여 있었다. 그리고 비로소 배고픔과 피로가 밀려들었다. 그럴 때마다 동하는 다시 살금살금 대문을 열고 밖으로 나갔다. 그리고 가로등이 쌓아한 입김을 뿌려대는 골목길을 지나서 단골 구멍가게의 문을 두드렸다.

"계세요? 할머니 계세요?"

살림집과 가게방이 함께 붙어 있는 집이라 그렇게 한참을 두드려 대면 안에서 인기척이 났다.

"누구셔?"

"저 동하 학생입니다."

"아, 학생. 웬일이여. 밤이 깊은디."

"저, 죄송합니다. 라면 한 개랑 달걀 하나 좀⋯⋯"

"라면? 그려. 밤늦게까지 공부 할라믄 배고프지?"

할머니는 아무리 늦은 밤에 찾아가도 흐린 형광등을 켜고 라면을 꺼내주었다.

"죄송합니다. 할머니 주무시는데 깨워서."

"아녀, 아녀. 나는 잠이 웂써. 지금 막 자려던 참이여. 늦게 와도 괜찮

악마 교수와

으니께. 걱정 말고 언제든지 와. 어렵다, 어렵다 혀두 공부만큼 어려운 게 읍는 거여. 배고플텐디 어여 가봐."

동하는 그렇게 한밤중에 라면을 사들고 다시 하숙방으로 들어와서 비상용으로 마련해 둔 냄비와 전기포트에 라면을 끓여 먹은 후 찬물에 세수를 하고 다시 책을 폈다. 그것이 일상이고 생활이었다.

그로부터 얼마 후

그날 밤도 동하는 여지없이 월담을 해야 할 처지였다. 조교 선생이 10시가 넘도록 아예 끝내줄 생각조차 않고 있었기 때문이었다. 해부학 실습은 11시든 12시든 꼭 끝날 때 다시 출석을 불렀다. 그리고 그때 그 자리에 없으면 결석으로 처리하고 그날 실습점수도 0점이 되어버렸다. 그래서 중간에 도망친다는 것은 생각할 수도 없었다.

물론 조교 선생은 중간에 저녁식사를 하고 다시 오기 때문에 배가 고프지는 않을 것이었다. 그러나 학생들은 꼬박 굶어야 했고, 해부학 실습실에는 의자라고는 한 개도 없어서 앉아 있을 수도 없었다. 배는 고프고, 다리와 허리는 쑤시고 아프고, 고역 중의 고역이 따로 없었다.

그런데 동하가 속한 5조에서 문제가 생겼다. 1조에 네 명씩 짜여 있는데 하필이면 한 명이 심한 몸살로 결석을 한 것이다. 그래서 현욱, 원호, 동하, 이렇게 세 명이서 실습을 해야 했다. 현욱과 원호 두 사람은 그동안 시험 성적이 나빠서 잘못하면 모두 유급할 가능성이 많았다. 물론 앞으로 학년말까지 남은 시험들을 잘 치면 진급할 가능성도 컸다.

그렇게 한참 실습을 하고 있는데, 두 사람이 조금 지겨워졌는지 슬슬 장난을 치기 시작했다.

"야, 원호야. 너 배 안 고프냐?"

현욱이 원호에게 장난스럽게 물었다.

"그래. 배고프다. 왜, 뭐 맛있는 거라도 줄래?"

악마 교수와

실습실에 먹을 것이 있을 리 없었다. 그래서 원호도 장난스럽게 맞받아치며 대답했다.

"있다면 어쩔래. 이거 한번 먹어 볼래? 너 간 좋아하지. 이거 집에 가서 구워 먹어라, 하하하."

현욱이 잘려진 커다란 간 조각을 핀셋으로 집더니 원호에게 툭 집어 던졌다. 그러더니 이번에는 잘려진 창자 조각까지 집어서 원호의 얼굴을 향해 휙 하고 집어던졌다.

"아, 참. 너 곱창도 좋아하지? 여기 곱창도 가지고 가서 구워 먹어라."

이제 카데바는 모든 내장을 풀어헤친 채 처참한 상태가 되어 있었다. 위장, 창자, 폐, 심장 등이 대부분 뜯겨나간 상태였다.

"야야, 나는 간 싫어한다. 너나 가서 회쳐서 먹어라."

이번에는 원호가 낄낄거리면서 아까의 간 조각을 현욱의 얼굴을 향해 집어던졌다.

"곱창도 니가 가지고 가서 먹고. 야야, 여기 쓸개도 있다. 콩팥도 있네? 위장도 있고? 자, 다 먹어라."

"너, 닭똥집 좋아하지? 여기 똥집도 있다. 자, 다 먹어라, 먹어. 술도 한잔하고."

원호가 이것저것 내장조각을 마구 집어던지자 현욱도 낄낄거리며 몸을 휙휙 피하고 다시 집어던지고 하였다.

"야야, 왜 이래. 이런 짓 하지 마라."

동하는 실습실 바닥에 떨어진 간 조각을 집어 들며 어이없는 웃음을 지었다. 그런데 하필이면 동하가 웃는 순간에 황 교수와 마주쳤다. 황 교수는 세 사람의 행동을 모두 보고 있었다. 동하는 순식간에 웃음을 멈추고 동태처럼 얼어붙었다. 황 교수는 득달같이 달려들어 세 사람의 얼굴을 번갈아 후려쳤다.

"이런 나쁜 새끼들!"

"퍽! 빡! 퍽!"

"공부하기도 시간이 부족한데 공부를 해야 할 시간에 장난을 쳐? 그것도 신성한 카데바를 모욕하면서?"

원호는 입술이 찢어져서 피까지 흘렸다. 동하도 뺨이 얼얼했다. 입안이 찢어졌는지 침에서 피맛이 났다.

"골학실습 때도 그렇게 주의를 주었는데 아직도 정신을 못 차리고 장난을 쳐?"

갑자기 나타난 황 교수의 격앙된 반응에 실습실은 찬물을 끼얹은 듯 고요해졌다. 얻어맞은 세 사람은 정신이 없었다. 피곤과 나태에 빠져 있던 실습실 분위기는 순식간에 공포와 긴장과 정숙함으로 바뀌어 있었다.

"나쁜 새끼들!"

황 교수는 분이 덜 풀렸는지 교단에서 다시 박달나무 몽둥이를 가지고 오더니 세 사람을 후려치기 시작했다.

"이 개 같은 새끼들!"

"퍽! 빡!"

몽둥이가 어깨와 등과 다리로 마구 떨어졌다.

"공부를 하러 왔니 장난을 하러 왔니!"

"윽, 악!"

세 사람은 몽둥이에 맞아 신음을 냈다.

"이 하이에나 같은 새끼들!"

황 교수는 세 사람을 다 때린 후 교단에 올라가 분노에 찬 어조로 말하기 시작했다.

"내가 전에도 얘기했지만 여기 누워 있는 이 카데바들, 이 사람들도

악마 교수와

한때는 우리와 똑같이 살아 숨 쉬던 인간이었다. 찌르면 아파하고 고뇌하던 만물의 영장인 인간이었다. 그런데 어찌 그런 행동을 함부로 할 수 있는가? 인간의 생명을 다루는 의술을 배운다는 의학도가 어찌 한 인간에 대하여 모욕과 희롱을 자행할 수 있단 말인가! 그런 자를 신성한 의학도라고 할 수 있겠는가!"

황 교수의 노기 어린 질타는 계속되었다.

"의학 공부는 절대로 강요가 없다. 하기 싫은 사람들 내보내고, 하겠다는 사람들 들어오게 하면 된다. 의사가 무슨 벼슬하는 것도 아니고 무슨 천재적인 두뇌나 재능이 필요한 것도 아니다. 보통의 지능지수만 있으면 누구나 의학을 공부해서 의사가 될 수 있다. 하지만 그렇다고 해서 의사가 되는 것이 쉬운 것은 아니다. 의사는 생명을 다루어야 하는 명예가 있다. 의사가 되는 것이 절대로 호락호락한 길이 아니다. 더구나 훌륭하고 유능한 의사가 되는 길은 더욱 힘들고 어렵다. 그러므로 우리는 진지하고 성실한 사람들을 원하는 것이다."

동하는 황 교수가 한마디 한마디 할 때마다 식은땀을 흘렸다. 황 교수의 말은 계속되었다.

"의학 중에서 가장 기본이 되는 해부학을 가르치는 곳이 이곳이다. 라디오를 고치려 해도 그 구조와 원리를 다 알고 있어야 한다. 하물며 인간을 고치기 위해서는 인간의 구조를 잘 알고 있어야 한다."

황 교수가 맹수 같은 눈빛으로 모두를 쏘아보았다.

"나는 조련사다. 해부학 교수로서 당연히 기본적인 해부학 지식을 여러분에게 교육시키고 실습시켜야 할 책임과 의무가 있는 사람이다. 내가 해부학을 제대로 못 가르치면 2학년, 3학년에 올라가서 병리학 교수나 임상과목 교수들에게 욕을 얻어먹는다. 해부학을 어떻게 배웠느냐며 나를 욕한다! 하지만 욕먹는 게 두려워서가 아니라 나는 여러분을 제대로 교육시키고 또한 앞으로 공부하는 자세를 만들어 주어야 할 책임이 있는 사람이다."

황 교수가 잠시 말을 끊고 허공을 바라보며 침묵하다가 말했다.

"앞으로 여러분은 의사가 되면 수많은 경우의 수많은 환자들과 만나게 될 것이다. 지금은 수술실에 들어간 환자를 밖에서 애타게 기다리고 있는 그들의 부모, 형제, 부인, 아이들의 심정이나 입장을 잘 모를 것이다. 의사 된 자는 그들에게 책임을 져야 하고, 그들의 눈물을 웃음으로 바꾸어 줄 의무가 있다. 이것이 얼마나 엄중하고 막중한 임무인지 아는가!"

황 교수는 이글거리는 눈빛으로 학생들을 한 바퀴 둘러보았다.

"여기 의과대학에서는, 그리고 의학도에겐, 결코 대충이라든가, 적당히라는 말이 통하지 않는다! 알겠나?"

"예……."

학생들의 대답이 무겁게 실습실에 울려 퍼졌다.

"아울러 환자는 의사의 의술과 약품으로만 치료되는 것이 아니다. 의사의 얼굴만 보고 따뜻한 위로의 말만 들어도 좋아지기도 하는 것이다. 그것이 인술이다. 의사가 되기 전에 인간성이 바로 서야 인술을 베풀 수가 있다 알겠나."

"예……."

이제 남은 것은 세 사람에 대한 최후의 심판이었다.

"그런데 지금 저 사람들은 신성한 카데바를 조롱하면서 인간의 존엄성에서 벗어나는 행위를 자행 하였다. 의학도로서의 자세가 전혀 되어 있지 않다. 저런 사람들이 크면 나중에 사회의 지탄을 받는 허접쓰레기 같은 악덕 의사가 되는 것이다!"

동하는 이제 숨도 제대로 쉬지 못할 지경이었다. 황 교수의 목소리는

악마 교수와

점점 더 커지고 격앙되어 갔다.

"나는 주임교수로서 생명을 지킬 자격이 없는 나쁜 싹은 미리 찾아내서 빨리 잘라 버려야 하는 의무도 가지고 있다. 나는 그 의무에 충실할 것이다. 거기, 세 사람! 지금 당장 가방을 싸가지고 나가도록!"

그 순간 동하는 다리가 픽 하니 풀리는 것 같았다. 기어이 또 엄청난 시련의 시간이 다가온 것이다. 현욱과 원호도 마찬가지였다. 세 사람이 어쩔 줄 몰라 하며 머뭇거리자 황 교수가 진노한 음성으로 소리쳤다.

"빨리 나가지 못해! 너희들은 모두 퇴학이다!"

도저히 나가지 않을 수 없는 상황이었다. 그렇게 세 사람은 허겁지겁 실습실에서 쫓겨 나왔다. 세 사람을 쫓아낸 후에도 황 교수의 훈시는 계속되었고 세 사람은 가방을 싸들고 각자의 집으로 흩어졌다. 지금 상황에서는 어떻게 할 방도도 없었고, 다음날 아침 일찍 만나서 다시 대책을 상의하기로 하였다.

동하는 휘청거리는 다리로 맥이 탁 풀린 채 하숙집으로 돌아왔다. 정신이 하나도 없었다. 그리고 억울했다.

'자신은 장난을 함께 친 것도 아니고 떨어진 간 조각을 주워 놓으려고 한 것뿐인데.'

하지만 황 교수는 자신까지 싸잡아서 쫓아낸 것이다. 너무 기가 막히고 막막했다. 더구나 당시 분위기가 하도 살벌해서 진실을 밝히고 억울함을 풀 수 있는 상황조차 아니었다. 실습 첫날 뼈를 꺼낼 때부터 황 교수에게 미운 털이 박힌 것 같았다.

'만일 황 교수가 정말 교수회의에 회부한다면 어떻게 한단 말인가?'

저녁도 굶은 채 하숙방에서 안절부절못하고 있는데, 실습실에서 겨우 풀려난 삼총사가 12시가 다 돼서 찾아왔다. 동하가 다급하게 물었다.

"어떻게 됐냐?"

"마, 택도 없다. 황 교수가 엄청 열받았다 아이가. 우리도 지금까지 훈시를 듣다가 끝났대이. 너희 세 명 다 교수회의에 회부 된다꼬 하드라. 내일 아침 일찍 찾아가서 무조건 싹싹 빌그라. 무조건 잘못했으니 용서해 달라꼬 비는 수밖에 더 있겠노."

한 가닥 희망을 걸고 있던 동하의 얼굴이 흐려졌다. 성환이 분노하며 말했다.

"원호하구 현욱이, 그놈덜 때문에 공연히 애꿎은 너까지 걸려든 거 아녀."

"나가 말여. 그 싹바가지 없는 새끼들만 생각허면 정말. 이 주먹이 울어 버린다니께, 울어버려! 아우~!"

윤기도 분해했다.

"이거 우리 살풀이라도 해야 하는 거 아이가. 와 이리 우리 대흥집 식구들한테만 자꾸 마가 끼노? 꼭 무신 징크스가 따라 댕기는 거 같대이!"

"지금 그런 얘기하면 무어혀! 이미 물그릇이 엎어졌는디."

형오가 동하에게 말했다.

"내일 아침 일찍 가서 빌어야 쓰지 않겠냐? 지난번에 경철이와 재성이는 황 교수 얼굴도 못 보고 그냥 와부렀지만 너는 입장이란 게 다르잖여."

"맞대이. 동하 니가 잘못한 기 뭐가 있다꼬? 연구실 문이라도 빠개고 들어가서 황 교수를 직접 만나야 한대이. 만나서 사정을 얘기하고, 억울하지만 어쨌든 잘못했다꼬 비는 수밖에는 읍는 기다."

그날 동하는 거의 뜬눈으로 밤을 새웠다. 그리고 다음날 꼭두새벽에 원호와 현욱을 만나 황 교수의 연구실을 찾아갔다. 그는 실습이 있는 날은 집에도 가지 않고 연구실에서 잠을 자는 사람이었다. 다행히 황 교수의 연구실 문은 조금 열려 있었다. 세 사람은 무조건 문을 밀고 안으로 몰려 들어갔다.

악마 교수와

"무슨 일이야!"

황 교수가 놀랐는지 대뜸 소리부터 버럭 질렀다. 황 교수는 간밤에 잠을 잤는지 안 잤는지 모를 얼굴로 어느새 흰 가운 까지 단정히 입은 채 책을 보고 있던 참이었다. 세 사람은 황 교수 앞에 무릎을 꿇었다.

"교수님, 제발 한 번만 용서해 주십시오. 정말로 잘못했습니다."

현욱이 고개를 푹 숙인 채 잘못을 빌었다.

"너무 피곤하고 지겹다 보니 그만 그런 잘못을 저질렀습니다. 한 번만 용서해 주십시오."

원호도 울먹이며 용서를 빌었다.

"제발 용서해 주십시오."

동하도 얼굴이 새파래져서 용서를 빌었다. 그러나 황 교수의 반응은 얼음처럼 차갑고 냉담했다.

"너희들 모두 교수회의에 회부할 것이니 더 이상 얘기할 것도 없다. 아침부터 시끄러우니 다들 나가!"

"교수님, 정말 죽을죄를 졌습니다. 이번 한 번만 용서해 주십시오."

원호가 다시 애원하듯 매달렸다.

"보아하니 너희들은 의과대학에 잘못 들어온 것 같다. 그러니 일찌감치 취미나 적성에 맞는 인생의 다른 항로를 찾아서 나가라. 그게 자신을 위해서도 좋다. 그리고 나중에 크게 돈 벌고 성공해서 주치의를 서너 명씩 발밑에 두고 살 수도 있지 않겠나? 그러니 하기 싫은 공부 억지로 할 것 없다."

"교수님, 아닙니다. 정말 의학 공부를 하고 싶습니다……."

동하는 거의 울먹거리며 사정했다.

"우리는 돈이나 권력이 아닌 순수한 의업의 명예를 위해 봉사하는 참된 의학도를 필요로 한다. 하지만 너희들은 싹이 틀렸어. 그러니 어서 나가!"

"교수님, 정말 잘못했습니다. 이번 한 번만 용서해 주십시오. 그리고 저는 정말로 절대로 장난을 하지 않았습니다."

동하가 다시 애원하듯 매달렸다.

"시끄럽다니까! 빨리들 나가지 못해! 너희들은 필요 없어!"

황 교수는 다시 소리를 질러대며 밖으로 내몰았다. 그렇게 세 사람은 모두 연구실 밖으로 쫓겨났고, 황 교수는 탕 하고 문을 닫은 뒤 안에서 잠가 버렸다.

세 사람은 힘없이 강의실로 돌아갔다. 동하는 전신이 부들부들 떨렸다. 첫 시간 강의를 들을 의욕조차 나지 않았다. 모든 상황이 억울했고 황 교수가 야속하고 원망스러웠다.

그렇게 사태가 심각해지자 과대표가 총대를 메고 황 교수를 찾아가 사정을 했다. 동하도 함께 가서 자신은 장난을 하지 않았다며 자신의 억울함을 다시 하소연했다.

그러나 황 교수의 반응은 여전히 냉담했고 바늘 하나 들어갈 틈도 주지 않았다. 거대한 바위처럼 완강하고 무자비했다.

"나는 한 번 말하면 절대로 다시 번복하는 일은 없다. 그러니 다시는 나를 또 찾아오는 일이 없도록! 다들 나가!"

"억울합니다. 저는 결코 장난을 치지 않았습니다."

동하는 다시 억울함을 호소했다.

"아니, 너도 함께 장난을 친 거야. 거짓말 하지 마라. 설령 네 말대로 장난을 치지 않았다 해도 의과대학에서는 한 조를 한 사람으로 취급한다. 실습점수도 조별로 똑같이 먹이듯이 말이야. 그걸 연대책임이라고 한다. 벌써 그 조의 분위기와 자세가 그것을 반영하고 있는 것이다. 자네가 억울하다면 조를 잘못 만난 탓이다. 그리고 자네는 엄연히 조장이

악마 교수와

다. 조원들과 조의 분위기를 이끌 책임도 있는 거야!"

황 교수는 단 한 발짝도 뒤로 물러서지 않고 호통을 쳤다.

"세 사람 모두 교수회의에 회부하는 것은 불변이다. 그러니 더 이상 쓸데없는 소리들 하지 말고 당장 나가도록!"

동하는 실습 첫날 카데바를 꺼낼 때부터 황 교수에게 미운 털이 박혔나 보라고 절망했다.

"한 번만 더 생각해 주십시오, 교수님. 저는 정말 억울합니다. 다들 그 사실을 목격했습니다. 그리고 시골에서 어렵게 등록금과 학비를 보내주고 계시는 어머님을 생각할 때……."

그 순간 차가운 시멘트 바닥에 무릎을 꿇고 앉은 동하의 뺨 위로 눈물이 흘러내려 시멘트 바닥에 툭툭 떨어졌다.

"쓸데없는 소리 하지 마! 개인적인 사정이 없는 사람이 어디 있나. 그런 사정까지 다 생각할 수는 없다. 군대에서도 사병이 잘못해도 중대장이나 대대장이 군복을 벗듯이 여기도 마찬가지다! 자네를 봐 주면 모든 조장들의 기율이 해이해지고 그러면 전체 학생들의 기율이 해이해진다. 조원들을 잘못 만난 것은 자네가 운이 없는 것이다. 나가라."

"교수님, 여기는 군대가 아니지 않습니까. 대학 아닙니까. 어떻게 정말 저는……."

동하가 또 빌며 매달리자 황 교수가 동하의 얼굴을 똑바로 쳐다보며 말했다.

"너 이름이 뭐야? 너, 이 새끼 박동하지! 네 녀석, 골학실습 때도 카데바 꺼낼 때도 내가 다 봤다. 그런 썩어빠진 정신 자세로 뭘 하겠다는 거야. 건방진 녀석. 썩 나가! 어디서 말대꾸야! 싸가지 없는 새끼."

황 교수는 버럭 소리를 지르며 인정사정없이 동하의 등을 떠밀어 문밖으로 내쫓았다. 동하는 쫓겨나는 와중에도 황 교수의 가운 자락을 붙들고 무릎을 꿇은 채 다시 애원을 했다. 그러나 아무 소용이 없었다. 흰 가운 자락은 날카로운 칼날처럼 동하의 희망을 싹둑 베어버리고 연구실 안으로 펄럭이며 사라졌다. 이어서 철커덕 하며 연구실 문이 굳게 잠기는 소리가 들려왔다.

그 시각 이후 황 교수는 아예 연구실 바깥에 '절대 출입금지'라는 팻말까지 붙여놓고 한동안 모든 학생들의 출입을 완전히 봉쇄해 버렸다. 난감한 일이었다. 동하는 내과의 박석민 교수를 찾아가 볼까 생각해 보았다.

박 교수는 의과대학내 동하가 졸업한 K고등학교의 동문회 회장직을 맡고 있었다. 하지만 박 교수가 부탁을 한다고 황 교수가 들어줄 것 같지도 않았고 자신의 문제로 동문회에 누를 끼치는 것 같아 망설이다가 그만두었다.

이틀 후, 황 교수는 옆 조인 6조의 조장인 오종만을 조용히 연구실로 불렀다.

"자네가 본대로 말해보라. 박동하는 장난을 안했다고 하는데 옆 조이니 처음부터 다 보았을 것 아니냐?"

"그렇습니다."

"본대로 사실대로만 말해라. 나만 알고 있을 것이다. 자네에게는 아무런 피해가 없다."

오종만은 침묵했다.

"괜찮다. 너는 그저 본대로만 솔직하게 말하면 된다."

"그게 저……."

"괜찮다니까. 사실대로만 말해보라."

그런데 오종만은 사실과 전혀 다른 진술을 했다.

악마 교수와

"세 사람 다 같이 장난을 했습니다."

"박동하도?"

"그렇습니다. 처음부터 주도적으로 장난질을 했습니다."

"처음부터 주도적으로 장난질을 했어?"

"그렇습니다. 박동하가 처음부터 주도적으로 장난을 시작했습니다."

"알았다. 나가보라."

다음 날, 황 교수는 세 사람의 문제를 교수회의에 회부하였다. 교수진들도 그들의 징계문제를 놓고 의견이 설왕설래 하였다. 강력하게 퇴학을 주장하는 황 교수와 달리 온건론을 펴는 교수들도 있었다.

미생물학의 오병태 주임 교수가 말했다.

"황 교수님 말씀은 잘 알겠습니다만, 학생들이 과도한 스트레스를 받다보니까 그럴 수도 있는 것이고, 또한 청운의 꿈을 가진 학생들의 사기 문제도 있지 않겠어요? 퇴학 운운하는 것은 너무 가혹하고 정학도 무리라고 생각하는데요. 그냥 1달 정도 근신처분을 하거나 반성문을 써내는 선에서 끝냈으면 합니다."

그러자 해부학의 이찬영 교수가 일어섰다.

"미생물학 주임 교수님의 말씀도 이해합니다. 하지만 10여 년 전에 두개골을 가지고 장난친 학생들이 김상헌 교수님께 적발되어 장시간의 교수회의 끝에 퇴학처분을 받은 전례가 있어요. 형평성의 원칙도 있고 의과대학의 기강을 위해서도 전례에 따라 처벌해야 한다고 생각합니다."

"글쎄요. 성적불량 문제도 아닌데 공부할 기회는 주어야 할 것 아닌가요?"

생리학의 홍신태 교수가 고개를 가로 저었다.

"그렇게 하십시다. 뭐, 그만한 일로 그렇게 중징계까지 내린다는 것은 너무한 것 같군요."

내과주임 교수도 온건론에 동조하였다. 그때 황 교수가 다시 일어섰다.

"여러분, 여기 의과대학은 의학적 지식도 가르쳐야 하지만 평생 만지고 살아야 할 인간의 육체에 대한 존엄성과 사랑도 가르쳐야 한다고 생각합니다. 카데바를 조롱하는 행위를 어떻게 묵과할 수가 있습니까? 그리고 최근 우리 대학의 기강이 매우 해이해지고 있다는 느낌입니다!"

"그렇습니다!"

이번에는 교무과장 직을 맡고 있는 외과의 박인황 교수가 일어섰다.

"여러 교수님들께서도 잘 아시다시피 최근 국가고시 성적도 그렇고, 우리 대학의 논문 발표 실적이나 졸업생들의 실력도 최상위권에서 밀려날 위기에 처해 있어요. 이대로 나가다가는 그동안 쌓아온 우리 대학의 전통과 명예에 먹칠을 하게 됩니다."

그러자 강경파 교수들이 우르르 들고 일어섰다.

"그렇습니다! 그 학생들이 설사 희생양이 된다고 해도 대학의 기강을 바로 세우기 위해 강력히 처벌해야 합니다!"

"맞습니다."

이번에는 생화학의 정인범 교수가 다시 일어섰다.

"더구나 이번에 적발된 학생 중 한 명은 제 강의시간에도 늦게 들어와 쫓겨난 적이 있었지요. 그리고 좀 다른 문제이긴 하지만 최근 해부학이나 생리학, 생화학 실습이 너무 늦게 끝난다고 학생들이 조교 선생들에게 항의를 한다는데, 도대체 이게 얘기가 되는 거예요? 일찍 끝나고 가라고 해도 남아서 공부를 더하고 가야할 판인데 늦게 끝난다고 항의를 하다니! 과거 같으면 상상도 할 수 없는 일이에요. 학생들이 아주 시건방져졌어요. 이번 1학년부터 확실하게 기강을 잡아야 합니다. 멀게는

악마 교수와

대학의 존망이 걸려 있는 문제예요."

"동감합니다. 처벌합시다!"

강경파 교수들이 나서서 세 사람의 처벌에 동의하였다. 황 교수와 강경파 교수들의 입김이 강해, 결국 세 사람은 1년간 정학에 처해졌다.

참담한 일이었다. 자신은 용서받을 수 있을지 모른다는 한 가닥 기대를 품었던 동하는 깊은 절벽으로 한없이 떨어져 내리는 느낌이었다. 그러나 어쩔 수 없는 일이었다. 퇴학을 당하지 않은 것만 해도 큰 다행이었다.

이 일로 인해 동하는 꼼짝없이 자동으로 유급이 되었다. 내년에 다시 등록금을 내고 후배들과 같이 본과 1학년이 되어 처음부터 다시 공부를 시작해서 학점을 따야 했다. 그동안 좌충우돌하며 버텨왔던 1년의 세월이 허공으로 날아가 버린 것이다.

동하는 생각하면 생각할수록 황 교수가 원망스러웠다. 그러나 그는 말이 통하지 않는 사람이었다. 나중에 들은 말이지만 교수회의 때 1년 정학처분도 부족해서 2년으로 해야 한다고 주장했다는 것이었다.

원호와 현욱은 고향집에 내려가 집에서 몇 달 쉬면서 공부도 하고 인격을 수양한 후 내년 봄에 다시 올라 오겠다며 떠났다. 그러나 동하는 정학을 당한 사실을 차마 집에 알릴 수가 없었다. 고향에서 혼자 몸으로 피땀 흘려 농사를 지어서 그 비싼 등록금이며 실습비, 책값, 하숙비를 보내주고 계신 어머니를 생각할 때 도저히 그럴 수가 없었다.

자신이 중학교에 다닐 때 아버지와 사별한 뒤 오로지 자식이 의사가 된다는 희망 하나로 살고 계신 어머니, 뙤약볕에서 갈퀴 같은 손으로 등이 휘도록 밭일을 하고 논일을 하면서도 힘들다 한번 않으시고 오직 자식이 잘 되기만을 바라며 살고 계신 어머니였다.

게다가 아무것도 없는 가난한 시골 마을에서 의대생이 나왔다며 내

일처럼 기뻐하며 잔치까지 벌여주었던 고향 마을 사람들이었다. 동하는 그들의 희망과 기대를 무참히 허물면서까지 차마 고향집에 내려가 있을 면목이 없었다.

동하는 이따금 대흥집에 가서 혼자 술을 마시기도 했다. 생각하면 생각할수록 분하고 억울해서 술을 마시지 않을 수가 없었다. 그래도 중상위권은 늘 유지해 왔는데 그대로 공부해 나가면 무난히 2학년에 진급할 수 있었을 터였다. 그런데 같은 조원이라는 이유로 정학 처분을 받았으니 너무 억울했다.

하루는 동하가 대낮부터 대흥집에 혼자 앉아 처량하게 술을 마시다가 태호, 진우, 강혁 일행과 마주치고 말았다.

"야, 기죽을 거 없어! 퇴학도 아니고 정학이라면서? 그까짓 1~2년 나중에 사회에 나가면 아무것도 아니라더라. 강형은 제적까지 당했다가 법대에 복학해서 고시에 패스했고 지금은 또 철학과에 다니잖아. 제적을 당했던 태호 형은 또 어떻고. 다들 너보다 더한 시련을 겪고도 잘들 지내는데 뭐가 걱정이야."

진우의 말에 동하는 고개를 저었다.

"오형, 정말 그렇게 생각해요?"

동하는 완전히 의욕을 잃었고 자신감도 잃은 상태였다. 무엇을 해도 무기력했고 자신이 무능하게 느껴졌다. 강혁이 동하에게 잔을 건네며 말했다.

"살면서 사람한테는 기회라는 게 여러 번 주어지게 되어 있어. 어떤 삶에서도 단 한 번만 주어지는 기회라는 건 없거든. 또 하면 되는 거야."

남형도 거들었다.

"강형 말이 맞다. 지금은 힘들겠지만 다시 마음잡고 공부하면 돼."

진우가 또 나섰다.

악마 교수와

오진우 형은 산을 좋아하였다. 그리하여 대학 산악부에 들어 크고 작은 산들을 등반하였으며 등반사진이나 산악풍경들도 즐겨 촬영하고 전시회도 열고 하였다. 오형은 도전정신이 강하고 열정적이고 낙천적인 사람이었다. 오형이 한마디 더 하였다.

"근데 넌 왜 하필 의대 같은 데를 가서 이 고생이냐. 우리 과를 봐라. 정학이 있냐, 퇴학이 있냐. 그냥 그림만 잘 그리면 되잖아. 나 같은 사람은 사진만 잘 찍으면 되는 거고. 그런데 황 교순가 황 악질인가 하는 그 인간은 대체 정체가 뭐냐? 그렇게 시체를 좋아하면 장의사가 될 것이지 왜 교수가 되어 가지고 학생들을 들볶아 대는지, 원!"

"됐어요, 오형. 황 교수 얘기는 듣고 싶지 않습니다."

진심이었다. 동하는 이제 황 교수의 "황" 자만 나와도 치가 떨렸다.

그런데 그해 겨울이 끝나갈 무렵, 대흥동 하숙촌이 또 한 번 뒤집히는 소식이 전해졌다. 강혁이 본격적으로 인간의 정신세계와 철학사상을 연구하기 위해 미국으로 유학을 가게 되었다는 것이다.

강혁은 철학과에 편입할 때 미국 하버드 대학교에도 원서를 냈는데 이번에 장학생으로 선발되어 정식으로 초청장을 받았다고 했다. 대흥동 멤버들도 가만히 있을 수가 없어서 다시 대흥집에 모여서 축하 파티 겸 송별 파티를 열어주었다.

"행님요, 나가 시방 행님 소식에 꿈인가 생시인가 혀요. 행님은 하여튼 사람을 놀래 자빠뜨리는 데 재주가 있는 사람이요."

형오가 흥에 겨워 축하의 말을 하자 강혁이 일어나 모두에게 인사를 했다.

"다들 고맙습니다. 정든 대흥동을 떠나게 되어 나도 무척 서운하지만 어쩌겠습니까? 사람은 뭔가를 찾아서 자꾸 전진해야 하는 것 아니겠습니까? 여기 모인 우리 동지들도 각자 자리를 잘 찾아서 훗날 좋은 모습으로 다시 만납시다!"

'강혁은 술자리를 돌면서 거기 모인 모든 사람들에게 막걸리를 한잔씩 따라 주었다. 그리고 술을 다 돌린 강혁이 동하의 옆자리로 옮겨 앉았다.

"동하야, 지금은 억울하고 분하겠지만 훌훌 털어버리고 다시 열심히 공부하길 바란다. 너는 훌륭한 의학도가 될 거야."

그렇게 자신을 위로해 주었다.

강혁이 훌쩍 떠나 버리고나자 대흥동이 더 삭막하게 느껴졌다. 봄은 오고 있는데 동하에게는 아직도 황량한 겨울이었다.

동하는 그 겨울 내내 마음을 잡지 못하고 방황하였다. 대흥집에서 막걸리를 마시다 혼자 변두리에 있는 포장마차 집에 가서 술을 더 마시고 하였다.

봄은 올 것인가. 황량한 겨울이었다. 내 꿈은 어디에 있는가. 뿌연 막걸리 속에, 생맥주의 바다 속에, 시위대의 함성 속에, 도서관의 책더미 속에, 예쁘장한 여학생의 눈동자 속에, 통키타의 음악 속에, 담배연기 속에……? 모두가 아무것도 알 수가 없었다.

모두가 저마다의 꿈을 위해 항해를 하고 있는데 자신만 표류하고 있다는 느낌이었다. 그 꿈을 찾기도 전에 처참히 부서진 배로 표류하고 있는 느낌이었다. 동하는 그렇게 거리를 쏘다니다가 불기 없이 싸늘한 하숙방에 돌아와 누웠다. 아무리 취하고 쏘다녀 봐도 좌초한 젊음에 대한 울분과 슬픔은 가셔지지 않았다.

황량한 겨울은 그렇게 갔다. 우우 아우성치며 어디론가 몰려가던 차가운 겨울바람처럼 겨울은 그렇게 갔다. 그리고 봄은 또 어김없이 다가오고 있었다.

악마 교수와

다음해 봄

　동하는 다시 본과 1학년에 등록을 했다. 동료들은 모두 본과 2학년에 진급하는데 자신은 다시 1학년이 되어 후배들과 함께 공부를 하게 된 것이다. 그런 자신이 창피하고 분하고 원통했지만 어쩔 수 없는 노릇이었다.

　그런데 개강 때 보니 작년에 성적 불량으로 유급을 당하여 다시 본과 1학년을 다니게 된 동기들이 무려 30여 명이나 되었다. 지난해의 골학 실습실 사건과 해부학 실습실 사건 이후로 더욱 강경해진 황 교수가 무려 평소의 2배나 되는 정원의 30퍼센트도 넘는 학생들을 유급시켰다는 것이다.

　게다가 그 바람을 타고 애꿎게 본과 4학년 졸업시험에서도 5명이 과락을 먹어 졸업을 하지 못했다고 했다. 그들도 결국 4학년을 다시 다녀야 했다. 이것은 그동안 C대학교 의과대학 역사에 없었던 일이었다.

　뼈를 가지고 장난치다 정학을 당했던 경철과 재성, 자신과 함께 정학을 당했던 원호와 현욱, 그리고 컨닝을 하다 적발된 훈채 등도 모두 본과 1학년에 재등록을 했다. 사투리 삼총사는 우여곡절 끝에 모두 진급을 하였다. 어쨌거나 춥고 긴 겨울이 지난 캠퍼스에도 새 봄이 찾아왔고 새 학기가 시작되면서 새로운 생명력으로 술렁거리고 있었다.

　그러나 동하의 마음은 아직 겨울이었다. 시골에 계시는 어머니는 자신이 2학년에 올라간 줄로 믿고 계셨다. 거기에다 2학년에 진급한 동기들을 볼 때마다 느끼는 부러움과 창피함, 그리고 모멸감 때문에 마음이 편치 않았다.

그리고 더욱 고통스러운 것은 그토록 보기 싫은 해부학, 생리학, 생화학 교수들을 고스란히 다시 만나야 한다는 사실이었다. 특히 황 교수를 다시 만날 생각을 하면 치가 떨릴 지경이었다.

황 교수는 지난해 실습실 사건 이후 더욱 냉혈동물이 되었다. 바늘로 찔러도 피 한 방울 안 나오는 것은 물론 아예 바늘조차 들어갈 것 같지 않았다.

거기다 연쇄반응으로 황 교수 밑의 김상헌 교수와 다른 교수들은 물론이고 생리학, 생화학 등의 모든 교수들까지 학생들을 더더욱 바짝 조르고 있었다. 본과 1학년을 가르치는 모든 교수들이 황 교수의 영향권 안에 있었기 때문이었다.

그리고 정말로 자신을 짓누르는 스트레스가 있었으니 그것은 만약 이번에 또 유급을 당하는 날이면 그때는 학칙에 의해서 자동으로 제적, 즉 퇴학을 당하게 된다는 사실이었다. 그렇게 되면 지금까지의 모든 대학 생활은 물거품이 되어 버리는 것이었다. 그것이 가장 무섭고 괴로운 스트레스였다.

사정이 이렇다 보니 의과대학 졸업장을 받기 전에는 아무도 황유진 교수에 대해서 마음을 놓을 수가 없었다. 더구나 기강 해이를 이유로 졸업생들 5명을 한꺼번에 유급시킨 황 교수였다. 이미 한번 유급을 당한 동하로서는 심란하고 불안했다. 학교에 다니는 것이 아니라 마치 무슨 전쟁터에 다니는 것 같았다.

물론 한번 했던 공부를 다시 하는 것이므로 수월한 감은 있었다. 하지만 재수를 한다고 꼭 대학에 들어간다는 보장이 없듯이 힘든 상황은 1년 전 그대로였다.

동하는 창피하기도 하고 멋쩍기도 해서 강의실 뒤쪽에서 유급당한 동료들과 어울려 강의를 듣곤 했다. 김상헌 교수는 여전히 무표정하게 들어와서 출석을 불러댔고, 황 교수 역시 조금도 흐트러짐 없는 그 모습 그대로 강의에 임했다.

그렇게 3개월간 또 골학실습을 하고, 카데바 탱크를 열어 새로운 시체를 꺼내어 해부 실습을 하게 되었다. 그런데 문제는 황 교수였다. 황교수는 유급 당했던 학생들이라고해서 눈곱만큼도 봐주는 것이 없었다. 아니 오히려 학업 자세, 정신 자세, 행동거지에 심각한 문제가 있는 학생들로 간주하여 전과자 취급을 하며 더 까다롭고 엄격하게 대하면서 강력하게 단속을 했다.

황 교수는 학생들의 기강이 해이해졌다고 생각했는지 안 하던 훈시까지 하였다.

"여러분, 여기 의과대학은 다른 대학과는 그 속성이 약간 다른 곳입니다. 여기는 무슨 세상을 바꾸는 위대한 정치가를 만들어 내는 곳이 아닙니다. 그렇다고 무슨 엄청난 사업을 벌이는 기업가를 만들어 내는 곳도 아닙니다. 훌륭한 예술작품을 만들어 내는 예술가들을 만들어 내는 곳은 더더욱 아닙니다. 인생을 논하거나 철학을 하는 곳도 아닙니다.

여기는 의학을 공부하고 질병을 치료하고 생명을 구하는 의사를 만들어 내는 곳입니다. 그러므로 실력을 기르기 위해 착실하게 공부만 하면 되는 곳입니다. 그 이상도 그 이하도 없습니다. 연애도 하고 대학의 낭만을 추구하고 싶다면 다른 곳으로 가시기 바랍니다.

그렇다고 해서 여러분들이 무슨 대단하고 엄청난 공부를 하고 있다고 착각하지는 마십시오. 의학도 그저 자연과학의 한 분야일 뿐입니다. 다른 학문, 물리학, 화학, 공학 등 더 좋은 머리가 필요하고 어려운 학문들이 얼마든지 많이 있습니다.

의학은 무슨 천재적인 두뇌나 재능이 필요한 학문도 아니고 보통의 머리만 되고 착실한 사람이면 누구나 할 수 있는 것입니다. 다만 환자를 치료해야 하므로 실력을 길러야 하고 열심히 공부를 해야 하는 것입니다."

그리하여 동하는 각오를 새로이 하며 더욱 열심히 공부했다. 열심히 한 덕분에 상위권을 유지하고 있었다. 그리하여 어느덧 다시 본과 1학년 2학기 중반이 되었다. 그 즈음 전국 대학에는 군부독재를 반대하는 시위와 데모가 산불처럼 번지고 있었다. C대학교도 예외가 아니었다.

캠퍼스는 "유신 철폐, 박정희 하야, 군사독재 타도" 같은 현수막과 깃발과 대자보로 어지러웠다. 그리고 연일 최루탄 연기와 돌멩이가 난무했다. 시위대가 대학본부 도서관을 점거하고 단식농성을 계속하고 있었다.

그런 가운데서도 의과대학만큼은 데모의 소용돌이에 크게 휘말리지 않고 공부와 실습과 시험을 계속해 나갔다. 전통적으로 의과대학은 시위에 참여하는 일이 적었다. 대학 전체가 휴강을 하거나 휴교를 해도 의과대학만큼은 나중에라도 빠진 강의를 다 채워 넣었으며 못 본 시험도 모두 치렀다.

의과대학에서는 어떤 일이 있어도 시험을 리포트로 대체하거나 그대로 학점을 주거나 하는 일은 절대 없었다. 그래서 다른 대학의 학생들로부터 의대생들은 "데모도 못하는 사꾸라 같은 놈들"이라고 욕을 하는 소리를 자주 듣기도 하였다.

그날도 대학본부 도서관을 점거한 시위대가 일주일째 책상과 의자로 바리케이드를 친 채 강경하게 단식농성을 계속하고 있었다. 그리고 도서관에 잠입하여 갇힌 수백 명의 시위대와 아침마다 캠퍼스로 몰려드는 수천 명의 시위대를 선두에서 이끌고 있는 인물이 바로 남태호였다.

그러던 중 도서관을 점거한 시위대와 함께 일주일간 물만 마시며 투

악마 교수와

쟁하던 남태호가 드디어 탈진하여 쓰러졌다는 소식이 전해졌다. 시위대 조직으로 부터 윤기가 연락을 받았다는 것이다.

"남형이 진짜로 일주일간 물만 마시며 버텼다 아이가. 다른 시위대들은 그래도 비밀통로로 들어간 음식물이나 창문으로 던져주는 빵이랑 음료수를 받아 먹었다꼬 하든데. 사람이 우째 그리 유도리가 없이 꼿꼿하다 말이고."

"상태가 많이 심각하냐?"

"직접은 못 봤고 말만 전해 들었다. 죽을 정도는 아니라는데 그래도 몰르는 기다. 일주일을 꼬박 굶은 긴데."

그 소식을 전해들은 동하는 가만히 앉아 있을 수가 없었다. 그렇지 않아도 시위에 함께 참여하지 못해 죄책감이 컸던 동하는 가게에 가서 음료수와 빵을 사고 하숙집 아주머니에게 부탁해서 미음을 준비했다. 그리고 밤이 되기를 기다려 준비한 음식을 가지고 도서관으로 잠입하기로 하였다.

시위대는 밤에도 횃불을 밝히고 보초를 서가며 투쟁 강도를 더 높여가고 있었다. 도서관 뒷담 쪽으로 가자 시위대에서 만든 비밀 통로가 있었다.

도서관에 들어가 보니 남형은 책상으로 붙여 만든 간이침대에 얇은 담요 한 장을 덮고 누워 있었고, 곁에서 쇠파이프와 각목을 든 투쟁위원장 사수대가 겹겹이 호위를 하고 있었다.

남형을 보자 동하는 왈칵 눈물이 쏟아졌다. 피골이 상접한 초췌한 몰골에 덥수룩한 수염, 목은 쉴 대로 쉬었고 손마디도 심하게 말라 있었다.

"남형, 정신 차려요. 저 동하 왔어요."

"어떻게 여기까지 들어왔어. 의대는 수업을 하고 있을 텐데."

남형은 비록 초췌한 얼굴이었지만 눈빛은 여전히 전의로 가득했고 투쟁의지로 활활 타오르고 있었다.

"걱정 마요, 남형. 남형이 쓰러졌는데 수업이 문제겠어요? 남형, 이렇게 안 먹으면 죽어요."

그는 준비해 간 미음부터 꺼내 먹였다. 그리고 새벽에 도서관을 빠져나갈 생각이었다. 아침 첫 시간에 황 교수의 해부학 시험이 있었기 때문이었다.

"가봐라. 내일 시험이 있다면서. 여기는 걱정하지 말고 가서 공부해."

"공부는 다 해놨습니다. 새벽에 나가면 돼요. 걱정 마요."

동하는 차마 탈진해 쓰러진 남형, 그리고 비록 학과는 다르지만 지쳐 쓰러져 기진맥진해 있는 수많은 학우들을 내버려둔 채 돌아갈 수가 없었다. 단 하룻밤이라도 그들을 따뜻하게 보살피고 간호해 줄 생각이었다. 그렇게 동하는 밤을 새우다시피 하며 남형과 다른 학우들을 보살폈다.

그런데 다음날 새벽 문제가 생겼다. 동하가 도서관 밖으로 나가기도 전, 그러니까 어둠이 완전히 걷히기도 전에 경찰이 여명의 기습해산 작전에 돌입한 것이다.

아무런 예고도 조짐도 없이 전경들과 경찰들의 숫자가 기하급수적으로 늘어나더니 순식간에 도서관을 포위해 버렸다. 그리고 마침내 기관총을 쏘아대는 듯한 최루탄 발사 소리와 연막탄이 여기저기에서 펑펑 터지는 소리가 났다. 그리고 그 소리를 신호로 방독면을 쓴 경찰 특공대가 도서관 바깥쪽 바리케이드를 부수고 미친개들처럼 도서관 안으로 난입하기 시작했다. 갑작스런 진입에 시위대도 필사적으로 도서관 사수에 나섰다. 어둠이 채 가시기도 전에 전투가 시작된 것이다.

"끝까지 싸우자!"

동하도 최루탄 가스에 눈물을 흘려가며 각목을 들고 함께 싸웠다. 도

악마 교수와

서관 안은 여기저기에서 고함 소리와 비명 소리, 피 터지는 소리, 유리창 깨지는 소리들로 아수라장이 되었다.

"도서관에 있는 놈들은 한 놈도 남기지 말고 모조리 체포하라!"

확성기를 통해 경찰 지휘부의 고함소리가 쉴 새 없이 터져 나왔다.

아침이 밝고 대학생들이 등교하여 시위대에 동참하기 시작하면서 상황은 더욱 커지고 급박해졌다. 그리고 캠퍼스 외곽에 진주해 있던 군인들까지 합세하여 여기저기서 뒤죽박죽으로 난투가 벌어졌다.

"남태호! 남태호!"

도서관 밖에 있던 수천 명의 시위대는 목이 쉬도록 지도자인 "남태호"를 연호하며 경찰의 진압을 막기 위해 격렬히 저항했다.

도서관 안에서도 격렬한 저항이 계속되었지만 점차 시위대가 수세에 몰렸다. 급기야 도서관 내 바리케이드가 무너지고 시위대가 분산되기 시작했다. 경찰은 무차별적으로 몽둥이를 휘둘러 대면서 시위대를 체포했다.

"이 개 같은 새끼들 다 죽여! 다 밟아 버려!"

동하는 정신이 없었다. 그는 이제 민주주의가 아니라 자신을 지키기 위해 필사적으로 각목을 휘두르며 경찰의 포위망을 뚫고 나갔다. 어떻게든 여기를 빠져나가야 한다는 생각뿐이었다. 경찰에게 잡혔다가는 유치장 신세를 지게 될 것이고 그랬다가는 학교 공부는 끝장이었다.

때마침 시위대와 경찰이 뒤엉킨 와중에 도서관 바깥으로 쏟아져 나가는 시위대 무리가 눈에 띄었다. 동하는 있는 힘을 다하여 그쪽 시위대에 합류하여 간신히 도서관 담을 뛰어 넘었다. 그리고 미친 듯이 내달려 시내 쪽으로 빠져나왔다.

그리고 잠시 주택가 골목에 몸을 숨긴 뒤 숨을 골랐다. 학교 쪽을 보니 이미 경찰과 얼룩무늬의 군인들에게 완전히 장악당한 상태였다. 몽둥이로 초죽음이 되도록 얻어맞고 끌려가는 시위대, 피를 흘리며 쓰러져 있는 시위대, 도서관 담을 넘다가 머리채를 잡혀 질질 끌려가는 여대생, 군화발에 허벅지가 짓밟히는 여대생까지 생지옥이 따로 없었다.

동하는 분노의 피가 끓어올랐으나 이미 자신의 힘으로 어떻게 해볼 상황이 아니었다. 최루탄 발사차량과 탱크들이 거대한 맹수들처럼 육중한 몸을 뒤채고 있었다.

손목시계를 보니 이미 11시가 넘어 있었다. 자신은 기진맥진한 상태였다. 붙잡혀 가지 않은 것만 해도 다행이었다. 남형은 어떻게 되었는지, 이미 끝났을 해부학 시험은 또 어떻게 하는지 걱정이었다. 그래도 해부학 시험은 재시험 기회를 주기 때문에 그때 잘 보면 될 것이었다.

동하가 하숙집 마당으로 들어서자마자 하숙집 아주머니가 후다닥 달려 나왔다.

"아이구, 그렇잖아도 방금 형사들이 다녀갔는디 이게 다 뭔 난리랴?"

"형사들이 왜요?"

동하가 다급하게 물었다. 혹시 자기도 경찰의 블랙리스트에 오른 것인지 불안했다.

"태호 학생 찾는다고 왔다니까, 방금 전에."

"남형을요?"

다행히 남형은 잡히지 않은 모양이었다. 못 잡았으니 형사들이 하숙집까지 뒤지고 다녔을 터였다. 안도의 한숨을 내쉬며 하숙집 아주머니에게 물었다.

"또 다른 일은 없으셨어요?"

"새벽부터 쿵쾅쿵쾅하는디 전쟁난 줄 알고 얼마나 놀랬는지 몰라. 최루탄인가 뭔가 때문에 여태까정 눈도 제대로 못 뜨겠고. 그란디 동하 학생, 많이 다쳤네. 이게 다 어쩐 일이랴."

악마 교수와

하숙집 아주머니가 그의 팔에 줄줄 흐르는 피를 보고 깜짝 놀랐다. 동하는 자기가 팔을 다친 줄도 모르고 있었다. 몸을 살펴보니 어깨와 다리가 경찰 곤봉에 얻어맞아 퉁퉁 부은 데다 팔뚝이 찢어져 피가 흐르고 있었다. 하숙집 아주머니는 허겁지겁 안방으로 들어가 소독약과 붕대부터 꺼내왔다.

"많이 찢어진 거 같은디 병원 가서 꼬매야 하는 거 아녀? 이렇게라도 붙여 놓으면 좀 나을려나. 덧나면 안 될 텐디. 이런 건 학생 같은 의대생이 해야 하는 건디 거꾸로 됐네, 그랴."

"감사합니다, 아주머니."

"그런디 태호 학생은 봤어? 몸이 많이 상했남?"

"그렇잖아도 아주머니가 쑤어주신 미음을 먹고 기운을 많이 차렸어요. 괜찮습니다. 아직 안 잡힌 것 같아요. 형사들이 찾아온 걸 봐도. 그리고 수호대가 있어서 쉽게 잡히지는 않을 겁니다."

"다행이네 그려. 그런디 언제까지 이 난리를 쳐야 된디야. 학생들 보기도 딱하지만, 하숙 치는 게 뭔 죄라고. 어디 가슴 떨려서 살겄어?"

아주머니는 최루탄 때문인지 하숙생들에 대한 걱정 때문인지 눈가가 잔뜩 붉어져서는 밖으로 나갔다.

동하는 방으로 들어와 이불도 펴지 않고 그대로 방바닥에 누워 버렸다. 여기저기 결리고 아픈 데가 많아서 몸을 눕히는 것도 힘겨웠다. 그리고 눕자마자 곧바로 잠에 빠져들었다.

그리고 해부학 재시험은 1주일 후에 있었다. 첫 번째 시험에서 60점 이하인 학생들에게 재시험의 기회를 주는데, 황 교수의 첫 번째 시험을 통과할 확률은 60퍼센트밖에 안 되었다. 나머지 40퍼센트의 학생들은 재시험을 봐야 했다. 재시험은 첫 번째 시험보다 훨씬 어려웠다. 그래서 동하는 시험 준비를 더 열심히 하였다.

그런데 막상 재시험을 보는 당일, 어찌된 일인지 조교 선생이 자신에게는 시험지를 배부해 주지 않는 것이었다. 의아해서 조교 선생에게 물었다.

"왜 제게는 시험지를 안 주십니까?"

재시험 문제지에는 시험지마다 학생들의 이름이 쓰여 있었다. 그러자 조교 선생이 수첩을 뒤적거렸다.

"박동하, 자네 시험지는 없네."

"시험지가 없다니요?"

동하가 놀라서 항의하자 조교 선생이 다시 수첩을 뒤적거렸다.

"시험 볼 자격이 없다, 그 말이지."

"예? 자격이 없다니요? 그게 도대체 무슨 말씀이십니까?"

하늘이 노래지는 것 같았다. 뭔가 잘못돼도 단단히 잘못된 것이 분명했다.

"글쎄, 규정이 그래. 황 교수님께 직접 가서 말씀드려 보게. 자네는 본시험을 안 쳤잖아."

"아니, 선생님. 그게 무슨 말씀이십니까?"

동하는 황당하고 어이가 없었다.

"글쎄, 나는 권한이 없네. 주임교수님께서 시키는 대로만 하는 것뿐이니 자네가 직접 가서 여쭈어 보게."

"알겠습니다."

동하는 시험장을 나와 부리나케 황 교수의 연구실로 뛰어올라가 거세게 문을 두드려 댔다.

"누구십니까?"

황 교수는 안에 있었다. 동하는 부서져라 문을 열고 들어가 따져 물었다.

악마 교수와

"교수님, 왜 저에게는 시험지를 안 주십니까?"

"시험지를 안 주다니?"

"박동하입니다."

"박동하?"

황 교수는 수첩을 뒤적거렸다.

"본시험을 안 봤군. 그러니까 없지."

황 교수는 당연하다는 표정이었다.

"아니, 교수님. 그게 도대체 무슨 말씀이십니까? 본시험을 못 보았으니 당연히 재시험을 보게 해주셔야지요. 시험지를 안 주다니요?"

동하는 가슴이 떨리고 분노가 치밀어 올랐다.

"재시험은 본시험에서 성적이 60점 이하인 사람들에게만 기회를 주네. 아예 본시험조차 안 본 사람에겐 기회가 없어."

"아니, 그런 법이 어디 있습니까?"

기가 막혔다.

"우리 해부학 교실의 규정이 그래. 그렇게 하지 않으면 공부 안 한 학생들은 모두 본시험을 포기하고 재시험을 본다고 할 것 아닌가. 어쨌든 자네는 시험 칠 자격이 없네. 그러니까 시험지가 없는 것은 당연하지. 나가 보게."

"아니, 교수님. 그게 말이 됩니까?"

"교수님, 사실 저는 그때 일부러 결시를 한 것도 아니고 사정이 있었습니다."

"사정? 무슨 사정? 조교 선생이나 나한테 미리 전화하거나 통보한 일도 없잖아. 나가 보게. 재시자 명단은 이미 교무과에 다 통보했어. 고칠 수도 없어."

"그럼 저는 어떻게 되는 겁니까?"

"이번 시험은 0점 처리되는 거지. 당연한 거 아니야. 몰라서 물어?"

"아니, 교수님. 저 아시지 않습니까? 저 박동하입니다. 정말 이러실 수가 있습니까? 이번에 또 유급하면 어떻게 되는지 아시지 않습니까?"

동하의 목소리는 안타까움으로 떨리고 있었다.

"교수님, 한 번만 기회를 주십시오. 부탁드립니다. 저, 공부 다 하고 왔습니다. 시험을 치르게 해주십시오."

동하는 간절히 애원하였다.

"이 친구야, 그런 것은 내 소관이 아니야. 나는 규정대로만 할 뿐이지. 나가."

"교수님, 그때 정말 피치 못할 사정으로 도서관 시위에 참가하고 있었습니다. 경찰이 포위하고 있는데 어떻게 연락을 하란 말씀이십니까? 그리고 공부를 다 했는데 왜 시험 볼 기회조차 주지 않는단 말씀입니까? 이게 말이 됩니까? 너무하신 것 아닙니까?"

"이 친구야, 몇 번을 얘기해야 알아들어? 하루아침에 생긴 것도 아니고 십 수 년 전부터 있어온 우리 교실의 규정이야. 규정이 곧 학칙이라구. 나보고 규정을 어기라는 거야? 개인사정 없는 사람이 어디 있어? 당장 나가. 자꾸 말시키지 말고."

황 교수는 귀찮다는 듯 버럭 화를 냈고, 동하도 분노가 치밀어 올랐다.

"교수님은 저 반독재 민주화의 피 터지는 함성이 들리지도 않으십니까? 교수님은 이 나라 국민이 아니십니까? 거기 시위에 참석했습니다. 그게 무슨 잘못입니까? 시위는 지금도 계속되고 있습니다. 다들 의과대학은 데모도 하지 못하는 사꾸라 대학이라고 욕합니다. 교수님은 사꾸라 교수입니까?"

"사꾸라 교수……? 그래, 좋다. 사꾸라 교수다. 군사정권이 잘한 것도 얼마든지 많아. 어중이떠중이 미친개처럼 여기저기서 떠들어 대다가는

악마 교수와

배가 산으로 올라가는 수가 있어."

"교수님은 정의감도 없으십니까?"

"나한테 어려운 소리 하지 마. 자기 할 일은 해놓고 해야지. 네가 데모꾼이야? 의과대학은 전통적으로 데모를 안 하는 대학이야."

"그럼 저더러 사꾸라 대학의 사꾸라 학생이 되란 말씀입니까? 데모에 참가했다가 시험을 못 쳤는데 왜 재시험 기회까지 박탈한단 말씀입니까? 정말 이렇게 하실 수 있습니까?"

동하는 화가 치밀어 언성을 높였다.

"이 친구야, 자꾸 말 시키지 마. 어쨌든 한 사람 때문에 그동안 지켜온 학칙과 규정을 어길 수도 없고 바꿀 수도 없어. 나가 보게."

"못 나갑니다. 왜 시험 볼 기회도 안 주시는 겁니까? 제발 시험을 보게 해주십시오."

동하는 다시 애원하며 매달렸다.

"나가! 어디서 자꾸 말대꾸야? 빨리 나가!"

황 교수는 동하의 가슴을 떠밀었다.

"기회를 주십시오. 정말 이렇게 하실 수 있습니까?"

동하는 화가 치밀고 다급해져서 황 교수의 가운 멱살을 잡고 늘어졌다.

"이 개새끼가 어딜 잡어?"

순간 '퍽, 빡'하면서 황 교수의 주먹이 연달아 얼굴로 날아들었다. 동하는 '흑'하며 고꾸라졌다.

"나가, 이 새끼야. 싸가지 없는 놈!"

황 교수가 구둣발로 가슴을 걷어찼다. 동하는 '헉'하며 시멘트 바닥에 나뒹굴었다.

"건방진 씨발새끼!"

황 교수가 다시 쓰러진 동하의 허벅지를 구둣발로 짓이겼다.

"어디 와서 개지랄이야!"

화가 난 황 교수가 어딘가로 전화를 했고 다시 몽둥이를 집어 드는데 수위 두 사람이 쫓아와 동하를 끌어냈다. 정말이지 바위처럼 완강하고 얼음처럼 차가운, 인정머리라고는 손톱만큼도 없는 인간이었다.

동하는 치밀어 오르는 분노대로 한다면 다시 달려들어 황 교수의 얼굴을 주먹으로 후려쳐서 광대뼈를 부수어 버리고 싶었으나 꾹 참았다. 그랬다가는 정말로 끝장이 날 것이기 때문이었다. 앞으로 또 시험이 있으므로 비록 이번 시험은 0점 처리 된다고 해도 다른 시험을 잘 보면 보충할 수 있을 것이라고 생각하였다.

"저런 개사꾸라같은 인간이 교수라고!"

밖으로 끌려 나온 동하는 '퉤'하고 경멸의 침을 뱉었다. 침에 붉은 피가 한 움큼 묻어 나왔다.

어쨌든 그렇게 해서 재시험조차 못 보게 되었다. 그 이후 계속되는 다음 시험을 잘 보았다. 그러나 한 번 0점 맞은 것을 보충하기에는 역부족이었다.

게다가 황 교수는 이번 기회에 자신을 아예 퇴학시켜 버리려고 마음먹은 사람처럼 괴롭혔다. 오랄 테스트 때도 황 교수가 일부러 다른 학생들에 비해 대답하기 까다로운 것만 물어보는 듯했다. 자신을 제거하기 위해 고의적으로 어려운 것만 물어보는 것 같은 느낌이 들었다. 황 교수가 한 번 찍은 사람은 어떻게 해서든지 유급시키든가 꼭 퇴학시켜 버린다는 소문이 헛말이 아닌 것 같았다.

동하는 이제 황 교수가 두려워지기 시작했다. 시험 시간에도 황 교수가 돌아다니면 괜히 아는 것도 잘못 쓰고 나오는 경우까지 있었다. 그는 이제 황 교수에게 완전히 주눅이 들었으며 정신적으로 긴장하게 된 것이었다.

악마 교수와

참으로 이상한 일이었다. 큰일이었다. 사람이란 이상한 것이어서 한 번 악순환에 빠지기 시작하면 걷잡을 수가 없는 법이었다. 운동경기에서도 실력이 좋은 팀도 한번 슬럼프에 빠지거나 얼기 시작하면 몰리는 것과 마찬가지였다. 동하는 이제 황 교수에 대하여 일종의 신경증 노이로제 증세까지 나타났다. 그리하여 생리학, 생화학 등 다른 과목에서는 모두 점수를 잘 따는데 해부학만은 부진한 성적이 계속되었다.

특히 황 교수 담당 과목은 더 형편없이 점수가 나왔다. 이제 이번에 또 유급을 하게 되면 자동 퇴학이었다. 동하는 더욱 긴장했고 떨리지 않을 수가 없었다. 그리고 그럴수록 상황은 더 나빠졌다.

황 교수는 모든 카데바들에 대해서도 연민의 정을 가지고 대하라고 하였지만 그가 실습 지도를 하는 모습을 보면 도대체 인정이 있는 사람인지 없는 사람인지, 감정이 있는 사람인지 없는 사람인지 알 수가 없었다. 오히려 무자비하고 잔인하기까지 하였다. 학생들이 두개골을 썰지 못해 망설이고 있으면 그는 시범을 보인다며 톱을 가지고 흡사 송판을 썰듯 두개골을 서걱서걱 썬 후 수박을 빠개듯 두개골을 딱 빠개고 그 속에서 뇌(Brain)를 끄집어냈다.

한번은 해부학 실습실에서 동하와 소심한 조원들이 흉곽을 열지 못해 우물쭈물하고 있는데 황 교수의 날벼락이 떨어졌다.

"야, 이 자식들, 뭐하고 있는 거야. 너희들, 구경하러 왔어? 실습을 제대로 해야 할 거 아니야! 너희 같은 놈들이 나중에 어떻게 수술을 하겠니? 칼, 이리 내!"

메스를 받아 쥔 황 교수는 흉부의 중앙을 쓱쓱 절개하고, 펜치로 갈비뼈를 우두둑 우두둑 모두 잘라내고, 흉곽을 열어젖히고, 심장과 폐를 노출 시켰다. 그러면서 흘낏 동하와 조원들을 노려보는데 마치 지옥의 저승사자처럼 무섭고 섬뜩했다. 황 교수는 마치 얼굴에 철판을 쓴 강철의 해부 기계처럼 인정사정없이 육체를 난도질했다.

동하는 도대체 그가 의사인지 교수인지, 학자인지, 도살자인지 백정인지 분간할 수가 없었다.

"하려거든 제대로 확실하게 해! 멍청한 녀석들. 너희 같은 놈들이 나중에 외과의사나 되겠니? 칼 들고 우물쭈물 하다가는 환자가 다 죽어. 하기 싫으면 아니, 못하겠거든 옷 벗고 나가!"

그리고 황 교수는 수시로 들어와 이곳저곳을 돌아다니며 굶주린 사자처럼 으르렁거렸고 수시로 오랄 테스트를 계속했다. 특히 동하가 속한 조에만 오면 이상하게도 더 괴롭히는 듯했다.

동하의 조가 복부 장기의 해부실습을 하고 있을 때였다. 그때 조원들은 카데바의 소장과 대장 등의 창자를 못 꺼내 우왕좌왕하고 있었다. 그런데 언제 나타났는지 소리 없는 악마처럼 다가온 황 교수가 뒤에서 버럭 소리를 질러댔다.

"제대로 꺼내! 그게 뭐 하는 거야?"

조원들은 모두 깜짝 놀랐다.

"저리 비켜. 실습 태도가 형편없구만!"

황 교수는 곧바로 해부시험을 보이며 직접 지도를 하였다.

"자, 이거 뭐야?"

"두. 듀오데늄(duodenum 십이지장)요."

동하가 바짝 쫄아서 숨도 못 쉬고 대답했다.

"그래, 갈라봐라. 여기가 중요한 부위이다. 여기 그레이터 두오데날 파필라(greater duodenal papilla 십이지장유두)에 총수담관과 이자관이 개구하는 것이다. 간에서 만들어진 담즙이 담낭에 저장되었다가 커몬 바일 덕트(common bile duct 총수담관)를 통해 십이지장으로 들어오며 췌장에서 만들어진 이자액이 판크리애틱 덕트(pancreatic duct 이자관)을 통해

악마 교수와

역시 십이지장으로 들어오는 것이다. 모두 소화에 중요한 작용을 한다."

동하가 위장을 떼어내자 안쪽으로 길쭉한 고깃덩어리 같은 것이 나왔다.

"봐라. 이게 그 유명한 판크리아스(pancreas 췌장, 이자)다. 그리스어에서 유래했다. 판(pan)은 모두, 크리아스(creas)는 고기라는 뜻이다. 옛날에는 이 장기가 모두 고기처럼 보였기 때문에 붙여진 이름이다. 15센치 정도이다. 머리, 몸통, 꼬리 부분으로 나뉜다."

황 교수의 설명이 계속되었다.

"췌장에서 인슐린이라는 호르몬을 분비한다. 인슐린은 말초조직에서 당분 흡수를 촉진시킨다. 그런데 이 인슐린이 제대로 분비되지 아니하면 혈액 속에 당이 올라가고 소변에 당이 나온다. 그게 바로 당뇨병이다. 그런 것은 다 생리학이나 내과에서 배우게 될 것이다."

황 교수가 다시 물었다.

"어펜딕스(appendix 충수돌기)는 어디 있어? 꺼내봐."

조원들은 모두 당황했다. 아직 거기까지는 실습을 하지 않았던 것이다.

"몰라?"

황 교수는 경멸의 눈빛으로 조원들을 둘러보았다.

"봐라, 여기 대장이 시작되는 곳이 맹장 막장이다. 여기 붙어 있는 것 이게 뭐야, 이거?"

황 교수가 막장을 끌어 올리며 물었다. 막장에는 꼬리 같은 것이 붙어 있었다.

"이게 버미폼 어펜딕스(vermiform appendix 막창자꼬리)다. 벌레처럼 생겼다. 그래서 충수돌기라고 한다. 여기에 염증이 생기는 것이 어펜디사이티스(Appendicitis 충수돌기염)이다. 티스(tis)란 염증이란 뜻이다. 일반인들은 이것을 맹장염이라고 하지만 의학적으로 정확히 말하면 맹장염이 아니라 충수돌기염이다. 나중에 외과에서 다 배운다."

황 교수가 보충 설명을 했다.

"이 충수돌기를 잘라내는 수술을 소위 일반에서 맹장수술이라고 부른다. 하지만 실제적으로는 맹장수술이 아니라 충수돌기 절제수술, 즉 어펜덱토미(Appendectomy)이다. 토미(tomy)란 자른다는 뜻이다. 아나토미(Anatomy 해부학)처럼."

황 교수가 담낭을 가리키며 물었다.

"자, 간 아래 이거 뭐야?"

"골블래더(gallbladder 쓸개)입니다."

황 교수가 다시 물었다.

"그래. 커몬 바일 덕트(common bile duct 총수담관)가 어떤 거야?"

그런데 아무도 대답하지 못하자 황 교수가 담낭 쪽을 가리키며 말했다.

"몰라? 이거야, 이거."

황 교수가 설명했다.

"여기 간에서 나오는 헤파틱 닥트(hepatic duct 간관)와 담낭에서 나오는 시스틱 덕트(cystic duct 쓸개 주머니관)가 합쳐져서 총수담관이 되어 십이지장 유두로 들어간다. 담낭이나 여기에 돌이 생기는 것이 소위 말하는 갈스톤(Gallstone 담석증)이다."

황 교수가 그 안쪽을 가리키며 말했다.

"저기 저 안쪽으로 스플린(spleen 비장, 지라)이 위치한다. 비장은 혈액 세포나 혈소판을 거르는 작용을 한다. 등 뒤쪽에 있다. 그리고 이 안쪽으로 신장이 위치한다. 모두 다음 주에 찾아내서 실습해라."

황 교수가 배와 등 쪽을 각각 가리키며 말했다.

"신장을 찾으려면 배 쪽으로 들어가는 것보다 사람을 엎어놓고 등 뒤에서 들어가는 게 좋다. 맨 아래쪽 갈비뼈의 아래를 절개하고 들어가는 것이다. 하지만 여기서는 복강 안으로 해서 꺼낸다. 키드니(kidney 신장)

악마 교수와

는 모양이 콩을 닮고 색깔은 팥과 비슷하다 해서 콩팥이라고 한다.”

황 교수가 등뼈 쪽을 가리키며 말했다. 그런데 설명을 마친 황 교수가 다른 조로 이동하려다가 갑자기 휙 돌아서더니 동하를 지목했다.

“너, 박동하. 이쪽 스토막(stomach 위장) 옆으로 지나가는 거, 이거 무슨 아터리(artery 동맥)야?”

황 교수의 목소리에는 그 무서운 쇳소리가 섞여 있었다. 동하는 꽁꽁 얼어붙은 채 아무 말도 못했다.

“몰라? 도대체 이 조는 공부를 하는 거야, 카데바 구경을 하는 거야? 어펜딕스(충수돌기)도 모르고, 총수담관도 모르고. 특히 너, 박동하!”

황 교수는 불같이 화를 내며 수첩을 꺼내들고 체크를 했다.

“너희 조는 모두 점수 안 나간다. 뭐, 제대로 아는 게 없잖아!”

그러더니 휑하니 다른 조로 가버렸다. 나중에 다른 조원들에게 황 교수가 무슨 질문을 했는지를 물어보았다. 모두 쉬운 것만 물어보았다고 했다. 동하는 어이가 없었다. 왜 유독 자신에게만 어려운 것을 물어보는지 이유를 알 수가 없었다. 설사 아는 것이 있었다 해도 이제는 황 교수에 대한 두려움과 공포 때문에 제대로 대답할 수가 없었다.

그해 동하는

다른 과목은 모두 시험을 잘 보아서 평균 성적이 80에서 90점 가까이 되었다. 그러나 해부학에서 과락이 나오는 바람에 또 유급을 하였고 그에 따라 자동으로 퇴학을 당하게 되었다. 같은 학년에서 2년간 유급하였으므로 학칙에 의해 자동 제적이 된 것이다. 반면 현욱과 원호를 포함한 유급했던 다른 친구들은 모두 2학년으로 진급을 했다.

퇴학.

'아아, 어떻게 이럴 수가 있단 말인가?'

퇴학 통보를 받은 동하는 온몸이 후들거리고 맥이 탁 풀렸다. 늦은 오후의 싸늘한 눈발이 흩날리고 있었다. 어떻게 학교에서 대흥동까지 걸어왔는지 아무 정신이 없었다.

도저히 맨 정신으로는 하숙집에 들어갈 자신이 없어서 가게에서 소주 여섯 병을 샀다. 그리고 이빨로 소주병 마개를 따서 벌컥벌컥 목구멍에 쏟아 부었다. 술이라도 마시지 않으면 견딜 수가 없을 것 같았다.

4년간의 대학생활이 한순간에 모두 물거품이 되어 버렸다. 훌륭한 의사가 되겠다는 청운의 꿈도 깨져 버렸다. 그동안 어머니가 피땀 흘려 마련해 주신 등록금, 책값, 실습비, 하숙비까지 모두 허공으로 날아가 공중분해 되어 버렸다.

'소까지 팔아서 등록금을 보내준 어머니를 무슨 낯으로 다시 보며 두 동생들과 마을 사람들을 무슨 낯으로 대한단 말인가? 앞으로 무슨 일을

하며 어떻게 살아가야 한단 말인가?'

동하는 절망의 끝으로 떨어져 내리는 심정이었다. 빈속에 술이 들어가자 안에 고여 있던 분노의 분말들이 서서히 올라오기 시작했다.

"황 교수…… 황 교수!"

그랬다. 이 모든 것이 황유진 교수 때문이었다.

작년에 아무 죄도 없는 자신이 시멘트 바닥에 꿇어앉아 그렇게 눈물로 빌고 애원하고 사정했는데도 단지 같은 조원이었다는 이유로 싸잡아서 정학을 당하게 한 것도, 올해 재시험 기회조차 못 얻은 것도 황 교수 때문이었다.

오랄 테스트에서 점수를 못 받은 것도 고의적으로 어려운 것만 물어본 황 교수 때문이었다. 그리고 황 교수 그 인간 자체에 대한 불쾌함과 스트레스 때문에 해부학을 제대로 공부할 수 없었던 것도 다 황유진 교수 때문이었다.

이제 황 교수를 도저히 용서할 수가 없었다.

'소위 제자를 가르친다는 교수라는 인간이 어떻게 그럴 수가 있단 말인가? 해부학 따위가, 죽은 사람의 시체나 주무르는 학문이 뭐 그리 대단하고 중요하다고 이토록 괴롭히고 짓밟을 수가 있단 말인가?'

"황유진! 내 젊음과 꿈과 희망을 무참히 짓밟아버린 더러운 악마!"

동하는 분노에 차서 다 비어버린 소주병을 골목길 옆에 있는 공사장 쪽으로 있는 힘껏 내팽개쳐 버렸다. 순간 소주병이 "퍽" 소리를 내고 깨지면서 반짝 하고 날카로운 금속성의 빛을 쏘아냈다. 동하가 반사적으로 빛이 난 쪽을 흘깃 쳐다보는데 뭔가 의미심장한 것이 눈 속으로 쑥 걸어 들어왔다.

'해머다.'

몇 걸음 떨어진 공사장에 방치되어 있던 묵직한 해머(큰망치)였다. 천천히 그쪽으로 걸어갔다. 그리고 큰 숨을 한 번 내쉬고 해머를 집어 들었다. 해머를 쥔 동하의 손아귀에 점점 힘이 들어갔다. 눈에서 이글거리는 분노의 불꽃이 튀었다.

'그래. 다 박살내고 끝장내 버리자! 저런 악마 같은 징그러운 인간은 더 이상 이 세상에 있을 필요가 없어! 내 인생도 더 이상 살 필요도 없고!'

동하는 소주 한 병을 더 마신 후 남은 소주병들을 책가방에 마구 쑤셔 넣었다. 그리고 손가락에서 우두둑 소리가 날 정도로 해머를 단단히 움켜쥐고는 광란의 짐승처럼 하숙집을 향해 달려갔다.

성난 사자처럼 커다란 해머(쇠망치)를 움켜쥔 박동하가 살기등등하게 하숙집 마당에 들어서자 때마침 자기 방에서 나오던 공대생 권민수는 놀라서 뒤로 자빠질 지경이었다.

"아니, 박형. 무슨 일이에요, 갑자기?"

"나 이판사판이니까 건들지 마!"

동하는 그 자리에서 소주 두 병을 가방에서 꺼내 이빨로 따더니 입 안에 콸콸 부어넣었다. 그러고는 구둣발로 자기 방문을 '쾅' 차고 들어가 책상이며 의자며 세간들을 모조리 때려 부수기 시작했다. 음료수병 들이 날카로운 비명을 지르며 깨졌다.

동하가 미친 사람처럼 해머를 휘둘러 대자 민수는 잔뜩 겁에 질린 채 발만 동동 굴렀다. 말릴 틈도 없이 순식간에 벌어진 일이었다. 동하는 곧바로 방에서 걸어 나와 대문 쪽으로 달려 나갔다.

"저, 저기요, 박형! 박형!"

민수는 붙잡을 엄두도 못 낸 채 그저 벌벌 떨면서 동하를 불러대기만 했다. 동하가 입에 거품을 품으며 말했다.

"내가 오늘 죽일 사람이 하나 있다. 황유진 교수, 그 인간 개백정 악마 새끼 죽이고 나도 죽는다. 민수야, 어쨌든 너한테는 미안하다."

악마 교수와

동하의 두 눈은 분노와 살기로 활활 타오르고 있었다. 하숙집을 뛰쳐나온 동하는 오른손에 묵직한 해머를 단단히 움켜쥐고 뛰어가기 시작했다. 도저히 황 교수라는 인간을 그대로 둘 수가 없었다.

그는 시뻘겋게 충혈 된 눈으로 짐승처럼 파란 불꽃을 튀겨내며 황 교수네 집을 향해 달려가고 있었다. 황 교수가 살고 있는 집은 학교에서 그리 멀지않은 곳에 자리한 단독주택이었다.

어둠이 내려앉는 거리에는 행인들이 종종걸음을 치고 있었고, 스산한 초겨울의 바람이 상가 문짝들의 멱살을 잡고 흔들어 대고 있었다.

"야, 황유진이 너! 당장 나와! 나오라구!"

잔뜩 술에 취한 동하는 황 교수 집 철대문을 마구 발로 걷어차며 고함을 질렀다. 그러나 황 교수의 집은 불빛 하나 없이 어둠에 싸인 채 아무런 인기척이 없었다. 아무도 없는지 집 안은 깊은 바다 속처럼 고요하기만 했다.

"지금 당장 안 나와? 황유진, 너 오늘 초상나는 줄 알아!"

동하는 비틀거리며 다시 철대문을 발로 차고 해머로 펑펑 두들겨 댔다.

"문 열라니까, 이 새끼야!"

완전히 이성을 잃은 상태였다. 동하는 폭발할 것 같은 분노를 주체하지 못하고 그대로 담을 뛰어넘었다. 황 교수 집의 담은 밖에서 볼 때와는 달리 뛰어넘기가 수월했다. 동하는 담 뛰어넘는 실력이 좋았다.

"당장 나와! 개박살을 내줄 테니!"

동하는 불투명한 통유리로 되어 있는 현관문 쪽으로 다가갔다. 현관문을 열려고 했지만 굳게 닫힌 상태였다. 동하는 화가 나서 현관문을 거칠게 흔들었다.

"문 걸어 잠그면 다야? 안에 있는 거 다 알아! 빨리 안 나와?!"

"나와, 이 개새끼야! 너 같은 게 국립대학교 교수냐?"

그러나 여전히 집 안에서는 아무 소리도 나지 않았다.

"토꼈다 이거지? 비겁한 새끼! 토끼면 다야?"

동하는 눈에 불꽃을 튀기며 해머로 현관 유리창을 후려쳤다. 그 순간 '와장창!'하는 엄청난 굉음과 함께 현관문 통유리가 박살이 났다. 다시 박살난 통유리 틈새로 손을 집어넣어 잠겨 있는 현관문의 잠금장치를 풀고 집 안으로 들어가 스위치를 올렸다.

자기는 지금 활활 타오르는 지옥불 속에서 타죽고 있는데, 황 교수는 아무렇지도 않게 일상을 누리고 있었다고 생각하자 동하는 더욱 분노했다. 동하는 광기에 휩싸여 거실과 주방을 함부로 돌아다니며 눈에 띄는 세간은 모두 박살을 내버렸다.

"와장창! 와장창!"

싱크대 위에 정갈하게 놓여 있던 그릇들이 우르르 쏟아지며 깨어지고 박살이 났다. 이번에는 안방으로 들어갔다. 이제는 눈에 보이는 것도 없었다. 그것이 침대인지 스탠드인지 알 필요도 없었다. 성한 것이라면 닥치는 대로 해머를 휘두르며 마구 부수고 깨버렸다.

그러기를 얼마쯤 했을까. 동하는 가쁜 숨을 몰아쉬며 거대한 쓰레기장처럼 난장판이 되어버린 안방과 거실을 나왔다. 더는 때려 부술 것도 없었다. 그러나 그것만으로는 성에 차지 않았다. 가장 중요한 한 가지가 빠져 있었기 때문이었다. 그것은 바로 황 교수였다.

"이 악마 같은 새끼, 어디로 도망쳤니."

해머를 단단히 움켜쥔 동하는 성난 늑대처럼 학교를 향해 달려가기 시작했다. 모든 것을 휩쓸어버릴 것 같은 광란의 폭풍우처럼 달려가고 있었다.

그런데 그즈음 동하가 하숙방을 난장판으로 만들고 뛰쳐나간 얼마 후, 동하의 퇴학 소식을 전해들은 삼총사가 동하의 하숙집에 들이닥친

악마 교수와

것이었다. 그들은 이제 3학년 진급을 앞두고 있었다.

"혀, 형들! 빨리 와보세요! 크, 큰일 났어요!"

권민수가 세 사람을 보자마자 호떡집에 불난 것처럼 뛰쳐나왔다. 민수는 뭔가에 단단히 놀란 사람처럼 얼굴이 하얗게 질려서는 제대로 말을 잇지 못했다.

"워째 그랴? 뭔 일이다냐?"

안형오가 다급하게 물었다.

"동하 형이요, 동하 형이요……."

민수는 동하 형이라는 말만 자꾸 반복하며 벌벌 떨었다.

"동하가 와? 빨리 말해 보그라."

노윤기가 다그쳐 물었다.

"무슨 일 낼 것 같아요. 좀 전에 이따 만한 해머(hammer 큰 망치)를 들고 뛰쳐나갔거든요."

민수가 벌벌 떨리는 손으로 주먹을 만들어 보였다.

"그게 뭔 소리여? 동하가 왜 이따 만한 해머를 들구 뛰쳐나갔다는 거여?"

윤성환이 평소와 다르게 빠르게 물었다.

"자기가 죽일 사람이 하나 있대요. 무슨 교수라던가……?"

"무어여?"

세 사람은 당황한 얼굴로 서로 눈빛을 마주쳤다. 좋지 않은 예감이 기어이 맞은 것 같았다.

"혹시 황 교수 아니여? 황유진 교수?"

성환이 떨리는 목소리로 물었다.

"맞아요, 황유진 교수! 그 교수 죽이고 자기도 같이 죽어 버리겠대요."

세 사람은 모두 심한 충격으로 멍한 표정이 되었다. 민수가 설명을 계속했다.

"아까 형이 느닷없이 공사판 해머를 들고 불쑥 들어오더니 이빨로 깐 깡소주를 그 자리에서 벌컥벌컥 두 병이나 마시더라구요. 그러더니 해머로 자기 책상을 다 때려 부수고는 곧바로……."

세 사람은 설명을 다 듣지도 않고 동시에 동하의 방 쪽으로 내달렸다. 방문은 활짝 열린 채였고, 방문 아래쪽에는 구두 밑창 자국이 선명하게 찍혀 있었다.

가장 먼저 눈에 들어온 것은 어지럽게 나뒹굴고 있는 의학서적들, 그리고 처참하게 부서진 책상과 의자 파편들이었다.

"이기 다 무신 날벼락이가?"

윤기가 방문 밖까지 튕겨져 나온 책상 다리를 주워 넣으며 외쳤다.

"그라믄 거시기하고 말렸어야제! 으째 안 말렸스?"

형오가 민수에게 버럭 소리를 질렀다.

"말릴 틈이 어딨어요. 말리는 사람까지 다 때려죽일 것처럼 살벌했는데. 저도 동하 형이 술 마시고 그러는 거 처음 봤어요……."

민수가 당장 눈물이라도 쏟을 것 같은 얼굴로 말했다. 빙글빙글 두꺼운 잠자리 안경을 쓴 민수의 두 눈 속에는 충격과 두려움이 가득했다. 그런 민수를 보자 형오는 죄 없는 민수에게 괜히 화를 낸 것이 미안해졌다. 형오는 입술을 꽉 깨물며 민수의 등을 툭툭 치며 사과했다.

"나가 쪼까 소리를 질러 미안하다이. 니도 겁나게 놀라부렀을 틴디……."

"시방 여기서 이럴 게 아니여! 당장 쫓아가서 말려야지!"

성환이 평소답지 않게 급하게 서두르며 형오와 윤기에게 재촉했다.

"맞다! 수야, 지금 동하 나간 지 얼매나 됐노?"

부리부리한 눈매에 호리호리한 윤기도 당장 뛰쳐나갈 태세로 민수에

악마 교수와

게 물었다.

"한 삼사십 분쯤 됐나? 그렇잖아도 아까부터 형들 하숙집에 전화를 넣고 있던 참이었어요."

민수는 여전히 몸을 부들부들 떨었다.

"아따, 일 나부렀네! 삼사십 분이면 사고 치고도 남을 시간 아녀!"

한 덩치 한다는 형오도 얼굴이 뻘게질 만큼 당황하여 외쳤다. 성환이 황급히 대문 쪽으로 몸을 돌리며 상황을 정리했다.

"민수, 너는 말이여, 여기 있다가 다른 애덜하구 연락이 되면은 다덜 알려줘라. 우리는 시방 황 교수네 집으루 갈 거여."

"알았어요. 빨리들 가보세요!"

"마, 가재이!"

윤기가 대문 밖으로 먼저 튀쳐 나가며 형오와 성환에게 소리쳤다.

세 사람은 하숙집 대문을 나오자마자 미친 듯이 내달리기 시작했다. 황 교수의 집은 학교에서 그리 멀지 않은 곳에 자리한 평범한 단독주택이었다.

"뭐하노! 싸게 좀 뛰그라!"

윤기가 뒤쳐진 형오와 성환에게 소리를 질렀다. 형오와 성환은 헉헉거리며 윤기를 간신히 따라잡았다.

"워메, 고등핵교 때 육상선수 했당가. 허벌나게 잘 뛰어버리네이. 근데 설마 아적 별일은 읍겠제? 술도 못하는 기 깡소주를 두 병이나 까버렸다니 으째야 쓰까."

형오가 가쁜 숨을 몰아쉬며 찜찜하게 말했다.

"우덜이 한발 늦은 거 아니여?"

성환도 가쁜 목소리로 걱정했다. 세 사람의 표정은 순식간에 먹물처럼 어두워졌다.

세 사람은 밤거리에 몰려나온 인파를 헤치며 황 교수네 집을 향해 불빛이 명멸하는 밤거리를 총알처럼 내달렸다. 그렇게 뛰어가는 그들의 머릿속에도 지난 시간의 기억들이 빠르게 흘러가고 있었다.

그 시각, 그렇게 삼총사가 동하를 찾아 뛰어가는 시간, 동하는 이미 황 교수의 집을 다 때려 부수고 학교로 들어서고 있었다. 학교로 달려간 동하는 의과대학의 닫혀 있는 유리 출입문을 해머로 쳐서 부숴버렸다. '와장창'하는 소리와 함께 두터운 유리문이 박살이 나고 파편이 사방으로 튀었다.

그리고 동하는 야수처럼 황 교수의 연구실로 뛰어 올라갔다. 황 교수의 연구실문은 굳게 닫힌 채 교활한 악마의 방처럼 자신을 조롱하고 있었다. 동하는 연구실 문에 해머를 쾅쾅 찍어댔다.

"쥐새끼 같은 놈, 어디로 토낀 거야! 황유진이 당장 안 나와!"

복도에 보안등 불빛만 밝힌 채 의대 건물은 어둠속에 잠들어 있었다. 동하는 차오르는 분노를 이기지 못하고 근처에 있는 생화학 실습실의 출입문을 부수고 들어가 불을 켰다. 그리고 시험관과 비커, 실험기기 등을 닥치는 대로 해머로 부숴버렸다. "와장창" "와장창" 날카로운 비명을 지르며 실험도구들이 깨어져 내렸다.

그리고 다시 3층의 생리학 실험실에도 문을 부수고 들어가 실험장비와 각종 기기들을 해머로 부숴 난장판을 만들어 놓았다. 그리고 다시 몇 번 고함을 지르다가 발길을 돌려 골학 실습실로 갔다.

황 교수라면 인골 더미 속에 숨어 있고도 남을 인간이었다. 그러나 골학 실습실 역시 굳게 잠겨 있었다. 실습실 문을 해머로 부수고 들어갔다. 뼈들이 들어 있는 서랍들을 닥치는 대로 꺼내서 바닥에 쏟아버렸다. 그리고 눈에 보이는 것은 뼈든 뭐든 해머로 내리찍고 발로 차고 손으로 내던졌다.

악마 교수와

"황유진, 당장 나와! 안 그러면 니가 사랑하는 뼉다구들 다 박살난다!"

골학 실습실을 난장판으로 만든 동하는 밖으로 뛰쳐나와 이번에는 교정 쪽으로 달려갔다. 유리파편에 찢어진 자신의 팔과 얼굴에서 피가 줄줄 흐르고 있었지만 아픈 것도 몰랐다.

정원에는 희미한 보안등 불빛을 받으며 검푸른 히포크라테스 흉상이 무겁게 침묵하고 있었다. 입을 꾹 다문 흉상을 보자 더욱 분노가 치밀었다.

'첫날 아침, 이 흉상 앞에서 훌륭한 의학도가 되게 해 달라고 기도하고 다짐했는데 지금 이 꼴이 뭔가?'

순간 동하의 눈에 흉상은 숭고하고 인자한 신(神)상의 모습이 아니라 흉악한 악마의 모습으로 보였다.

"히포크라테스? 의성은 무슨 얼어 죽을 놈의 의성! 개포크라테스 같은 악마 대가리!"

동하는 주먹만 한 돌멩이를 주워 흉상을 향해 힘껏 던져 버렸다. 흉상에 돌멩이가 부딪치면서 '탕' 소리와 함께 짧은 불꽃이 튀었다. 동하의 가슴에도 불꽃이 튀고 있었다. 동하는 분노를 참지 못하고 흉상의 받침대 위로 뛰어 올라가 해머로 흉상의 머리통을 내리찍어댔다.

"까강! 까강!"

심장을 긁어대는 듯한 금속성 음향이 어둠 속에 울려 퍼지면서 불꽃이 섬광처럼 팍팍 튀었다.

'의사, 의과대학, 병원? 환자도 못 고치고 입만 나불대는 교수 주제에! 나중에 내가 돈 벌면 내 발가락 밑에 니가 가르친 의사 새끼들 수두룩하게 주치의로 끼고 살아 주마!'

동하는 더욱 광분하여 흉상과 화강암 받침대를 해머로 마구 찍어댔다.

"황유진, 당장 안 나와! 니가 국립대학교 교수냐!"

돌조각이 잘게 부서져 동하의 얼굴까지 튀어 올랐다. 그때였다.

"거기 누구야, 웬 놈이냐!"

저쪽에서 호루라기 소리와 함께 몇 개의 손전등 불빛들이 동하의 얼굴로 달려 들었다. 학내의 경비와 수위들이 모두 몰려 들었다 청소부들까지 빗자루를 들고 따라왔다. 그렇다고 물러설 그가 아니었다.

"가까이 오지 마라, 다 찍어 죽일 테니!"

동하는 어둠 속에서 악을 써댔다. 그들은 동하의 기세에 놀라 주춤거렸다.

"황유진이 잡아와! 당장 여기로 데려와!"

동하가 해머를 허공에 휘두르며 악을 쓰자, 경비 한 사람이 앞에 나서서 달랬다.

"의대생인가 본데 이러면 안 되네. 학생 진정해! 의학의 아버지를 깨부수려 하다니 의대생이 그게 무슨 짓이야!"

"시끄러워! 나 이제 의대생 아니다. 퇴학생이다. 그러니 빨리 황유진이 잡아와. 나 퇴학시킨 그 새끼 당장 잡아와! 내 그 새끼 창자를 빼내서 잘근잘근 씹어 먹어버릴 테니!"

동하가 짐승처럼 울부짖으며 소리를 지르며 악을 쓰자, 경비들도 우왕좌왕했다.

"정신이 나간 놈이야. 퇴학당한 놈인가 본데. 다른 학생들은 퇴학을 당해도 조용히 물러가는데 술 처먹구 와서 저게 무슨 지랄이야."

"아, 공부를 못해서 퇴학을 당했으면 제 자신을 원망해야지. 교수가 무슨 잘못이라고 교수 욕을 해대나. 빌어먹을 놈."

"당장 황유진이 안 데려와? 내가 왜 퇴학을 당해! 내가 왜!"

그는 다시 해머를 허공에 휘두르며 굉음 같은 외마디 소리를 질렀다.

"가까이 오면 다 찍어 죽인다!"

악마 교수와

동하는 다시 주머니에서 소주병 하나를 꺼내 이빨로 마개를 딴 후 벌컥벌컥 목구멍 속으로 부어 넣었다. 그리고 빈 소주병으로 흉상의 머리통을 후려쳤다. 순간 '퍽' 소리와 함께 소주병이 박살이 나며 파편이 사방으로 튀었다.

"빨리 황유진, 그 개새끼 데려와라. 썩은 송장이나 파 처먹고 사는 인간 개백정 새끼! 해부 좋아 하는 그 새끼, 내 그 새끼를 산채로 해부해서 생간을 뜯어내 씹어먹어 버리겠다. 악마 같은 개씨팔 새끼!"

"저거 완전히 정신 나간 놈 아냐?"

"우리 힘으론 안 되겠어요. 실험실도 다 때려 부쉈다는데 경찰에 신고부터 합시다!"

큰 구경거리라도 만난 듯 C대학교 병원의 환자와 보호자들, 병원직원들, 근처 주민들까지 몰려들어 진을 치고 구경하고 있었다. 아예 돗자리를 가지고 와 깔고 앉아서 입맛을 다시며 구경하는 사람들까지 있었다. 학교에서는 비상사태를 맞아 주변의 보안등까지 모두 불을 켜서 흉상 주위를 환하게 밝혔다.

그리고 얼마 후, 요란한 사이렌 소리와 함께 경광등을 번쩍거리며 경찰순찰차가 들이닥쳤다. 경찰관이 핸드마이크로 경고를 하기 시작했다.

"당장 해머를 버려라! 난동을 멈추고 손 들고 내려와라!"

"당장 해머를 버려라!"

그러나 동하는 짐승 같은 울부짖음을 멈추지 않았다.

"누구든지 접근하면 다 찍어 죽인다. 빨리 황유진이 데려와! 그 개씨팔 새끼 대가리를 해머로 부셔 박살내 버리겠다!"

동하는 분노와 회한의 눈물을 흘리며 악을 써댔다. 그러면서 동하는 다시 해머를 높이 쳐들어 흉상의 머리통을 있는 힘을 다해 세게 내려쳤다. 그러자 '까가강' 하는 금속성의 꾕음과 함께 흉상의 청동 머리통이 박살이 나 버렸다. 동하는 아예 해머로 머리통을 여러 번 쳐서 흉상의 머리통을 뿌리째 뽑아내 땅바닥으로 내동댕이쳐버렸다.

의과대학의 상징인 히포크라테스 흉상은 처참하게 박살이 난 채 땅바닥에 나뒹굴고 있었다. 그러자 이번에는 저쪽 어둠 속에서 귀에 익은 외침들이 들려왔다.

"동하야! 우리가 왔대이! 니 이라몬 안 된다! 내려와라!"

"박동하! 진정하고 우덜 말 들어라! 니 맘 다 안다!"

"동하야, 제발 정신 차려라! 이성을 찾아라!"

"박형! 그만 내려오세요!"

그들은 바로 아까 민수의 연락을 받고 여기저기 동하를 찾아다니던 윤기, 형오, 성환이었다. 물론 민수도 함께였다.

"다 꺼져라, 새끼들아! 꼴도 보기 싫다. 나는 완전히 끝났다. 처참한 내 꼴 구경하러 왔냐!"

동하는 다시 해머를 휘둘러 흉상의 받침대 석판을 내리쳤다. 받침대도 다 부숴버릴 생각이었다. 경찰관이 다시 강경한 목소리로 핸드마이크에 대고 경고했다.

"다시 반복한다! 해머를 버려라!"

동하는 들은 체도 하지 않고 또 다시 해머를 하늘 높이 쳐들었다. 바로 그때 흉상 뒤쪽으로 살금살금 포복해 들어간 형사 두 사람이 동하를 덮쳤다. 순식간의 일이었다.

"놔라, 놔! 당장 놓지 못해!"

동하는 팔다리를 버둥대며 거세게 반항했다. 그러나 형사들은 마치 솔개가 먹이를 낚아채듯 팔을 거칠게 낚아채어 바닥에 눕혀 버렸다. 곧이어 이번에는 주변에 있던 전경들이 우르르 달려들어 해머를 빼앗고 주먹과 몽둥이로 때리고 구둣발로 짓이겼다. 동하의 코와 입에서 검붉

악마 교수와

은 피가 흘러내리고 튀어 오른 석판 조각에 팔과 얼굴이 찢겨져 피가 흘렀다.

"이 새끼, 수갑 채워! 빨리!"

깡마른 얼굴의 형사반장이 신경질적으로 소리쳤다. 동하는 덫에 걸린 짐승처럼 미친 듯이 몸을 뒤틀었으나 소용이 없었다. 결국 두 손이 뒤로 꺾인 채 은빛 수갑이 철컥 채워지고 포승줄로 두 팔까지 꽁꽁 묶였다.

"끌고 가! 개쌍놈의 새끼."

형사반장이 칵 하고 가래침을 돋우어 뱉었다. 그는 피를 흘리며 개처럼 질질 끌려갔다. 그리고 대기하고 있던 닭장차에 실려 경찰서로 연행되어 갔다.

"원, 저런 미친놈이 다 있나? 아 공부를 못했으면 다지 잘못이지 교수가 무슨 죄라구!"

"쯧쯧. 누가 아니랴. 저게 학생이여, 깡패지. 미친 새끼 아녀 원 세상에 저런 놈이 다 있나. 저러니께 퇴학을 당하지. 퇴학을 당해도 싸다 싸!"

"나 원 참, 수위 생활 30년에 퇴학당하는 학생들도 숱하게 봤지만 다들 조용히 물러갔지 저렇게 술 처먹고 와서 개지랄 난리를 치고 가는 놈은 생전 처음이여!"

"학생들이 다 저런 놈 같다면 수위고 경비고 못해먹겠어!"

"왜 아녀. 학생이 아니라 깡패새끼가 학교를 다녔었구만, 깡패새끼가."

경비와 수위들이 수런거리며 깨진 흉상과 석판 조각들을 쓸어내며 넋두리를 했다. 구경하던 사람들은 뭔가 아쉬운 듯 입맛을 다시고 혀를 차면서 어디론가 흩어졌다.

삼총사와 민수는 모두가 떠나버린 황망한 교정에 장승처럼 우두커니 서 있기만 했다. 특히 삼총사는 충격과 허탈감으로 제대로 서 있지도 못했다. 의대에 들어와 생사고락을 함께했던 친구를 위해 아무것도 해줄 수가 없는 자신들에 대한 무력감으로 절망스러웠다.

"가요, 형들."

민수가 훌쩍이다가 아무 말 없이 서 있는 세 사람에게 조심스럽게 제안했다. 갈 수밖에 없었다. 동하도 잡혀가고 이미 상황은 끝나 있었다.

그들은 축 처진 어깨로 납덩이처럼 무거운 마음을 안고 교정을 나왔다. 동하의 처참한 패배만 다시 확인했을 뿐, 실낱같은 희망조차 줄 수 없는 끔찍한 악몽의 밤이었다. 저만치 어두운 거리에 상가의 불빛들만 음울하게 명멸하고 있었다.

그날 밤 동하는 경찰서 유치장에 끌려가 감금되었다. 다른 범죄자들과 함께 차가운 유치장 시멘트 바닥에 쓰러져 하룻밤을 새웠다. 심하게 두들겨 맞은 탓에 온몸이 쑤시고 아팠고 얼굴과 머리도 퉁퉁 부었다. 입술과 손바닥도 찢어져서 피가 흘렀다.

동하는 기물파손, 난동, 공갈 협박, 공무집행 방해 혐의에 파출소의 수배로 반정부 데모 가담에 황 교수 집을 때려 부순 죄목까지 추가되어 재판에 회부되었다.

붙여진 죄목대로 라면 징역 5~6년은 살아야 할 판국이었지만 다행히 퇴학당한 상태라는 점, 전과가 없고 만취한 상태여서 인지 능력이 떨어져 있었다는 점, 사람을 다치게 한 일이 없다는 점, 학생 신분이었다는 점 등이 참작되어 구류 30일을 언도받았다.

악마 교수와

그리하여 그렇게

30일이 지나 유치장에서 나왔을 때 세상은 하나도 변한 것이 없었다. 햇빛은 여전히 찬란하게 눈부셨고, 사람들은 자신의 퇴학과는 전혀 무관하게 웃고 떠들며 잘들 살아가고 있었다.

의과대학과 부속병원 역시 강철의 산처럼 끄덕도 하지 않고 여전히 도도한 모습이었다. 그가 감옥살이를 하면서 깨달은 것이 있다면 자유가 얼마나 소중한 것인가 하는 것뿐이었다.

'어디로 가야 하는가? 무엇을 해야 하는가?'

참으로 암담하고 막막하였다. 다만 이제 자신이 다시는 학교에 갈 수 없다는 한 가지 사실만이 명확한 현실로 다가와 있었다. 실로 망망대해에 혼자 표류하고 있다는 느낌이었다.

동하는 숨만 쉬는 무념의 물체처럼 터벅터벅 걸어서 하숙방으로 돌아왔다. 황 교수에게 저항할 힘도 없었다.

난장판으로 만들어 버렸던 하숙방은 누가 치웠는지 말끔해져 있었으나 부숴버린 책상은 흉측한 모습 그대로 방치되어 있었다. 방 한쪽 구석에는 자신의 손때 묻은 두터운 책들과 노트들이 한 가득 쌓여 있었다. 이제 휴지 이상의 가치조차 없는 것들이었다.

'이 사실을 어떻게 시골집에 알린단 말인가?'

눈앞이 캄캄했다.

저녁 무렵, 동하의 출소 소식을 들은 삼총사가 하숙방으로 찾아왔다.

"그래도 니는 의예과 2년 수료 자격이 있다 아이가. 이참에 화학과나 생물과처럼 유사한 과로 편입하는기 어떻노?"

윤기가 조심스럽게 제안했다.

"그려. 얼마든지 다른 길을 택하는 방법도 있지 않겠냐."

성환도 비슷한 생각이었다.

"동하야, 니는 뭐를 해도 거시기하게 해버리는 깡다구가 있었잖여. 다른 공부를 하는 것도 아즉 늦지 않았어야."

형오도 진심으로 조언해 주었다. 그러나 동하는 곧 그들을 모두 돌려보냈다. 승자들이나 할 수 있는 이야기였다.

사흘 동안계속 술만 마셔댔다. 시골집을 생각하면 하염없이 눈물만 흘러 내렸다. 위암으로 일찍 세상을 뜨신 아버지. 위암 말기에다 고혈압, 중풍까지 겹친 아버지의 병수발로 몇 년간 고생고생하신 어머니. 어려운 농사일에, 그나마 있는 재산이라고는 병원비로 모두 날려버리고 아버지를 집어삼킨 병마가 너무 괴롭고 지겨워 아들이 의사가 되어주기를 간절히 소망하셨던 부모님이었다.

그리고 의과대학에 입학하였다고 그 없는 동네에서 돼지까지 잡아 축하 잔치를 벌여주었던 마을 사람들. 손이 갈퀴가 되도록 논으로, 밭으로, 뙤약볕 속으로, 남의 농사를 지어 학비를 보내주시던 어머니. 읍내 식당으로 공장으로 분주하게 뛰어다니며 한 푼이라도 더 벌어서 어떻게든 꼬박꼬박 학비를 보내주셨다.

거기에 고등학교를 졸업한 후 오빠인 자신의 학비를 대기 위해 공부를 잘 했음에도 대학 진학을 포기하고 우유 공장에 들어간 큰 여동생 동숙이. 동숙이는 우유 공장에서 번 돈을 차곡차곡 모아서 등록금에 보태라고 가져다주곤 했었다. 그리고 아직 어린 막내 여동생 동희. 지난번 등록 때는 집에서 소까지 팔아서 돈을 마련하느라 먹을 것도 제대로 없

악마 교수와

는 형편이 된 것을 동하는 누구보다도 잘 알고 있었다. 그런데 거기다 대고 어떻게 퇴학당했다는 소식을 전한단 말인가. 이제 그들을 모두 무슨 낯으로 다시 볼 수가 있단 말인가. 동하는 하늘이 무너져 내리는 심정이었다. 그들은 모두 자신이 이제 본과 3학년에 진급하는 줄 알고 있을 것이었다.

유치장에서 석방된 지 사흘째 되는 날, 동하는 피폐한 몰골로 저녁거리를 술에 취해 헤매고 다녔다. 이제 가진 돈도 바닥이 났다. 동하는 농약상회에서 살충제 한 병을 샀다. 그 방법 밖에 없을 것 같았다. 그러면 이 괴롭고 힘든 상황도 모두 조용히 막을 내리고 끝이 날 것이었다. 도저히 절망감과 허탈감을 견디며 살아낼 자신이 없었다.

그리하여 대흥동 변두리의 포장마차 촌으로 향했다. 몹시도 외롭다는 생각이 들었다. 문득 전에 미팅에서 만났던 미대에 다니던 여학생의 모습이 떠올랐다. 화사하게 웃던 예쁜 여학생이었다.

밤 11시. 스산한 겨울이었다. 동하는 죽 늘어선 포장마차들 중에서 후미진 곳에 있는 포장마차를 골라서 안으로 들어갔다. 그리고 침침한 구석에 자리를 잡았다. 포장마차에는 70대로 보이는 아주머니가 술을 팔고 있었고 회사원인 듯한 두 사내가 떠들어 대며 술을 마시고 있었다.

"여기 소주요. 컵은 맥주컵으로요."

포장마차 아주머니가 소주와 오뎅 국물을 가져다주자 맥주컵 가득히 소주를 부어서 벌컥벌컥 마셨다. 문득 칙칙하게 흘러간 4년간의 젊은 시절들이 서글프게 느껴졌다. 이제 빈 맥주 컵에 살충제를 따랐다. 그리고 그 위에 다시 소주를 부었다.

신나게 떠들던 사내들은 어느새 나가 버렸다. 독한 약 냄새가 코를 찔렀다. 이제 이 쓰디쓴 패배의 잔을 마심으로써 모든 패배와 고뇌는 막을 내릴 것이었다. 길게 생각할수록 마음이 흔들릴지 몰랐다. 동하는 잔을

들었다. 그리고 막 입으로 가져가 털어 넣으려는 순간,

"이 간나새끼 좀 보라우! 이거이 무슨 개지랄이네?"

언제 쫓아 왔는지 이북말을 쓰는 포장마차 아주머니가 욕을 하며 잔을 든 동하의 손을 있는 힘을 다해 내리쳐 버렸다. 그 바람에 맥주잔이 맥없이 땅에 떨어져 와장창 박살이 났다.

"간나새끼! 어데 돼질 데가 없어서 우리 집에 와서리 돼질라고 지랄이네! 이 농약 냄새 좀 보꼬마! 내가 다 보고 있었디 않아! 어쩐지 첨에 들어오는 데 기분이 이상했어야!"

"아, 아주머니! 왜 이러십니까?"

동하가 놀라 소리쳤다.

"뭐이 어드래? 이 썩어 문드러질 간나새끼 좀 보래야. 여기는 하루일 끝내고 피곤한 사람들 잠깐 목 축이고 가는 데지, 약 처먹고 지랄하는 데가 아니라우! 아직 머리에 피도 안 마른 새파란 것이 무슨 지랄임둥! 기집년한테 실연이라도 당했네, 이유가 뭐네?"

포장마차 아주머니가 화를 내며 동하의 손을 우악스럽게 끌어당겨 전등불 밝은 자리로 끌어냈다.

"말해 보라우. 와 이러는지. 보아허니 내 아들뻘 밖에 안 되는 학생 같은데 내가 다 들어줄 끼니까 말해 보꾸마."

"죄, 죄송합니다. 아주머니."

"죄송? 죄송한 거 아는 사람이 그런 짓을 하네? 내가 술은 그냥 줄 끼니까 날래 말해 보라우 실연이라도 당했네?"

포장마차 아주머니가 새 잔을 꺼내와 소주를 따라주며 말했다.

"죄송합니다. 그냥 두세요."

동하는 그냥 일어나서 나가려고 했다. 그러자 포장마차 아주머니는 억세게 동하를 다시 끌어 앉혔다.

악마 교수와

"일 없꼬마. 지금 나가서 또 죽네 사네 지랄방정 떨려고 그러네? 여기서 나랑 결판 짓고 가라우. 돼질지, 살지. 내래 지금은 소주나 팔고 있디만 지나가는 거지한테도 배울 게 있다니까 깔보지 말고 나한테 다 털어놔 보라우. 무시기 사연인지."

결의에 찬 자살시도를 어이없이 실패한 동하는 맥이 풀리는 느낌이었다. 어쩌면 낯모르는 누군가에게 얘기라도 해야 속이 시원할 것 같기도 했다. 죽으려고 하는 마당에 무슨 얘긴들 못하겠나 싶었다. 동하는 그 아주머니에게 자신의 지난 일과 심정을 털어놓았다. 그러자 동하의 얘기를 다 듣고 난 아주머니가 기가 막힌다는 듯 헛웃음을 웃어댔다.

"뭐이 어드래? 야야, 겨우 그런 거 가지고 사내대장부가 죽으려고 지랄방정을 떨었네? 허허허. 이거 최하로 못난 인간 아니네. 그러고도 불알을 차고 댕기네?"

"이보라우, 학생. 내래 그간 돼지고 싶은 대로 돼졌으면 수백 번도 더 돼졌을 사람이꼬마. 내래 이북서 피난 내려왔디 않아. 전쟁통에 부모형제 다 잃고 모진 설움 겪으며 식당에서 식모살이를 하다가 이것저것 안 해본 장사 없이 산전수전 다 겪은 게 나라우. 그러다가 포장마차로 다시 일어서고 한일관까지 차렸어. 시내에 한일관 알지비? 내가 주인이야. 지금은 아들 내외한테 물려주고 쉬다가 심심해서 포장마차나 하고 있디만, 나같이 못 배운 인생도 열심히 살아왔는데 똑똑한 학생이 이 무슨 등신 같은 짓이네! 실패는 성공의 어머니라는 말도 모르네?"

한일관은 정통 함흥냉면과 만두로 명성이 높은 고급 음식점이었다. 이 포장마차 아주머니가 그 유명한 한일관 사장님이란 말인가. 동하는 조금 의외라는 생각이 들었다.

"그래서 저더러 어떻게 하란 말씀이십니까? 저도 아주머니처럼 장사라도 하란 말씀입니까?"

동하가 항변하였다.

"이런 머저리 같은 인간을 보갔나. 우째 말귀를 당최 못 알아듣지비. 아, 다시 하면 될 거 아니네. 다시."

"다, 다시 하라니요? 그게 무슨……?"

동하는 갑자기 찬물을 뒤집어 쓴 듯 정신이 번쩍 들었다.

"아, 돼져도 의사가 돼야갔다 싶어서 의대 들어갔으면 또 의대에 가면 될 거 아니네. 그까짓 4년 세월 아무것도 아니라우. 그리고 나중에 가서 남보다 4년 더 열심히 살면 되지 않네."

"아아, 아주머니."

동하는 와락 아주머니를 끌어안았다. 그랬다. 다시 하면, 다시 하면 되는 것이다. 왜 그 생각을 하지 못하였을까? 다시 하면 되는 것이다. 다시 하면. 다시 하면.

"학생, 다시 공부해서 의대에 다시 들어가라우. 그래도 하던 공부니끼니 그게 제일 나을 끼야. 그래서 그 황 교수인가 황 박사인가 하는 인간, 빌어먹을 그 인간 때려잡으라우. 몽둥이로 때려잡으라는 거이 아니라 공부로 다시 붙어보라 이말이야."

한일관 사장 아주머니의 말은 명쾌했다.

"그리고 마음이야 아프갔지만 시골에 계신 어마이께도 사실대로 말씀드리라우. 다 용서하시고 다시 학비 대주실 끼야. 사람이 실패할 때도 있는 기지 어떻게 승리만 있갔네. 다시 공부한다면 열 번이라도 학비를 대주는 게 부모 맘이라우. 그게 부모인 기야."

한일관 사장 아주머니가 동하를 다독이며 말했다.

"하지만 약이나 쳐먹고 돼지려고 한다면 어마이, 아바지도 용서 못하는 기야. 알겠네? 등록금 모자라면 나한테 찾아오라우. 내가 보태줄 끼니까. 절대 약한 맘 먹지 말고 다시 해보라우. 다시 공부해서 의대 들어

가는 기야."

"아, 아주머니 고맙습니다. 고맙습니다. 그렇게 하겠습니다."

동하는 흐르는 눈물을 손바닥으로 닦아냈다. 눈물 때문인지 30촉 전구의 흐린 불빛이 겨울바람에 흔들리고 있었다.

"이 보라우야. 아 학생이 어디 못난 데가 있다구 그런 짓거리를 하나야. 얼굴도 훤하게 호남형이갔다 이목구비도 또렷하고 미남으로 잘생겼구만, 내래 결혼할 딸이 있다믄 사위삼고 싶다야. 그런데 뭐가 부족하다고서리 그런 짓을 하나야? 창피하지도 않네? 인물값이라도 하라야."

동하는 자기도 모르게 한일관 사장 아주머니의 손을 움켜잡았다.

"이런 낯선 술집에서 이렇게 훌륭하신 인생의 스승님을 만나게 될 줄은 정말 몰랐습니다. 아주머니, 아니 사장님은 제 생명을 구해주셨고 제가 가야 할 길을 다시 알려 주셨습니다. 이 은혜는 결코 잊지 않겠습니다."

한일관 사장 아주머니도 안심하는 얼굴로 말했다.

"그래, 잘 생각했다우. 내가 사람 하난 잘 보는데 학생은 충분히 할 끼같아. 잘할 끼야. 날래 가보라우. 시간이 어딨네. 술도 마시지 말고 마음 다잡아서 열심히 공부하라우."

한일관 사장 아주머니는 싫다는 동하에게 그날 번 돈을 모두 털어 억지로 쥐어 주었다. 적지 않은 돈이었다.

"이것도 다 장학 사업이지비. 그러니 사양하지 말고 받으라우. 내래 못 배운 한이 깊어서 공부 하갔다는 학생을 보면 그냥 지나칠 수가 없꼬마. …… 이제 맘 잡았으면 어여 가보라우. 또 쓰잘데기 없는 생각하지 말고. 지금 나랑 한 약속은 꼭 지키는 기야."

"제가 정말 다음에 꼭 다시 찾아뵙겠습니다. 이 은혜는 정말 잊지 않겠습니다."

"찾아올 것도 없꼬마. 학생이 잘 해나가면 그걸로 된 기야."

동하는 거듭해서 감사 인사를 한 후 포장마차를 나왔다. 이제야 뭔가 새로운 맑은 정신이 솟아나는 것 같았다.

악마 교수와

이틀 후 동하는

대홍집에서 대홍집 멤버들을 만났다. 동하에게 위로주를 사주기 위해 모두 모인 자리였다.

"정말 우리가 무슨 말을 해주어야 위로가 된다냐. 하지만 말여. 동하야, 니처럼 머리 좋고 능력 있는 놈이 겁날 게 뭐 있노? 이 기회에 차라리 훌훌 털고 다른 길로 나가 보그라. 다른 과로 옮겨 공부해서 우리보다 더 광활한 세상에서 얼마든지 더 남자다운 일을 하고 살 수도 있는 거 아이가."

친구들로서는 그런 얘기밖에는 사실 달리 해줄 말이 없었다.

"고맙다! 하지만 말이다, 난……"

동하의 입에서는 다들 생각지 못한 이야기가 쏟아져 나왔다.

"나는 다시 하기로 했다."

"다시 하기로 하다니?"

모두가 놀라서 동하를 바라보자 동하가 결의에 차서 말했다.

"나와 황 교수와의 전쟁은 끝나지 않았다 이미 시작한 싸움이고, 나는 내 생명이 붙어 있는 한 끝까지 싸운다. 나는 결코 이대로 물러서지 않는다. 나는 다시 책을 잡기로 했다. 다시 공부하겠다."

"대체 뭔 소리랴?"

성환이 반문하였다.

"나, 다시 의과대학에 입학하기로 했다. 다시 공부해서 의예과에 입학

할 생각이다!"

"뭐라고?"

모두 놀라서 입을 떡 벌리고 바라보았다.

"그려, 바루 그거여! 사나이 대장부가 한번 결심했으면 그 정도는 돼야지. 동하 학생, 장한 결심혔어. 내 그동안 밀린 동하 학생 외상값은, 없었던 걸루 싹 탕감해 줄 테니까 다시 열심히 해 봐. 자, 이건 내가 써비스로 주는 거니까 열심히 한번 해 봐! 이제 술도 마시지 말구."

동하가 학교에서 퇴학당했다는 소식을 알고 있던 황진이 주모가 김치찌개를 내오며 격려해 주었다.

"동하야, 니 정말 큰 결심했꼬마이. 우리는 미처 생각도 못했던 일이다."

"쓰잘데기 없이 걱정한 우리가 다 부끄럽꾸마. 우리는 미처 생각지도 못했던 얘기 아이가."

"잘 생각했어! 역시 넌 멋진 사나이여! 그런 길이 또 있었구만."

모두가 자기 일처럼 기뻐해 주었다. 그리하여 며칠 후, 동하는 대흥동 하숙촌을 떠나 남태호가 있는 안면도로 들어가기로 했다. 태호는 경찰을 피해 친척집이 있는 안면도에서 고시 공부를 하고 있다고 했다. 동하가 다시 대학입시 준비를 하겠다는 말을 듣고 윤기가 태호에게 연락하여 조용한 시골집 뒷방 하나를 주선해주기로 한 것이었다.

동하는 태호와 같이 있을 수 있다는 것도 마음에 들고 윤수라는 예쁜 소녀를 만났던 추억이 있는 곳이어서 막연하나마 안면도에 대한 호감이 있어 그곳에 가기로 결정하였다.

그런데 안면도로 떠나기 전에 꼭 한 곳 들러야 할 곳이 있었다. 바로 어머니가 계신 시골집이었다. 동하는 천근처럼 무거운 발길을 돌려 고향집으로 가는 저녁 버스에 올랐다.

악마 교수와

시외버스터미널에 도착했을 때는 어스름 저녁이 다 되어 있었다. 차마 밝은 대낮에는 집에 갈 낯이 없어서 일부러 저녁차를 탄 것이다. 무거운 마음으로 현암리로 들어가는 완행 시외버스로 갈아탔다. 혹시라도 알아보는 사람이 있을까봐 마음이 졸아 든 동하는 뒤쪽의 컴컴한 좌석에 고개를 푹 숙이고 앉았다.

버스 유리창 밖으로 눈에 익숙한 현암리 고개가 보이기 시작했다. 언제나 정다운 그 산, 그 들녘이 그윽한 달빛에 젖어 있었다. 그새 보름이 가까웠는지 하늘에는 밝고 둥근 달이 떠 있고 시린 별들이 맑은 눈물처럼 반짝였다.

버스에서 내린 동하는 잠시 발걸음을 떼지 못하고 머뭇거렸다. 여기저기 들판에는 채 녹지 않은 눈이 달빛 아래 허옇게 쌓인 채 스산한 냉기를 내뿜고 있었다. 차가운 바람이 부는 깊은 겨울이었다. 동네 어귀로 들어서자 여기저기서 개들이 짖어대는 소리가 추억처럼 아련하게 들려왔다. 멀리 납작한 시골집 지붕들 위로 모락모락 연기가 피어오르고 있었다.

'어머니는 저녁 식사나 하셨을까? 이제 본과 3학년에 진급하는 것으로 알고 계실 텐데 무슨 낯으로 퇴학당했다는 말씀을 드린단 말인가!'

깜짝 놀라실 어머님과 동생들, 그리고 동네 사람들을 생각하자 가슴이 미어지는 것 같았다.

가파른 비탈길을 올라가자 서로 어깨를 맞대고 있는 고만고만한 집들이 나타났다. 그리고 드문드문 희미한 불빛이 새어나오고 있었다. 전기세가 아까워서 전등도 한두 개만 켜고 사는 가난한 산간 마을이었다.

어느 외양간에선가 "우~"하고 소 우는 소리가 들려왔다. 동하는 가던 발걸음을 멈추고 한참이나 나무둥치에 앉아 있었다. 그러나 말씀드리지 않을 수는 없었다. 막막한 가슴으로 떨어지지 않는 쇳덩이 같은 걸음으로 집에 들어섰다.

"동하냐?"

밖에서 나는 인기척에 어머니가 안방 문을 열며 물었다.

"접니다, 어머니."

어둠 속에서 동하가 머뭇거리며 말했다.

"아이구, 동하가 왔구나. 공부하느라 바쁠 텐데 어떻게 연락도 없이 왔니?"

어머니가 깜짝 놀라서 버선발로 뛰어나왔다.

"어서 들어오너라, 추운데. 객지에서 공부한다고 고생이 많지?"

"저녁은 드셨습니까?"

"동희 오면 먹으려고 했는데. 너, 저녁 아직 안 먹었지? 잠깐 기다려라. 미리 연락이라도 하고 왔으면 너 좋아하는 찬거리라도 장만해 놨을 텐데."

어머니가 반가움 반 안쓰러움 반으로 살갑게 말했다.

"아닙니다. 생각 없습니다."

"아니긴 뭐가 아니야. 다 저녁에 장정이 얼마나 시장해 그래."

어머니는 곧바로 부엌으로 나가 저녁상을 차려가지고 들어왔다. 맥없이 앉아 있던 동하는 얼른 일어나 어머니의 밥상을 받아들었다.

"이런 건 저 시키세요, 어머니."

동하는 너무 죄송해서 고개도 들지 못했다. 전등불 아래에서 보니 그새 어머니는 허리가 더 굽고 얼굴에도 주름살이 더 많이 생겨 있었다. 그 나이에 힘든 농사일을 혼자 다 하시고 겨울에는 근처에 있는 단무지 공장이나 식당에 나가셔서 허드렛일까지 하시는 어머니였다.

"얼굴이 많이 상했구나. 공부가 많이 힘들지?"

밥알이 모래알처럼 느껴져 넘어가지 않았다. 아무것도 없는 살림살

악마 교수와

이, 텔레비전도 냉장고도 없는 빈곤한 살림에도 학비만은 어떻게든 만들어서 보내던 어머니였다. 다시 목이 메어 수저를 내려놓았다.

"찬이 너무 없지? 내일은 너 좋아하는 동태 사다가 찌개를 끓여 주마."

아무것도 모르는 어머니가 미안해하며 말했다. 그때였다.

"엄마, 학교 다녀왔어요!"

밖에서 고등학교에 다니는 막내 동생 동희의 목소리가 들려왔다. 동희도 어려운 가정 형편 탓에 일찌감치 대학 진학을 포기하고 취업반에 들어가 취직 준비를 하고 있었다.

"오빠 왔구나!"

동희가 밖에서 댓돌 위에 놓인 동하의 신발을 발견했는지 신이 나서 외쳤다. 동희는 책가방을 마루에 던져놓고 안방으로 뛰어 들어왔다. 어머니가 동희 밥을 챙겨 오는 동안 동희는 반가워서 어쩔 줄 몰라 하며 초롱초롱한 눈으로 대학 생활에 대해서 이것저것 물어보았고, 언니가 다음 달 월급을 타면 예쁜 코트를 사주기로 했다고 자랑도 했다.

밥상을 물리고 나자 동하는 더는 숨길 수가 없었다. 그래서 동희가 부엌에서 설거지를 하는 사이에 어머니를 앉혀놓고 말했다.

"사실은…… 드릴 말씀이 있어서 왔습니다."

"무슨 얘기냐. 돈 얘기냐."

어머니가 가늘게 한숨을 내쉬었다. 동하는 차마 말을 잇지 못하고 입술을 깨물었다.

"무슨 얘긴데 그러니. 괜찮다. 어서 해봐라."

"어머니…… 죄송합니다. 놀라지 마세요. 저 학교를 못 다니게 되었습니다."

동하는 눈앞이 뿌옇게 흐려왔다.

"학교를 못 다니게 되다니 그게 무슨 소리냐?"

어머니는 깜짝 놀라 몸을 곧추세우며 말했다. 그 순간 부엌에서도 우당탕 하며 양푼이 바닥에 떨어지는 소리가 들려왔다. 설거지를 하던 동희가 물이 뚝뚝 떨어지는 손으로 안방으로 뛰어 들어왔다. 동하는 고개조차 못 들고 간신히 말했다.

"공부를 못해서 그렇게 되었습니다. 저 퇴학을 당했습니다."

"공부를 못해서 퇴학이라니. 그게 대체 무슨 소리냐."

어머니는 충격으로 얼굴이 굳은 채 말을 잘 잇지 못했다.

"오빠, 대체 그게 무슨 날벼락 같은 소리야?"

동희가 방바닥에 털썩 주저앉으며 외쳤다.

"실은 작년에 학점을 못 따서 정학을 맞았고 금년에 또⋯⋯."

떨리는 음성으로 그동안의 사정을 대충 말씀드렸다.

"어머니, 한 번만 더 기회를 주십시오."

동하는 손등으로 눈물을 닦아냈다. 어머니는 한동안 넋 나간 사람처럼 허공을 응시하기만 했다. 벽에 걸린 퇴색한 아버지의 사진이 금방이라도 떨어져 내릴 듯 위태로워 보였다. 무거운 침묵이 흐르고 있었다. 차마 감옥에 갔다 왔다는 이야기와 살충제를 마시고 자살하려고 했다는 이야기는 할 수가 없었다. 동희가 소리 내어 흐느끼기 시작했다.

"울지 마라."

어머니가 카랑카랑한 목소리로 장고의 침묵을 깼다. 어머니는 뜻밖에 담대하게 말했다.

"괜찮다, 네 뜻과 생각이 그러하다니 장하구나. 나는 너를 믿는다. 사내답구나. 학비는 걱정하지 말고, 지금 일어나서 가거라."

"어, 어머니."

동하는 서럽게 울면서 어머니를 불렀다.

"눈물 보이지 말거라. 너는 사나이 대장부가 아니냐. 시간이 너무 급

악마 교수와

하구나. 지금 이 시간에도 수많은 학생들이 눈에 불을 켜고 대학입시 준비를 하고 있을 텐데. 대학입시 공부를 다시 시작하기가 쉬운 일이 아니다. 지금 이러고 있을 새가 없다. 집 걱정은 하지 말고 막차 타고 당장 가거라."

어머니는 눈물 한 방울 보이지 않았다. 어머니의 얼굴에서는 오히려 강철처럼 강인하게 살아온 삶의 의지가 비수처럼 빛나고 있었다. 어머니는 그 자리에서 집에 있는 돈을 다 털어서 주머니에 찔러 넣어 주었다.

"자리가 잡히는 대로 연락하거라. 너나 나나 다시 해보는 거다."

동하는 그렇게 동희의 울음소리를 뒤로하고 집을 나섰다. 헛헛한 발길로 비탈길을 내려오는데 마을 사람들의 모습이 어른거렸다.

'어머니는 내가 떠난 후에 통곡하실 지도 모른다.'

그러나 어머니는 자신 앞에서는 단 한 방울의 눈물도, 추호의 나약함도 보이지 않았다. 도도하게 하늘을 날고 있는 솔개같이 강인한 눈빛만 보였을 뿐이었다. 동하의 눈에 뜨거운 눈물이 흘러내렸다.

그날 밤 동하는 다시 S읍에 도착하여 터미널 근처 여인숙에서 하룻밤을 잤다. 동하는 어둠속에서 혼자 울었다. 잠도 제대로 오지 않는 참으로 비감스러운 밤이었다.

다음날 고3 교과서와 참고서들을 배낭 하나 가득 사서 어깨에 짊어지고 아침 일찍 태안으로 가는 시외버스에 올랐다. 그리고 두 시간 후 태안에 도착하여 다시 안면도로 들어가는 완행 시외버스로 갈아탔다. 완행 시외버스는 털털거리며 시골길을 달려가 방포라는 마을에서 잠시 정차를 했다. 무거운 배낭을 둘러메고 버스에서 내렸다.

마치 물 한 방울 풀 한 포기 없는 황량한 사막을 건너기 위해 홀로 서 있는 것 같았다. 입안이 바짝 말라붙는 것 같았다.

마음을 추스르며 무거운 쇳덩어리가 가득 든 것 같은 배낭을 고쳐 멨

다. 고3 참고서와 교과서가 들어 있는 배낭이었다. 동하는 천천히 마을을 향해 무거운 걸음을 옮기기 시작했다. 그때였다.

"야아, 박동하!"

뒤에서 귀에 익숙한 목소리가 들려왔다. 그가 놀라 고개를 돌리자 저쪽 밭둑길에서 남형이 웃으며 손을 흔들며 달려오고 있었다. 남형은 환하게 웃으며 달려와 손부터 덥썩 잡았다.

"윤기한테 네가 온다는 소식 듣고 달려오는 참이야, 하하하. 딱 맞춰 나왔군! 정말 잘 왔어."

남형은 배낭을 자기가 메고 가겠다며 고집을 부렸다.

"남형, 살아있었군요. 이게 얼마만입니까. 그때 보고 처음이죠? 몸은 건강합니까?"

동하는 반가움으로 왈칵 눈물이 쏟아지려고 하였다. 도서관 시위 이후 한 번도 보지 못한 남태호 형이었다.

"나야 당연히 살아있었지. 그래서 여기 있는 거 아니야. 몸도 넘칠 만큼 건강해, 하하하."

골방에만 들어앉아 공부만 해서 얼굴이 하얄 줄 알았던 그는 바닷바람을 많이 쐰 탓인지 가무잡잡했다. 얼핏 보기에도 건강해 보였다.

"박동하, 정말 대단한 결심을 했어. 뜻이 있는 곳에 길이 있다고 했으니 우리 한번 열심히 해보자."

방포마을은 바닷가 소나무인 해송이 우거진 조용한 마을이었다. 남형은 마을에서 혼자 사시는 먼 친척뻘 아주머니 집에서 하숙을 하면서 고시 공부를 하고 있다고 했다.

방포 마을에서의 첫날 밤, 남형이 동하가 사용할 이부자리를 들고 방에 들어왔다. 그러나 낮의 활발했던 모습과는 달리 조금 착잡한 얼굴이 되어 말했다.

악마 교수와

"네가 나 때문에 이 고생을 하는구나. 네가 그렇게 됐다는 소리를 듣고 늘 미안하고 마음이 아팠다. 그날 밤 도서관을 나가기만 했어도 이런 일은 없었을 텐데. 정말 내가 너를 볼 낯이 없어."

"아닙니다, 남형. 그게 무슨 말이에요. 공부를 못한 제 탓이죠. 남형이 야말로 다른 것도 아니고 민주화를 위해 싸우다 이렇게 된 건데."

동하는 오히려 남형을 위로해 주었다.

"그렇게 생각해 주니 고맙구나. 나도 지금 시국 사건에 연루되어 수배를 받고 있지만 일단은 고시에 합격하는 게 급선무라서, 감옥에 가더라도 시험에 합격한 후에 가겠다는 각오로 공부하고 있는 거야."

"저도 마찬가지입니다. 더 이상 물러날 데도 없어요.

동하도 주먹을 불끈 쥐며 말했다.

"그래! 우리 꼭 해내자. 이겨내자!"

그렇게 그들은 서로를 위로하고 격려하며 공부의 결의를 다졌다. 고요하고 적막한 밤이 그렇게 흘러가고 있었다.

안면도에서 생활한 지도 어느덧 다섯 달이 넘어갔다. 정말이지 처음 책상에 앉아 고등학교 3학년 영어, 수학 참고서의 첫 장을 넘겼을 때는 눈앞이 캄캄하고 아득했으며 하염없이 눈물만 흘러내렸다. 어느 세월에 이 공부를 다시 해서 대학입시에 응시한단 말인가. 태산 같은 바윗덩이가 머리를 찍어 누르는 것 같았다.

그러나 이제는 하루 수면 3~4시간, 그리고 나머지 모든 시간을 공부에 몰두하였다. 남태호도 마찬가지로 잠자는 시간을 하루 3~4시간으로 정하고 오직 고시공부 하나에만 매달렸다.

동하가 누리는 즐거움이 있다면 가끔씩 머리도 식힐 겸 운동 삼아 소나무 숲이나 바닷가를 혼자서 걷는 일뿐이었다. 소나무 숲 한가운데 서서 멀리 파도소리를 들으며 온몸을 맡기고 서 있다 보면 잡다한 생각들이 사라지고 머릿속이 맑아졌다.

그러던 어느 날 동하는 모처럼 시간을 내어 인근 승언리에 있는 성당에 가보았다. 사실은 안면도로 오기로 한 순간부터 늘 와보고 싶었던 곳이었다. 예전에 만났던 윤수라는 소녀 때문이었다.

'그 소녀는 지금 어디에서 무얼 하고 있을까. 아마도 여전히 서울에서 학교에 다니고 있겠지? 지금은 고등학생쯤 되었을 텐데.'

하오의 성당은 평화롭고 적요했다. 검붉은 벽돌에 돔형의 종탑이 높다랗게 서 있는 성당 옆으로 순결한 순백의 성모 마리아상이 조용히 자신을 맞아주는 것 같았다. 그리고 뜨락에는 이름 모를 풀꽃들이 아름답게 피어 있었다.

동하는 잘 가꾸어진 정원을 지나 본당의 육중한 문을 밀고 살그머니 안으로 들어가 보았다. 오래된 나무 냄새가 났다. 유리창으로 석양의 노을빛이 비쳐들고 있었다. 성당 안은 아무도 없는 듯 고요했다.

저 높은 곳에 십자가에 못 박히신 예수님 상이 걸려 있고 양쪽으로 붉은색 촛불들이 타오르고 있었다. 숙연한 마음으로 다시 밖으로 나오는데 인기척이 났다

"누구십니까?"

"아, 안녕하세요. 신부님."

"누구…… 시던가."

방지거 신부님이었다.

"전에 농촌봉사활동을 왔던 학생입니다."

"아, 그래요. 그래, 어떻게……."

"실은 방포리에 공부하러 왔다가 한번 와보고 싶어서 둘러보고 가려고 들렀습니다."

"아, 그래요? 그럼 사제관에 가서 차나 한잔 하고 가세요."

"아, 아닙니다. 신부님을 다시 뵙게 되어 반갑습니다. 그런데 저 혹시 전에 조카따님이 있었던 것 같은데…….

동하는 용기를 내어 조심스럽게 물어 보았다.

"아, 수아요? 지금 여기 내려와 읍내 고등학교에 다니고 있어요. 기숙사에 있는데 일요일에는 미사 드리러 와요. 왜, 전할 말이라도 있나요?"

"아뇨. 그저……. 미사 때 한번 오겠습니다."

"아, 그러세요. 미사 때 오면 만날 수 있어요."

"예, 감사합니다. 미사 때 오겠습니다."

수아가 이곳에 내려와 있다니 뜻밖이었고 가슴이 설레었다.

그리고 다음 일요일 날 동하는 미사에 참석을 하였다. 그리고 그 소녀가 앞자리에 앉아 있는 것을 발견하였다. 윤수아였다. 가슴이 두근거렸다. 그리고 미사가 끝나자 그 소녀가 걸어 나갔다. 그녀가 성경책을 들고 얌전한 모습으로 사뿐사뿐 동하의 곁을 지나쳐 갔다. 소녀가 지나간 자리마다 알 수 없는 향기가 배어 나오는 느낌이었다. 동하는 몹시 가슴이 뛰고 설렜다.

"저, 잠깐만요."

동하는 용기를 내어 소녀를 따라가며 말을 붙였다.

"저, 우리 전에 본 적 있죠? 전에 의료봉사 활동할 때……"

소녀가 뒤를 돌아보며 눈을 동그랗게 뜨다가 곧 환한 얼굴이 되었다.

"네? 아, 맞아. 그렇잖아도 어디서 뵌 분 같다는 생각을 하고 있었어요. 그때, 그러니까 의대생 오빠들 여럿이 같이 오셨죠?"

"내 기억이 맞구나. 나 박동하인데."

"아, 혹시 그때 머리 길고 군복바지에 운동화 신고 다니던 오빠? 정말 동하 오빠예요?"

"그래. 너, 윤수아 맞지?"

"와, 제 이름도 기억하시네요. 저, 수아 맞아요. 동하 오빠! 너무 반가워요! 그런데 머리랑 수염이 왜 그렇게 길어요? 몰라볼 뻔 했어요 그리고 여기는 어떻게 오셨어요?"

"아, 수염? 머리? 그러고 보니 요즘 시간이 없어서 이발도 안 하고 수염도 안 깎고 다녔구나."

동하는 덥수룩한 수염과 머리카락을 만지며 쑥스러운 표정을 지었다. 수아가 물었다.

"그런데 동하 오빠, 학교는 어떡하고 여기 계세요?"

"수아는 어떻게……?"

"아, 저는 여기 읍내 고등학교에 다니고 있어요. 기숙사에 있어요. 금년 초부터 내려와 살거든요. 여기 방지거 신부님이 제 외삼촌이시잖아요."

"그럼 서울에 가족들은?"

동하는 무심코 물었다가 이내 후회했다. 수아의 얼굴이 갑자기 어두워졌기 때문이었다.

"엄마가 계신데 요양원에 들어가셨어요. 제가 계속 보살펴 드리려고 했는데 방지거 삼촌이 학교 공부를 마쳐야 한다고 고집하셔서……."

"미안, 괜한 걸 물었구나. 엄마가 많이 안 좋으시니?"

"뇌졸중을 앓으셨어요. 아빠 일찍 돌아가시고 혼자 저 키운다고 진짜 고생도 많이 하셨는데. 그런데 오빠는요?"

"나? 음, 다시 의대 가려고 공부하러 왔단다. 퇴학을 당했거든."

"정말요? 어떻게 오빠가 퇴학을 당해요? 그때 의대생 오빠들 얘기가 동하 오빠가 공부를 제일 잘한다고 했는데?"

"그랬나? 그런데 공부를 못해서 어떻게 미역국을 먹었단다. 그래서 다시 도전하는 거야."

악마 교수와

"그런 일이 있었군요."

그렇게 두 사람은 성당 앞마당을 거닐며 이런저런 지난 얘기를 나누었다.

"오빠도 여기에 아는 사람 별로 없지요?"

"그렇지 뭐. 밖에 나갈 일도 없고 사람 만날 일도 없고 공부만 하니까. 너도 아는 사람 없어서 외롭겠다."

"신부님이 계셔서 괜찮아요. 제 외삼촌이라서가 아니라 정말 좋으신 분이에요. 아버지처럼 든든하고, 친구처럼 다정하고, 재미나고 좋은 얘기도 많이 해주세요."

그렇게 해서 성당 미사에 한번 나가게 된 동하는 아예 중고 자전거까지 사서 타고 다니며 성당 미사에 나가기 시작했다.

동하가 성당에 다니기 시작하자 태호도 심심하다며 가끔씩 따라왔다. 방지거 신부도 수아를 통해 동하와 태호의 사연을 알고는 아버지 같은 따듯함으로 두 사람을 대해주어 곧 네 사람은 가족처럼 가까워지게 되었다.

동하는 수아에게서 이제까지 느껴본 적이 없던 감정을 느끼고 있었다.

윤수아.

동하는 매일 아침 눈을 뜰 때부터 잠이 들 때까지 매순간 그 이름을 되뇌고 했다. 꽃처럼 향기롭고 어여쁜 이름이었다.

수아는 정말 얼굴도 마음도 다 곱고 착한 신앙심 깊은 소녀였다. 수아는 가끔씩 대학에 다녔던 이야기며 다시 의학도의 길을 걷기 위해 입시 공부를 한다는 것에 깊은 관심을 보이며 많은 것을 물어보곤 했다.

"그래, 수아야. 너는 공부도 잘하고 머리도 좋으니까 무엇을 하든 잘해 낼 거야. 열심히 공부해서 훌륭한 사람이 되기 바란다."

동하는 어느새 수아 에게 깊은 사랑의 감정을 느끼고 있었다. 사랑의 감정은 어느 순간 불현듯 찾아오는 것이라고 했던가. 동하는 자기가 그런 감정에 빠질 줄은 정말 몰랐었다.

하지만 동하는 수아에게 자기 마음을 표현하지는 못했다. 그녀는 아직 어린 고등학생이었고 자신이 해야 할 일이 너무 많았다. 그래도 동하는 그녀를 만났다는 것만으로도 큰 기쁨을 느끼고 있었다.

그렇게 시간이 흘러갔고 드디어 대학입시의 날이 다가왔다. 동하는 원서를 쓰기 위해 모교인 K고등학교를 찾아갔다. 담임선생님을 이런 일로 찾아뵌다는 것이 죄송스러웠지만 어쩔 수 없었다. 담임선생님이 빵을 좋아하셨던 것 같아 선물로 케이크와 주스를 사들고 가서 찾아온 목적을 이야기하였다. 담임이었던 주봉태 선생이 혀를 내둘렀다.

"아니, 자네 제정신인가? 이 친구 이제 의대 졸업반에 올라갈 시기인데 대학입시 원서를 또 쓰겠다고?"

자초지종을 얘기하자 주 선생이 고개를 끄덕였다.

"그런 일이 있었구먼. 그래, 인생이라는 게 살다보면 실패도 있는 것이고, 또 목표나 목적을 바꾸어야 할 때도 있고, 오히려 바꿔서 더 잘 되는 수도 있겠지. 그런데 돈도 없을 텐데 이런 걸 뭐하러 사가지고 왔어."

주 선생이 연민의 눈빛으로 동하를 바라보았다.

"어쨌든 늦게라도 다시 공부하겠다는 용기가 가상하네. 그래, 무슨 과를 지원할 생각인가? 문과 쪽으로 돌렸나?"

"아닙니다. 다시 의예과에 지원할 겁니다."

"뭐라고? 그 지긋지긋한 의대에 또 들어가겠다고?"

주 선생은 담배를 피워 물고 한숨을 내쉬었다. 곁에서 얘기를 듣고 있던 다른 선생님들도 나서서 한마디씩 하였다.

"진로를 바꾸지 그래? 자네는 의학하고는 인연이 없는가 본데."

"그까짓 의사가 뭐 별건가. 밖에서 보면 좋아보일지 몰라도 사실 골치

악마 교수와

아픈 직업이지. 매일 아픈 사람이나 봐야 하고."

"그래 돈 몇 푼 더 벌면 뭐해, 매일 스트레스나 받고 살 텐데, 그저 마음 편하게 사는 게 최고지."

"공대 쪽은 어떤가? 아니면 아예 문리대나 법대 쪽으로 바꾸던가. 사람이 융통성이 있어야지 너무 한 가지만 외골수로 고집하는 것도 좋지는 않아. 다른 데로 가서 더 크고 남자다운 일을 해봐 의사는 사실 조선 시대에도 중인 계급밖에 더 됐어, 좀스러운 직업이잖아. 하는 일도 지저분하고 쪼잔하고."

그러나 동하는 의연하게 말했다.

"아닙니다. 저는 다시 의예과에 가겠습니다. 제 결심은 확고부동합니다."

주 선생이 길게 담배 연기를 뿜어대며 걱정스럽게 말했다.

"또 다시 6년을 다니겠다? 모든 것이 불투명한 6년을? 아니 그보다 더 중요한 것은 당장 자네가 의예과에 합격할 수 있느냐 없느냐 하는 거야. 차라리 같은 계통인 약대나 치대 쪽으로 가는 것은 어떤가? 기간도 짧고 다소 수월할 것도 같은데."

"싫습니다."

"싫어, 허허."

선생님들은 기가 막히다는 표정이었다. 주봉태 선생은 동하의 결심이 확고한 것을 확인하고 빨리 포기했다.

"알겠네. 그렇다면 내 원하는 대로 써주겠네. 그래 어느 대학 의예과인가?"

"제가 다니던 C대학교 의예과입니다."

"뭐라고? 하필이면 왜 또 그 대학 의예과인가? 퇴학까지 시킨 대학을 왜? 기분 나쁘지 않은가? 차라리 다른 대학 의예과로 좀 낮춰 가든가 하는 게 어때? 의대는 다 마찬가지 아닌가?"

주 선생은 의아해 했다.

"아닙니다. 저는 꼭 다시 C대학교 의예과에 들어가서 다시 공부해 보고 싶습니다."

동하의 결심은 흔들리지 않았다.

주 선생은 고개를 끄덕이며 대입원서를 써주었다.

"자네의 결심이 정 그러하다면 써주겠네. 잘 해보게나. 하지만 후회하는 일이 없도록 하게."

"감사합니다, 선생님. 그리고 죄송합니다."

그해 겨울. 동하는 C대학교 의예과에 다시 응시하여 최선을 다해 시험을 치렀고 당당히 합격했다. 동하도 기뻤지만 가장 기뻐한 사람은 어머니였다.

이제 동하는 절벽 아래로 떨어졌다가 그 절벽에 갈고리를 걸고 다시 기어오르게 되었다. 모든 것이 새로운 도전이었다.

그 즈음 남형의 소식이 들려왔다. 남형은 그동안 준비했던 사법고시를 치를 예정이었는데 미리 시험장에 잠복해 있던 형사들에게 붙들려 그대로 구속 수감되었다고 했다. 시험도 못 치르고 반정부 시국사건 주동 혐의에 국가 보안법 위반 혐의까지 덧붙여져 구속 되었다고 했다.

"시험이나 보게 하고 잡아갈 것이지…."

동하는 남형의 소식을 듣고 밤새 눈물을 흘렸다. 힘든 시절에 고락을 함께한 선배였다. 동하는 구치소에 수감된 남형을 보러 몇 번 면회를 가보았지만 자기가 해줄 수 있는 일이 없었다. 그저 남형의 문제가 잘 해결되기를 바라는 수밖에 없었다.

안면도를 떠나오던 날, 동하는 수아를 만나기 위해 아침 일찍 성당에 갔다. 전날 방지거 신부와 수아를 찾아 작별인사까지 한 터였지만 막상

악마 교수와

아침이 되자 도저히 그대로 떠나기가 아쉬웠다.

그녀는 매일 아침 성모 마리아 앞에 와서 기도를 올리고 했는데 그날 따라 그녀의 까맣고 길다란 속눈썹이 하얀 입김에 젖어 가늘게 떨리는 듯 느껴졌다. 동하도 수아 옆에 무릎을 꿇고 앉아 기도를 하였다.

잠시 후 기도를 마친 수아가 옆에 있는 동하를 발견하고 깜짝 놀란 표정을 지었다.

"어머, 동하 오빠. 오늘 아침 떠난다고 하지 않았어요?"

"떠나기 전에 기도 한번 더하고 가려고. 그래서 잠깐 들렀어."

"무슨 기도를 했는데요?"

"그건 나만의 비밀."

동하는 장난스러운 표정을 지어보이며 수아와 함께 잠시 성당의 뜰 안을 걸었다. 도저히 아쉬움을 떨쳐버릴 수가 없었다. 이제 떠나야 할 시간이었다. 그동안 오붓한 오누이처럼 도란도란 이야기도 많이 나누었고 풀꽃 이름도 가르쳐 주며 시간도 많이 보냈지만 그녀에게 자신의 마음을 끝내 고백하지는 못했다.

"건강하게 잘 지내라. 편지할게. 이제 자주 보진 못하겠지만 오빠가 늘 네 생각하면서 기도할게. 나중에 방학 때 올게."

동하는 이대로 수아와 헤어지기가 너무 아쉬워서 자꾸만 머뭇거렸다.

"고마워요, 동하 오빠. 그동안 너무 재미있고 즐거웠어요. 늘 마음으로 응원하면서 천주님께 기도할게요."

그녀가 늘 가지고 다니던 자신의 묵주를 동하의 손에 쥐어 주었다. 솜사탕처럼 부드럽고 달콤한 손이었다. 동하는 벅찬 가슴으로 그녀에게 손을 내밀었고 그녀도 동하의 손을 마주 잡아주었다.

"우리 꼭 다시 만나요. 오빠의 멋진 모습 꼭 보고 싶어요. 편지 자주 할게요."

그렇게 둘은 악수를 하고 성당을 내려왔고 들풀이 스러져 있는 들길 앞에서 헤어졌다. 동하가 몇 걸음 걷다가 뒤를 돌아보니 수아가 해맑게 웃으며 하얀 손을 흔들고 있었다. 동하도 손을 번쩍 들어 힘차게 흔들어 주었다.

　　'언제 또 다시 만나게 될까.'

　　뜨거워진 동하의 눈시울 속에서 하얀 수아의 모습이 가물가물 흔들리며 멀어져갔다.

악마 교수와

동하는 그렇게

다시 대흥동 하숙촌으로 돌아왔다. 모든 것은 그대로였다. 의과대학
도, 문리대도, 대흥집도 모두 그 자리에 그대로 있었다. 그렇게 의예과
에 입학한 지 5년이 지나 다시 의예과에 입학한 그는 새카맣게 어린 후
배들과 함께 의예과 1학년 신입생이 되어 다시 공부를 하게 되었다.

동하의 소식을 들은 대흥집 멤버들은 모두 자신의 일처럼 기뻐하고
환영해 주었다. 반면 의예과와 문리대 교수들은 모두가 혀를 내둘렀다.
지금까지 그런 학생은 한 번도 없었기 때문이었다. 게다가 동하는 학생
난동사건으로 완전히 찍힌, 악명 높은 인물이 되어 있었다.

이 모든 악조건을 알기에 더더욱 열심히 공부해야 했다. 의예과 공부
는 과거에 모두 한번 해보았던 것이지만 모든 학점을 다시 따야 하고 그
제도가 엄격하므로 정신을 바짝 차려야만 했다.

그중에서도 학비 조달이 가장 큰 문제였다. 이제는 등록금과 하숙비,
용돈은 스스로 해결해야 했다. 어머니도 이제 많이 늙으셨기 때문에 돈
을 달라고 손을 벌릴 수도 없는 형편이었다. 동하는 새벽에 신문배달을
하면서 틈이 나는 대로 공사장이나 식당, 레스토랑, 주유소 등으로 뛰어
다니며 아르바이트를 해서 학비를 벌었다.

동하는 남태호가 구속되어 있는 K교도소로 몇 번인가 면회를 가서 생
필품과 얼마간의 돈을 넣어주기도 했다. 남형은 건강이 좋지 않은 상태
였고 가족이라고는 병든 홀어머니밖에 없어 면회 오는 사람도 별로 없

었다. 그러나 동하의 형편을 잘 아는 남형은 매번 펄펄 뛰면서 신신당부를 했다.

"내 걱정 하지 말고 네 공부나 잘해라. 진심이다. 네가 이럴수록 내 마음이 편치 않다는 걸 왜 모르느냐. 다음에 또 이런 거 차입시키면 면회 사절이다, 알겠지?"

한번은 동하가 생필품과 먹을 것과 법률 서적을 몇 권 사들고 면회를 갔는데 남형이 더 이상 면회 오지 말라고 선언했다. 그리고 다음에 또 면회를 갔을 때 그는 악명 높은 청송교도소로 옮겨가고 없었다.

동하는 남형 걱정에 가슴이 시렸다. 하루 24시간을 분 단위로 쪼개가며 공부와 아르바이트로 분주하던 그로서는 머나먼 청송교도소까지는 면회를 갈 수도 없었다. 깊은 밤이면 이따금씩 마지막 보았던 남형의 초췌한 얼굴이 떠올라 마음이 아프고 괴로웠다.

그는 반정부 시위 주동은 물론, 국가보안법 위반 혐의까지 적용되어 무려징역 7년형을 언도 받았다. 그에 비하면 자신이 지금 하는 고생은 아무것도 아닐지 몰랐다. 동하는 그렇게 자위하며 더욱 열심히 공부해 나갔다. 그렇게 바쁘고 벅찬 나날들 속에서도 동하는 수아와 가끔 서로 편지를 하며 지냈으며 잊어본 적이 없었다.

그리고 시간은 흘러가는 것이었다. 동하는 의예과 2년을 잘 마치고 다시 본과 1학년에 진급하였다. 드디어, 또다시 황유진 교수와 대적하게 되었다. 처음 함께 의과대학에 입학했던 친구들은 이제 졸업을 하여 전공의로 들어가거나 군의관으로 떠난 마당이었다. 그런데 자신은 이제 세 번째의 본과 1학년을 맞이하는 것이었다. 동하는 야심찬 결의를 다지며 본과 1학년의 첫날을 기다렸다.

그런데 엉뚱하게도 동하의 앞을 딱 가로막는 태산이 있었다. 바로 청천벽력 같은 입영 통지서였다.

악마 교수와

"영장이라니!"

이를 악물고 앞만 보고 달려왔던 동하는 미쳐 군대에 가야 한다는 생각까지는 못했었다. 그동안은 의대를 졸업하고 국가고시에 합격하면 장교인 군의관으로 군대에 갈 수 있었다. 하지만 법이 바뀌어 그 의대생이 졸업했을 때 나이를 계산하여 법적으로 장교 임관이 가능한 나이를 넘어서는 경우에는 재학 중이라도 사병으로 징집하는 것이었다.

"하필이면 왜 이때란 말인가!"

동하는 원래 두 어깨에 장교 계급장을 단 군의관으로 군대에 다녀오고 싶었다. 그런데 이제는 한참 나이 어린 훈련병들과 섞여 똑같이 사병 복무를 해야 했다. 눈앞이 캄캄했다. 그러나 어쩔 수 없는 상황이었다. 연기는 불가능했다. 대한민국 남아로서 군대는 누구나 다녀와야 하는 곳이었다.

결국 동하는 사병으로 논산훈련소에 입대하였다. 한참 나이 어린 후배들과 똑같은 훈련병이 되어 훈련을 받아야 했다. 하지만 훈련소 땅바닥을 박박 기면서도 황 교수를 잊지 아니하였다. 강원도 전방에 배치되어 총을 들고 살을 도려내는 듯한 추운 밤에 철책 보초를 서면서도 황교수에 대한 전의는 잊지 아니하였다. 참으로 힘든 군대 생활이었다.

그리고 드디어 제대. 동하는 곧바로 본과 1학년에 다시 등록했다. 홀어머니라서 복무기간이 단축되기는 하였지만, 그 사이에 아까운 세월을 또 까먹은 것이었다.

그리고 고등학교를 졸업했을 수아와도 연락이 끊어져 버렸다. 전에 어느 가톨릭교단에서 운영하는 복지시설에 취업하여 들어간다는 수아의 마지막 편지를 받았었다. 앞으로 소식을 잘 전하지 못할 것 같다는 내용이었다. 그리고 동하도 부대 내의 사소한 문제로 갑자기 다른 부대로 전출을 가게 되는 바람에 몇 달 동안 안면도 성당으로 편지를 부치지 못하고 있었다.

그런데 여름쯤부터인가 수아에게 보낸 편지가 반송되어 오기 시작했다. 동하는 무슨 일인가 싶어 마지막 휴가를 나왔을 때 공중전화로 안면도 성당에 전화를 걸어보았다. 전화를 받은 사람은 새로 왔다는 나이 지긋한 수녀님이었다.

"예전에 미사 나가던 박동하라고 하는데요. 방지거 신부님 계십니까?"

"방지거 신부님요? 아…… 사실은 얼마 전 천주님 품으로 가셨습니다."

"네? 그게 무슨 말씀이십니까? 연세도 아직 한참이셨는데."

"원래 고혈압과 당뇨가 심하셨어요. 천주님 은총으로 고생은 많이 안 하셨답니다. 평화롭게 가셨지요."

"그런 일이……. 그러셨군요."

동하는 마음이 아파서 말을 잘 잇지 못했다.

방지거 신부님께서 소천 하시다니…….

"그럼 성당에 살던 수아 자매는요?"

"방지거 신부님 조카따님 말이지요. 지금 여기 없습니다. 2년 전인가, 어머니도 소천하시고 방지거 신부님까지 갑자기 그리 되셔서……."

"네? 어머니까지 돌아가셨다구요?"

"네, 한꺼번에 어려운 일을 겪고 떠났다고 들었습니다."

"학교는요? 졸업은 했습니까?"

"졸업은 하고 떠났다고 들은 것 같아요."

"어디로 갔는지 아십니까?"

"글쎄요. 제가 여기 오기 전 일이라 상세한 건 잘 모르겠습니다만, 어디 사회복지시설에 취업해 있으면서 공부한다는 말은 들었습니다. 지금은 저희와 따로 연락이 되지는 않아요. 자리가 잡히면 연락을 주겠지요."

악마 교수와

동하가 받은 그날의 슬픔과 충격은 이루 헤아릴 수가 없었다.

'신부님이 소천 하시다니! 수아가 어머니까지 잃고 다른 데로 가버렸다니!'

그날 동하는 수아에게 연락을 소홀히 했던 자신을 탓했고 제대하면 꼭 찾아보리라고 다짐했었다. 그러나 막상 힘들게 군복무를 마치고 나자 수아와 연락도 안 되고 거처도 알 수가 없었다. 그리고 자신의 초라한 모습을 보이고 싶지도 않았고……

수아를 찾을 시간이 없었다. 세 번째의 본과 1학년이라는 결전의 시간들이 다가오고 있었던 것이다. 다시 한번 황유진 교수와 싸울 기회였다. 동하는 슬픔을 가라앉히며 전의를 불태웠다.

세월이 많이 흘렀건만 모든 것은 그대로였다. 홍신태 교수도, 정인범 교수도, 김상헌 교수도, 모두가 기계처럼 그 모습, 그 강의, 그 실습, 그 태도 그대로였다.

황 교수 역시 조금 나이가 들어 보일 뿐 예전 그 모습 그대로였다. 여전히 단정한 넥타이에 흰 가운, 붉은 얼굴 다부진 몸매. 흰 머리카락이 몇 개 더 생겼을 뿐 냉혹한 모습은 여전히 그대로였다. 변한 것이 전혀 없었다.

황 교수는 첫 강의 때 다시 나타난 동하를 보고 조금 놀라는 표정을 지었으나 이내 냉담한 얼굴이 되었다. 마치 의과대학에 다녀서는 안 되는 사람이 다시 와서 께름칙하다는 듯 벌레 씹은 얼굴이었다.

'의학도가 될 자격이 없는 사람이 다시 왔다는 생각을 하는 것일까? 밀어버린 녀석이 다시 올라왔으니 다시는 기어 올라오지 못하도록 싹싹 밟아 버리자는 생각을 하고 있는 것은 아닐까?'

동하는 그런 황 교수가 섬뜩하게 느껴졌지만 그럴수록 더 열심히 공부하였다.

그런데 문제는 머리였다. 군대생활로 인한 공백기에 머리가 굳어버린 듯했다. 예전에는 한 시간 공부할 거리를 이제는 두 시간, 세 시간을 공부해도 모자랄 지경이었다. 너무도 큰 타격이었다.

황 교수에 대한 스트레스 또한 계속 되었다. 도대체 황 교수라는 인간은 자신에 대해서 조금도 봐주는 것이 없었다. 오직 성적대로만 처리할 뿐 나이가 많다거나, 군대를 다녀왔다거나, 다시 들어온 학생이라고 해서 손톱만큼이라도 봐주는 것은 없었다.

아니 오히려 다시 입학해서 군대까지 다녀왔는데도 따뜻한 말 한마디나 격려의 말은커녕, 오히려 더 괴롭히는 듯했다. 오랄 테스트에서도 유독 어려운 것만 골라서 물어보았다. 거기에다 동하는 복장 불량, 실습시간 지각, 과제물 미제출 등 사소한 일들로 서너 번 지적을 당하고 감점 체크를 당했다.

동하는 황 교수라는 인간이 마치 거대한 벽처럼 자신을 가로막고 있는 듯한 심정이었다. 그렇게 황 교수는 무엇이든 꼬투리를 잡아서 자신을 다시 쫓아내려고 하는 것처럼 보였다.

결국 동하는 황 교수에 대한 예전의 트라우마가 다시 되살아나 악순환의 슬럼프에 또 다시 빠지고 말았다. 황 교수만 보면 주눅이 들고 힘이 빠지고 공부를 제대로 할 수가 없는 것이었다. 그리고 연말에 다시 황 교수의 해부학에서 과락 점수를 맞았고, 생리학과 생화학에서도 점수를 잘 받지 못하였다. 결국 동하는 성적 불량으로 다시 유급처분을 받게 되었다. 재도전은 그야말로 모든 것이 처참한 실패로 끝나버린 것이다.

이제 황 교수에 대한 적의를 가질 힘도 없었다. 자그마치 10여 년의 세월이 고스란히 흘러가 버리고 결과는 아무것도 없었다. 완전히 파산, 완전히 모든 것이 물거품이 되었다. 가장 화려하고 찬란한 20대의 전부가 어떻게 흘러가 버렸는지 그저 처참한 상처뿐이었다.

악마 교수와

'이 젊은 날의 이 상처를 어찌 한단 말인가.'

어쩌다가 이렇게 되어 버렸는지 스스로도 알 수가 없었다. 동하는 암담하였다. 이제 1년 후에도 유급하면 또 퇴학이었다. 정말로 처음부터 되돌리고 싶은 청춘의 날들이었다.

"아아, 어떻게 해야 할 것인가."

죽을힘을 다해 간신히 공들여 쌓아 올린 탑이 또다시 와르르 무너져 내렸다. 차라리 애당초 의과대학이 아닌 다른 과로 갔었다면 지금쯤 대학을 졸업하고, 군대에도 다녀오고, 직장도 잡고, 결혼도 하고, 아이도 낳고, 어머님께 효도하고 동생들도 보살피면서 안정된 생활을 하고 있었을지도 몰랐다.

다른 과에 들어간 고등학교 동창들은 대부분 결혼을 해서 이미 가장이 되었으며 사회적으로도 경제적으로도 기반을 닦아 나가고 있었다. 처음 의대에 같이 입학했던 친구들 또한 의대를 졸업하고 의사 국가고시에 합격하여 인턴과 레지던트 생활을 하고 있었다.

'애당초 진로를 잘못 정한 것이 아닐까?'

그러나 이제 와서 지난 일을 후회한들 소용이 없었다. 오직 쓰라린 현실만이 존재하고 있을 뿐이었다.

동하는 유급 통고를 받고 대낮부터 술에 잔뜩 취한 채 거리를 혼자 헤매고 다녔다. 예전에 소란을 피운 적이 있는 대흥동 변두리의 그 포장마차로 향했다. 자칭 한일관 사장이라던 그 아주머니를 다시 만나서 한번 붙어볼 생각이었다. 따져 보고 싶었다.

'차라리 그때 농약을 마시고 죽었더라면 이러한 고통은 또 다시 없었을 텐데. 아니, 그때 차라리 다른 과에 가라고 말해 줬더라면 지금쯤 졸업이라도 했을 텐데.'

하지만 지금의 자신은 아무것도 아니었다. 동하는 그 아주머니를 만나서 실컷 울기라도 해야 마음이 풀릴 것 같았다. 애당초 의학 공부는 자기와 인연이 없었을지도 몰랐다.

동하는 비틀거리며 포장마차 안으로 들어갔다. 그대로 있었다. 그런데 아니었다. 예전의 그 아주머니가 아니었다. 40대의 젊어 보이는 아주머니였다. 그러니까 포장마차의 주인이 바뀐 것이었다.

"국수 말아 드릴까요?"

국물이 펄펄 끓고 있는 솥단지에 파를 썰어 넣고 있던 젊은 아주머니가 고개도 들지 않고 물었다.

"전에 계시던 아주머니, 그 아주머니 어딨습니까?"

동하가 혀 꼬부라진 소리로 새 주인 아주머니에게 되물었다. 고개를 든 젊은 아주머니가 동하의 충혈 된 눈과 일그러진 표정을 보고는 겁먹은 표정이 되었다.

"왜 그러시지요? 누굴 찾으시는데요?"

"전에 계시던 그 아주머니요. 이북 말 쓰시던 분."

"아, 한일관 사장 아주머니요?"

"그래요. 그 아주머니 어딨어요? 나를 아주 폭싹 망하게 만든 아주머닙니다!"

동하는 소리를 버럭 질러댔다.

"……그 아주머니는 고, 고혈압으로 도, 돌아가셨어요."

젊은 아주머니가 겁먹은 목소리로 대답했다.

"뭐요? 돌아가셔요? 이런! 아주머니, 여기 술 좀 주시오!"

맥이 탁 풀린 동하는 아무렇게나 의자에 털썩 주저앉아 소주부터 시켰다. 동하의 가슴에는 한없는 슬픔과 비애가 파도처럼 밀려 들었다. 젊은 아주머니가 소주와 어묵 국물을 내오자 동하는 소주부터 벌컥벌컥 마시기 시작했다.

악마 교수와

'아아, 아주머니가 돌아가시다니.'

"저, 잘 알던 사이세요? 벌써 2년이나 지난 일인데. 나랑은 한 동네에서 오래 사셨는데. 나한테 이 포장마차를 거저 물려주고 그렇게 가셨다우."

젊은 아주머니가 혀를 쯧쯧 찼다.

"이봐요. 아주머니. 어떻게 이런 일이 다 있습니까. 그 아주머니 때문에 내가 이렇게 폭싹 망했습니다. 나를 이렇게 만들어 놓고 어떻게 그 아주머니 혼자서만 가신단 말입니까, 어떻게!"

"무슨 사연인지는 모르겠지만, 그리고 이런 말 해도 되나 모르겠지만 그 아주머니, 그래도 살아생전 참 좋은 일 많이 하고 가신 분이에요. 어려운 사람도 많이 도와주시고. 나한테도 이 가게 그냥 물려주셨는데. 오해가 있으면 풀고 적당히 마셔요. 가신 분 원망해서 뭐하겠어요."

젊은 아주머니가 단무지 몇 조각을 썰어 내주며 뭐라 뭐라 더 말하려 했지만, 동하는 먹다 남은 소주병을 들고 그대로 포장마차를 나와 다시 걷기 시작했다.

'아아, 아주머니가 돌아가시다니. 다시 한번 공부해 보라고 그렇게 신신당부하시며 장학금까지 털어주신 그 아주머니께서 돌아가셨다니……'

동하의 가슴에는 그 아주머니에 대한 원망 대신 한없는 슬픔과 비애가 파도처럼 밀려 들었다.

해질녘의 거리는 음울한 겨울빛으로 칙칙했다. 절망 같은 어둠이 땅 위로 내려앉고 있었고 가끔씩 전조등을 켠 자동차의 불빛들만 눈물 어린 슬픔처럼 빛나고 있었다. 이제 어디로 가야 할지, 무엇을 해야 할지 알 수가 없었다. 자기만 달랑 황량한 벌판에 버려진 채 모두 어디론가 떠나버린 것 같았다.

황 교수와의 싸움은 쓰리고 참혹한 패배로 완전히 끝났고 1년 더 공부해 볼 기회가 남아있다지만 정신적으로, 육체적으로, 경제적으로 너무도 지쳐버린 동하였다. 또다시 해본다 한들 승산이 없을 것 같았다.

　게다가 젊은 날의 고생으로 이제는 골병이 들고 노쇠해져 버린 어머니와 아무것도 돈 될 만한 것이 남아 있지 않은 집, 돈이 없어 결혼식도 못 올리고 살림을 차린 동숙이, 결혼은 아예 생각도 못하고 경리일을 하며 집안 살림과 오빠의 학비를 보태주는 둘째 동생 동희까지…….

　동하는 더 이상 삶을 감당할 자신이 없었다. 그리고 무거운 멍에처럼 자신을 짓눌러왔던 모든 것을 내려놓고 삶을 쉬고 싶었다.

　'차라리 이대로 영원히 잠들었으면……. 그러면 다 끝인데. 더러운 젊은 날이여. 아아…… 인간 한동하. 너도 이제 모든 것이 끝나버렸구나.'

　시리도록 하얀 눈발이 차갑게 흩날리고 있었다. 문득 하얀 원피스의 수아가 너무 그리웠다. 언젠가는 꼭 다시 만날 것으로 믿었는데……. 1년간 안면도에 머물면서 수아와 함께 했던 추억들도 이제는 현실이 아닌 아득한 꿈결처럼 느껴졌다. 동하는 자조적으로 웃으며 소주병을 입으로 가져갔다. 소주병은 아무것도 남지 않은 자신의 인생처럼 텅 비어 있었다.

　동하는 후미진 골목길에 있는 문방구에 들어가 커터칼을 하나 사서 점퍼 앞주머니에 넣었다. 그리고 그 옆에 있는 작은 가게에서 소주 세 병을 산 뒤 이빨로 아무렇게나 뚜껑을 따 들고 입안에 콸콸 부어가며 걸었다. 마시다 죽든, 긋고 죽든 마찬가지였다.

　동물도 갈 때가 되면 제 집을 찾아간다지만 그런 것마저도 자신에게는 사치일 것이었다. 이대로 죽을 수만 있다면 비참한 노숙자처럼 이리저리 굴러다니다가 카데바가 되어 갈가리 찢겨진다 해도 상관없었다. 취해서 걷다가 아무데나 쓰러져 죽으면 다행이고 안 된다 해도 커터칼이 있었다.

　눈발이 점점 굵어졌다. 길바닥은 어느새 하얀 눈으로 덮여 버렸다. 동

악마 교수와

하는 무겁게 질질 끌리는 발자국을 한없이 남기며 방향도 없이 되는 대로 걸었다. 그렇게 얼마나 걸었을까! 술기운을 이기지 못한 동하는 드디어 눈길 위에 쓰러져 정신을 잃었다. 삼정공원 근처였다.

동하가 눈을 떴을 때 사방은 온통 희디흰 눈뿐이었다. 그리고 지독하게 추웠다. 동하는 자기가 왜 아직까지 살아 있는지 알 수 없었다. 얼어 죽지도 못할 만큼 지독한 인생이었다. 동하는 점퍼 앞주머니를 뒤졌다. 주머니 속의 손끝에서 칼과 함께 뭔가가 만져졌다. 동하는 칼과 함께 그 뭔가를 꺼내들었다. 그것은 수아가 선물로 주었던 묵주였다.

"수아. 잊지 못할, 너였구나."

좋은 모습으로 다시 만나기로 한 약속도 지키지 못하고 떠나는 것이 가슴 찢어질 듯 미안했다. 그러나 동하는 이내 묵주를 저만치로 던져버렸다.

"미안하다, 수아야. 이런 모습을 너와 함께 할 수는 없어."

동하는 면도칼을 손에 들고 주먹을 꽉 쥐었다.

"아아, 결국 이렇게 끝나는구나!"

예리한 칼날이 파르르 떨면서 섬광을 뿌리고 있었다. 동하는 두 눈을 질끈 감고 있는 힘껏 커터칼로 오른쪽 목과 왼쪽 팔목을 그었다. 찌르는 듯한 깊은 통증과 함께 팔목에서 뜨거운 것이 콸콸 쏟아지는 것이 느껴졌다. 동하는 본능적으로 총알을 맞아 온통 내장을 풀어헤친 토끼처럼 꿈틀거렸지만 이내 잠잠해졌다.

감은 눈 위로 어머니의 얼굴과 여동생 동숙이와 동희의 얼굴이 차례로 스쳐갔다. 친구들의 모습이 스쳐갔다. 가슴과 배를 풀어 헤치고 사지가 갈기갈기 찢어진 무수한 카데바들의 모습이 지나갔다. 악마처럼 커다란 이빨을 드러내고 교활하게 웃고 있는 황 교수의 모습이 스쳐갔다.

"하하하! 하하하! 하하하!"

그리고 희디흰 눈빛뿐이었다. 동하는 눈을 떠보려 애썼으나 떠지지 않았다. 졸음이 밀려왔다. 끝없이 하얀 빛의 터널 속으로 빨려들어 가는 기분이었다. 의식이 점점 희미해져 갔다. 감각이 점점 마비되면서 몸이 어디론가 끝없이 떨어져 내리는 것 같았다. 그렇게 동하의 몸은 서서히 식어가고 있었다.

…… 그렇게 얼마나 시간이 흘렀을까, 지나가던 행인들이 쓰러진 그를 발견하고 하나 둘 모여들기 시작했다.

"사람이 쓰러졌다! 악! 저 손목과 목에 피 좀 봐!"

"빨리 병원으로 옮겨야지! 사람이 죽어간다!"

"자살하려고 한 거 아녀? 누가 병원이나 경찰에 신고부터 해요!"

그때 대학생인 듯한 청년이 길 건너 공중전화 부스로 달려갔고 사람들이 달려들어 피가 흥건한 동하의 목덜미와 손목을 손수건으로 묶어 지혈부터 시켰다. 어떤 사람은 이미 의식을 잃은 동하의 뺨을 때리며 깨우려고 애썼다.

"이 술 냄새 좀 봐."

잠시 후 앰뷸런스와 경찰차가 요란한 소리를 내며 함께 도착했다. 동하는 곧 인근의 C병원으로 옮겨졌다. 응급실 담당의사는 수술해야 한다고 하였다. 그러나 신분증도 없고 보호자도 없는 상황이었다. 보호자 없이는 수술도 입원치료도 할 수 없었다. 그러나 과다출혈로 상황이 급박했으므로 병원 측에서는 일단 수술에 들어갔다.

그리고 병원 측에서는 수첩에 적혀 있는 지인들에게 계속 연락을 취하였다. 그러나 보증을 서겠다는 보호자를 찾을 수가 없었다. 동생들 전화번호는 아예 수첩에 있지도 않았다.

직원들이 경찰관이 주워 다 준 묵주를 살펴보았다. 다행히 묵주에 달린 나무십자가 뒤에 전화번호가 적혀 있었다. 그리고 수첩에도 윤수아

악마 교수와

라고 같은 번호가 적혀 있었다.

"일단 한번 전화를 해 봅시다. 중요한 번호 같은데."

묵주에 있는 전화번호로 성당에 전화를 하였다. 윤수아 씨를 찾았으나 그녀는 다른 곳으로 떠났다고 하였다. 병원 측에서는 위급한 환자가 있다면서 성당에 다시 수소문해 달라고 부탁을 하였다. 그리하여 그곳 수녀님이 수소문하여 수아가 있는 곳을 알아내 주었다.

최종적으로 강원도 영월에 있는 '섬김의 집'이란 요양원으로 전화를 걸었고, 다행히도 그녀와 통화가 되었다. 병원 측에서 환자의 인상착의를 알려주자 그녀는 바로 동하임을 알아챘다.

"제가 모든 보증을 서고 모든 책임을 질 테니 잘 치료해주세요. 여기가 영월인데, 지금 당장 출발할게요."

그리하여 수아는 다음 날 병원으로 동하를 찾아왔다.

다음날, 남태호도 한달음에 달려왔다. 태호는 5년 가까이 복역하다가 시국사범 감형 조치로 풀려나 다시 안면도에서 고시공부를 하고 있었다. 그리고 대학병원에서 내과 전공의로 근무하고 있는 윤기와 신경외과를 하는 형오가 문병을 왔다. 일반외과를 하고 있는 오종만이도 함께 왔다. 문병을 마치고 돌아가며 오종만이가 한마디 내뱉었다.

"박동하 다 끝났구나. 드디어 종 치고 막 내렸구나."

"니 그기 무신 말이가? 다 끝났다니. 아직 기회가 있다 아이가."

윤기가 불끈 하였다.

"기회는 무슨 얼어 죽을 기회. 내가 볼 때는 다 끝났다."

"함부로 심한 말 하지 마래이."

"글쎄 그까짓 의사 안 해먹으면 어때, 목숨을 구했는데. 리어카라도 끌어서 먹고 살면 되는 거지."

오종만은 쯧쯧하며 혀를 찼다.

그리하여 사흘 후 어느 정도 정신을 차린 동하는, 왼쪽 손목이 끊어질 듯 아파서 보니 두껍게 기브스가 되어 있었다. 목도 붕대로 칭칭 감겨 있었다. 동하는 영문을 알 수 없었다. 여기가 어딘지, 왜 자기가 여기에 누워있는 것인지 아무 생각도 떠오르지 않았다. 그때 흰 가운을 입고 청진기를 목에 건 중년의 의사가 소독약 냄새를 풀풀 풍기며 나타났다.

"깨어났습니까. 천만다행입니다. 조금만 늦었어도 생명을 잃을 뻔 했어요. 동맥이 절단됐었는데 봉합 수술이 잘 됐고 수혈도 충분히 했습니다. 이제 푹 안정을 취하면 좋아질 겁니다."

의사는 매우 친절했다. 동하가 자해 환자였기 때문에 더 신경을 쓰는 것 같았다. 그러나 동하는 잘 기억나지 않았다. 그 희디흰 눈발, 하얗게 빛나던 투명함과 흰빛, 그리고 차가운 금속성 섬광을 뿌려대던 예리한 칼날 그리고 사이렌 소리. 기억날 듯 말 듯 혼란스러웠다.

의사가 병실을 나간 뒤 동하는 뿌연 창문으로 들어오는 하얀 겨울 햇살을 멍하니 바라보았다. 하얀 아침 햇살이 비쳐들어 창가 쪽 탁자 위에 놓인 안개꽃 위에서 빛가루처럼 부서지고 있었다. 동하는 눈이 부셔 가늘게 뜬 눈을 감았다가 다시 떴다. 눈부신 햇살 사이로 탁자 옆에 서 있는 누군가의 형상이 아른거렸다. 그리고 점점 그 형상이 선명하게 보이기 시작했다. 긴 생머리를 하나로 묶고 하얀 블라우스를 입은 아름답고 앳된 아가씨. 윤수아였다.

"이제 정신이 좀 드시나 봐요."

수아는 다가와 동하의 손을 잡아주었다.

"아니, 수아 씨가 여기를 어떻게……."

"수아 씨가 아니었으면 큰일 날 뻔 했네, 이 사람아."

"수아 씨가 자네 생명을 구했어."

곁에 있던 남형이 동하에게 그동안에 있었던 일을 설명해 주었다.

악마 교수와

"그런 일이."

동하는 수아에게 진심으로 고맙다는 말을 하였다. 그리고 병간호를 하면서 동하의 지인들에게 동하에 대한 그간의 자초지종을 전해들은 수아는 따뜻하게 동하를 위로하고 격려해 주었다.

"동하 오빠, 왜 그런 생각을 하셨어요. 힘을 내세요."

수아는 어머니도 돌아가시고 외삼촌 방지거 신부마저 갑자기 세상을 떠나 오갈 데가 없어지자 가톨릭 사회복지 시설에 취업하여 일하면서 공부를 해왔다고 했다. 아르바이트를 하며 가톨릭대학 간호학과를 졸업 하여 간호원(간호사) 자격증을 취득하였다고 했다. 어린 나이에 부모님 과 외삼촌까지 다 여읜 수아의 오랜 꿈은 아프고 병든 사람들에게 온전 히 봉사하면서 헌신의 삶을 사는 것이었다.

그리하여 수아의 헌신적인 간호와 도움으로 동하는 다시 회복이 되 었다.

"동하 오빠, 다시 한번 해보세요. 아직 한 번 더 기회가 있는데 미리 절망하지 마세요. 힘을 내세요. 수아가 마음속으로 응원할게요."

수아는 성경 구절을 하얀 종이에 또박또박 옮겨 적어 동하에게 건네 주기도 했다.

"……내 형제들아, 너희가 여러 가지 시험을 만나거든 온전히 기쁘게 여기라. 이는 너희 믿음의 시련이 인내를 만들어 내는 줄 너희가 앎이 라. 인내를 온전히 이루라. 이는 너희로 온전하고 구비하여 조금도 부족 함이 없이 하려 함이라."

그렇게 하여 동하와 수아의 재회는 동하가 퇴원하면서 끝이 났다. 치 료비도 지인들이 도와주었지만 그녀가 대부분을 다 내주었다.

"이 고마움을 다 어떻게 해야 할지……."

동하는 수아의 손을 잡았다.

"다시 힘을 내서 전진하세요."

그녀는 동하를 격려해 주었다. 그리고 다시 강원도로 돌아갔다.

'그래 잊자. 나는 수아에게 아무런 도움이 안 돼.'

동하는 수아에 대한 고마움을 가슴속에 간직한 채 모든 것을 잊기로 했다.

퇴원 며칠 후

동하는 하숙집에 틀어박혀 앞으로 어떻게 할 것인가를 고민하고 있었다. 그런데 안면도에서 남형이 올라와 놀라운 소식을 전했다.

"얼마 전 미국에 있는 오형 하고 연락이 닿았는데, 오형과 박형이 이달 말 한국에 나온다는 거야."

동하는 왈칵 그리움이 밀려왔다. 참으로 오랫동안 잊고 살았던 형들이었다.

"네? 그게 정말인가요?"

두 사람 다 자기 분야에서 큰 성공을 이루었다는 말은 듣고 있었다. 진우는 진취적인 미술대학으로 꼽히는 뉴욕의 스쿨 오브 비주얼 아트에서 공부한 뒤 내셔널지오그래픽사의 사진과 영상 촬영기자로 일하고 있다고 했다.

여러 가지 다큐멘터리 프로젝트 촬영을 다니고, 히말라야 등반대의 등반 촬영도 다닌다고 했다. 그리고 뉴스위크나 타임지에 취재사진을 공급하고 예술사진도 창작한다고 했다.

강혁은 하버드 대학교에서 철학박사 학위를 딴 후 교수직 제의를 마다하고 인도, 네팔, 티베트 등을 돌며 명상 수련과 정신개혁 사상 연구를 하고 있다고 했다. 그에 대한 논문도 여러 편 발표하여 국제학회에서 인정받는 등 미국의 정신철학과 명상학계에서 두각을 나타내는 중이었다. 오형이 두 사람 모두 강혁을 찾아가서 꼭 정신교육을 받으라고 신신당부했다는 것이었다. 도대체 정신교육이 무엇인지 알 수는 없었지만……

일주일 후, 두 사람은 강혁을 만나러 갔다. 동하는 처지가 처지인 만큼 창피하기도 하였지만 그리웠던 강혁과 오진우 형의 얼굴이나 한번 보자 싶어 용기를 낸 것이다. 두 사람은 몇 차례 버스를 갈아타고 강혁이 머물고 있다는 S그룹의 수련원에 찾아갔다.

수련원에서 수강생들은 2주 정도 교육을 받는데 대기업체나 회사에서 직원들이 단체로 연수를 오는 경우가 많고 경영개선과 기업혁신을 위한 정신교육이 주로 이루어진다고 하였다. 강의 중간에는 극기 훈련 코스도 있었다.

두 사람은 연구소 안쪽에 있는 귀빈실에서 강혁을 만났다. 긴 수염, 등까지 길러서 묶은 머리에 '꾸르따'라고 부르는 흰 인도 옷과 인도식 군청색 겨울 조끼를 입은 강혁은 매우 건강하고 파워풀해 보였다.

"박동하, 남태호! 이게 얼마만이야, 하하하!"

강혁은 두 팔을 활짝 벌려 동하와 태호를 끌어안으며 반가워했다.

"이제 완전히 인도 구루(힌두교 등 종교에서 일컫는 스승, 자아를 터득한 신성한 교육자)가 다 되셨네요, 하하하."

태호도 호탕하게 웃으며 강혁에게 반가운 악수를 청했다.

"그런가? 하하하. 이 사람들, 반갑네. 이발소도 없는 오지를 돌아다니다 보니 저절로 이렇게 되더군."

강혁이 아직 붕대를 풀지 못한 동하의 팔목을 보더니 한마디 했다.

"박동하, 오랜만이야. 그런데 멋진 완장을 찼군! 완장은 아무한테나 주는 게 아니야. 앞으로 더 열심히 살라는 계시로 알고 최선을 다해 살아야 해."

악마 교수와

강혁도 이미 오형에게 들어서 내막을 다 알고 있었다. 동하는 쥐구멍이라도 찾고 싶은 심정이었다.

"부끄럽습니다."

"노, 노. 이 세상에 실패를 안 해 본 사람이 어디 있겠나. 붓다도, 그리스도도, 공자도 다 실패의 과거가 있었다네. 하물며 우리 같은 범인들이야! 실패는 부끄러운 게 아니야. 오히려 실패는 새로운 출발의 터닝 포인트지."

그때였다.

"헤이! 이게 다 누구야."

저쪽에서 눈에 번쩍 띄는 은발 염색 머리, 감색 모직 슈트와 청바지 차림에 커다란 카메라 가방을 멘 남자가 손을 번쩍 들고 걸어오고 있었다. 오진우였다. 동하 태호, 진우는 서로 얼싸 안으며 반가워했다.

"이 친구들, 정말 오랜만일세. 잘들 지냈나? 반갑네, 이 사람들아. 하하하."

"오형, 반갑습니다. 하지만 너무 부끄럽습니다."

"하하. 무슨 얘기야, 이 사람아. 어디 인생 다 끝냈나? 이제 시작인데. 그런데 새벽에 한 바퀴 돌아보니 여기도 풍광이 매우 뛰어난 곳이더군!"

진우가 커다란 카메라를 소파에 내려놓으며 너털웃음을 터트렸다.

"오늘부터 우리 강혁 명상 마스터께서 특별 강좌를 연다니까 두 사람도 여기 머물면서 좋은 시간들 보내도록 해 봐. 살아가는 데 많은 도움이 될, 다시없는 기회가 될 거야. 나는 한국 전통 풍광 관련 사진을 찍기로 계약이 돼 있고 미국에 다시 들어가야 하거든. 그래서 여기 오래 머물지는 못해."

그리하여 그날 오후부터 동하와 태호는 강혁과 외국인 교수들이 함께 만들고 연구한다는 에너지 마인드 사상에 대해서 공부를 하게 되었다.

두 사람은 매일 오후에 개인 수련을 받기로 했다.

이틀 후 오형은 교육을 잘 받으라고 신신당부를 하고 떠났고 사흘째 되는 날부터 동하와 태호를 위한 강혁의 정신혁명 개인 교육이 시작되었다.

그들은 최선을 다하리라 다짐하며 깊이 심호흡을 했다.

"자, 그럼 본격적으로 얘기해 보세. 우리의 정신 에너지(Energy of mind) 사상이란 한마디로 말하면 정신의 혁명, 마음의 혁명을 통해 모든 것은 바꾸는 사상이지. 내 한 가지만 얘기하겠네. 에너지마인드 사상의 가장 핵심적인 단어이고 이 세상 수많은 사람들의 성패를 결정짓는 가장 중요한 말 한마디가 있네. 나도 마찬가지지만 자네들, 이 말을 평생 가슴속에 깊이 새기고 항상 이 말이 불타오르며 빛나도록 하게. 여기 있는 동안 이 한마디를 끊임없이 생각하며 마음을 바꾸어야 하네. 그것이 가장 중요해. 자, 무슨 말일까 얘기해 보게나."

잠시 침묵이 흘렀다. 동하는 무슨 말인지 잘 알 수가 없었다.

"왜들 대답이 없어? 모르겠나? 아주 간단한 말인데."

두 사람은 마른침을 삼켰다. 도대체 무슨 말이란 말인가 알 수가 없었다.

"똑똑히 들어두게. 그리고 결코 꿈에서도 잊지 말고 가슴속 깊이 각인하여 두게. 바로 이 세 마디야.

'나는 할 수 있다.' 알겠나? '나는 할 수 없다'가 아니라 '나는 할 수 있다' 이 말이야. '예스 아이 캔(Yes I Can), 나는 할 수 있다' 이 말은 엄청난 힘을 가지고 있네. 그리고 우리는 시도하는 거야. 해보지 않고는 성패를 알 수가 없네. 자네들은 아직 기회가 시퍼렇게 살아 있는 것 아니야. 그런데 절망할 이유가 어디 있나. 여기 있는 동안 이 한마디만 생각하

악마 교수와

면 돼."

교육은 다음날에도 그렇게 계속되었다. 다양한 방법으로 정신을 변화시키고 신념을 강화시키는 교육이 이어졌다. 교육은 여러 가지 방법과 극기 훈련 등으로 계속되었다.

그렇게 교육을 받으면서 두 사람은 부정에서 긍정으로 마음을 바꾸어 나갔다. 그것은 놀라운 변화였다. 얼음처럼 견고하던 정신의 감옥이 서서히 녹아내리면서 새로운 정신의 세계로 나아가는 느낌이었다.

거대한 수십만 톤의 유조선도 작은 키를 하나 움직임으로써 서서히 그 방향을 바꾼다. 동에서 서로, 남에서 북으로, 정반대로 방향을 바꾸듯 그들은 부정에서 긍정으로 정신의 키를 돌리기로 한 것이다.

그 이후로도 신념을 강화시키기 위한 여러 가지 교육이 계속되었다. 강혁은 비밀의 정신교육을 시켜주었고 각자에게 필요한 생활 방식과 지침도 알려주었다.

그들은 다른 수련생들과 함께 히말라야의 고봉들을 등반하는 등반대의 다큐멘터리 영화를 보기도 했다. 에너지 마인드 사상은 등반가, 탐험가, 모험가, 조종사 등 도전적인 사람들을 추앙하고 경의를 표했다. 그들의 강연도 많이 들었다.

"우리는 결국 인생이란 산을 올라가는 등반가입니다. 우리 정신이 마음속의 히말라야부터 정복해야 합니다."

등반가는 그렇게 말하였다. 야간에 태풍 속에서 비행기를 무사히 착륙시킨 용감한 조종사의 이야기도 들었다. 그중에서도 조류학자인 링클러 씨의 얘기는 매우 인상적이었다. 그는 영국 옥스퍼드 대학의 생물학과 교수이자 고산지대 조류학에 대한 세계적인 권위자였다.

에너지 마인드 사상에 심취하여 강혁과 매우 가깝게 지내고 있었으며, 진우와도 친분이 두텁다고 했다.

"나는 특수 망원 렌즈로 무려 8천 미터 이상의 고봉을 넘어가는 새들을 관찰한 적이 있습니다. 굴뚝새보다 크지 않은 평범한 작은 새들이었어요. 남쪽 히말라야의 장벽 너머에는 따뜻하고 먹이도 많은데 왜 그 비옥한 곳을 놓아두고 얼음과 눈으로 뒤덮인 무시무시한 곳으로 날아드는지 신비하더군요. 그 작은 새들은 고개 위에 쌓인 눈에 닿을락 말락 기진맥진하면서도 8천 미터의 고봉을 넘어갔습니다. 더러는 떨어져 죽기도 하지만 높은 고도와 먹이 부족, 그리고 산소 부족에 시달리면서도 끊임없이 고봉을 공략했습니다. 무서운 바람과 싸우면서도 물러서지 않고 끊임없이 도전했습니다. 다쳐서 떨어져도 피에 젖은 날개를 다시 펴고 놀라운 투혼을 발휘하여 고봉을 향해 날아오릅니다."

이야기는 계속되었다.

"그 새들은 독수리보다 훨씬 연약한 한 줌의 뼈와 살로 독수리와는 비교도 안 되게 높이 날아오릅니다. 인간의 삶도 그러한 도전의 과정이 되어야 하지 않을까요. 그 작은 새들의 모습은 우리 사상의 핵심과도 일맥상통 합니다. 더 높은 곳을 향해 날아올라야 하는 것입니다."

도전적인 새들에 대한 링클러 씨의 예찬이 끝나자 자리에 있던 모두가 공감하며 박수를 쳤다. 실로 열정적이고 감동적인 이야기였다.

강혁은 말했다. 우리는 스스로 자기 자신에게 최면을 걸어야 한다. 그리고 자신이 바라는 그런 이미지의 인간으로 변화해야 한다. 자신을 그런 기계 같은 인간으로 만들어야 한다.

인간은 정신이다. 한탄할 시간이 없다. 머뭇거릴 시간도 없다. 어물거릴 시간도 없다. 우리를 괴롭히는 그 모든 부정적인 신념과 생각에서 탈출해야 한다. 로켓처럼 탈출하라. 비행기처럼 날아가라.

비행기는 하늘을 날고 있을 때 비행기이다. 폭풍 속도, 비바람 속도 눈보라 속도 뚫고 지나가야 한다. 추락하는 것이 두려워 비행장에 서있

악마 교수와

기만 한다면 고철로 변할 쇳덩어리에 불과한 것이다.

비행기는 시동을 걸어야 하고 이륙을 해야 한다. 추락하는 것이 두려워 이륙하고 비행하지 못한다면 비행기가 아니고 조종사가 아닌 것이다. 비행기는 날고 있을 때 비행기이다. 우리의 삶도 마찬가지이다. 무언가에 도전하고 있을 때 살고 있는 것이다.

언제 한번 나 자신을 나의 극한까지 몰아붙여 본 적이 있었는가. 두려워 그만두고 머뭇거리지 않았는가. 언제 한번 판돈을 모두 걸고 도박해 본 적이 있었는가. 언제 한번 생에 모든 것을 걸고 치열하게 부딪혀 본 적이 있었는가.

겁쟁이는 아무것도 하지 못한다. 어차피 고향 선산에 흙가루가 될 것인데, 수천도의 불길 속에 잿가루가 될 것인데, 나의 육체와 정신은 무엇을 두려워하고 있는가. 나의 묘비명에 "여기 살아생전에 실패가 두려워 아무것에도 도전해본 적이 없는 인간 영원히 잠들다. 그는 한평생 벌벌 떨다가 떠났노라." 그렇게 쓰고 싶은가.

그럴 수는 없는 것이다. 나를 폭발시켜 완전 연소시켜야 한다. 우리는 침대에서 죽을 수는 없는 것이다. 끝까지 싸워야 하는 것이다. 삶은 단 한 번의 기회이다. 강혁은 그렇게 두 사람에게 도전 정신과 에너지를 불어넣어 주었다.

그렇게 한 달 간 여러 방법에 의한 정신수련이 끝나가고 있었다. 교육이 끝나는 날, 강혁은 모든 강의를 마치고 떠나면서 동하와 태호에게 특별 수련생들에게만 주는 금도금된 열쇠고리를 선물로 주었다. 열쇠고리에는 작은 칼처럼 생긴 열쇠 같은 장식물과 삼각형의 에베레스트 산 모양의 루비로 된 장식물이 달려 있었다. 열쇠칼의 한쪽 면에는 나는 할 수 있다, 그리고 반대쪽에는 예스 아이 캔(Yes I Can)이라는 영문 글씨가

새겨져 있고 루비의 가운데에는 사파이어가 박혀 있는 특이한 모양이
었다.

"네팔에 살 때 수제품으로 특별 주문한 것이네. 교육생들 중에서 특별
한 사람들에게만 선물로 주는 거야."

강혁은 히말라야 지방에서 정신수련을 할 때 네팔과 티베트의 영력
있는 사원과 산에서, 그리고 수도자들로부터 일정한 의식을 통해 에너
지와 정기를 받아온 열쇠칼들이라고 덧붙였다.

"하나의 상징물이네. 이런 상징물도 무엇으로 하든 비밀스럽게 하나
씩 만들어 가지고 다니는 것도 좋은 일일세."

강혁은 그 열쇠고리를 목에 걸거나 주머니에 넣고 다니며 시간이 날
때마다 손에 쥐고 만지라고 하였다.

"좋은 에너지가 담겨 있거든. 묵주나 염주처럼 가지고 다니게."

강혁이 덧붙였다.

"어려운 일이 있을 때마다 이것을 만져보게. 알 수 없는 에너지가 그
대들을 돕고 있네."

그리고 강혁은 동하와 태호에게 하얀 봉투를 하나씩 건네주었다.

"이건 진우와 나의 작은 마음일세. 장학금이라 생각하고 사양 말고
받게."

두 사람은 그 고마움을 가슴에 새겼다. 강혁이 떠난 뒤 수련원을 통해
들은 말이지만, 원래 강혁은 초청 강사로 참여할 시간이 없었는데, 동하
와 태호를 위해 강사 초청에 응하여 다녀간 것이라고 하였다. 그리하여
태호는 다시 공부하기 위해 안면도로 들어갔고, 동하는 대흥동으로 돌
아왔다.

대흥동으로 돌아온 동하는 섬김의 집으로 전화를 걸어보았다. 그런데
수아는 이미 섬김의 집을 떠나 다른 곳으로 갔다고 했다. 아쉬웠지만 동

악마 교수와

하는 실망하지 않았다. 이제는 긍정의 힘과 함께하기 때문이었다. 동하는 다시 본과 1학년에 등록을 하였다. 드디어 새로운 도전이 다시 시작되고 있었다.

캠퍼스에도 새봄이 오고

본과 1학년의 새 학기가 다시 시작되었다.

'도대체 몇 번째 맞이하는 본과 1학년이란 말인가.'

이번은 정말로 마지막 기회였다. 동하는 여러 가지로 감회에 젖어 들었다. 그러나 그날 아침은 다른 때와는 전혀 달랐다. 동하는 이제 완전히 변해 있었다. 정신의 혁명을 실행에 옮기기 시작한 것이다. 박형에게 배운 대로 그가 구체적으로 지시해준 대로 그렇게 생각하고 행동할 것이다.

동하는 무려 새벽 4시 30분에 기상을 했다. 희뿌옇게 날이 밝아 오는 신새벽에 가슴 저 깊은 곳에서부터 울려오는 하나의 소리가 있었다. "나는 할 수 있다."였다.

밖은 아직 컴컴했지만 그 이른 새벽에 일어나 학교에 갈 준비를 시작했다. 유급한 학생들은 대체로 자존심이 상하고 창피해서 우울한 기분으로 늦게 등교하여 강의실의 뒷자리를 차지하고 얼쩡거리기 일쑤였다. 하지만 그러한 행동은 또 다른 패배를 불러올 수 있었다. 가장 먼저 가는 것이 중요했다.

막막하지만 계단 전체를 볼 것은 없다. 눈앞에 계단만 보고 하나씩 올라가는 것이다. 노력의 눈물을 심어 나가는 것이다.

"잠재의식이 신이다."

동하는 정신교육에서 배운 대로 잠재의식 속에 오직 승리라는 단어만

악마 교수와

각인시켜 나갔다. 자신이 할 일은 최선을 다해 싸워 황 교수를 넘어서는 일뿐이었다.

"그래, 황 교수. 당신이 죽나, 내가 죽나 다시 한번 붙어 봅시다!"

동하는 곧바로 3층 강의실로 올라갔다. 교실은 어둠에 잠긴 채 텅 비어 있었다. 자신이 제일 먼저 등교한 것이었다.

동하는 강의실 불을 켠 뒤 맨 앞줄의 가운데 책상에 자신의 가방을 내려놓았다. 앞으로 이 자리를 자신의 자리로 1년간 고수할 각오였다. 그리고 강의실 창문을 모두 활짝 열어놓고 자루걸레를 빨아 와서 교실 바닥을 닦기 시작했다. 얼마쯤 닦았을까.

"거기 누구야!"

날카로운 고함소리와 함께 누가 플래시를 들고 왔다. 순찰 중이던 수위 아저씨였다.

"아, 아저씨, 안녕하세요. 박동하입니다. 아저씨, 더 젊어지셨습니다. 하하하."

동하는 활달한 목소리로 반갑게 인사를 했다. 항상 명랑하고 활기차게 행동하고 말하기로 한 것이다. 그러면 우울한 마음이 가슴에 남아 있을 새가 없다고 했다.

"어? 아아, 그 학생 아닌가? 난 또 꼭두새벽에 웬 도둑인가 했지."

수위 아저씨가 동하를 알아보고는 머쓱해 했다. 화려한 과거사 때문에 자신은 이제 의과대학 내에서 모르는 사람이 없는 명물(?)이 되어 있었다.

"그 학생이 또 왔구만, 또 왔어. 아니, 또 왔어, 그거 참. 어쨌거나 반갑네. 이 사람아, 참으로 끈질긴 학생이여. 쇠심줄같이 징하게 끈질기구만. 어쨌든 이번에는 공부 잘해서 화끈하게 2학년에 올라가 버리라구!"

수위 아저씨가 허허 웃으며 수위 생활 20년에 이런 꼭두새벽에 등교

해서 청소까지 하는 학생은 처음 본다며 혀를 내두르고 갔다. 동하는 내친 김에 교단과 교탁, 칠판까지 깨끗하게 닦아 놓았다.

7시가 지나자 학생들이 하나둘 등교하기 시작했다. 그리고 8시가 넘고 9시가 가까워지자 강의실이 학생들로 꽉 들어찼다. 동하는 강의실 앞으로 나가 까마득한 후배들 앞에서 자기소개를 했다.

"안녕하십니까? 박동하입니다. 우리 열심히 해봅시다."

동하의 내력을 아는 후배들은 환호성을 지르며 힘찬 격려의 박수를 쳐주었다.

9시가 되자 그 태권도 사범 같은 김상헌 교수가 두터운 해부학 책을 옆구리에 끼고 어김없이 들어와 따다다 출석을 부르더니 곧바로 강의에 들어갔다. 김상헌 교수는 언제나 꼿꼿한 그 모습 그대로였고, 늙지도 않는 사람 같았다. 그렇게 첫날, 첫 강의가 시작되었다.

동하는 매일 아침 일찍 가서 그 앞자리를 계속 고수하였다. 한참 나이 어린 후배들과 함께 공부한다는 것과 본의 아니게 의과대학의 유명 인사(?)가 되었다는 것이 창피하기도 했지만, 그런 것은 모두 잊고 후배들과 같은 동급생이라는 생각으로 활발하게 어울리며 학교생활을 해나갔다.

강혁은 신념을 강화시키는 방법은 독창적으로 개발해 나가야 한다고 했다. 그리하여 동하는 도서관 논문집에서 황 교수의 사진을 여러 장 복사해온 뒤 흰 종이에 사진을 붙이고 그 아래에 붉은색 매직으로 '황 교수 타도, 해부학 통과'라고 쓰고 액자에 넣어 벽에 붙여 놓았다.

그리고 흰 도화지에 붉은색 매직으로 '황 교수 타도! 나는 반드시 황 교수를 이긴다! 해부학 통과!' 그렇게 써서 책상에다 붙였다. 그리고 '황타해통(황 교수 타도, 해부학 통과)'이라는 약자를 쓴 카드를 여러 개 만들어 가방에도 넣고, 주머니에도 넣고, 책갈피에도 끼우고, 노트에도 붙였

악마 교수와

다. 심지어는 베개와 담요 밑에도 깔고 잤다.

눈만 뜨면 황타해통을 주문처럼 외우고 또 외웠고, 잠들기 전에도 황타해통을 외웠다. 신념을 다지고 잠재의식의 힘과 마음의 힘을 강화해 나가기 위해서였다. 이제 잠자면서도 황타해통이라는 잠꼬대까지 할 지경이었다.

새벽에 일어나면 동하는 세면을 하고 모든 등교 준비를 다 마친 후 거울 앞으로 다가갔다. 그리고 자신만의 의식을 실행하였다.

"신념을 강화시키는 방법을 각자 자신에게 맡도록 종교의식처럼 독특하게 만들어라. 그리고 누구도 알 수 없도록 비밀로 하라."

강혁의 조언이었다. 동하는 거울을 바라보며 자세를 가다듬고 오른손 주먹을 불끈 쥐고 여러 번 크게 외쳤다.

"황 교수 타도! 나는 반드시 황 교수를 이긴다! 박동하, 나가자!"

그리고 밖으로 뛰어나가 혼자 군대식으로 황타해통을 소리 내어 구령을 붙여가며 학교로 달려갔다.

"황타해통, 하나둘 셋넷! 황타해통, 하나둘 셋넷!"

남이 뭐라고 하든 말든, 미친놈이라고 하든 말든 남의 눈치 따위는 볼 것도 없었다.

'나는 이제 나의 방식대로 나의 길을 간다. 이제 어제의 나에게 어떤 미련도 없다. 어제의 나는 다 때려 부수었다. 다 폭발시켜 없애 버렸다. 이제 어제의 나에게 어떤 미련도 없다. 어제의 나를 버리고 내일의 새로운 나로 나아가리라. 어제의 나에서 새로운 나로 다시 탈출해 뛰쳐나가리라."

그렇게 전혀 새로운 방식으로 작동하는 새로운 인간이 된 것이다. 매일 새롭게 각오를 다졌고 꿋꿋이 그런 생활을 계속해 나갔다.

'너희들이 열 번을 해서 된다면 나는 백 번이라도 할 것이며, 너희들이

백번을 해서 된다면 나는 천 번이라도 할 것이다.'

강혁이 준 열쇠칼도 가지고 다니며 시간이 날 때마다 손 운동 겸 해서 자주 만졌다. 저 히말라야의 정기와 에너지가 자신의 손끝을 통해 온몸과 마음으로 흘러들게 하기 위해서였다. 사파이어를 통해 무한대의 힘과 비밀의 교신을 하며 전파처럼 에너지가 흘러 들게 하였다.

그러는 동안 수아와 연락이 되어 수아는 가끔씩 '동하 오빠, 안녕하세요?'로 시작하는 편지를 보내왔다. 그녀는 봉사활동을 하면서 여전히 바쁜 나날을 보내고 있었다.

동하는 늘 수아에게 달려가고 싶었다. 그러나 동하는 답장을 쓸 시간조차 없었다. 그리고 한 가지 각오가 있었다. 바로 절대 지난번처럼 초라하고 비참한 모습으로는 그녀를 만나지 않겠다는 각오였다. 동하는 그녀가 써서 보내준 성경 구절을 다시 벽에 붙여놓고 자주 읽어 보았다.

"인내를 온전히 이루라 인내를 온전히 이루라."

동하는 그 성구를 가슴 깊이 새겼다. 그것은 정말로 값진 말씀이었으며 자신의 좌우명이나 마찬가지였다.

본과 1학년의 골학 실습도 다시 시작되었고, 황유진 교수도 그 모습 그대로 다시 나타났다. 새 학기 초부터 황 교수는 학생들을 다잡기 위해서 일장 훈시까지 하였다.

"의사나 의학도의 사명은 단 하나이다. 누가 뭐라고 해도 단 하나밖에 없다. 환자를 고쳐내고 살려내야 하는 것이다. 그것이 의사의 할 일이다. 저승사자가 끌고 가는 사람들을 그들의 손을 꽉 잡고 어떻게든 저승사자의 손아귀에서 빼앗아 와야 하는 것이다. 그것이 의무이다."

황 교수의 훈시는 계속 되었다.

"여타의 이유가 없다. 무조건 고쳐내야 한다. 그럼 환자를 고치기 위해서는 어떻게 해야 하나? 실력이 있어야 한다. 그럼 실력이 있으려면

악마 교수와

어떻게 해야 하나? 공부를 열심히 해야 한다!"

앞으로 여러분은 의사가 되면 수많은 경우의 딱한 환자, 불쌍한 환자들을 만나고 보호자들을 만나야 한다. 실로 의사의 책임은 무겁다. 의사의 실수로 생명을 건질 수 있는 데도 죽는 환자도 있다. 가족을 떠나보내는 사람들의 슬픔을 너희들이 아는가. 의사의 판단착오와 잘못이나 실수로 살 수 있는 사람들이 죽었다면 너희들은 어쩔 것인가. 그 사람들의 심정은 어떨 것이며, 의사의 심정은 어떨 것인가. 살리지는 못해도 최소한 실력부족으로 죽이지는 말아야 한다. 다른 실력 있는 의사에게 맡겨야 한다. 최선을 다했다는 변명으로 끝날 수 있는가. 이유가 없다. 의사라면 무조건 환자를 살려 내야만 하는 것이다. 허접쓰레기 같은 의사가 아니라 실력 있는 진정한 의사를 우리는 원하는 것이다. 의사는 환자와 보호자의 눈물을 닦아주어야 하는 직업이다. 끝없이 공부하고 연구해야 하는 것이다. 그 기나긴 공부를 시작하는 곳이 이 자리이다."

황 교수의 훈시는 계속 되었다.

"우리 의과대학에서는 첫째도 공부, 둘째도 공부, 셋째도 공부이다. 공부가 전부이다. 공부밖에 할 것이 없는 곳이다. 그 이상도 그 이하도 없다. 무조건 공부 잘하고 열심히 하는 사람이 최고다. 공부를 못하거나 하기 싫으면 나가야 한다. 이유가 없다. 그리고 또 한 가지! 인간성이 바로 서야 한다! 이것 역시 공부 못지않게 중요하다. 의술은 인술이 되어야 하기 때문이다. 공부와 인간성, 이 두 가지 중에서 한 가지라도 틀려먹은 학생들은……."

그렇게 피 터지는 싸움이 또 시작되고 있었다.

학비를 아끼기 위해 하숙집을 나와 자취생활을 시작하였다. 돈이 떨어져 굶거나 라면으로 끼니를 때우는 일도 많았다. 하지만 황 교수에 대한 전의는 맹렬히 불타오르고 있었다. 이제 이유가 없다. 무조건이다.

맛이 없는 음식도 더 꼭꼭 씹어서 먹었다. 말도 더 빠르게 하고 힘차게 했다. 걷는 것도 더 빨리 걷고 모든 것을 긍정적으로 적극적으로 했다. 뒤처진 세월을 따라잡기 위해서는 그 모든 것을 더 빨리 빨리 해치워 버려야 했다.

"절망하지 말라. 종종 열쇠 꾸러미의 제일 마지막 열쇠가 자물쇠를 열리게 한다."

강혁은 체스터 필드의 격언을 말했었다. 동하에게는 이번이 자물쇠를 열기 위한 마지막 열쇠였다. 절대로 물러설 수 없는 싸움이었다. 동하는 생리학, 생화학은 물론 해부학도 열심히 공부하였다. 하지만 황 교수는 자기에게 무슨 미운털이 박혔는지 여전히 자신을 표적으로 삼고 쫓아내려고 찍어놓은 것처럼 보였다. 그러므로 보통의 실력 정도로는 안 될 것이었다. 그리하여 동하는 마침내 비장한 결심을 하고 그 일을 실행에 옮기기로 하였다.

골학 실습이 시작되고 한 달 정도 지난 일요일 새벽, 동하는 자신의 자취방으로 후배 두 명을 불러 들였다. 고등학교 후배인 최충일과 서경택이었다. 그리고 두 사람에게 은밀한 제의를 하였다.

"임자 없는 무덤을 하나 파서 뼈를 캐오자."

학교에 있는 유골은 실습 시간에만 사용할 수 있었고 밖으로 가지고 나올 수는 없었다. 더구나 실제 인간의 유골을 가지고 다니면 형법상으로도 사체유기죄에 걸려 형사처벌을 받는다. 하지만 이제는 막판이었다. 물러설 수 없는 싸움에서 이기려면 그 방법밖에 없었다. 두려울 것이 없었다.

"박형, 정말 괜찮겠습니까? 들키는 날에는 큰일 나는 것 아닙니까? 사체유기죄로 징역 가는 거 아닙니까?"

충일이 걱정이 가득한 얼굴로 물었다.

"글쎄, 안 들키면 된다니까. 괜찮아. 들킨다는 생각은 아예 하지도 마."

동하가 확고한 태도로 말했다.

"한형, 정말 괜찮겠습니까? 우리는 도대체 엄두가 안 나는 일입니다."

경택도 불안해하며 걱정하는 눈치였다.

"왜들 이래? 걱정 말고 내가 시키는 대로만 하면 돼. 자, 시간이 없다. 서둘러."

동하는 까마득한 후배 두 명과 함께 등산복 차림으로 위장한 뒤 무작정 B군 방면으로 가는 직행버스를 타고 2시간을 달려갔다. 그리고 다시 판교면으로 가는 완행 시외버스로 갈아탔다. 모두의 배낭 속에는 곡괭이와 야전삽 등이 숨겨져 있었다.

버스가 이름 모를 야산이 많은 지역을 지날 즈음, 동하는 일행을 데리고 버스에서 내렸다. 근처 야산을 뒤져서 임자 없는 무덤을 찾기로 한 것이다.

날씨는 맑고 화창했다. 세 사람은 버스 정류장 근처의 구멍가게에서 소주와 오징어, 그리고 음료수 몇 병을 사서 배낭에 담았다. 그리고 마을에서 가장 멀리 떨어진 야산으로 올라갔다. 평평한 야산이라 여기저기 양지바른 곳에 무덤이 있었다. 그러나 비석이 세워져 있거나 잔디가 곱게 자라고 있는 무덤은 임자가 있을 것이므로 함부로 파헤칠 수는 없었다. 그들은 다시 더 깊은 산속으로 들어갔다.

"이거, 기분이 참 묘하고 이상하네."

충일이 야릇한 표정을 지으며 말했다.

"남의 무덤을 파내려고 등산을 하다니. 정말 이렇게까지 해야 하냐."

경택도 자못 회의적으로 말했다.

"야, 잔소리들 그만해라. 나는 이렇게 할 수밖에 없다. 물론 나도 마음은 무겁다. 하지만 어쩌겠냐. 돌아가신 분도 우리를 위해서 좋은 일 한

번 한다고 생각하면 그렇게 서운하지는 않으실 거다."

세 사람은 덤불을 헤치며 깊은 산속 여기저기를 헤매다가 마침내 임자가 없는 듯한 오래된 무덤을 하나 발견했다. 봉분이 다 허물어져 평평해 지고 잡초가 무성한 무덤이었다.

"저기로 하자."

동하가 결정했다. 세 사람은 준비해간 소주와 오징어를 재빨리 무덤 앞에 올리고 진심을 담아 사죄와 감사의 절을 올렸다. 그리고 동하가 엄숙하면서도 빠른 말로 기도를 올렸다.

"깊은 산 지하에 홀로 잠 드신 영혼이시여, 우리는 그대가 누구인지 알지 못합니다. 또한 당신의 삶이 어떠했으며 어떻게 해서 이곳에 묻혀 계신지도 알지 못합니다. 하지만 이 깊은 산속에 쓸쓸히 잠들어 계신 것을 보면 당신의 삶이 기구하였으며, 고단한 생애였을 것으로 짐작이 됩니다. 그 영혼, 부디 천국에서 평안하소서."

그들은 소주를 무덤에 뿌리고 기도를 계속했다.

"생전에 어떤 종교를 가지셨는지 모르겠지만 신들이시여 모두 망자분의 영혼을 가장 좋은 곳으로 인도하소서."

동하가 다시 일어나 무덤에 절을 올린 뒤 주변을 흘끔거리며 망을 보던 충일과 경택에게도 절을 올리게 하였다.

"이제 저희는 감히 당신의 유골을 파내어 공부하려고 합니다. 부디 용서하시고 허락하소서. 당신의 유골로 열심히 공부하여 훌륭한 의학도가 되어 그 은혜에 보답하겠습니다. 당신으로 하여 아프고 병든 환자들을 구하도록 도와주시고, 부디 용서하소서."

이번에는 동하가 산 정상을 향해 술을 올리고 절을 하며 빌었다.

"산신이시여, 우리는 산신님의 품 안에서 유골 한 구를 파내가려 합니다. 부디 용서하시고 은혜를 베푸소서."

악마 교수와

세 사람은 진심으로 기도한 뒤 무덤 주변에 소주를 뿌렸다. 하늘은 맑고 높았으며 산속은 적막하고 숙연했다. 드디어 작업이 시작되었다. 세 사람은 교대로 망을 보면서 곡괭이와 야전삽으로 무덤을 파헤치기 시작했다. 그렇게 얼마나 파내려 갔을까. 땀을 흘리며 1미터 이상 파내려 가자 곡괭이 끝에 뭔가 걸리기 시작했다.

"뼈다."

경택이 놀라서 낮게 소리쳤다. 흙 속에서 나무뿌리에 뒤얽힌 누렇게 빛바랜 뼈들이 나타나기 시작했다. 다리뼈였다. 동하는 가슴이 떨려왔다. 충일도 놀라서 어쩔 줄 몰라 했다. 그러나 거기서 멈출 수는 없었다. 세 사람은 다시 땅을 더 파내며 헤쳐 나갔다.

떨리는 손으로 허겁지겁 뼈를 캐내기 시작했다. 허벅다리뼈와 엉덩이뼈, 다리뼈, 척추뼈, 목뼈, 두개골 등 앙상한 한 사람의 뼈가 그렇게 흙속에 고스란히 묻혀 있었다. 뼈들을 캐내어 준비해온 비닐로 감싼 뒤 각자의 배낭에 나누어 담기 시작했다.

"자, 빨리 빨리 서둘러. 사람이 오면 끝장이다. 빨리!"

두 사람도 정신을 차리고 동하를 거들어 주었다. 동하는 세 덩이로 나눈 뼈들을 비닐봉지에 싸서 배낭에 담은 뒤 흙과 돌과 나뭇가지 따위를 섞어서 배낭마다 가득 채웠다. 그리고 파헤쳐진 무덤을 재빨리 다시 메우기 시작했다. 무덤이 다 메워지자 세 사람은 나뭇가지와 낙엽을 끌어다 잘 덮어 위장을 해놓은 후 다시 절을 올렸다. 모든 것이 순식간에 일사분란하게 이루어진 일이었다.

그렇게 배낭을 메고 허겁지겁 산을 내려오는데 다들 사람을 죽여서 파묻고 내려오는 듯한 느낌이었다.

세 사람이 가까스로 산을 내려와 태연한 척하며 논길을 걸어가는데 저쪽 밭에서 일하던 동네 사람들이 수상하다는 눈빛으로 흘끔흘끔 바라보았다. 세 사람은 모두 가슴이 뜨끔하여 최대한 아무렇지도 않은 표정을 짓느라 진땀을 뺐다.

"어허, 우리 동네 산에도 등산객들이 다 있네, 별일……."

밭일을 하던 한 아저씨가 허리를 펴며 두런거리는 소리가 세 사람이 있는 데까지 들렸다. 고요한 시골이라 저쪽에서 하는 소리가 너무 잘 들렸다.

"글쎄, 등산객은 아닌 것 같은디. 별일일세? 나무 캐 가는 거 아녀? 이거, 여봐요. 거기 뭣들 캐가는 겨?"

옆에서 일하던 다른 노인이 가래 섞인 음성으로 소리를 지르며 손짓을 해댔다. 세 사람은 가슴이 철렁 내려앉았다. 그들 앞을 지나야 버스 타는 곳으로 나갈 수 있었다.

'당황하지 말고 침착해야 한다.'

동하는 두 사람에게 눈빛으로만 말하며 마른침을 꿀꺽 삼켰다.

"안녕하십니까? 어르신네들. 학교에서 식물 채집 숙제를 내서요."

동하가 싹싹하게 말하며 깍듯하게 허리를 굽혔다.

"아저씨들, 이거 한 잔씩 하시겠습니까?"

때마침 충일이 마개를 뜯지 않은 소주와 음료수, 안주까지 몽땅 꺼내어 종이컵과 함께 내밀었다.

"웬 쐬주여? 콜라도 있구먼. 빵도 있네?"

노인장이 소주를 보더니 입이 벌어지며 반기는 눈치였다.

"그, 그려. 대학생들이여? 식물 공부를 한다면 뭐여, 식물학과겠구만?"

"예? 아, 예. 맞습니다, 어르신."

충일은 얼른 그렇다고 말해 버렸다.

"우리 손자애도 대학생 아녀. 저기 서울에 있는……."

악마 교수와

노인장의 말이 길어질 듯하자, 동하는 얼른 인사부터 꾸벅 올리고 충일과 경택의 허리를 툭툭 쳤다.

"어르신, 저희들은 차시간이 다 돼서 이만."

"아, 그려. 어여들 가봐. 바쁠틴디 젊은 사람덜이 인정 있구, 참 싹싹하구면."

세 사람은 후다닥 그 자리를 피해서 논길을 빠져 나갔다. 뒤에서 아무것도 모르는 노인들이 세 사람을 칭찬하는 소리가 귓전을 간지럽혔다.

"인사성이 참 깍듯하네. 보기 드문 학생들이여."

"왜 아녀."

"요즘에두 저런 학상들이 다 있네. 사람이 됐네 그려. 맨날 데모나 해쌌는 학상덜두 있는디."

세 사람은 논길을 빠져 나오자마자 성큼성큼 큰길로 내려갔다. 의심을 받을까봐 뛸 수도 없었다. 세 사람 모두 식은땀으로 흠뻑 젖어서 얼굴이 벌겋게 달아 있었다. 버스정류장에 오자 때마침 완행버스가 도착했다. 세 사람은 걸음아 날 살려라 하며 버스 안으로 뛰어올랐고 버스는 곧 그 마을을 떠났다.

어느새 해가 기울고 있었다. 그들은 소리 나지 않게 안도의 한숨을 내쉬며 애써 태연한 표정을 지었다. 하지만 남의 뼈를 파냈다는 죄책감과 다른 사람들에게 들키면 어쩌나 하는 불안감으로 정신이 하나도 없었다. 아무리 공부할 목적이라고 해도 그것은 분명 범죄 행위였고, 사체유기죄로 걸리면 징역을 가야 하는 대사건이었다.

그런데 얼마 후 불안감이 곧 현실로 다가왔다. 직행버스로 갈아탔는데 버스가 검문소에서 정차한 것이다. 그리고 경찰관이 올라왔다. 세 사람은 전신이 마비되는 느낌이었다.

'하필 왜 이런 때 검문이란 말인가?'

동하는 침착하려고 애썼다. 동하는 재빨리 배낭 하나를 의자 밑으로 우겨넣고 또 하나는 짐칸 위로 올려놓았다. 그러나 나머지 하나는 미처 감출 새도 없었다. 세 사람 모두 손바닥에 땀이 흥건했고 가슴이 심하게 쿵쾅거렸다.

경찰관이 거수경례를 한 후 버스 안을 훑어보며 말했다.

"잠시 검문이 있겠습니다."

버스의 뒷자리에 타고 있던 세 사람은 숨을 죽였다. 동하는 마른침을 삼키며 침착해지려고 애썼다.

경찰관이 앞자리에 앉은 중년의 사내에게 신분증을 요구하더니 꼼꼼히 살펴보았다. 그리고 중간에 앉은 또 다른 중년의 여자에게 신분증을 요구하였다. 그때 다행히 술에 취한 듯한 어떤 아저씨가 한마디 내뱉었다.

"기사 양반, 빨리 갑시다. 시간 없는데 이거 미치겠구만."

"잠시 기다리쇼. 검문인데 어떻게 합니까?"

기사도 볼멘소리를 하였다. 경찰관이 투덜거리는 승객들의 소리를 뒤로 하고 뒤쪽으로 다가왔다. 그리고 세 사람을 훑어보았다.

"등산객인가?"

경찰관은 고개를 갸웃거렸다. 동하는 가슴이 뜨끔하였다.

"이쪽에는 등산할 만한 산이 없는데. 그 배낭 속에 뭐가 들었나 열어봐."

경찰관의 말에 동하는 올 것이 왔구나 싶어 눈앞이 캄캄하였다.

"저희들은 대학생입니다."

충일이 한마디 하였다.

"누가 대학생이냐고 물어봤어? 배낭에 뭐가 들었나 열어 보라고 했지. 흙이 나오잖아. 빨리 열어봐!"

악마 교수와

'망설이면 더 의심받는다.'

동하는 재빨리 배낭을 열어 보였다. 의심을 사서 차에서 내리라고 하면 끝장이었다.

"이거 뭐야?"

"실은…… 수석이 취미인데 멋있어서 하나 캐냈습니다. 죄송합니다."

"당신도 학생이요?"

경찰관이 동하에게 재차 물었다. 동하는 떨리는 모습을 들키지 않기 위해 갖은 애를 쓰며 대답했다.

"예, 군대에 다녀와서 복학을 했습니다."

그러나 경찰은 꿈쩍하지 않았다.

"나이깨나 먹은 것 같은데 함부로 자연훼손을 하면 되나. 배낭 속 좀 더 헤쳐 보쇼."

"아참, 빨리 갑시다. 이거 미치겠구만. 시간약속 해놨는데. 무슨 검문이 이렇게 길어."

그때 천만다행으로 다른 승객이 또 소리를 질러댔다. 그러자 다른 사람들도 웅성거리며 불만을 터뜨렸다.

"정말 무슨 검문이 이렇게 길어? 바빠 죽겠는데. 무슨 사건 터졌나? 간첩이라도 나타났소?"

경찰관이 다시 신경질적으로 소리쳤다.

"빨리 헤쳐 봐."

"도, 돌멩이입니다."

동하가 흙을 헤치자 돌멩이가 나왔다.

"당신들, 자연훼손 죄로 모두 검문소로 데리고 가서 고발조치할 수 있는데……"

경찰의 말에 가슴이 철렁하였다.

"학생이라고 하니까 한 번 봐주는 거야. 앞으로 절대로 자연훼손하지 말라구."

경찰관이 날카롭게 주의를 주었다.

"가, 감사합니다."

"죄, 죄송합니다."

"절대로 그런 일이 없도록 하겠습니다."

세 사람은 고개를 숙이며 머리를 조아렸다.

"대학생들이 공부는 안 하고 무슨 수석이야? 팔자 편하구만!"

경찰관은 손님들의 불평에 머쓱한 표정을 지으며 쫓기듯 내려갔고, 버스는 곧 출발하였다. 승객들의 불평 때문에 기적같이 살아난 것이다. 세 사람은 긴 한숨을 토해냈다. 모두가 식은땀을 흘리느라 옷이 흠뻑 젖어 있었다.

만일 경찰이 배낭을 더 헤쳐 보았거나 버스에서 내리라고 했다면 그대로 끝장날 뻔했다. 동하는 최악의 경우 발각되면 경찰관을 때려눕히고 도망칠 각오까지 했었다. 하지만 잘못되면 더 큰 죄로 그대로 유치장에 가게 될 테고 자동 퇴학은 당연지사였다.

세 사람은 후들거리는 다리를 이끌고 간신히 동하의 자취방으로 돌아왔다. 그리고 방에 들어오자마자 탈진해 쓰러져 널브러져 버렸다. 10년은 감수한 것 같았다. 그래도 산신님에게 잔을 올리고 기도한 보람이 있었나 싶었다.

한참 후에야 겨우 정신을 차린 세 사람은 배낭을 풀어 뼈를 모두 추려냈다. 그리고 뼈에 묻은 흙을 털어내고 비눗물로 깨끗이 씻어낸 다음 양동이에 양잿물과 함께 삶았다. 그리고 다 삶아진 뼈를 물에 헹궈낸 뒤 잘 마르도록 방에다 신문지를 두툼하게 깔고 이리저리 펼쳐놓았다.

신문지 위에 얹힌 두개골의 커다란 두 눈 구멍이 놀라고 공허한 모습

악마 교수와

으로 세 사람을 바라보고 있는 것 같았다. 골반 뼈로 보아 파내온 유골은 아마도 여자의 뼈인 것 같았다. 엉덩이뼈(sacrum)가 더 넓고 굽어 있고 엉덩이뼈 오목이 더 얕고 폐쇄구멍(obturator foramen)이 더 삼각형이고 위골반문이 둥근형인 것으로 보아 여자 뼈가 틀림없었다.

벌써 밤 열 시가 넘어 있었다. 모든 작업을 끝낸 세 사람은 소주를 한 병 사다가 라면을 안주 삼아 나누어 마신 뒤 그대로 쓰러져 잠이 들었다.

다음날, 어떻게 밤이 지나갔는지 동하는 평소보다 조금 늦게 등교하였다. 지각은 아니었지만 그동안의 동하의 모습을 보아온 학생들은 조금 의아해 하였다.

그날 저녁부터 세 사람은 밤마다 모여 캐내온 뼈로 아틀라스를 보면서 열심히 공부를 하였다. 황 교수의 오랄 테스트 때는 실습실에 있는 실제 뼈를 들고 가서 여러 가지 질문에 대답해야 했으므로 집에서 실제 뼈를 가지고 다시 공부하는 것은 큰 도움이 되었다.

공부가 끝나면 동하는 뼈들을 나무 상자에 넣고 열쇠로 잠근 뒤 방구석에 있는 비키니 옷장 안에 넣었다. 그리고 그 위에 이불이며 옷가지를 잔뜩 쌓아놓아 감쪽같이 위장해 놓았다. 실제 뼈가 있는 것을 알면 다른 학생들이 벌떼처럼 몰려들 것이고 행여나 그게 소문이라도 나면 사체 유기죄로 고발당해서 처벌을 받을 수도 있었다.

동하는 매일 그 유골과 함께 잤다. 그러는 사이에 그 뼈들에게도 정이 들었다. 강혁은 말했었다.

"무서워 하지 말고 사랑하라."

그랬다. 유골도 무서워 할 것만은 아니요, 사랑하도록 노력해야 할 대상이었다.

해부학 실습도 다시 시작되었다. 새로운 카데바들을 꺼내 새로운 실습을 하게 된 것이다. 예전과 똑같이 조교 선생의 명령에 따라 카데바

보관 탱크의 쇠뚜껑이 열리고 포르말린 냄새가 눈과 코를 찔렀다. 학생들은 또 우왕좌왕 눈물, 콧물을 흘리면서 카데바를 꺼내기 시작했다.

동하는 6조였다. 그러나 동하는 예전의 박동하가 아니었다. 동하는 마치 성난 사자처럼 적극적으로 카데바 탱크로 달려 들었다. 두렵거나 비위가 상하지도 않았다. 마치 애인이라도 만난 듯 혼자서 카데바를 포옹해서 끌어안고 나왔다. 그리고 동료들과 함께 카데바를 실습 테이블로 옮겨 열심히 닦고 정리를 했다.

동하는 강력한 살충제를 사서 가방 속에 넣고 다녔다. 지면 바로 마시고 죽어버릴 각오였다. 10배, 100배의 노력을 기울였다. 강혁은 말했었다.

"인간은 위기가 닥치면 정신의 혁명으로 초능력을 낼 수도 있다. 10시간에 할 것을 1시간에 할 수도 있고 10년이 걸릴 것을 1년에 해치울 수도 있다."

동하는 점심도 아예 도시락을 싸가지고 다니면서 해부학 실습실에서 카데바를 옆에 놓고 공부하면서 해결하였다.

한번은 동하가 카데바 옆에서 점심을 먹으며 공부를 하고 있는데, 실습 준비를 위해 미리 해부학 실습실에 내려온 황 교수가 그 광경을 보고는 깜짝 놀랐다. 오랜 세월 해부학 교수 생활을 해왔던 그였지만, 지금까지 해부학 실습실에서 점심을 먹으며 핀셋으로 카데바의 내장이나 근육 따위를 뒤적이며 공부하는 학생은 처음 본 것이었다.

동하와 황 교수가 서로를 발견한 순간 동하의 눈은 매섭게 빛났고 황 교수의 눈빛도 날카롭게 빛났다. 두 사람의 눈빛은 매우 어색하게, 그러나 매우 강렬하게 허공에서 부딪쳐 불꽃을 튀겼다.

"흠흠!"

황 교수는 헛기침을 하며 그대로 뒤돌아서 계단을 올라가 버렸고, 동

악마 교수와

하는 하던 공부를 계속하였다. 그러나 자신을 뚫어져라 바라보던 황 교수의 그 깊고 서늘한 눈빛은 그 후로도 잊을 수가 없었다. 그리하여 모든 고통을 참고 이겨내며 해부학을 비롯한 생리학, 생화학의 시험들도 모두 잘 치러냈다.

이제는 학생들을 가장 긴장시키는 학년 말의 마지막 시험인 오랄 테스트(구두시험)만 남아 있었다. 학년말에 해부학 주임교수와 1대 1로 만나 여러 가지 질문에 직접 대답을 하면서 해부학에 대한 실력을 총체적으로 검증받는 중요한 시험이었다.

시험은 해부학 교실의 골학 실습실에 특별히 마련된 시험장에서 하루에 10여 명씩 나누어서 며칠간 계속 치러졌다. 그리고 드디어 동하의 차례가 다가왔다.

동하는 10여 명의 학생들과 함께 시험장으로 들어갔다. 그동안 정말로 최선을 다해 열심히 공부하였다. 이제 정말 황 교수와 마지막 결전이 벌어지는 순간이었다.

시험 시간은 보통 10여 분 정도 걸리지만 학생에 따라서 20~30분씩 걸리기도 했다. 대개 오랫동안 질문을 당하는 학생들은 유급을 당했다. 학생들은 마치 도살장에라도 끌려가거나 저승사자와 맞대결 하는 기분이었다.

동하도 가슴이 두근거렸고 손바닥에 땀이 배었다. 주머니 속의 열쇠 칼을 만지며 속으로 '황타해통, 황타해통'이라고 주문을 외웠지만, 입이 바짝바짝 말라오는 것 같았다. 정말로 섬뜩하고 무서운 철천지원수 같은 황 교수였다.

구두시험을 마친 학생들은 반대편 문을 통해서 나가므로 시험을 잘 보았는지 못 보았는지, 무슨 질문을 받았는지 물어볼 수도 없었다. 앞사람이 먼저 시험장에 들어갔고, 10여 분 후 조교 선생이 동하를 호명했다. 그때까지도 동하는 책을 들여다보고 있었다. 끝까지 악착같이 달라붙어 싸울 것이었다.

"32번 박동하!"

조교 선생이 시험장 입구에서 다시 한번 동하를 호명했다.

"예!"

동하는 큰 소리로 대답하고 시험장 안으로 뛰어 들어갔다. 길게 심호흡을 한 뒤 황 교수에게 정중하게 인사를 하고 의자에 앉았다. 흰 가운에 붉은 넥타이를 맨 황 교수는 언제나처럼 차갑고 무섭고 냉정해 보였다. 마치 취조를 받기 위해 고문실에라도 끌려와 있는 느낌이었다.

"32번 박동하!"

황 교수는 동하의 번호와 이름과 얼굴을 다시 확인하였다. 철두철미한 사람이었다.

"카드를 뽑게."

조교 선생이 명령했다. 주임교수 앞에는 인체의 수많은 뼈의 이름을 적어서 접어놓은 카드가 빼곡하게 꽂힌 통이 놓여 있었다. 거기서 1장을 뽑은 뒤 거기에 적힌 뼈를 가지고 오랄 테스트를 받는 것이다. 그래서 학생들은 제발 자신이 많이 공부한 뼈, 그리고 되도록 쉬운 뼈가 걸리기를 기원하였다.

하지만 동하는 사실 어릴 때부터 뽑기에는 자신이 없었다. 웬일인지 구멍가게에서도 뽑기를 하면 제대로 걸릴 때가 없고 대부분이 꽝이었다. 모든 것을 운에 맡기고 카드 한 장을 뽑아냈다.

"펼쳐 봐."

황 교수가 무표정하게 명령했다. 메일 펠비스(male pelvis, 남자 골반뼈)였다. 역시 뽑기에는 운이 없었다. 가장 어려운 뼈가 걸린 것이다.

"뼈 가지고 와."

악마 교수와

황 교수가 다시 차가운 음성으로 지시했다. 시험을 보는 학생은 골학 준비실에 가서 자신이 뽑은 뼈를 직접 찾아가지고 와서 시험에 응해야 했다. 이미 주사위는 던져졌다. 동하는 벌떡 일어서서 골학 준비실로 갔다.

골학 준비실에는 인체의 부위별로 수많은 뼈들이 책장 같은 보관함에 가득가득 들어 있었다. 동하가 골반뼈를 찾아들고 막 나가려는데 입구 쪽에서 다음 학생을 부르기 위해 출석부를 뒤적이던 조교 선생이 옆구리를 쿡 찔렀다. 그리고 귓속말로 다급하게 속삭였다.

"이 사람아, 그건 여자 거야."

순간 동하는 흠칫 놀랐다. 집에서 공부하던 습관에 무심코 여자 골반뼈를 집어든 것이다. 순간 눈앞이 아찔하며 등허리에서 식은땀이 흘러내렸다. 소름이 끼쳤다. 그대로 끝장날 뻔한 것이다. 조교 이찬기 선생이 은인이었다.

그 옛날 조교였던 유동식 선생은 이미 조교수가 되어 있었고 이찬기 조교 선생은 그 후임자였다. 하지만 동하의 지나온 내력을 잘 아는지라 그만큼이라도 힌트를 준 것이지 다른 학생들 같으면 어림없을 얘기였다.

동하는 황급히 남자 골반뼈로 바꾸어 들고 황 교수 앞으로 가서 책상 위에 올려놓았다. 현기증이 스쳐갔다. 손이 눈에 보이게 떨렸다.

"왜 이렇게 늦어?"

황 교수는 신경질적으로 한마디 하였다. 십년감수한 것이다. 만약 이 책상 위에 여자 골반뼈를 올려놓았더라면 황 교수의 입에서 "너, 나가! 정신이 있는 놈이야, 없는 놈이야! 소경도 뼈는 제대로 찾아온다. 너는 자격이 없어. 너, 오랄 테스트 0점이야!" 하는 천둥벼락이 떨어졌을 터였다. 시험은 이미 카드를 뽑았을 때부터 시작된 것이다.

정신을 바짝 차려야 했다. 자신이 너무 긴장하고 있다고 생각했다. 동하는 다시 심호흡을 하면서 황 교수를 똑바로 쳐다보았다.

"무슨 일에든 자신감을 가지고 당당하게 맞서라."

동하는 강혁의 말을 머리에 되새겼다.

"자, 묻겠다. 이쪽으로 지나가는 혈관은 뭐야?"

황 교수가 가래 섞인 기침을 한번 하더니 질문을 했다. 황 교수의 손에 들린 가느다란 지시봉이 골반 뼈의 장골 안쪽을 가리켰다. 동하는 마치 지시봉이 자신의 가슴을 찔러오는 뾰족한 송곳처럼 서늘한 느낌이었다.

"익스터나 일리악 베인(externa iliac vein, 외장골 정맥)입니다."

동하가 큰 소리로 또박또박 대답했다.

"그럼 유레터(ureter, 요관)의 진행 방향을 설명해 봐."

"예, 유레터는 위쪽 키드니(kidney, 신장)에서 내려와 일리악 컴뮤니스 아터리 (iliac communis artery, 공동장골 동맥)의 앞쪽을 통과하여 이쪽 직장 앞에 있는 블래더(bladder, 방광)의 측면으로 들어갑니다."

"이쪽에 붙는 머슬(muscle, 근육)은?"

지시봉이 다시 치골결합 쪽을 가리켰다.

"머슬 아닥터 브레비스와 롱규스(muscle abducter brevis & longus)입니다."

"이것은?"

"머슬 그리실리스(muscle gracilis)입니다."

황 교수의 질문은 이것저것 끊임없이 계속되었다. 시간은 어느새 15분을 넘어 20분을 경과하고 있었다. 도대체 왜 안 끝나고 이렇게 오래 끄는지, 자신이 제대로 대답을 하고 있는 것인지 정신이 멍멍하고 불안했다.

'이 염라대왕 같은 황 교수는 왜 또 이렇게 집요하게 물고 늘어진단 말인가. 기어이 또 피를 보이겠다는 건가?'

오래 끌어서 좋을 것이 없었다.

"자, 마지막으로 한 가지만 더 묻겠다."

황 교수의 마지막이라는 말에 동하는 마른침을 꿀꺽 삼켰다.

"자, 이쪽 색크럼(sacrum, 천골)의 바깥쪽을 돌아서 치골결합 쪽으로 내려가는 것은 무엇인가? 외장골 동맥인가 정맥인가 아니면 좌골신경인가?"

"아, 아터리(artery, 동맥)입니다."

동하는 확신이 서지 않아 더듬거렸다.

"확실히 말해! 어물어물 우물거리지 말고. 아터리 확실해?"

황 교수가 쇳소리 섞인 음성으로 다시 한번 소리쳤다.

"아터리(artery, 동맥)야? 베인(vein, 정맥)이야? 너브(nerve, 신경)야?"

순간 시험장은 납덩이처럼 무거운 침묵과 정적과 긴장감만이 가득하였다.

'동맥이냐, 정맥이냐, 신경이냐. 저 안쪽으로 돌아 바깥쪽 구멍을 통해 치골강 안으로 들어가는 것이 과연 무엇인가.'

동하는 동맥 같아서 동맥이라고 어물어물 얘기했는데 악마 같은 황 교수가 다시 묻고 있었다.

'그렇다면 틀린 것인가? 신경은 분명히 아니다. 그렇다면 동맥이나 정맥, 둘 중의 하나이다. 아, 어떻게 한단 말인가. 정맥? 그래, 정맥 같기도 한데.'

뭐가 뭔지 알쏭달쏭했다. 자취집에서 공부를 그렇게 많이 했는데도 막상 확신이 서질 않았다. 방에 보관하고 있는 뼈들은 눈을 감고 아무거나 집어 들어 손으로 만져만 보아도 이 뼈가 무슨 뼈고, 이 부위가 어디이고, 이 근처의 근육과 혈관과 신경과 장기는 무엇인지 눈에 잡힐 듯 훤하게 떠올랐다.

'그런데 왜 여기서 막힌단 말인가?'

어려운 뼈를 집어든 건 운이 나빴으므로 어쩔 수가 없었다. 하지만 어쨌든 결정을 해야 한다.

'동맥이냐, 정맥이냐?'

동하는 혀끝과 목이 타는 것 같았다. 흘깃 조교 선생을 바라보았다. 그러나 그 역시 납처럼 굳은 표정일 뿐 무표정이었다. 등허리에서 식은 땀이 흘렀다.

"뭐야? 빨리 말해? 우물거리지 말고."

황 교수의 목소리에 그 무서운 쇳소리가 섞여 있었다.

동하는 주머니속의 열쇠칼을 만져보았다.

'배짱으로 나가자. 고칠 필요 없다.'

처음의 영감이 맞을 것이라고 확신했다.

"아터리(동맥)입니다."

"확실해?"

황 교수는 다시 한번 다짐을 받으려 했다.

"그렇습니다."

"나가, 시험 끝났어. 다음 학생 부르게."

동하는 일어서서 밖으로 나왔다. 온몸이 땀으로 흠뻑 젖어 있었다. 미친 듯 강의실로 뛰어가 책부터 들추어 보았다. 가슴이 심하게 뛰었다.

"맞았다! 동맥이다."

동하는 길게 한숨을 토해냈다. 맞은 것이다. 주임교수의 오랄 테스트에 통과한 것 같다는 확신이 들었다.

강의실 밖으로 나가자 시험을 끝낸 학생들이 무리지어 웅성거리고 있었다. 동하는 경택에게 못 피우는 담배 한 개비를 얻어서 피웠다. 목에서 쓴물이 올라오는 느낌이었다.

악마 교수와

'만약 여자 골반뼈를 황 교수 앞에 가져다 놓았더라면 어떻게 되었을까.'

조교 선생이 너무나 고마웠다. 십년감수한 것이다.

'그리고 만약 동맥을 정맥이라고 대답했다면?'

생각만 해도 아찔했다.

그렇게 하여 동하는 그 어려운 해부학 오랄 테스트를 통과하여 그놈의 원수 같은 2학년에 진급할 수 있게 되었다. 천신만고 끝에 이룬 개가였다. 게다가 동하는 의과대학 개교 이래 해부학에서 일찍이 없었던 98점이라는 최고 점수를 획득하였다. 의과대학 역사에 전무후무할 점수였다. 지금까지의 최고 점수는 15년 전에 나온 93점이 최고라고 했다.

'도대체 몇 년 만에 본과 2학년이 된 것인가?'

동하는 감격스러웠다. 참으로 장구한 세월이었다. 의과대학 역사상 다시없을 일이었다. 그제야 동하는 가슴속에 돌덩이처럼 박혀 있던 응어리 하나가 녹아버리는 것 같았다. 황 교수를 넘어서는 데 그토록 긴 세월이 걸린 것이다.

2학년 진급이 확정되자 동하는 곧바로 시장에 가서 어머니 내복과 동생들 먹을 것을 사들고 집으로 가는 버스를 탔다. 이 기쁜 소식을 어머니와 동생들에게 전해주고 겨울 방학 기간 동안 집에서 잠시 쉴 생각이었다.

버스를 타고 현암리로 향하는 동안 동하는 기쁘고 설렜다. 버스 창문 밖으로 언제나 정다운 고향 마을이 멀리 보였다. 버스에서 내려서도 한참을 걸어야 나오는 동네였다.

추수가 끝난 들판은 황량하였다. 여기저기 응달에는 흰 눈이 쌓여 있었지만 그 산, 그 들판, 그 나무들, 고향은 언제나 푸근한 곳이었다. 동네 어귀를 돌아 집으로 들어서자 인기척에 동희가 밖으로 나왔다.

"오, 오빠!"

동희가 깜짝 놀라며 동하를 맞았다.

"동희구나. 그래 잘 있었니? 어머니도 잘 계시지?"

동하는 환하게 웃어 보였다.

"아니…… 오빠, 어떻게 연락도 없이 갑자기 내려왔어?"

동희는 매우 놀란 표정이었다.

"아, 이제 2학년에 진급이 되었고 방학이고 해서 잠시 쉴 겸 내려왔다. 안으로 들어가자."

"그래? 오빠 축하해. 정말로 고생 많았어."

"그런데 네 얼굴이 어째 핼쑥하고 수척해 보이는구나. 어디 아픈 데라도 있니? 언니는?"

"언니는 공장에 잘 다니고 있대."

"그래, 추운데 고생이 심하겠구나. 어서 들어가자. 어머니는 건강하시냐? 어머니, 저 왔습니다."

동하는 씩씩하게 어머니를 부르며 안으로 들어갔다.

"오빠……."

그런데 동희가 동하를 불러 세웠다.

"응? 왜? 어머니 안 계시냐? 어디 나가셨니?"

"오빠……."

동희가 다시 동하의 옷자락을 잡았다.

"왜 그래, 동희야. 어디 가셨어, 마실 가셨니? 읍내에 나가셨어?"

"아니야, 그런 게 아니고……."

동희의 얼굴이 흐려졌다.

"그럼 뭐야. 왜 그러는데. 답답해 죽겠구나. 도대체 왜 그래?"

"실은……."

악마 교수와

"실은 뭐야? 편찮으시냐? 신장염이 심해지셔서 읍내 병원에 입원이라도 하셨니? 그럼 내게 연락을 했어야지."

"아니야, 실은 오빠 놀라지 마. 어, 어머니께서 도, 돌아…… 가셨어."

동희는 채 말을 잇지 못한 채 눈물을 뚝뚝 흘렸다.

"뭐야? 어머니께서 돌아가셔? 너, 지금 무슨 얘기를 하고 있는 거냐? 그게 무슨 얘기야? 어머니!"

동하는 비명을 지르며 방문을 부서져라 열고 뛰어 들어갔다. 안방도 건넌방도 모두 텅 비어 있었다.

"어떻게 된 일이냐? 동희야, 사실대로 말해 어떻게 된 거야? 어머니가 돌아가시다니! 언제, 어떻게?"

동하는 동희를 붙들고 울부짖었다. 온몸의 피가 얼어붙는 것 같았다. 온몸의 세포들이 터져 버리는 것 같았다.

"……3개월 전에 그렇게 되셨어."

동희는 땅바닥에 주저앉아 통곡하기 시작했다.

"뭐야? 3개월 전에 돌아가셔? 정말이냐? 왜, 왜 내게 알리지 않았니, 왜!"

동하는 제정신이 아니었다. 거대한 바윗덩이로 뒤통수를 얻어맞은 듯 아득하였으며 목소리도 부들부들 떨렸다.

"3개월 전에 돌아가시다니! 이게 무슨 날벼락이냐!"

동하도 땅바닥에 주저앉아 통곡하기 시작했다.

"동희야, 왜 연락 안 했어, 왜?"

동하는 동희를 붙들고 오열하였다. 전신의 피가 터져 나가는 것 같았다.

"미안해, 오빠. 어머니가 오빠한테는 절대로 연락하지 말라고 하셨어. 절대로 절대로 알려서는 안 된다고 신신당부 하셨어……. 그게 어머니의 마지막 유언이었어. 오빠한테는 이번이 마지막 기회이고 가장 중요한 시험을 앞두고 있으니 절대로 알려서는 안 된다고 하셨어. 그래서…….”

“아, 이럴 수가 있단 말인가. 나는 까맣게 모르고 있었으니 이 죄를 어떻게 한단 말이냐.”

“오빠, 잘못했어. 하지만 어머니의 말씀을 어길 수가 없었어.”

동하는 쓰러져 울기 시작했다.

“그래서, 그래서 어떻게 했니?”

“언니랑 둘이 장사를 지냈어……. 동네 어른들이 다 도와주셨고, 동네 분들도 사정을 다 아셔서 아무도 오빠 욕 하는 사람도 없었어.”

동희가 비 오듯 눈물을 쏟으며 말했다.

“모신 데가 어데냐? 당장 가보자. 아아, 어머니…….”

동하는 쉴 새 없이 쏟아지는 뜨거운 눈물을 훔쳐내며 휘청거리는 다리로 허위허위 마을 뒷산을 향해 올라갔다. 차가운 바람이 불고 눈발이 가끔 휘날렸으나 동하는 추운 것도 몰랐다.

얼마나 올라갔을까. 야트막한 능선에 새로 생긴 무덤이 하나 보였다.

“저기야, 오빠. 저기에 모셨어.”

“아, 어머니…….”

순간 동하는 복받쳐 오르는 슬픔으로 무덤으로 달려갔다. 그리고 무덤 위에 쓰러져 무덤을 끌어안고 몸부림치며 통곡했다.

“어머니, 저 동하 왔습니다. 어머니……. 아아, 어머니. 효도 한번 못해드렸는데 평생 고생만 하시다가 이렇게 훌쩍 떠나버리시다니. 불쌍한 우리 어머니…… 이 불효를 어떻게 하란 말씀입니까!”

멀리 산자락이 주황색으로 붉은색으로 노을이 지고 어둠이 짙을 때까지 동하는 무덤을 끌어안고 떠날 줄을 몰랐다.

얼마나 시간이 흘렀을까. 너무 울어서 거의 탈진한 동하는 동희의 부축을 받고 집으로 내려왔다. 두 눈이 퉁퉁 부었고 이제 눈물도 말라 있었다.

어머니는 신장염이 악화되었는데도 돈 걱정 때문에 병원에도 못 가시고 그저 약을 사다가 잡수시면 낫겠지 하고 지내시다가 상태가 급격히 악화 되셨다고 했다. 마을 사람들이 알고 다급히 읍내 병원으로 옮겼으나 너무 늦어서 끝내 숨을 거두셨다는 것이다.

"내 잘못이다. 오빠도 없이 어린 너희들이 얼마나 고생을 했겠니. 정말로 미안하고 볼 낯이 없구나. 모두 다 이 못난 오빠 탓이다."

"그게 무슨 말이야. 오빠가 고생 많이 했어. 2학년에 진급했다니 어머니도 하늘나라에서 기뻐하실 거야. 그리고 여기 이거, 어머니가 오빠 오면 전해 주라고 하셨어."

동희가 장롱에서 보따리를 꺼내왔다. 보자기 속에는 옷가지와 집문서와 돈이 들어 있었다.

"어머니가 이 집은 세를 놓으라고 하셨어. 이 돈은 오빠 학자금으로 모아두신 거고."

그 순간 동하의 눈에서 다시 눈물이 쏟아졌다. 꼬깃꼬깃한 만 원짜리와 천 원짜리 지폐들, 그리고 동전들. 돈이 아까워서 병원에도 제대로 못 가시고 약도 제대로 못 사서 드시고 입에 당기는 것 잡수지도 못하시고 입고 싶은 것 사 입지도 못하시고 한 푼이라도 아껴서 자신의 학비로 남겨 놓으신 것이었다.

동하는 그 돈을 움켜쥐고 흐느꼈다. 손이 갈퀴가 되도록 뼈가 으스러지도록 논으로, 밭으로, 뛰어 다니며 일하시고 겨울에는 신경통이 있으신 데도 단무지 공장으로, 두부 공장으로, 읍내 식당으로 아픈 몸을 이끌고 일 다니시면서 번 돈이었다. 어머니의 피 같은 돈이었다.

'큰 병원에 가서서 입원 치료라도 하셨더라면 목숨을 구할 수도 있으

셨을 텐데…….'

"이건 어머니가 써놓으신 편지야."

동하는 떨리는 손으로 동희가 건네준 편지를 펼쳐 보았다.

'사랑하는 동하야, 정말 수고했다. 나는 네가 공부를 잘 해내리라 굳게 믿고 있었다. 나는 너를 믿는다. 그리고 너는 앞으로도 잘 해나갈 것이다. 너는 내 아들이다. 내 아들은 강하다. 결코 나약한 인간이 아니다. 이 어미의 죽음을 너무 슬퍼하지 말아라. 네 뒷바라지를 제대로 해주지도 못하고 동생들 출가도 못시키고 이렇게 떠나서 미안하다. 하지만 모두 용기를 잃지 말고 꿋꿋하게 살아가기 바란다.

너는 갈길이 멀다. 더 이상 슬퍼하지 말고 일어서서 나아가라 동생들도 있지 않으냐. 강철 같은 인간이 되어라. 동하야, 나는 굳게 믿는다. 동숙이와 동희도 마찬가지다. 용기를 내어 꿋꿋하게 살아가거라. 이 어미가 다 지켜 볼 것이니라.

그리고 이 어미는 하늘나라로 올라가지도 않을 것이고 눈을 감지도 않을 것이다. 동하야 네가 외과의사 자격증을 어미 산소로 가져올 때까지 기다리고 있을 것이다. 나는 네 안에 살고 있느니라.

-너희를 사랑하는 어미가.'

어머니의 편지는 그렇게 끝을 맺고 있었다.

"어머니가 오빠더러 집에 있지 말고 바로 떠나라고 하셨어. 나도 공장에 다시 나갈 거야."

동희가 흐르는 눈물을 훔쳐내며 말했다.

동하는 어머니께 입혀 드리려고 사왔던 내복과 편지를 움켜쥔 채 통곡했다. 그렇게 비통한 하룻밤이 지나갔다.

그러나 모든 눈물은 힘이 된다. 눈물은 모든 것을 강하게 한다. 눈물은 도전을 부른다. 동하는 다시 정신을 가다듬었다. 자신이 가야 할 길

악마 교수와

은 멀고 멀었다.

　동하는 아침 일찍 어머니 산소를 다시 찾아가 어머님께 입혀드리려고 사왔던 내복을 어머니 산소 옆에 묻고 절을 올렸다. 비장하면서도 굳은 각오가 마음에 새겨졌다.

　곧이어 동하는 동네 어른들을 일일이 찾아다니며 어머니 장례를 도와주신 데 대해 감사 인사를 드렸다. 집도 이장 어른에게 세를 놓아달라고 잘 부탁해 놓았다. 동하는 떠나기 전 동희를 위로해 주었고 동숙이한테도 들러서 오래도록 위로해 주고 미안하고 고마운 마음을 전하였다. 그리고 다시 대흥동으로 돌아왔다.

슬픈 겨울이 지나가고

다시 봄이 되었다. 이제 병리학, 미생물학, 약리학 등을 공부하는 2학년 생활이 시작된 것이다. 그런데 황 교수는 동하가 해부학 교실이 생긴 이래, 아니 의과대학 개교 이래 최초로 해부학에서 98점이라는 최고 점수를 획득하고 2학년에 진급하였으나 가타부타 아무런 말이 없었다. 수고했다든가, 고생했다든가, 잘했다든가, 그런 말조차 없이 그저 무표정하였고 여전히 학생들의 강의와 골학 실습, 해부학 실습을 어김없이 진행해 나가며 자신의 할 일만 해나갈 뿐이었다.

이따금 복도에서 황 교수와 마주치는 때도 있었다. 하지만 애써 황 교수를 외면하였다. 생각하면 이가 갈리고 섬뜩한 인물이었다. 황 교수를 생각하기도 싫었다. 이제 황 교수의 암울했던 그늘을 떠나 공부에 불이 붙은 동하는 그 여세로 계속 밀어 붙이고 있었다.

황타해통이란 구호도 '황타 ES'로 바꾸었다. 해부학은 통과했으므로 앞으로의 목표는 자신의 꿈인 훌륭하고 유능한 외과의사가 되는 것이었다. 하지만 황 교수에 대한 복수와 타도는 끝까지 계속될 것이므로 황타는 그대로 두고 해통만 ES(Excellent Surgeon, 유능한 외과의사)로 바꾼 것이다.

이제 책과 노트와 주머니와 가방에 끼워져 있던 카드는 모두 다 '황타 ES'로 모두 바뀌었다. 벽에도 '나는 무조건 ES가 된다'라고 써서 붙이고 베개 밑에도 '황타 ES' 카드를 깔고 잤다. 열쇠칼과 묵주와 농약병도 상

악마 교수와

징물로 그대로 가지고 있었다. 상징물도 힘이 되었다.

그런데 특별한 수입이 없는 동하로서는 학비 조달이 큰 문제였다. 차라리 휴학을 하고 1년 간 아르바이트를 해서 돈을 번 다음에 다시 등록을 할까 하는 생각도 들었다. 그런데 그때 내과의 박석민 교수가 조용히 연구실로 동하를 불렀다.

박 교수는 고등학교 선배로서 의과대학 내에서 고등학교 동문회장직을 맡고 있는 신망이 높은 교수였다. 동하는 사실 여러 가지로 어렵고 창피해서 동문회에도 잘 나가지 않고 있었다.

"교수님, 찾으셨습니까?"

박 교수의 연구실로 찾아간 동하는 공손히 인사를 하였다. 박 교수는 환하게 웃어 보였다.

"그래, 좀 앉지. 학교 다니기가 힘들지?"

"……."

"내 잘 알고 있네. 나이도 많은데다가 집안에도 어려운 일이 많았다고 들었네. 그래서 말인데 자네에게 기쁜 소식이 있네."

"기쁜 소식이라니요?"

"자네 형편이 어렵다는 소식을 듣고 우리 고등학교 동문회에서 자네가 졸업할 때까지 장학금을 지급하기로 결정하였네."

"예? 동문회에서 저에게 장학금을요?"

동하는 깜짝 놀랐다. 선뜻 믿어지지가 않았다.

"이 사람, 놀라기는. 앞으로 우리 동문회에서 등록금과 학비를 계속 지급해 줄테니 자네는 아무 걱정하지 말고 공부나 열심히 하게. 알겠나?"

"아니, 교수님. 그게 정, 정말입니까? 저 같은 낙오자에게도 장학금을 주신다는 말씀이십니까?"

"아, 이 사람아. 자네가 왜 낙오자야. 그저 남들보다 좀 늦었을 뿐이지.

그런 소리 하지 말고 더 열심히 해서 그들을 따라잡으면 돼. 그러니 힘을 내게!"

박 교수가 동하의 어깨를 두드려 주었다.

"감사합니다. 교수님, 정말로 감사합니다. 이 은혜는 결코 잊지 않겠습니다. 분골쇄신하여 이 은혜를 갚겠습니다."

"아닐세. 자네가 열심히 공부해서 훌륭한 의학도가 되어준다면 우리 동문들에게도 자랑스러운 일일세. 그러니 그런 소리 말게."

동하는 뭔가 가슴속이 환하게 밝아오는 느낌이었다. 이제 다시 공부를 계속할 수가 있었다. 물론 동하도 방학 때나 남는 시간에 주유소나 공사장에 가서 아르바이트를 해서 학비를 벌고 있었지만 그것으로는 역부족이었다.

이제 3학년에 올라가 내과, 외과, 소아과, 산부인과 등의 모든 임상과목을 공부하게 되었다. 공부는 어렵다고 생각하지 말고 흥미롭고 재미있다고 생각하면 정말로 재미있고 잘되는 것이었다.

동하는 특히 외과 공부에 흥미를 느끼고 틈나는 시간마다 혼자서 외과 교과서를 독파해 나갔다. 학교 공부와 관계없이 외과를 앞질러 나가 스스로 공부한 것이다. 모르는 것은 도서관에서 책을 찾아보아 깨우치고 교수들에게 찾아가 묻기도 하였다.

3학년 때 이미 동하는 4학년의 실력을 능가하였다. 특히 동하는 소화기 질환에 대해 공부를 집중적으로 하였다. 위암으로 고생하다 세상을 떠나신 아버지를 생각할 때 그런 환자들을 고통에서 구해주고 싶었다.

동하는 자신의 각오를 다지기 위하여 아예 미국 외과의사들이 수술하는 사진까지 구해다가 액자에 넣어 황 교수의 사진 옆에 걸어놓았다. 외과의사들이 푸른색 수술복을 입고 캡을 쓰고 마스크를 하고 무영등 아래서 수술하고 있는 사진이었다. 동하는 집도의가 되어 수술팀을 이끌

악마 교수와

고 있는 벽안의 외과의사의 모습이 앞으로의 자기 모습이라고 생각하였다.

'언젠가는 반드시 수술팀을 총 지휘하는 집도의의 자리에 서고야 말리라. 반드시 그렇게 되겠다.'

강혁은 말했었다.

"자신의 소망이나 꿈을 마음속에 명확히, 그리고 잠재의식 속에 각인시켜 나가야 한다."

동하는 수술 사진을 보면서 훌륭하고 유능하고 멋진 외과의사가 되는 강력한 이미지를 마음속에 각인시키기로 한 것이다. 외과 강의시간에 외과의사가 되기 위한 자질에 대해 들은 내용도 마음 깊이 새겨 놓았다.

"훌륭한 외과의사가 되기 위해서는 3가지를 갖추어야 한다. 첫째는 독수리의 눈이다. 모든 것을 잘 보고 지혜롭게 판단해야 한다. 둘째는 사자의 심장이다. 냉정한 결정을 해야 하고 강인한 마음을 가져야 한다. 그리고 세 번째는 여자의 손이다. 부드럽고 섬세하게 손을 잘 쓸 수 있어야 한다. 이모든 것은 하루아침에 되는 것은 아니며 오랜 세월 수련 받으며 갈고 닦아 나가야 한다."

그렇게 동하는 외과공부를 더 열심히 하였다.

시간이 흘러 동하는 이제 본과 4학년이 되어 국가고시를 앞두고 있었다. 국가고시에 합격해야만 비로소 의사 면허증을 획득할 수가 있었다. 동하는 수면시간을 하루 3시간으로 줄이고 나머지 모든 시간을 오직 공부에 쏟아 부었다.

국가고시 날. 동하는 비장한 각오로 힘차게 시험장으로 향했다. 시험장은 전국의 각 의과대학에서 몰려든 학생들로 가득하였다. 모두가 자신처럼 수염도 깎지 않고 공부에 지친 모습들이었다.

동하는 침착하게 모든 시험을 잘 치러냈다. 그리고 마지막 시간, 시험지를 책상 위에 엎어놓고 나오는데 눈물이 핑 돌았다.

'이 시험을 한번 치르기 위해 도대체 얼마나 먼 길을 돌아왔고 긴 시간이 필요했던가?'

이제 시험은 끝났다. 돌고 돌아서 참으로 멀게도 온 길이었다. 최선을 다해 노력했고 모든 결과는 하늘에 맡길 뿐이었다. 모든 것이 끝났다고 생각하자 1월의 추운 날씨도 오히려 포근하게 느껴졌다.

그리고 1달의 초조한 시간이 지나고, 동하는 드디어 합격 통지를 받았다.

합격.

'아, 드디어 내가 의사가 되는구나.'

그러나 사랑하던 부모님은 자신이 시험에 합격한 것도 못 보신 채 세상을 떠나셨다. 하지만 지하의 부모님도 기뻐하시리라 생각했다. 거기다가 동하는 그해 치러진 의사국가고시에서 2위와의 격차를 엄청나게 벌이면서 전체1등 전국 수석 이라는 놀랍고도 탁월한 성적을 거두었다. 그렇게 동하는 C대학교의 명예를 드높였다. 물론 C대학교 의과대학도 수석졸업이었다.

졸업식장에서 동하가 앞에 나가 히포크라테스 선서를 낭독했다. 히포크라테스 선서는 전통적으로 수석졸업생이 하게 되어 있었다.

오른손을 번쩍 들어 히포크라테스 선서를 낭독하면서 자신도 모르게 눈시울이 뜨거워졌다. 그리고 어깨가 무거워지는 것을 느꼈다.

"이제 의업에 종사할 허락을 받음에 나의 생애를 인류 봉사에 바칠 것을 엄숙히 서약하노라. …… 나는 환자의 건강과 생명을 첫째로 생각하겠노라. 나는 의업의 고귀한 전통과 명예를 유지하겠노라."

졸업식장에는 많은 사람들이 와서 이 늙은 졸업생의 늦은 졸업을 축하해 주었다. 반가운 얼굴들이 나와서 꽃다발을 안겨주며 헹가래를 쳐

악마 교수와

주었다.

"의지의 사나이 박동하, 돌고 돌아서 기어히 왔구만이라."

"동하 이놈아야. 니 정말로 고생 많이 했대이."

삼총사 친구들도 모두 와서 축하해 주었다. 물론 동숙이 가족과 동희도 모두 와서 기뻐해 주었다.

"어머니, 아버지가 오빠가 졸업하는 모습을 함께 보셨다면 얼마나 좋을까……. 그리고 함께 짜장면이라도 사드릴 수 있다면……."

동희는 끝내 울음을 터뜨렸다. 동하도 목이 메어왔다.

'아아, 정말 부모님께서도 지하에서나마 내 졸업을 기뻐해 주실까.'

자신에게 큰 은혜를 베풀어 주시고 세상을 떠나신 포장마차 아주머니와 구멍가게 할머니의 모습도 떠올랐다. 저만치 서 있던 남형도 다가와 화환을 걸어주며 축하하며 어깨를 두드려 주었다.

"진심으로 축하한다, 박동하."

남태호는 동하가 3학년에 진급하던 해에 우수한 성적으로 사법고시에 합격하였다. 정신의 혁명을 일으킨 후 죽기 살기로 공부하였다고 했다. 저 히말라야의 영봉을 등반하는 심정으로, 엉덩이뼈가 문드러지도록 앉아서 수도자처럼 오직 자신과의 피눈물 나는 치열한 싸움을 벌인 것이었다.

"감사합니다. 태호 형의 도움이 없었다면 저는 다시 재기하지 못했을 겁니다."

진심이었다. 동하는 절망의 끄트머리에서 자신을 붙들어 주려고 애썼던 남형에게 늘 고맙고 미안한 마음이었다.

"하하, 이 사람. 그게 무슨 소리야. 다 자네가 열심히 노력한 거지."

"박형과 오형 소식은 듣고 있습니까? 고마움도 전하지 못하고 이렇게 살고 있습니다."

"지금 두 분 다 미국에 계신다더군. 내가 가끔 소식을 전하고 있네. 이번에 자네 소식을 전했더니 강형이 축하한다는 말을 전해 달라더군. 언젠가 만날 기회가 있겠지."

"언제 한번 찾아뵈어야지요. 저를 절망에서 구해주신 정신의 마스터 이신데……."

동하는 모두에 대한 고마움을 마음속에 깊이 새겼다.

졸업식장에는 선후배들과 의대 교수들도 모두 나와서 졸업생들을 축하해 주었는데 그중에는 김상헌 교수, 홍신태 교수, 정인범 교수, 그리고 황유진 교수의 모습도 보였다. 지옥의 조련사 같던 교수들도 그날만큼은 환하게 웃으며 졸업생들의 손을 차례차례 잡으며 축하를 해주었다. 그 무섭던 김상헌 교수조차도 동하의 손을 잡고 환하게 웃어 보였다.

"수고했네, 박동하 군. 그동안 고생 많았지. 정말 축하하네."

하지만 졸업생들은 여전히 황 교수 앞에서는 주눅이 들어 있었다. 황 교수는 그저 엷은 미소를 지으며 졸업생들의 인사를 받으며 악수를 해줄 뿐이었다.

동하도 자기 차례가 오자 정중히 황 교수에게 인사를 하였다. 황 교수는 생각하기도 싫은 섬뜩한 인물이었지만, 어쨌든 그도 스승은 스승이었다. 두 사람이 악수를 하자 많은 사람들이 박수를 쳐주었다. 동하와 황 교수의 악연은 이미 교수들과 선후배들 사이에서 모르는 사람이 없었기에 유난히 박수 소리가 더 컸다.

황 교수의 손은 힘이 있었다. 하지만 황 교수는 그저 고개를 두어 번 끄덕거렸을 뿐 아무 말도 없었다. 그리고 박수 소리가 멎자 그는 드디어 둘러선 졸업생들에게 한마디 하였다.

"자네들, 졸업은 축하하네만 이것으로 공부가 다 끝난 것이 아닐세! 이제 겨우 본격적으로 의학을 공부할 수 있다는 허락을 받은 것일 뿐,

악마 교수와

진짜 의학공부는 지금부터 시작일세! 그러니 너무 좋아할 것 없네! 열심히 해서 어정쩡한 의사 말고 진짜 의사, 진짜 의학도가 한번 되어보게. 졸업생들 중에서 어정쩡한 의학도가 너무 많아서 교수들이 실망이 크다네. 잘들 해보게……."

  잔칫집에 찬물을 끼얹는 소리였다. 역시 황 교수는 황 교수였다. 잠시 어정쩡하고 썰렁한 분위기가 되었지만 이내 졸업식의 흥겨운 분위기로 되돌아갔다.

그토록 어렵게

졸업을 하고 의사 면허증을 획득한 동하는 성적이 우수했기 때문에 대학 병원에 인턴으로 들어갈 수 있었다. 그러나 자신은 의사가 다 된 것이 아니요, 황 교수 말대로 이제 겨우 의학공부를 다시 시작하게 된 것에 불과했다. 전문의가 되기 위한 혹독한 수련 생활이 시작된 것이다. 이제부터는 병원에서 숙식을 하면서 24시간 환자들을 돌보아야 했다.

전공의 과정은 인턴 1년, 레지던트 4년으로 나뉘는데 인턴 기간에는 내과, 외과, 소아과 등 모든 과를 1달 간격으로 돌면서 근무한다. 인턴 근무가 끝나면 자기가 하고 싶은 과의 레지던트 수련을 받을 수 있었고 그 후 전문의 시험에 합격해야 비로소 해당과목의 전문 의사가 될 수가 있었다.

전공의 생활은 학교 다닐 때와는 또 다른 어려움이 있었다. 직접 환자를 대하며 느끼는 의학적인 문제와 인간적인 감정의 문제, 그리고 각기 다른 환경의 환자들을 대하며 느끼는 여러 가지 문제들이 복합된 어려움이었다.

동하에게 인턴 생활은 고달픔의 연속이었다. 도대체 쉴 틈이 없었다. 무슨 과를 가든 과마다 특성이 있었고, 나름의 어려움이 있었다. 또한 어디를 가든 과도한 업무량 속에서 허우적거려야 했다.

교수들과 상급자 레지던트와 간호사들로 부터 끝없이 질책을 당해야 했고 환자들로 부터도 끝없이 스트레스를 받아야 했다. IV(정맥주사), 채

악마 교수와

혈, 카테타(도뇨관) 꽂는 일, L-튜브 꽂는 일 등 무엇이든 서툴러서 핀잔을 당하기 일쑤였다.

그렇게 숨 막히게 돌아가는 병원의 바쁜 시스템 속에서 동하는 자신이 그저 하나의 기계 부속품 같은 존재처럼 느껴졌다. 시간이 어떻게 가는지, 계절이 어떻게 바뀌는지도 제대로 알 수가 없었다. 그저 하얀 미로 속을 끊임없이 뛰어다니고, 늘 불면과 허기를 액세서리처럼 달고 다녀야 했다.

동하는 하루 3~4시간밖에 못 자가며 온몸에 피와 가래와 소독약을 묻힌 채 병실로, 수술실로, 중환자실로, 응급실로 정말이지 구두 밑바닥이 타도록 뛰어다니는 생활을 계속하고 있었다.

하루 종일 물 한 모금도 제대로 못 마신 채 수술실에 전봇대처럼 붙박여 끊임없이 들어오는 수술환자들의 뱃속만 들여다보아야 하는 날도 부지기수였고, 환자들 곁에서 하얗게 밤을 새우는 날도 허다했다. 일을 잘못 처리해서 레지던트나 스태프 교수들에게 수없이 욕을 먹고, 구둣발로 차이거나 때로는 얻어맞아 코피를 쏟기도 하였다.

하지만 그런 과정들을 거치면서 동하는 많은 것을 배우고 느꼈고, 하나둘 술기(수술 기술)를 익혀가면서 실력을 늘려 나갔다. 고된 훈련의 연속이었지만 그 모두가 생명을 지켜야 하는 의학도의 사명을 위한 노력이고, 더욱 강인한 의사로 단련되어 가는 과정이라고 생각하였다. 사경을 헤매다가 다시 소생하는 환자들을 바라보며 보호자들과 함께 기쁨의 눈물을 흘리기도 하고, 꺼져가는 생명을 바라보며 안타까운 눈물을 흘릴 때도 있었다.

그렇게 1년간의 힘든 인턴 생활이 끝나자 동하는 평소의 희망대로 일반외과를 지원하였다. 외과의사가 되고 싶었다. 그런데 외과 의국과 외과 교수들은 동하의 나이와 과거 전력이 좋지 않다는 이유로 거부 의사를 밝혀왔다. 동하는 암담하였다. 외과 레지던트로 들어가지 못한다면 외과의사의 꿈도 물거품이었다.

레지던트로 들어가는 데는 인턴 근무 성적이나 레지던트 선발 시험 성적도 중요했지만, 해당과 교수들의 면접시험 등 여러 변수가 작용했다. 동하는 고심 끝에 예전에 큰 도움을 주었던 내과의 박석민 교수를 찾아가 간곡히 매달렸다.

"그래, 자네 꼭 외과를 하고 싶단 말이지?"

"그렇습니다. 교수님, 꼭 좀 도와주십시오. 최선을 다해 열심히 하겠습니다. 의지할 데라고는 교수님밖에 없습니다."

"그래, 칼잡이가 되겠다는 말이지? 그래, 내가 보아도 역시 자네는 외과 체질이야. 노력해 보세."

다행히 박 교수는 자신을 도와주겠다고 약속했다.

"알겠네. 나도 별 힘이야 없지만 외과 교수들과 대학 당국에 얘기하고 항의할 것은 강력히 항의하겠네. 나이가 많다거나 과거 전력 등으로 불이익을 당해서는 안 된다고 얘기하겠네. 하지만 시험은 꼭 잘 보아야 하네."

동하는 최선을 다하기로 약속하였고, 드디어 외과의 레지던트 선발 시험을 보게 되었다. 10여 명의 지원자들 중에서 동하가 필기시험 수석을 차지했다.

인턴 근무 성적도 최우수 그룹에 속해 있었다. 면접과 기타 과정에서 여러 가지 반대의견도 많이 있었지만, 박 교수의 힘이 작용했는지 동하는 외과 1년차 레지던트로 최종 선발되었다.

C대학교는 전통적으로 외과에서 국내 최고 수준의 권위를 자랑하는 대학이었다. 그래서 외과 입국이 보통 까다로운 것이 아니었다. 박 교수의 도움이 없었거나 성적이 우수하지 않았으면 외과 입국은 어림없었

악마 교수와

을 터였다.

　우여곡절 끝에 일반외과 레지던트로 확정된 동하는 우선 내과의 박석민 교수를 찾아가 선물을 전해드리며 감사의 인사를 올렸다. 그리고 또 한 군데 찾아갈 사람이 있었다. 바로 황유진 교수였다. 황 교수는 동하의 방문에 다소 놀라는 표정이었으나 뜻밖에도 매우 반가워하였다.

　"그래, 앉게나. 무슨 일인가? 바쁠 텐데."

　"실은 교수님께 전해 드릴 것도 있고, 사과도 드릴 겸 해서 들렀습니다."

　"사과? 그리고 전할 게 있다니? 어쨌든 자네가 외과 레지던트가 되었다는 소식 들었네. 축하하네, 하하하. 내 지난 얘기지만 사실 자네만큼 메스를 잘 쓰며 해부를 잘하는 학생도 흔치 않았다네. 그래, 훌륭한 외과의사가 한번 되어보게. 사실 공부는 이제부터 시작이지, 하하하."

　황 교수가 자신을 환대하며 무척 즐거워하자 동하는 오히려 어색해서 어리둥절할 지경이었다. 하하하 하는 웃는 모습도 낯설어 보였다.

　"감사합니다, 교수님. 그리고 실은 제가 과거에 교수님댁 현관유리창이며 안방이며 부엌 기물을 깨고 교수님 욕도 많이 했었습니다. 늦었지만 진심으로 사과를 드립니다."

　동하는 자리에서 일어나 정중하게 고개를 숙이며 사죄했다.

　"하하하, 다 지난 일 아닌가. 물론 나도 다 알고 있었네. 하지만 사람이 감정이 격해지면 그럴 수도 있는 거지. 가보게, 내 다 용서했네. 자네가 유리창만 깨고 아예 도망쳤다면 나도 자네를 소인배로 생각하고 용서하지 못했을지도 모르지. 하지만 자네가 다시 의대에 들어와 졸업을 했는데, 그거면 된 것 아닌가. 그것으로 충분하다네. 하하하. 자네가 나 때문에 당한 괴로움도 컸을 텐데……."

　"그래서 이거……."

　동하는 인삼차가 들어 있는 선물 상자 위에 흰 봉투를 얹어 조심스럽게 황 교수 앞에 디밀었다.

"이게 뭔가?"

황 교수는 깜짝 놀라는 표정으로 바라보았다.

"유리창과 기물파손 값입니다. 죄송합니다."

"유리창과 기물파손 값? 하하, 이 사람 내가 괜찮다고 하지 않았나. 다시 가져가게. 이미 오래된 옛날 일 아닌가."

"그래도 받아 주십시오."

"아니야, 가져가게."

"아닙니다, 꼭 받아 주셔야 합니다."

동하는 지지 않고 다시 봉투를 디밀었다.

"이 사람하고는. 어쨌거나 자네는 내 제자가 아닌가? 내가 됐다는데, 자네는 나를 스승으로 생각하지 않겠다는 얘긴가?"

황 교수는 왠지 이상하리만치 친절하였다. 하하하 하는 웃음소리도 낯설었다.

'스승? 당신이 언제 스승이었던가? 나에게는 철천지원수였는데. 이제 와서 뒤로 빼겠다는 것인가?'

동하는 다시 한번 고집을 부렸다.

"그래도 받아주십시오!"

"하하, 이 사람. 그까짓 돈이 필요하다면 내가 나가서 벌었네. 내가 원하고 바라는 것은 자네들이 공부를 잘해서 뛰어난 의학자가 되어 주었으면 하는 것일세. 그리고 더 나아가 대의(大醫)가 되어 주었으면 하는 것이 내 바람이네. 내가 괜찮다는데 무얼 자꾸 받으라는 것인가!"

황 교수가 웃으며 말하자 동하는 하고 싶은 말을 냅다 해버렸다.

"아닙니다. 그런 것보다는, 교수님과는 뭔가 계산을 확실히 해두고 싶습니다!"

악마 교수와

"뭐야? 계산을 확실히 해?"

순간 황 교수가 버럭 소리를 질렀다.

"좋다! 건방진 놈. 배짱이 겨우 그것밖에 안 되더란 말이냐. 이런 소인 배같이 옹졸한 놈, 그게 얼마더냐?"

황 교수는 당장 봉투를 받더니 돈을 꺼내서 세었다.

"그때 유리창과 기물파손 값으로 50만 원이 들었다. 여기서 50만 원을 제하마. 자, 나머지는 가져가라. 이 선물도 가져가고! 다 필요 없다. 썩 나가! 건방진 녀석. 그런 소견으로는 대의(大醫)는커녕 소의(小醫)도 되기 어렵겠다. 한낱 잡의 같은 놈. 썩 나가!"

"아니, 나머지 돈도 다 받아 주십시오. 더 드리겠습니다."

동하는 나머지 돈이 든 봉투를 다시 디밀었다. 그러자 황 교수는 버럭 소리를 질렀다.

"너 박동하, 나보고 돈을 더 받으라고? 그래, 네 까짓 게 레지던트 나부랭이 되었다고 누구를 희롱하러 드느냐! 이런 싸가지 없는 새끼, 썩 나가지 못해!"

황 교수는 선물과 봉투를 내던지며 교육봉 몽둥이를 집어 들었다. 동하는 허겁지겁 인사를 한 후 나머지 돈이 든 봉투와 선물을 주워들고 냉큼 물러나왔다. 얼굴이 심하게 화끈거렸다. 씁쓸한 기분이었으나 어쨌든 기물파손 값은 드렸으니 어쨌든 뭔가 찜찜했던 빚을 갚았고, 뭔가 해결되었다는 후련한 느낌도 들었다.

어쨌든 동하는 그렇게 외과 레지던트가 되었고 수하에 인턴을 거느리게 되었다. 하지만 인턴 때보다 더 바빴고 이제 모든 환자와 행위에 직접적인 책임을 져야 했으므로 어깨가 더 무거웠다. 수술실로, 병실로, 중환자실로 매일 뛰어다녀야 하는 일상도 변함이 없었다. 수많은 각종 수술이 매일 진행이 되었다.

그런 가운데 하나둘 동하는 외과의사로서의 지식과 술기를 익혀 나갔다. 그리고 외과의사로서 강인한 체력을 기르기 위해 체력 단련도 계속해 나갔다.

애타는 눈빛으로 손을 흔드는 수많은 환자들의 손을 잡아주며, 그들과 함께 하얗게 밤을 밝히며 생명 앞에서 고뇌하기도 하였다. 그리고 또 많은 눈물을 흘리며 의학의 한계에 절망하기도 하고, 또 소생하는 수많은 환자들을 바라보며 기쁨의 눈물을 흘리기도 하였다.

동하는 외과 레지던트가 되어 그 바쁜 와중에도 틈만 나면 혼자서 타이(Tie) 봉합 연습을 하였다. 봉합사를 가지고 묶는 연습이었다. 손가락과 손을 빨리 날렵하게 움직여야 했다. 니들 홀더(Needle Holder)에 니들(바늘)을 끼워 봉합사로 수처(Suture 봉합)하는 연습도 열심히 하였고 수시로 손 운동을 하였다. 외과의사로서 손을 섬세하고 부드럽게 만들어야 했다.

그리고 틈만 나면 강인한 체력을 기르기 위해 병원 옥상에 올라가 운동도 하고 단전호흡이나 팔굽혀펴기를 했다. 수술실에서 몇 시간씩, 때로는 대수술이나 장기이식수술 등을 하려면 10시간 넘게 24시간도 서 있어야 했는데, 그때를 대비하여 미리 체력을 길러 두어야 했다.

동하는 교과서, 논문, 교수, 선배 전공의, 간호사, 간호조무사, 간병인, 환자, 보호자, 그 모두를 자신의 스승이라 생각하고 그들로부터 무엇이든 다 배워 나갔다.

그중 환자들이 가장 많은 것을 가르쳐 주는 스승이었다. 드레싱(Dressing 상처치료) 하는 일, L-튜브나 카테타 꼽는 일 등, 어떻게 해야 환자가 편하고 무엇이 불만인지 작고 사소한 것까지 모두 실제 환자들을 통하여 배우고 깨우쳐 나갔다. 그리하여 레지던트 3년차가 되자 이제 시간이 좀 나게 되었다. 숨 가쁘게 돌아가는 쳇바퀴 같던 생활도 이제 서서

악마 교수와

히 안정되어 가고 있었다.

그런데 동하의 가슴 속에는 왠지 채워지지 않는 무엇이 있었다. 때때로 가슴 한 구석이 저리도록 아프기도 했다. 그것은 오랫동안 그립지만 오직 한 가지 목표만 보고 달려오느라 소식조차 아득해진, 이름조차 그리운 한 여인 때문이었다.

노총각 박동하가 외과 레지던트가 되자 여러 곳에서 청혼이 들어왔다. 아무것도 없는 동하였지만, 재력과 권력이 있는 집안에서도 청혼이 쇄도하였다. 그러나 동하는 아무에게도 관심이 없었다. 가슴 속에는 오직 한 사람, 해맑은 눈동자의 청순한 소녀였고 천사같이 아름다운 여인이 된 수아로 가득 차 있었다.

윤수아. 동하는 이제 수아를 찾고 싶었다. 그래서 섬김의 집으로, 안면도 성당으로 열심히 전화를 걸어 소식을 알아보았다. 하지만 허사였다. 너무 오래 전 일이라 연락이 닿지 않는다고 했다. 동하는 그동안 공부에 매달리느라 세월 가는 줄 몰랐던 자신을 탓하였다.

그러던 중 안면도 성당에서 다시 수소문 하여 수아의 거처를 알아내 주었다. 그녀는 S시에 있는 가톨릭계 양로원에서 일하고 있었다. 동하는 당장 양로원으로 전화를 걸었다.

"전화 바꿨습니다. 누구신가요?"

"나요, 나…… 박동하입니다."

그리웠던 수아의 목소리를 듣는 순간 동하는 목이 메었고 왈칵 눈물이 쏟아지려고 하였다. 이미 많은 세월이 지나 성숙한 숙녀가 되었고, 어쩌면 결혼을 했을지도 모를 그녀에게 예전처럼 반말을 하기도 어색했다.

"네? 아…… 동하 오빠?"

그녀는 다행히도 금세 자신의 목소리를 알아들었고, 반가워서 어쩔 줄 몰라 했다.

"레지던트가 되셨다니 축하드려요. 정말 잘되셨네요."

동하는 이틀 후 양로원 근처로 찾아가겠다고 하였다. 그렇게 둘은 이틀 후에 만나기로 약속을 하였다. 수아는 그동안 간호대학을 졸업하여 간호원(간호사)이 되어 양로원에서 일하고 있었다.

그날 밤 동하는 잠을 이룰 수가 없었다. 그녀가 아직 미혼인 채로 있다는 것을 확인했기 때문이었다.

'그녀가 허락하면 그녀와 결혼할 수도 있지 않을까.'

동하는 희망으로 가슴이 부풀어 올랐다. 그리고 이틀 후 설렘과 떨리는 마음으로 수아와 재회했다. 두 사람은 처음엔 서로 아무 말도 하지 못하고 잠시 바라보기만 하였다. 그러다가 넘치는 반가움에 동하가 먼저 그녀의 손을 덥석 잡았다. 눈시울이 뜨거워졌다. 그녀도 반가워하기는 마찬가지였다.

세월이 흘렀건만 그녀의 청순함과 아름다움은 그대로였고 교양 있고 훌륭한 처녀가 되어 있었다. 명랑하고 밝고 잘 웃는 것도 예전과 똑같았다.

"미안하오. 진작 찾아왔어야 하는 건데. 수아 씨는 내 생명의 은인인데."

"동하 오빠, 무슨 말씀이세요. 외과를 하신다니 얼마나 힘들고 바쁘시겠어요? 제가 진작 찾아뵙고 인사라도 드렸어야 하는 건데……. 제 일이 오래 자리를 비우기가 힘들다 보니 늘 바쁘다는 핑계만 대었네요."

수아는 오히려 동하를 걱정해 주었다.

그날은 그저 재회의 반가움에 서로 안부 얘기를 하고 그동안 서로 지내 왔던 이런저런 지난 얘기를 나누다가 헤어졌다. 그녀가 우선 시간이 없었고, 동하도 가슴속에 품은 마음을 불쑥 꺼내기가 쑥스러웠다. 그러나 수아가 아직 결혼을 하지 않았고, 다시 만났다는 것만 해도 너무나

악마 교수와

큰 기쁨이었다.

그날 이후 동하는 그녀에 대한 그리움과 열정으로 타오르기 시작했다. 그것은 참으로 오랫동안 휴화산처럼 잠자고 있던 열정이었다. 사랑은 그렇게 다시 왔다. 한순간 폭포수처럼, 밀물처럼, 폭풍우처럼 그렇게 왔다.

동하는 온통 수아에 대한 그리움과 생각으로 일손이 제대로 잡히지 않았다. 눈을 떠도 눈을 감아도 그녀의 모습이 머리에서 떠나지 않았다. 그녀의 아름다운 자태와 순수하고 고귀한 영혼까지 그 모든 것이 사랑스럽고 눈부셨고, 생각만 하여도 한없이 가슴을 설레게 하였다. 수아 생각만 해도 모든 세포들이 기쁨으로 충만하고 전신에 새로운 힘이 샘솟는 것 같았다. 참으로 오랫동안 포기하고 잊고 살았던 첫사랑의 열병에 빠진 것이었다.

'수아와 결혼하리라. 그녀에게 내 마음을 털어놓으리라.'

동하는 부푼 가슴으로 그녀를 자주 찾아갔다. 그녀와 함께 하는 시간이 목 타도록 기다려지고 아름답게 느껴졌다. 그녀와 함께 있으면 하늘은 더 푸르고, 햇살은 더 화사 하였으며, 꽃은 더 아름답게 피어나는 것 같았다. 그리고 수아와 함께 할 아름다운 꿈으로 한없이 부풀었다. 그리고 마침내 그녀에게 청혼을 하였다.

"수아, 나와 결혼해주겠소? 진심이오."

"아……!"

그녀는 그 순간 너무나 놀란 표정을 지었고, 아무 말도 하지 못했다.

"아, 놀라게 했다면…… 정말 미안하오. 내 말이 너무 갑작스러웠을 거요. 그렇지만 아주 오래 전부터 수아와 결혼하고 싶었고 그건 진심이오. 지금 당장 대답하라는 건 아니니까 다음에 대답해도 돼요. 내 언제든 기다릴 테니……."

그날 두 사람의 만남은 어색하게 끝이 났다. 그녀에 대한 사랑의 열정에 불타올랐던 동하는 그녀의 침묵에 큰 충격을 받았다. 그러나 한편으로는 희망을 저버리지 않고 있었다.

동하의 청혼을 받은 수아도 큰 충격을 받았다. 비록 다정하고 긴 연애 기간은 없었지만, 자신을 과거부터 아껴주고 사랑해 주던 고마운 사람이었다. 참으로 힘겹게 마라톤을 달리듯 달려온 사람이고 앞으로도 큰 일을 해내실 분이라고 굳게 믿어 왔었다. 그리고 그 넓은 가슴에 한번 안겨보고 싶은 강인하고 믿음직스러운 남자로 느껴진 적이 없다면 거짓말이었다.

'내가 만약 박 선생님과 결혼해서 행복한 가정을 꾸리며 살게 된다면⋯⋯?'

수아는 그런 생각이 들 때마다 가슴이 뛰고 잠을 못 이루기도 하였다. 그러나 자신은 이미 오래전에 한 사람을 사랑하기보다는 자신을 필요로 하는 곳에서 더 많은 사람들에게 자신의 사랑을 베풀기로 천주께 맹세한 몸이었다. 어린 시절부터 수녀가 되어 가톨릭에 귀의하기로 결심한 것이다.

수아는 인간의 정으로 천주께 맹세한 약속을 지켜야 할지 허물어 버려야 할지 마음의 갈피를 잡을 수가 없었다. 사실 수도자의 길을 가기로 결심하고 생활하면서도 가끔 동하 오빠를 생각했던 수아였다.

하지만 동하 오빠가 자신을 찾아와 다시 만나게 되리라고는 생각하지 못했었고, 나이가 나이인 만큼 이미 결혼해서 잘살고 있는 줄로 알았었다.

그날 이후 지난날 함께 했던 기억과 즐거움으로 동하 오빠를 여러 번 만나면서 그녀도 즐겁고 행복하였다. 하지만 막상 진심 어린 청혼을 받고 나자 마음을 주체할 수가 없었다.

수아는 오랫동안 외부와 연락을 끊은 채 깊은 번민에 휩싸였다. 그리

악마 교수와

고 마침내 굳은 결단을 내렸다. 떨리는 손으로 펜을 들었다. 그녀의 뺨 위로 하염없이 눈물이 흘러내렸다.

'존경하는 박 선생님. 청혼을 받고 오랫동안 번민하고 고뇌하고 기도하였습니다. 각고의 노력 끝에 훌륭한 외과 전공의가 되신 모습에 존경스러웠으며, 보잘것없는 저를 그렇게 생각해 주시는 것이 과분하고 고마웠습니다. 저 역시 그동안 여러 번 청혼을 받았지만 이렇게 마음이 흔들리고 괴로운 적은 한 번도 없었습니다. 저 역시 박 선생님을 존경하고 좋아하고 사랑하는 마음입니다.

하지만 일찍이 천주님께 맹세한 청빈, 성결, 순종의 그 귀한 모든 약속을 저버리기에는 제 마음이 너무 약한 것 같습니다. 박 선생님, 부디 좋은 분 만나셔서 행복한 가정을 이루시기를 천주님께 기도하고 또 기도드리겠습니다. 수아 올림'

수아는 그렇게 떠났다. 편지 한 장 달랑 남기고 수도원으로 떠나버린 것이다. 신의 품속으로 떠나 버린 것이었다. 동시에 동하의 수아에 대한 사랑도 차디찬 실패로 끝나버렸다.

그 이후 동하는 너무 허전하고 허탈해서 혼자서 미친 듯 돌아다녔다. 가슴속 하나 가득 허탈과 공허, 그리고 외로움뿐이었다. 자신에게는 처음 느낀 사랑의 감정이었다.

'수아……'

생각해보면 그녀는 안개 속에 휩싸여 있는 하나의 별이었다. 자신의 가슴속에서 보석처럼 밝고 찬란하게 빛나는 청아한 하나의 별이었다. 하지만 그 별은 너무나 멀리 있었다. 접근할 수도 없는, 자신의 손이 도저히 닿을 수도 없는 저 높은 성역에서 빛나고 있는 별이었다. 얼핏 비추었다가 사라져 버린 별이었다.

그래서 동하의 가슴은 더 크게 무너져 내렸다. 사랑할 수도, 사랑해서도 안 되는 사람이었다. 가톨릭의 성벽에 둘러싸인 신의 여자였다. 그러나 그럴수록 그녀에 대한 목마름과 그리움도 점점 더 커갔다. 일도 공부도 제대로 손에 잡히지 아니하였고 마음을 잡을 수가 없었다.

동하는 신을 원망하였다. 하늘에 높이 솟아 있는 모든 교회와 성당의 십자가 철탑들조차 원망스러웠다. 그것들은 모두 칼이 되고 창이 되어 자신의 가슴을 찔러오는 것 같았다.

'신이 수아를 빼앗아 가버리다니.'

첫사랑이 그렇게 참담한 실패로 막을 내리자 동하는 아예 결혼할 마음조차 사라져 버렸다. 물론 다른 사람을 만나 결혼할 수도 있었다. 그러나 진정 마음에 두었던 수아가 떠난 마당에 결혼 같은 것은 생각하고 싶지도 않았다. 그녀가 아니었으면 자신은 벌써 죽었을 목숨인데 그 이상을 기대한다는 것은 욕심인지도 몰랐다.

동하는 마음의 방황을 거듭하다가 다시 외과 수련과 공부에 모든 것을 쏟아붓기로 하였다. 각종 수술에 참여하여 술기를 익혀 나갔고, 외과 교수들이나 선배들로부터 많은 것을 배우고 익혀 나갔다. 이제 훌륭하고 유능한 외과의사가 되는 일에만 몰두할 생각이었다.

세월은 흘러가는 것. 그렇게 고달프고 긴 전공의 생활이 끝나고 동하는 전문의 고시에 응시하여 당당하게 수석으로 합격하였다. 드디어 외과 전문의사가 된 것이다. 그리고 미국의사시험에도 합격하여 미국의사 면허증도 획득하였다.

그러나 의학도의 갈 길은 끝이 없었다. 전문의 자격을 취득한 후 이제 동하는 자신의 진로를 놓고 다시 번민해야만 했다. 주위에서는 그에게 종합병원에 취직하거나 개업을 해서 빨리 돈을 벌라고 하는 사람들이 많았다. 그동안 허송세월로 흘려보낸 시간과 나이를 생각할 때 빨리빨리 개업을 하든가 해서 돈을 많이 벌어 기반을 닦아야 할 것 아니냐는

악마 교수와

얘기였다. 맞는 얘기 같았다.

그리고 그의 술기와 실력을 아는 여러 곳에서 청탁이 들어왔다. 파격적으로 높은 보수를 제의하며 과장으로 와달라는 사립 병원들의 주문이 쇄도하였고, 건물이나 의료 기구를 무상으로 모두 대여해 줄 테니 개업을 하라는 제의도 많이 들어왔다.

하지만 동하는 그 모든 화려한 제의를 정중히 사양하였다. 자신이 돈을 벌기 위해, 돈만을 위해 인고의 세월을 달려온 것은 아니었다. 기왕 시작한 공부였으니 교수가 되고 싶었다. 그러나 교수가 되는 것이 쉬운 일이 아니었다. 평생 공부를 계속해야 하는 힘든 길이었다. 오직 학문에 대한 명예와 권위, 그리고 의학의 발전을 위해 헌신해야 하는 길이었다.

그리고 의학도 에게는 엘리트 중의 최고 엘리트라는 명예와 권위 때문에 아무나 교수로 뽑아주는 것이 아니었다. 기초든 임상이든 우선 실력이 최우수 그룹으로 탁월하게 우수해야 하며, 기타 출신 고교나 교수들 간의 알력 배경 등이 많은 영향을 끼쳤다. 한마디로 말해 교수로 임용되기는 매우 까다롭고 어려웠다.

더욱이 전통적으로 국내 최고 수준의 실력을 자랑하는 본교 의과대학 외과에 교수로 들어가기는 하늘의 별 따기였다. 교수(전임강사) 한 명을 선발하는 데 외국에서 공부한 선후배까지 합쳐서 10여 명이 각종 배경과 금력, 그리고 실력을 앞세워 밀고 들어왔다.

교수 지망자들 중에는 가정이 부유한 사람들이 많았다. 그러나 동하는 다른 인맥이나 재력, 권력이 있는 것도 아니었다. 사실 박석민 교수밖에 의지할 데가 없었다. 그리하여 다시 박 교수를 찾아갔다.

"그래, 자네 교수가 되고 싶단 말이지?"

박 교수는 조금 놀랍다는 반응을 보였다. 돈과 명예를 거머쥐고 신분 상승을 할 수 있는 길이 펼쳐져 있는데, 굳이 그 어렵고 힘든 외길을 걷겠다니 의아하기도 했을 것이었다. 그러나 동하는 굳은 의지를 보였다.

"여러 가지로 부족하지만 꼭 학문의 길로 나가고 싶습니다."

"그래 각오는 되어 있나? 나도 교수를 하고 있지만, 이 길은 험난하고 힘들다네. 좀 더 편하게 사는 방법도 많을 텐데……."

동하의 힘든 가정 사정을 잘 아는 박 교수가 고개를 갸웃거렸다.

"각오하고 있습니다!"

동하의 힘찬 대답에 박 교수도 흔쾌히 화답했다.

"그래? 역시 자네답군. 고맙고 환영일세. 내 생각이 맞았어. 자네가 이렇게 큰 그릇일 줄 진작 알아봤다니까. 하하하. 사실 어디 의사라고 다 의사인가."

"감사합니다, 교수님."

동하는 사심 없이 도와주는 박 교수가 정말 고마웠다.

"하지만 너무 기대는 하지는 말게. 우리 대학의 외과 교수는 들어가기가 아주 어려운 자리일세. 혹시 안 되더라도 너무 실망하지 말고 계속 학문의 길을 가야 하네. 다른 병원에 취직해서 계속 공부하면서 다른 대학 강사 자리라도 알아보고 계속 노력해야 하네."

박 교수는 현실을 주지시키며 동하를 격려했다.

"알겠습니다. 다시 한번 부탁드립니다. 밀어 주십시오."

동하가 재차 고개를 숙이며 부탁했다.

"그럼세. 힘써 보겠네. 그리고 참, 자네는 갈 길이 먼 사람일세. 그보다 이제 돈도 벌고 결혼도 해야 할 것 아닌가? 이제 노총각도 한참 지난 나이 아니야. 내가 다리라도 좀 놓아 줄까."

박 교수가 말끝에 동하를 안쓰럽게 바라보며 말했다.

"아닙니다. 결혼은 이왕 늦은 거 더 있다 해도 그만이고, 돈에도 욕심이 없습니다. 다만 기왕 시작한 공부, 이 길에서 끝을 보고 싶습니다!"

악마 교수와

동하의 각오에 박 교수도 허허 웃었다.

그리고 얼마 후 박 교수가 동하를 불렀는데 얼굴이 매우 어두웠다. 교수로 들어가기가 거의 불가능하다는 얘기였다. 예상했던 일이었다.

"내 알아보았네만 외과 신임교수 한 명을 뽑는데 열 명도 넘게 응모를 했더구만. 그 중 미국에서 외과 전문의를 취득하고 온 사람이 세 명이나 되고, 외국에서 박사학위를 취득하고 온 사람이 네 명, 국내 박사학위 소지자도 세 명이나 되네. 오종만이도 원서를 냈더군."

"오종만이요?"

"그래, 그 친구 독일 마인츠의대에서 박사학위도 따고 지금 신생의대인 ㄱ의대에 교수로 있지 않나. 소화기외과 전공이야. 우리 대학 교수로 오려고 혈안이 되어 있다는군. 배경이 대단해 유력후보 중 하나라고 국회의원과 총장도 오종만이를 밀고 있다는 소문이야. 그밖에 재벌이나 장관이 미는 후보들도 많이 있네."

"그렇군요."

"그렇다 보니 자네는 전혀 불가능한 상황일세. 거기다 자네가 과거 유급을 당하고, 퇴학까지 당하고, 난동을 부린 전력이 있어서 아예 교수 임용 원서 접수도 못 받아 주겠다고 하더군."

박 교수도 난감한 모양이었다.

"차라리 다른 신생 의과대학이나 중소병원의 과장으로 나가는 게 어떻겠나? 하긴 신생 의과대학도 어렵기는 마찬가지지. 워낙 어렵거든. 아니면 차라리 미국에 유학을 가서 박사학위 공부를 하든가."

당연히 그럴 것으로 예상은 했었지만 동하는 암담하였다. 여기서 들어가지 못하면 교수의 길은 끝이었다.

"교수님, 시험을 잘 치르겠습니다. 제발 교수 임용자 후보에만 오를 수 있게 힘을 써주십시오. 정말 간곡히 부탁드립니다."

동하는 다시 박 교수를 붙들고 애원하였다. 그 수밖에는 없었다.

"글쎄, 우리 대학 외과가 워낙 어려운 곳이라서……. 내 마지막으로
한 번 더 노력을 해보겠네만. 어쨌든 임용시험도 잘 보아야 하네. 그러
나 너무 기대는 말게."

"알겠습니다. 꼭 좀 부탁드리겠습니다. 그리고 그 은혜는 평생을 두고
갚겠습니다, 교수님."

그날 이후 박 교수는 다른 교수들을 찾아다니며 다시 박동하 구명 운
동을 벌였다.

"박동하는 의과대학을 전체 수석으로 졸업했고, 그해 의사국가고시에
서도 전체수석을 하여 모교의 명예를 빛냈습니다. 인턴, 레지던트의 전
공의 과정도 우수한 성적으로 마쳤어요. 전문의 고시에서도 필기시험
에서 1등으로 합격했고, 오랄 테스트에서도 최상위 성적을 거두지 않았
습니까? 그는 분명히 공부를 해낼 사람입니다. 그런데 왜 그가 교수 임
용에 부적절하다는 거죠? 학문을 하는 데 나이가 무슨 문제이며 더구나
그의 과거가 무슨 장애가 된단 말입니까?"

박 교수는 자기 일이라도 되는 것처럼 자존심을 접고 다른 교수들에
게 사정도 하고, 회유도 하고, 부탁도 하고, 심지어는 협박까지 해가면
서 최선을 다했다. 그리하여 다행히 동하는 교수 임용자 후보 대상에 가
까스로 오를 수가 있었다. 그리고 임용시험을 잘 치렀다. 박 교수의 노
력이 없었다면 전혀 불가능한 일이었다.

C대학교 의과대학의 외과 교수가 된다는 것은 곧바로 외과학계의 중
심으로 진입할 수 있는 교두보를 확보하게 되는 셈이었다. 그래서 응시
자들 모두 결사적으로 치열한 경쟁을 벌이고 있었던 것이다.

최종결정을 앞두고 대학 내에서도 여러 가지 말이 많았다. 응모자들
모두 경력이 화려하고 다양해서 뚜렷하게 우열을 가릴 수가 없었기 때

악마 교수와

문이었다.

결국 기본적인 시험점수 및 여러 가지 학위점수, 그리고 외과 교수들과 각과 주임교수 및 병원장 학장을 포함한 간부 교수들의 응모자별 구두시험 및 면접 점수를 모두 합산하여 교수 임용자를 뽑기로 결론이 났다.

거기에다 의과대학 전체교수들의 투표 점수를 합산하여 최종 1명을 결정하기로 했다. 그런데 그 치열한 경쟁 속에 동하가 1차 투표에서 최종 후보 5명에 들어갔고, 2차 투표에서 3명 안에 들어갔고, 3차 투표까지 가서 차점자보다 2점이 많은 점수를 받아 교수 임용자로 최종 결정이 되었다.

동하는 놀라웠고 믿어지지 않았다. 스스로 생각할 때도 자신이 교수 임용자로 결정될 가능성은 1퍼센트도 안 된다고 생각했었다. 그런데 너무도 기적 같은 일이 현실로 일어난 것이었다.

어쩌면 지원자들 간의 지나친 경쟁과 교수들 간의 파벌과 알력 때문에 여기저기로 점수가 분산되고 몰리고 하는 바람에 오히려 자신이 반사이익을 보게 된 것 같았다. 물론 박 교수의 노력도 컸을 것이다. 박 교수가 은인이었다.

어쨌든 하늘이 내려준 기적 같은 일이었다. 달걀로 바위를 부순 것 같은 일이 현실로 나타난 것이었다. 다른 사람들도 의외의 결과에 놀라워하였다. 동하는 그렇게 하늘의 도움으로 당당히 외과교수(전임강사)로 임용이 되었다.

동하가 외과교수 임명장을 부모님 산소에 바치던 날, 온 동네 사람들이 다 모여 축하해 주었다.

"어머니, 저 동하 왔습니다. 좋은 날도 못 보시고 고생만 하시다 떠나신 어머님, 이제 편히 눈 감으시고 하늘나라로 가세요."

마을에서는 동네 입구에 축하 플래카드를 걸어 주었으며, 돼지를 잡고 농악대를 불러 풍물을 치며 잔치를 벌였다. 마을에서 대학병원 외과교수가 탄생했다며 진심으로 축하해 주었다.

외과교수가 된 동하는 이제 더 열심히 일하였다. 동문회 후배들에게 물려주었던 고마운 유골도 회수하여 다시 그 산에 묻어주었다. 내과의사가 된 최충일과 신경외과 의사가 된 서경택과 함께가서 그 산에 묻었고 잔디를 심고 감사의 비석까지 세워주었다. 그리고 그동안 도움을 받았던 사람들과 고향 마을 사람들, 고교 동문회에도 기부와 무료봉사로 신세를 갚아 나갔다.

주위에서는 이제 더 늦기 전에 빨리 결혼부터 하라고 성화였다. 비록 많이 늦었지만 아무것도 가진 것이 없는 동하였지만, 당당한 국립 대학교 외과교수였다. 여러 곳에서 청혼이 들어왔고, 동하를 따르고 좋아하는 여자 후배의사들 이나 간호사들, 그리고 여자 지인들도 많았다. 하지만 교수가 된 후 더욱 어깨가 무거워지고 가야 할 학문의 길이 끝이 없어 보였기에 동하는 한눈을 팔 새가 없었다.

다른 청혼을 물리친 것은 어쩌면 그것은 수아에 대한 그리움 때문일지도 몰랐다. 알음알음 수소문해 본 결과 그녀는 수녀가 되었고 수도회의 사역 사업에 따라 캄보디아 쪽으로 떠나 봉사활동을 하고 있다고 했다.

수아 소식을 듣고 나자 동하의 그리움은 점점 더 커졌고, 마음을 잡을 수가 없었다. 마음을 잡고 열심히 공부를 하려 하였으나 잘 되지 아니하였다. 논문을 쓰거나 강의를 하거나 학회에 나가 발표를 하거나 토론을 하는 일도 예전처럼 열성적으로 잘 되지 않았다. 모든 학교생활이 나태해져 가고 있었다.

그러던 어느 날이었다. 동하는 전에 미국 외과학회에 기고하기로 한 논문을 쓰기 위해 소장의 최신 해부학에 관한 연구논문과 관련 자료들

악마 교수와

을 해부학 교실에 의뢰했었다.

동하는 해부학 교실의 조교 선생이나 학생, 아니면 사무실 직원을 통해 자료를 전달받게 될 줄로 생각하였다. 그런데 어느 날 오후, 누군가 노크를 하기에 문을 열었는데 뜻밖에도 황 교수가 서 있었다.

"안녕하십니까, 교수님?"

황 교수는 생각하기도, 쳐다보기도 싫은 섬뜩한 인물이었지만 싫든 좋든 자신에게는 스승이었다. 그리고 당신도 이제 노 교수가 되어가고 있었다. 그래서 동하는 스승에 대한 예를 갖추어 황 교수를 정중히 맞이했고 소파에 앉으시도록 권하였다. 황 교수는 오랜만에 온화한 미소를 지어 보였다.

"그래, 박 교수. 재미가 어떤가? 교수생활 할 만한가? 자네가 열심히 하고 있다는 소문은 들어서 잘 알고 있네."

"뭐, 그렇지도 못합니다. 과찬의 말씀이십니다."

동하는 황 교수의 칭찬이 감사하기는 하였으나 그에 대한 앙금은 여전히 녹지 않는 납덩이처럼 가슴속에 무겁게 남아 있었다.

"그래, 이번에 미국 외과학회에 논문 게재 청탁을 받았다면서?"

"그렇습니다."

"축하하네. 그래서 자네가 우리 교실에 부탁한 자료를 좀 챙겨서 가지고 왔네."

"사무실 직원을 시키시지, 교수님께서 이렇게 몸소 오셨습니까?"

어쨌거나 동하는 황 교수에게 고마운 생각이 들었다.

"아니야. 마침 시간도 나고 설명해 줄 것도 있고 해서 왔네."

그러면서 황 교수는 가지고 온 연구논문과 책 사진 등을 한 보따리 풀어놓았다.

"이제는 국내는 물론 외국 학자들과 싸워야 하네. 최신 자료들까지

다 가지고 왔으니, 더 필요한 것이 있으면 얼마든지 얘기하게. 자네도 잘 알겠지만 교수라는 직업은 끊임없이 공부하고 연구해야 하는 직업이야. 학문이란 끊임없이 발전하는 것이거든. 머뭇거리면 벌써 뒤처지는 거야."

"감사합니다, 교수님."

"내 자네는 훌륭한 교수, 훌륭한 의학자가 되리라 믿고 있네. 내 지켜보겠네."

그러면서 황 교수는 잠시 연구실을 둘러보았다. 숨 막힐 정도로 사방이 온통 책으로 꽉 들어찬 방이었다. 그런데 고개를 끄덕이며 연구실을 천천히 둘러보던 황 교수의 표정이 갑자기 흐려지더니 눈빛이 차가워졌다.

"자네, 저기 저건 뭔가?"

황 교수는 턱 끝으로 방 한쪽 구석을 가리켰다. 그곳에는 맥주병 서너 개가 나뒹굴고 있었다.

"그, 그건……."

동하에게는 여전히 황 교수에 대한 두려움이 반사적으로 남아있었다.

"저건 뭐냔 말이야!"

순간 황 교수의 음성에 그 무서운 쇳소리가 섞여 나왔다. 분위기는 순식간에 공포스럽게 변해버렸다.

"저, 실은 얼마 전에 일과 시간이 끝나고 개업을 한 친구가 다니러 왔었습니다. 그래서 대접도 할 겸 병원 앞 슈퍼에서 맥주 몇 병을 시켜서 함께……."

"함께 마셨다, 이 말이지? 야, 임마. 너 박동하! 여기가 술집이야? 술집이냐구?"

온화했던 황 교수의 표정이 갑자기 성난 늑대처럼 돌변하더니 카랑카

악마 교수와

랑한 음성이 허공을 갈랐다.

"너, 임마. 네가 교수면 교수지, 공부가 다 끝난 줄 알아? 네 녀석이 알면 얼마나 안단 말이냐? 신성한 연구실에서 공부는 못할망정 술을 마셔? 더구나 슈퍼에서 시켰다니 그 사람들이 우리 대학을 어떻게 보겠나! 그래 명색이 의과대학 교수라는 작자가 연구실에서 술을 시켜서 마셔? 연구실이 술타령 하는 데야? 여기가 술집이야? 너는 학교 망신까지 시키고 있어!"

"교수님, 이런 일은 정말 처음이었습니다. 그날 마침 큰 수술이 끝났고, 밖에 나가기도 뭣하고 해서……."

"잔소리 마! 너는 교수 자격이 없어. 외과의사는 수술 끝나면 술 처먹는 게 일이냐! 연구실에서 술이나 퍼 마시는 놈이 무슨 교수야! 네 까짓게 그까짓 공부를 했으면 얼마나 했단 말이냐! 건방진 놈."

황 교수는 다시 고함을 질러대자 순간 동하도 분노가 치밀었다. 학교 다닐 때도 그렇게 당했는데, 이제 교수가 되어서도 또 이런단 말인가.

"아니, 교수님. 저도 엄연히 이 대학의 교수입니다. 이제는 제가 교수님께 그런 훈시를 들을 위치가 아닙니다. 무슨 권리로 저에게 그런 훈계를 하신단 말씀입니까. 교수님과 동료 교수란 말입니다. 그리고 맥주를 마시든 춤을 추든 그것은 저의 개인생활입니다. 저도 인격이 있는데 정말 이러실 수 있습니까? 학창시절부터 저를 그토록 핍박하시더니, 또 뭐가 부족해서 이러신단 말씀입니까?"

"뭐야? 동료 교수? 너, 말 다 했나! 동료 교수라고? 대학에서는 위아래도 없나! 좋다. 동료 교수다. 싸가지 없는 놈. 너는 내가 교수징계위원회에 고발해서 대학에서 쫓아내겠다. 건방진 녀석. 너같이 연구실에서 술이나 퍼 마시는 놈한테는 논문자료를 줄 수도 없어!"

황 교수는 가지고 온 자료를 모두 다시 보따리에 싸더니 탕 하고 연구실 문을 부서져라 닫고 나가버렸다.

　동하는 어이없어 하면서 맥주병을 주워 쓰레기통에 담았다. 정말이지 학교 다닐 때나 교수가 되어서나 황 교수와는 인연이 없는 것 같았다. 걸려도 꼭 이상한 것만 걸리지 않는가. 학교 다닐 때는 교수회의에 회부해서 퇴학시킨다고 그렇게 난리를 치더니, 이제는 교수 징계위원회에 고발해서 교수직을 박탈해 버리겠다니 씁쓸한 기분이었다. 자신과는 평생에 인연이 안 되는 위인 같았다.

　맥주는 자신이 안 나간다고 하자 찾아온 친구가 시킨 것이었다. 하지만 생각하면 연구실에서 술을 마신 것은 분명히 자신의 잘못이었고, 그간 다소 마음이 해이해져서 공부와 연구에 전심을 다하지 못했다는 반성도 들었다. 그러므로 황 교수의 말도 틀린 것은 아니었다.

　그러나 그는 도대체 타협이라든가, 봐준다든가, 아량이라든가 하는 인간적인 면이 너무도 없는 사람이었다. 물론 학문에 대한 당신의 열정과 욕심은 대단하였다.

　황 교수는 일찍이 본교 의대를 졸업하고 본교 대학원에서 석사 학위를 받고 일본 동경대학에서 박사 학위를 받았다. 이후 미국 하버드 의대와 존스홉킨스 의대, 그리고 독일 마인츠 의대에서 교환 교수 생활을 하며 해부학을 연구하였다. 국내외에 수많은 논문을 발표하여 국내는 물론 외국 학회에서도 인정받고 있는 학자였다. 대한해부학회 회장을 다년간 역임한 해부학계의 대들보이자 의학계의 거목이었다.

　그렇게 그는 학자로서 존경스러운 점도 많이 있었다. 하지만 성격이 너무도 독특하고 괴팍했다. 해도 너무한다는 생각이 들지 않을 수가 없었다. 그래서 제자나 후학들은 황 교수를 대하기가 너무 어려웠다.

　명절 때 선물을 사가지고 가도 고마워하기는커녕 호통을 치는 분이었다. 비싼 것을 사 가지고 가면 아예 받지도 않고 집어던지며 다시 가지

　　　　　　　　　　　　　악마 교수와

고 가도록 한다는 것이다. 황 교수는 술도 거의 하지 않지만 어쩌다 제자들이 술이라도 사가지고 가면 이렇게 소리치며 쫓아 보낸다는 것이었다.

"자네들, 나한테 술 사올 돈 있으면 그 돈으로 책이라도 한 권 더 사서 보고, 나하고 술 마실 시간에 공부라도 한 자 더 하게!"

어느 때인가는 졸업한 제자가 사심 없이 돈 봉투를 건넸는데, 황 교수에게 주먹으로 면상을 얻어맞고 쫓겨 나왔다는 소문도 있었다. 어떻게 심사가 뒤틀렸는지 "내가 거지인 줄 아느냐? 어디서 돈 자랑이야!"하면서 때려서 쫓아냈다는 것이었다.

그리고 보통 대학병원의 주임교수나 내과, 외과 등의 임상과목 교수들은 제약회사나 기타 병원 관계 업체의 초청이나 교실 동문들의 회식에서도 고급 살롱이나 고급 식당에 가서 화려하게 대접 받기도 한다. 거기에 비하면 기초의학 교수들은 그런 대접을 받을 기회도 별로 없었다. 하지만 동료 교수들끼리 이런 저런 일로 어울리기 마련인데 황 교수는 일체 그런 일도 사양한다고 했다. 술 마실 기회가 어쩌다 있어도 고급 살롱은 고사하고 그저 변두리의 허름한 선술집으로 가자고 해서 두부 두루치기나 김치찌개에다가 막걸리나 한두 잔 하시는 분이라는 것이다.

그리고 의학을 공부하고 의술을 베푸는 데 있어서 마음에 조금이라도 욕심이 있어서는 안 된다는 것이 당신의 철학이었다. 그만큼 황유진 교수는 대하기도 어렵고 고집이 세고 까다로운 분이었다.

어쨌든 동하는 황 교수의 훈시대로 자신의 마음이 자만해지고 해이해지지 않았나 반성하면서, 학문 연구와 강의, 수술, 논문 발표 등에 다시 전력을 다해 나갔다.

그리하여 동하는 조교수로 승진하였고, 대학의 배려로 미국 하버드 의대에 교환 교수로 가서 소화기 질환을 공부하게 되었다.

그리하여

미국에 오니 동하는 황 교수의 그늘에서 벗어난 것 같아 속이 다 시원했다. 그리고 무엇보다 반가운 것은 진우와 강혁을 다시 만난 일이었다.

진우는 촉망받는 사진작가로 미국 화단에서도 두각을 나타내고 있었으며, 다큐멘터리 사진작가로도 인정받고 있었다. 강혁은 하버드대를 비롯한 유수의 대학들이 교수 초빙을 제의했으나, 자유로운 연구 활동을 위해 모두 사양하고 강사로 몇 개 대학에 출강하면서 자신의 연구를 계속하고 있다고 했다.

강혁은 자신의 철학사상 등을 토대로 글로벌 기업들에게 사상 철학적 강연과 자문을 해주고 있으며, 그의 이론을 받아들인 기업들은 모두 기업 혁신에 성공하여 비약적으로 발전하고 있다고 했다. 이제는 기업체들로부터 받는 교육비도 많고 자신이 정신수련을 하던 네팔 지역의 발전을 위한 기금도 내놓고 있다고 했다.

그리고 강혁은 미국 내 정재계 인사들과도 긴밀한 관계를 맺고 있고 UN, 유네스코, WHO, 유니세프, 국제기아대책기구 같은 국제기구에도 관여하는 등 국제적으로도 많은 일을 하고 있었다.

오형은 내셔널지오그래픽 사에 취업하여 다큐멘터리 제작 업무를 하고 있었다. 그리고 강혁을 도와 유니세프 사업에도 동참하고 있었는데, 아시아의 개발도상국이나 빈곤 국가들의 생활상, 전쟁의 후유증 등을 사진에 담아 보도하는 일도 함께 하고 있었다.

악마 교수와

동하는 미국 생활에 자리가 잡히자 진우와 함께 워싱턴에 있는 브라이언 강 정신철학연구센터를 찾아갔다. 강혁의 연구소 겸 사무실이었다. 강혁은 반갑게 두 사람을 맞아주었다.

"오우, 닥터 박. 이게 얼마만이야, 하하하."

두 사람은 서로 끌어안고 반가워하였다.

"죄송합니다, 강 박사님. 진작 찾아뵈었어야 하는 건데. 신세만 지고 무어라고 감사의 말씀을 드려야 할지 모르겠습니다. 박사님의 은혜는 두고두고 갚도록 하겠습니다."

동하는 한국에서 준비해 간 선물을 전하며 진심으로 강혁에게 감사하였다. 자신이 실의에 빠져 완전히 망가져 있을 때 다시 일어날 수 있도록 정신의 혁명을 일으켜준 은인이자 스승이었다.

"무슨 소리야. 이렇게 만나면 됐지. 오 작가야 이렇게 자주 만나고 있고 남 판사도 전에 만났고 가끔 연락도 하고 지내지만 닥터 박, 자네는 그때 만나고 처음일세. 내 자네 소식은 다 들어서 잘 알고 있다네, 내 두 사람 다 기어이 해낼 줄 알고 있었어. 어쨌든 그 무서운 황유진 교수를 이겨냈구만, 하하하!"

강혁이 호탕하게 웃으며 말하자 동하는 고개를 절레절레 저었다.

"과찬의 말씀이십니다, 박사님. 아직 멀었습니다. 그리고 황 교수와의 싸움은 지금도 계속되고 있습니다."

"하하하, 그래? 계속 노력하라구."

그렇게 세 사람은 서로 지난 얘기를 하며 실로 오랜만에 재회의 기쁨을 나누었다.

동하는 대학의 배려와 강혁의 도움으로 하버드 대학, 존스홉킨스 대학, 듀크 대학, 펜실베이니아 대학 등 미국 내 유수한 의대에서 외과학을 강의하고 연구하고 학회에 논문을 발표 하였고, 그들 대학의 부속병원에서 수많은 수술을 직접 집도하였다. 많은 유명 인사들도 동하에게 수술을 받았다. 그리고 동하는 강혁의 천거로 WHO와 UN, 유니세프에도 참여하여 봉사활동도 병행해 해나갔다. 그렇게 동하는 한국과 미국을 오가며 자신의 연구와 수술 강의 등에 전력을 다 해나갔다.

동하의 술기와 의학적 실력은 이제 만인에게 '신의 손'이라고 불릴 정도로 유명해졌다. 뿐만 아니라 수많은 논문을 발표하고 새로운 수술도 과감히 도전하여 성공시켜 나갔다. 또한 국내외 학회에 나가 자신의 이론을 거침없이 설파하여 사람들을 놀라게 하였으며 많은 석학들로부터 인정을 받았다.

네이처나 사이언스 같은 저명한 잡지들도 동하의 소화기질환수술에 대한 새로운 논문들을 다투어 실었다.

그리하여 마침내 동하의 소화기질환에 대한 연구논문이 세계적인 외과 교과서인 크리스토퍼 외과학(Christoper of surgery)에 전문이 실리는 영광을 안았다. 젊은 나이에 당당히 크리스토퍼 외과학의 저자 명단에 오른 것이다. 동양권에서는 동경대학의 이케다 교수에 이어 두 번째였다.

그런데 그즈음 동하는 강혁으로 부터 유니세프에서 개발도상국에 파견할 의사들을 구하고 있는데 자신에게도 1년 정도 유니세프에서 일 해 줄 수 있느냐는 제의를 받았다.

동하는 흔쾌히 승락하였다. 그동안 강혁에게 진 마음의 빚을 조금이라도 갚고 또한 그런 곳에서 어려운 사람들을 위해 일해보고 싶다는 생각을 하고 있었다.

그리하여 대학에 1년간 휴직계를 내고 유니세프에서 필요로 하는 지역에 가서 일하기로 지원하였다. 유니세프에서는 유능한 외과의사가 지원했다며 대환영을 하였다. 캄보디아나 방글라데시에 가서 일해 달라는

악마 교수와

부탁이 들어왔다.

유니세프는 국제연합의 산하기구로 개발도상국가에서 생존보호사업과 영양, 보건, 식수, 위생환경, 교육 등의 사업을 펼치고 있었는데 동하는 그중에서도 캄보디아의 난민촌에 의료팀을 지원하였다.

오형을 통해 수도회에 알아본 결과, 미카엘라 수녀가 캄보디아에서 사역활동을 하며 일하고 있다는 것을 알아냈다. 그리고 그녀가 일하고 있는 스바리엥 지역도 유니세프의 의사 파견 대상 지역에 포함되어 있었다.

그녀가 어려운 형편에 처해 있는데 가서 도와주는 것은 자신의 당연한 의무일 것이었다. 또한 불쌍한 난민들을 위해서 일하고도 싶었다. 그것은 의사된 자의 도리라고 생각되었다. 그리하여 동하는 유니세프의 팀원들과 함께 그곳으로 파견이 되었다.

캄보디아에서 수녀복을 입고 있는 그녀를 다시 만났을 때 한동안 두 사람은 그저 말없이 바라보기만 하였다. 그러다가 이윽고 그녀의 두 눈에 맑은 이슬이 맺혔다. 동하는 다가가 떨리는 손으로 그녀의 두 손을 움켜잡았다.

"수아 씨. 아, 이제 미카엘라 수녀님이라 불러야겠네. 수녀님…… 반갑습니다."

수녀님이라고 부르기가 어색했고 목이 메여 더 이상 말이 나오지 않았다. 그러나 현실을 인정해야 했다.

"……형제님, 먼 길 오시느라 고생 많으셨지요."

그녀는 유니세프의 서류에서 파견의사 박동하의 이름을 보고 너무 놀라 혹시 동명이인인가 생각했다는 것이었다.

수아도 동하의 손을 마주 잡으며 말을 잇지 못했다. 그녀 역시 동하가 자신을 찾아와 그렇게 다시 만나리라고는 꿈에도 생각하지 못하였다.

그 두 사람은 그렇게 다시 만난 것이었다.

그녀가 사역 중인 곳은 베트남의 메콩델타 지역과 국경지대에 있는 캄보디아의 스바리엥 지역의 농촌 마을이었다. 야자수가 우거진 아열대의 아름다운 마을이었지만, 생활은 매우 궁핍하였다. 그녀는 가톨릭 기아대책기구의 아시아 지역 담당 수녀의 일원으로 국제기아대책기구와 유니세프 요원들과 함께 일하고 있었다.

그곳 주민들과 난민들은 오랫동안 식량 부족으로 영양실조에 걸려 허덕이고 있었으며, 홍수와 내전 등으로 그 생활상이 차마 눈뜨고 볼 수 없을 정도로 비참한 지경이었다. 거기에다 우물 개발이 안 되어 빗물이나 더러운 식수를 사용하여 설사병, 장티푸스, 뎅기열, 흑열병, 나병, 기생충 질환, 말라리아 등의 전염병이 도처에서 수시로 창궐하였다.

유니세프 관계자들과 그곳 선교사들은 수많은 우물을 파주고 맑은 물을 공급하는 사업에도 주력하고 있었다. 미카엘라 수녀는 우물 개발은 물론이요, 그곳의 환자 진료도 돕고 있었으며 보건교육과 일반 교육 등 각종 사업에 헌신적으로 참여하고 있었다.

의료진이 왔다고 알려지자 환자들은 각 지방 도처에서 구름떼처럼 몰려 들었다. 대부분 의료혜택을 거의 받지 못하고 있는 상태였고 의약품도 턱없이 부족했다. 동하는 그들 의료팀을 지휘하다시피 하며 유니세프에서 지원해 주는 의약품과 의료기구로 쉴 새 없이 환자들을 진료해 주었다.

"형제님, 너무 무리하시는 거 아니에요? 좀 쉬면서 하세요."

그녀는 이따금씩 동하의 진료실로 찾아와 따뜻한 미소를 보내며 위로했다. 하지만 동하는 피곤한 줄도 모른 채 투혼의 정신으로 자신의 몸을 돌보지 않고 밤낮으로 일하였다. 그것이 곧 그녀를 도와주는 길이며 의사된 자로서 자신이 가야 할 길이라고 생각하였다.

악마 교수와

동하는 그녀의 미소 짓는 모습만 보아도 피곤이 사라지고 새로운 활력이 솟아나는 것 같았다. 그저 그녀를 다시 바라보는 것만으로도 기쁘고 행복하였다.

얼마 후 유니세프에서 선교원에 있던 선교병원을 개축하여 수술실을 마련해 주자 동하는 그곳에서 환자들을 수술해 주기 시작했다. 수술은 밤낮으로 계속 되었으며, 미국인 의사와 간호사들, 그리고 영국과 프랑스의 봉사단 의료인들이 함께 수술을 도와주었다. 수술 도중 피가 모자라면 자기 피를 빼어 수혈을 해주기도 했다. 어느 때는 이미 숨을 거둔 시신을 허겁지겁 둘러메고 오는 때도 있어서 의료진의 가슴을 아프게 했다.

동하는 밤낮으로 몰려드는 환자들을 치료하면서 전염병이 창궐하고 있는 지역을 돌아다니며 소아마비, 나병, 결핵, 장티푸스, 콜레라에 걸린 환자를 치료하고 방역과 환경 위생교육도 함께 해나갔다. 매일매일 정신없이 바쁜 나날들이었다.

동하는 곧 그곳 지역에서 명성을 떨치며 존경받는 의사가 되어가고 있었다. 그리고 그의 수술 솜씨에 탄복하여 '신의 손'이라는 별명까지 붙게 되었다.

미카엘라 수녀님과는 거의 매일 함께 활동했지만, 서로 개인적인 얘기는 하지 않았다. 그저 일상적인 대화를 나누고 봉사사업에 대한 의견을 나눌 뿐이었다. 그래도 동하에게는 행복하고 보람찬 나날들이었다.

그런데 그렇게 몇 달이 정신없이 흐른 어느 날, 그녀가 저녁에 조용히 동하를 찾아왔다. 그리고 자신의 가슴속에 있던 얘기를 꺼내는 것이었다.

"저…… 형제님, 이것은 개인적인 얘기가 되겠지요. 몇 번을 망설이다가 이제야 말씀을 드립니다. 과거에 형제님의 청혼을 거절한 후 저도 오랜 날들을 잠 못 이루고 가슴 아파하면서 고뇌하였답니다. 부족한 저를 그렇게 사랑하고 생각해 주시는 것이 고마웠고, 또한 저로 인해 한 사람이 상처를 받는다는 것도 마음이 아팠어요."

그녀는 잠시 말을 끊었다. 동하는 가슴이 두근거렸다. 무슨 말을 할지 두렵기도 했고, 혹시나 하는 괜한 기대감으로 설레기도 했다.

"……저는 형제님께서 벌써 좋으신 분을 만나서 행복한 가정을 꾸미셨을 것으로 생각하고 있었어요. 그런데 이렇게 독신으로 계시니 제 마음이 너무 무겁군요. 형제님, 지금이라도 부디 좋은 분을 만나셔서 행복한 가정을 꾸미세요. 그리고 형제님께서는 이런 일보다는 더 큰일을 하셔야 할 분이라고 생각합니다. 이제 이곳은 어느 정도 안정이 되었으니 떠나셔도 괜찮을 것 같습니다."

그녀는 동하에게 이제 돌아가 줄 것을 조용히 부탁하고 있었다. 그러나 동하는 중간에 떠날 생각은 없었다.

"대학에 1년간 휴직계를 내고 왔으니 아직 시간이 많아요. 그리고 의사된 자로서 환자를 진료하는 것보다 더 크고 중요한 일이 어디 있겠소? 기아와 질병에 시달리는 이런 사람들을 외면하고 어떻게 모른 척 떠날 수가 있겠소? 유니세프에서도 최소한 1년은 활동해 달라고 부탁을 해왔어요. 힘이 닿는 대로 돕다가 1년이 되면 떠날 생각이오."

그녀는 동하의 확고한 생각에 고개를 끄덕였다.

"나는 이곳에 와서 많은 것을 보고 경험 하면서 진정한 사랑과 봉사가 무엇인지를 배우고 있어요. 또한 이렇게 나마 도우면서 과거의 은혜에 조금이라도 보답하고 싶소. 나로 인해 마음에 많은 갈등과 괴로움을 끼쳤다면 정말 미안하오. 이제는 나를 편하게 생각했으면 하오. 내 걱정은 아무것도 하지 말아요."

동하의 말을 들은 그녀는 조금 편안해진 얼굴로 돌아갔다. 동하는 더

악마 교수와

열심히 환자들을 진료 하고 수술하고 주민들을 위해 일하였다.

그렇게 두 달이 또 흘러갔다. 그런데 그 즈음 동하는 자신의 몸에 뭔가 이상이 있음을 느꼈다. 2~3일 미열이 있기에 그저 그동안 너무 무리해서 감기에 걸린 줄로 생각했었다. 그런데 그게 아니었다. 미열이 계속되면서 몸의 여기저기에 수상한 붉은색 반점이 나타나기 시작하는 것이었다.

덜컥 겁이 났다. 뭔가 이곳에서 감염이 된 것 같았다. 이곳에는 각종 전염병이 도처에서 창궐하고 있었다. 동하는 그동안 전염병 환자들의 수용소에도 수시로 가서 환자들을 만지고 진료하고 수술도 해왔다. 그것은 수녀님들이나 이곳의 다른 봉사자들도 모두 마찬가지였다. 그들 모두 아무런 두려움 없이 환자들의 고름을 짜내고 피가래를 만졌다. 그런 것을 두려워해서는 아무것도 할 수가 없었던 것이다. 하지만 지금의 자신은 뚜렷하지는 않지만 단순하지 않은 질병에 감염된 것 같았다.

동하는 서둘러 조용히 짐을 꾸렸다. 아무래도 미국으로 돌아가서 정밀 진단을 받아야 할 것 같았다. 나병이 아닌가 하는 두려움도 밀려왔다. 동하는 자신의 상태를 아무에게도 이야기하지는 않았다. 괜한 이야기를 해서 모두의 마음에 짐이 되어서는 안 될 것이었다. 그냥 복직할 시기가 가까워지고 준비할 것들도 많아 일찍 떠나겠다고만 말해 두었다.

원래 유네스코에서는 동하에게 1년간 일해 주기를 원하였고, 자신도 그렇게 하기로 약속 했었다. 그런데 1년을 다 채우지 못하고 9개월 만에 돌아가게 된 것이다.

그가 떠나는 날, 수많은 사람들이 나와서 눈시울을 적시며 배웅해 주었다. 성직자들과 유니세프 요원들, 의료진, 행정부 요원들은 물론 수녀님들도 모두 공항에 나와 헌신적으로 일 해준 데 대하여 감사의 눈물을 흘렸다.

현지 주민들도 구름떼처럼 몰려들어 "신의 손"이라고 불린 이 헌신적인 외과의사에게 감사를 표하며 배웅했다. 그의 진료를 받고 생명을 구한 사람들 중에는 선물을 가져오거나 땅바닥에 무릎을 꿇은 채 발에 입을 맞추기까지 하였다.

미카엘라도 작별 인사를 하며 소리 없이 눈물을 흘렸다. 그곳에 그녀를 두고 홀로 떠나야 하는 동하는 가슴이 뭉클하고 눈물이 났다. 지금 떠나면 언제 또 볼 수 있을지 기약할 수가 없었다. 서로의 눈빛에서 애틋한 감정을 읽을 수 있었지만, 이제 그녀는 수도자의 길을 가는 사람이었다. 동하는 수아의 두 손을 꼭 부여잡은 채 그저 감사의 인사를 하였다.

동하는 모두에게 감사 인사를 올리고 캄보디아를 떠났다. 그곳에서 일한 것은 그곳 난민들에 대한 순수한 인간적인 사랑이었고 그녀를 도와 일했던 보람 있는 시간이었다.

악마 교수와

그렇게

미국으로 돌아온 동하는 곧바로 존스홉킨스 대학병원의 내과에 입원했다. 존스홉킨스는 하버드와 함께 미국 최고의 의술을 지니고 있는 병원이었다.

존스홉킨스 의대의 내과 부장인 앤더슨 교수는 면밀히 그의 상태를 관찰한 뒤 혈액을 채취하여 검사에 들어갔다. 일단은 발열 치료에 들어갔으나 뚜렷한 병명은 알 수가 없는 상태라고 했다.

"뮤라인 타이퍼스(Murine typhus 발진열)이 유력하기는 하지만 그와 유사한 변형된 바이러스에 감염 되었거나, 아니면 다른 바이러스와 복합 감염 되었을 가능성도 큽니다. 그리고…… 레프러시(Leprosy 나병)도 배제할 수 없습니다."

앤더슨 교수의 생각도 동하와 비슷했다. 동하는 불안하고 두려웠다. 시간이 갈수록 손과 발이 마비되면서 굳어가는 신경학적 증상이 나타나기 시작한 것이다. 바이러스가 신경을 침범하고 있는 것 같았다. 거기다 눈도 침침해지고 있었다.

"만약 바이러스의 신경침투가 깊어지면 낫는다 해도 회복 후에 손이 불구가 되어 양쪽 손가락과 손을 쓸 수가 없습니다. 바이러스가 시신경에 침투하면 두 눈을 실명할 수도 있습니다."

앤더슨 교수의 경고에 동하의 가슴은 태산 같은 공포와 절망감으로 짓눌리고 있었다.

'손이 불구가 되고 실명을 한다니.'

차라리 죽는 것은 그렇게 두렵지 않았다. 그보다는 외과의사로서 펼쳐보고 싶었던 꿈을 아직 시작하지도 못했는데 여기서 그만 두어야 할지도 모른다는 것이 더 두려웠다. 그러나 동하는 캄보디아에 가서 활동한 것을 결코 후회하지 않았다. 자신에게 병을 옮겼을 환자들도 원망하지 않았다. 문제는 어떻게 질병과 싸울 것인가였다. 절망의 파도가 산처럼 밀려와 자신을 덮치는 느낌이었다.

'어떻게 해서 여기까지 왔는데 여기서 그만두어야 한단 말인가.'

동하는 오그라드는 손을 움켜쥐고 몸부림치며 눈물을 흘렸다.

'손가락, 손가락아, 제발 움직여다오. 결코 굳어버려서는 안 된다.'

손가락을 물어뜯으며 흐느끼기도 하였다. 그 옛날 수아가 자신에게 선물 했던 묵주를 품에 안고 눈물로 기도하였다.

'이 박동하를 괴질의 늪에서 건져 주소서. 더 큰일을 할 수 있도록 건져주소서.'

그가 무서운 괴질에 걸려 혼자 몸부림치고 있을 즈음, 그 소식이 유니세프의 관계자들을 통해 캄보디아의 난민촌에 전해졌다. 그곳 봉사대원과 관계자들, 그리고 주민들은 '신의 손'이 죽을병에 걸렸다며 서로 부둥켜안고 눈물을 흘렸고 그를 살려달라며 기도를 하였다.

그리고 미카엘라 수녀가 받은 충격은 실로 엄청난 것이었다. 그녀는 유니세프 관계자들에게 몇 번이나 묻고 확인하였으며, 동하의 상태와 치료과정을 수시로 물어보았다. 그녀는 번뇌와 고통으로 아무 일도 할 수가 없었다. 마치 자기 때문에 그분이 괴질에 걸린 것 같은 죄책감 때문이었다.

그녀는 매일 밤 텅 빈 예배당의 차가운 마룻바닥에 무릎을 꿇고 앉았다. 그리고 저 높은 곳의 십자가에 손발이 못에 박힌 채 매달려 있는 예

악마 교수와

수님을 향해 울면서 밤새워 기도하였다.

"아아, 천주여, 어찌 하옵니까. 당신의 이 작은 딸은 무엇을 어찌 해야 합니까? 저를 그토록 원하고 사랑하셨던 그분이 죽어가고 있습니다. 그분은 여기서 아무런 거리낌 없이 결핵과 나병과 말라리아, 콜레라, 황열 등에 걸린 환자들을 헌신적으로 보살폈고 피가래를 받아내고 고름을 짜내고 수술하고 치료해 주었습니다. 피가 모자라면 자기 피까지 빼내어 수혈해 주었습니다. 저는 그토록 실력 있고 용감하고 헌신적인 외과 의사를 본 적이 없습니다. 그분의 헌신과 가난하고 병든 이웃들에 대한 사랑은 너무도 숭고하고 아름다웠습니다."

눈물이 미카엘라의 뺨을 타고 흘러내려 마룻바닥을 적셨다.

"그분이 저희 일을 돕기 위해, 저를 만나기 위해 오신 것을 압니다. 제가 없었다면 다른 곳에서 아픈 사람들을 도왔을 겁니다. 천주여, 저는 과거에 그분께 청혼을 받았었고 불경하게도 잠시 사랑의 감정으로 흔들리는 죄를 지었습니다. 하느님 다음으로 그분을 사랑했었습니다. 그러나 저는 감히 계율을 어길 수 없는 당신의 딸이었습니다. 천주여, 못난 이 딸의 부족함을 용서하시고 죄가 있다며 저를 벌하시고 홀로 밤바다의 폭풍우와 싸우고 있는 그분만은 제발 살려주소서."

그녀의 눈물 젖은 기도는 밤마다 계속되었다. 그리고 유리창으로 희뿌연 새벽빛이 들어올 때쯤 지쳐서 쓰러지고는 하였다. 새벽녘이면 종지기 노인이 본당을 둘러보다가 십자가 아래서 석고상이 되어 밤새워 기도 중인 그녀를 보고는 안쓰러운 표정으로 슬그머니 문을 닫고 갔다.

"힘을 내세요, 미카엘라 수녀님."

"우리도 박 선생님을 위해 기도할게요."

"식사 좀 하세요. 얼굴이 너무 여위셨어요. 이러다 쓰러지시면……."

미국과 필리핀의 동료 수녀들, 독일인 신부가 그녀를 위로했지만 그녀의 슬픔은 더해만 갔다.

시간이 점점 흐르면서 그녀는 아예 잠도 자지 않고 식음을 거의 전폐하다시피하며 눈물의 기도만 올렸다. 그녀는 이제 미사에도 제대로 참석하지 못할 정도로 지쳐갔고 동하에 대한 걱정으로 밤잠도 이루지 못하였다.

그러나 그녀의 그런 기도에도 불구하고 동하의 병세는 점점 더 악화되어 가고 있었다. 바이러스가 신경은 물론이요, 뇌에까지 침투하여 의식을 잃고 혼수상태에 빠졌고 고열이 다시 계속되고 있었다.

이제 동하는 중환자실로 옮겨져 태풍 앞의 촛불처럼 의식을 잃은 채 사경을 헤매고 있었다. 그리고 그가 위독하다는 소식이 다시 난민촌에 전해졌다. 미카엘라는 뼛속까지 저며 내는 슬픔으로 깊은 울음을 토해 내며 천주께 빌었다.

"가겠나이다, 제가 가야 하겠나이다. 천주여, 이 미천한 딸을 용서하소서. 저는 일찍이 한 사람이 아닌 더 많은 사람들에게 사랑과 봉사의 일생을 바치기로 맹세하였습니다. 하지만 그분은 저보다 훨씬 더 많은 일을 하실 분입니다. 그분께 가야 하겠나이다. 그분을 살려내는 데 조그만 힘이라도 된다면 가야 하겠나이다. 그러니 저를 용서하시고 긍휼히 여기시어 도와주소서."

그날 밤 그녀는 마음을 굳히고 프랑스인 마태오 신부를 찾아갔다. 그리고 고해성사를 했다.

"제가 계율을 어기고 한 남자를 마음으로 흠모하였습니다. 천주님 다음으로 그분을 마음으로 흠모하였습니다. 그런데 지금 그분이 저를 도와 일하시다가 병에 걸려 사경을 헤매고 있습니다. 인간의 정으로 흔들려서는 안 된다는 것도 알고 있지만 제 마음이 너무 아파서 견딜 수가 없습니다."

악마 교수와

마태오 신부가 이미 짐작하고 있었다는 표정으로 그녀의 말을 듣고 있었다.

"할 일이 많은 분인데 지금 그분 곁에는 보살펴줄 사람이 아무도 없습니다. 그분께 가고 싶습니다. 그분 곁으로 가서 그분이 나을 수 있도록 돕고 싶습니다."

묵묵히 듣고 있던 마태오 신부가 말했다.

"이 일은 그냥 넘어갈 수 있는 간단한 문제가 아닙니다. 조당(가톨릭의 혼인장애)에 걸리거나 심하면…… 파문을 당할 수도 있어요."

미카엘라는 이미 마음의 각오가 되어 있었다.

"어떤 벌이라도 달게 받겠습니다. 그분과 어떠한 약속은 없었습니다. 그저 그분의 병이 나을 수 있도록 도움이 되고 싶을 뿐입니다."

다음날 그녀는 유니세프와 국제기아대책기구의 도움과 주선으로 뉴욕으로 향했다. 마태오 신부는 그녀의 신변 문제는 교황청과 협의하여 결정하기로 했으며 어느 정도 불이익을 감수해야 할지도 모른다고 언질을 주었다.

그녀가 떠나기 전 수도회와 난민촌의 봉사자들, 그리고 그곳 주민들도 성금을 거두어 건네주었다. 수도회의 연락을 받은 유니세프의 관계자들이 마중을 나와 그녀를 워싱턴 북쪽 볼티모어 시에 있는 존스홉킨스 병원으로 안내해 주었다.

유니세프와 국제기아대책기구는 그동안 동하와 미카엘라의 헌신적인 봉사활동에 대한 감사의 뜻으로 치료비 일체를 부담하기로 하고 병원 내의 직원 숙소에 그녀의 숙소도 마련해 놓은 상태였다.

그녀가 존스홉킨스 병원에 도착하여 중환자실에 들어갔을 때 동하는 의식을 완전히 잃은 채 치료를 받고 있었다. 진우, 유니세프의 관계자들, 그리고 존스홉킨스 병원의 의사들이 걱정스럽게 지켜보고 있었다.

그런 동하의 모습을 본 미카엘라는 흐르는 눈물을 주체할 수가 없었다.

미카엘라와 진우는 예전에 캄보디아에서 한 번 본 적이 있었기에 금방 서로를 알아보았다. 진우가 유나세프의 의뢰로 아시아 지역 난민촌의 다큐멘터리 제작을 할 때 캄보디아에서 미카엘라 수녀를 만났다. 하지만 그녀가 동하와 가까운 사이인 줄은 전혀 알지 못하였다.

진우는 이제 동하의 여동생들에게도 알려야 할지를 심각하게 고민하고 있었다. 상태가 위중했기 때문이었다.

미카엘라는 앤더슨 박사부터 만나보았다. 앤더슨 박사는 소생 가능성이 희박하다는 얘기를 하였다. 그러나 그녀는 절망하지 않았고 박 선생님이 다시 살아날 것을 믿었다.

"사랑이 많으신 천주여, 이분을 구해주소서. 이분을 살려주소서. 불쌍한 난민들을 치료하다가 병을 얻었으니, 긍휼히 여기시고 더 큰 일을 할 수 있도록 도와주소서."

저녁때가 되자 미국 서부 지역에서 순회 강연을 하고 있던 강혁도 동하가 위급하다는 소식을 듣고 나머지 강연을 취소한 뒤 존스홉킨스 병원으로 달려왔다. 진우는 미케엘라 수녀에게 강혁을 소개했다. 두 사람은 초면이었지만, 동하에게 이야기를 들어 알고 있었다.

그녀는 진우, 강혁과 함께 다시 앤더슨 박사를 찾아갔다. 강혁은 앤더슨 박사와 친분이 깊은 사이였다. 그러나 엔더슨 박사의 말은 여전히 절망적이었다.

"닥터 박은 원인 불명의 바이러스에 혼합 감염이 된 것 같아요. 전신에 퍼진 바이러스의 독 때문에 콩팥 기능과 혈압이 떨어지고 고열이 계속되다가 혼수상태에 빠졌을 겁니다. 지금 최선을 다해 여러 가지 치료 방법을 동원하고 있지만 별 효과가 없군요. 앞으로 일주일이 고비인데……."

"닥터 앤더슨, 이대로 닥터 박을 죽게 할 수는 없어요. 무슨 방법이든 찾아내야 합니다."

강혁의 말에 앤더슨 박사가 잠시 망설이다가 말을 꺼냈다.

"최후의 방법이 있기는 합니다. 그러나 아직 검증되지 않은 매우 위험한 방법이라서……."

앤더슨 박사는 매우 신중한 태도였지만, 그녀에게는 한 줄기 빛과 같은 희망의 말이었다. 강혁과 진우 역시 마찬가지였다.

"그게 어떤 겁니까?"

"설명하려면 깁니다. 일어들 나십시다. 내가 교수진들을 긴급 소집해서 논의를 해보겠습니다. 그때 다시 상세히 말씀드리지요."

그렇게 해서 앤더슨 박사는 존스홉킨스 대학의 감염학 교수들과 신장내과교수들 열대의학연구소의교수들 병원장, 학장, 미생물학과 바이러스학 교수들, 병리학과 약리학 교수 등 많은 사람들을 소집하여 장시간 논의를 거듭하였다. 그리고 이대로 닥터 박을 죽게 내버려둘 수는 없다는 결론을 내리고 최후의 모험적인 치료를 해보기로 결정하였다. 최근 플로리다 주립대학에서 개발 중인 새로운 항바이러스 물질을 써보기로한 것이다.

플로리다 주립대학의 열대의학연구소에서는 그동안 열대지방에서 발생하는 여러 가지 출혈열과 괴혈병에 대해 연구해 왔는데, 최근 이들 바이러스를 치료하는 신물질을 개발하여 1차적으로 동물실험에 성공한 상태였다.

강혁은 즉시 존스홉킨스의 교수들과 관계자들과 함께 직접 플로리다 주립대학에 가서 신약물질을 가지고 존스홉킨스로 다시 돌아왔다. 병원에 남은 진우도 한국에 전화하여 이 사실을 의과대학과 남태호에게도 알렸다. 그리고 동하의 여동생들에게도 연락을 취하여 동의를 얻었다.

이제 환자가 사망해도 이의를 제기하지 않겠다는 각서에 서명할 일만

남았다. 미카엘라가 보호자의 자격으로 각서에 서명을 하였다. 이것이 마지막이 될지도 모르는 일이었다. 강혁과 진우도 서명하였다.

그리하여 드디어 결과를 예측할 수 없는 모험적인 치료가 시작되었다. 미카엘라는 식음을 전폐한 채 혼신의 힘을 다해 동하가 살아나기를 기도하였다. 강혁과 진우도 거의 자리를 뜨지 않고 동하를 지켰고, 유니세프의 관계자들도 수시로 나와서 경과를 지켜보았다.

그런데 동하의 몸에 신약물질이 주입되고 이틀이 지났을 때였다. 서서히 놀라운 변화가 일어났다. 고열이 계속되던 동하의 몸에서 열이 서서히 내리더니 신장 기능이 서서히 회복되고 있었다. 신약물질에 반응하기 시작한 것이다.

세상에는 기적 같은 일도 얼마든지 있었다. 미카엘라, 강혁, 진우는 서로 손을 맞붙들고 눈물을 흘렸다. 엔더슨 박사와 병원 당국도 놀라워하며 기뻐하였다.

동하는 흐릿한 의식 속에서도 투혼의 정신을 잃지 않으려고 애쓰며 힘겹게 싸우고 있었다.

동하는 히말라야의 이름 모를 작은 새가 되어 날아올랐다. 상상할 수도 없이 높은 8천 미터의 고봉에 도전하다가 땅에 떨어져 날개가 부러지기를 몇 번. 그러나 작은 새는 다시 피에 젖은 날개를 다시 펼치며 투혼과 용기로 설산을 끊임없이 날아오르기 시작했다. 생명을 향하여……

마침내 동하의 의식이 서서히 돌아오기 시작했다. 그의 정신력이 기적을 창조해내고 있었다. 위급 상황을 넘긴 동하는 일반 병실로 옮겨졌고, 얼마 후 모두가 지켜보는 가운데 의식을 되찾았다.

"……강형, 오형, 앤더슨 박사님……."

동하가 사람들을 알아보며 입을 열자 모두가 기쁨의 환호성을 올렸다.

"정말 고생이 많았네. 잘 이겨냈어!"

악마 교수와

모두가 동하의 손을 움켜잡으며 격려와 기쁨의 말을 쏟아냈다. 잠시 후 동하는 병상 끝 쪽에 서서 눈물을 흘리고 있는 미카엘라를 발견하고는 자신의 눈을 의심하였다.

"······아니 수녀님이 어떻게 여기에······."

그녀는 목이 메어와 아무 말도 못한 채 흐느끼기만 하였다.

"자네가 사경을 헤매고 있다는 소식을 듣고 캄보디아에서 여기까지 오셨다네."

옆에 서 있던 강혁이 설명해 주었다. 미카엘라가 가까이 다가와 동하의 손을 꼭 부여잡으며 울먹였다.

"박 선생님, 살아주셔서 감사합니다. 아, 천주님. 정말 감사합니다."

그동안 그녀가 밤잠도 제대로 자지 않고 눈물로 철야기도를 하고 간병해 온 모습을 모두 지켜보았던 사람들도 눈시울을 적시며 박수를 쳐 주었다.

그날 이후 그녀의 눈물 젖은 기도와 정성을 다한 간호가 다시 시작되었다. 동하는 의식만 돌아왔을 뿐 아직 모든 것이 미지수였다. 손과 발도 굳어 있었고, 바이러스의 독성으로 인해 모든 장기가 불완전한 상태였다. 언제 또 혼수상태에 빠질지도 알 수 없었다.

동하는 자신이 넘어야 할 저 높은 영봉을 마음속에 떠올렸다. 그리고 그 영봉을 향해 날아오르는 작은 새들을 생각하였다. 강혁도 계속해서 다시 새로운 정신의 힘을 불어넣어 주고 있었다.

동하는 깨어있는 동안 무한한 하나의 힘에 집중했다. 그것은 무한한 생명력이요, 생명력의 흐름이었다. 그 힘 그 에너지에 의해 육체가 다시 재생되고 움직일 수 있다고 믿었다.

동하는 신념이 생명력을 자극하여 에너지의 방향을 바꿀 수 있도록 반드시 회복되어 건강해지리라는 신념을 불태웠다. 육체의 재생력을 믿고 내면의 강력한 힘과 에너지를 이끌어 내는 데 집중했다.

앤더슨 박사의 주도 하에 약물치료도 계속되고 있었다. 동하는 손과 발이 굳어 가는 것을 막기 위해 정형외과의사, 물리 치료사, 보디빌더들의 도움을 받으며 끊임없이 근육을 단련시키며 노력하였다. 손을 못 쓴다면 외과의사를 할 수가 없었기 때문이었다. 절망스러운 상황이었지만 동하는 긍정적인 마음을 유지하면서 자신의 생명과도 같은 손을 회복시키기 위해 피나는 투쟁을 해나갔다.

미카엘라 역시 밤낮으로 곁에서 보살피면서 동하의 손발이 굳어지지 않도록 물리치료를 해 주었다. 그런 그녀가 동하에게는 큰 의지와 힘이 되었다.

미카엘라. 이제 동하에게 그녀는 하나의 찬란한 별이었다. 안개 속에 휩싸여 있던 그 별은 짙은 안개 숲을 헤치고 자신의 가슴속 한가운데로 들어와 찬란하게 빛나고 있었다. 그리고 그 별은 눈부신 태양으로 변하여 자신의 정신과 육체에 생명의 빛을 환하게 비추어 주었다. 그것은 감동적인 육체의 분발이었다.

강혁도 수시로 병원을 찾아와 동하를 분발시켰다.

"가슴 속에 커다란 희망의 불을 점화시키게. 신체는 그 희망의 방향으로 작용한다네. 인간의 육체는 모든 세포를 다시 재생시킬 만큼 매우 강하다네. 예전보다 더 강하게 다시 태어난다는 강한 믿음과 신념을 가지게."

강혁의 말은 동하에게 큰 힘이 되었다. 그렇게 강혁의 정신치료와 미카엘라의 헌신적인 간호, 진우의 격려, 그리고 의료진의 치료가 계속된 끝에 동하의 몸도 서서히 회복되기 시작했다. 팔, 다리, 손, 손가락에 감각이 되살아나고 운동신경이 정상적으로 돌아오기 시작한 것이다. 놀라운 변화였다.

"이것은 기적입니다. 이렇게 회복이 빠르다니 놀라울 뿐입니다!"

앤더슨 박사도 동하의 회복에 감탄을 하며 기뻐하였다. 그리하여 수개월의 사투 끝에 마침내 그는 괴질의 늪에서 빠져나오게 되었다.

이제 어느 정도 정상인의 단계에 들어서 퇴원을 앞두고 있었다. 동하는 자신의 회복을 위해 애써준 모든 사람들에게 감사했다.

회복병실로 옮긴 날 저녁, 동하는 미카엘라와 함께 병원의 정원으로 나왔다. 동하로서는 처음으로 병원 밖으로 나온 것이다. 붉은 벽돌과 은회색의 대리석으로 치장된 존스홉킨스 대학병원은 아름답고 고풍스런 하나의 조각품 같았다. 푹신하게 밟히는 파란 잔디밭 위로 펼쳐진 파란 하늘에 솜털 같은 구름이 흩어지고 있었다.

"이제 수녀님도 캄보디아로 돌아가실 때가 되었지요……?"

동하는 차마 입이 떨어지지 않았으나 묻지 않을 수가 없었다. 이대로 보내면 이번에는 언제 다시 만날 수 있을지 기약할 수 없었다. 그녀는 아무 말이 없었다.

그동안 두 사람은 일체 개인적인 말은 나누지 않았었다. 그러나 서로 바라보는 눈빛에서, 표정에서 간절한 마음을 느끼고 있었다.

동하는 유니세프 관계자를 통해 미카엘라가 이곳에 오게 된 경위를 대충 들었다. 어쩌면 지금이 정말 마지막일지도 몰랐다. 지금 떠나지 못하도록 붙잡지 않는다면 다시는 만날 수도 없을지 몰랐다. 동하는 떨리는 가슴으로 다시 말했다.

"혹시 나 때문에 돌아가서 어려움을 겪게 되시는 것이 아닌가요."

"……아뇨. 그런 일 없습니다. 잘못 아신 거예요. 형제님이 죽음의 문턱에 서 있을 때 곁에 있을 수 있게 해주셔서 오히려 감사한 걸요."

그녀가 담담하게 말했다.

"그렇게 꼭……."

동하는 다음 말을 하려다가 차마 말을 잇지 못했다. 여기 머물면서 평생을 함께 해줄 수는 없느냐고 묻고 싶었다.

"제가…… 좀 더 남아있을까요……?"

미카엘라가 물었다. 그녀의 길고 서늘한 속눈썹이 가늘게 떨리고 있었다. 어쩌면 그녀도 간절히 바라고 있을지도 모르는 일이었다.

"좀 더 남아 있으라면…… 그렇게 할 수도…… 있습니다, 형제님."

그녀가 떨리는 목소리로 다시 말했다. 그녀의 눈 속에는 맑디맑은 눈물이 그렁그렁 맺혀 있었다.

그러나 동하는 차마 이곳에 함께 남아달라고 말할 자신이 없었다. 그러기에는 너무나 아름답고 고귀한 저 하늘의 별이었다. 자신의 손이 닿을 수 없는 곳에서 빛나고 있는 별이었다. 그보다도 자신은 아직 회복되지 않은 상태였으며 모든 것이 정상으로 돌아올지도 아직 불투명한 상태였다. 이런 환자의 몸으로 그녀를 붙잡을 수가 없었다.

"……아니오. 어떻게 수녀님처럼 고귀한 분이, 수녀님처럼 큰 그릇이 한낱 나같이 부족한 사람의 병간호에나 매달릴 수가 있겠소. ……아니오. 가서 모두에게 더 큰 사랑을 펼쳐 주시오."

한참의 침묵이 흐르고, 결국 동하는 피를 토하는 심정으로 스스로 부정하는 말을 해버리고 말았다. 가슴이 갈가리 찢겨져 나가는 것 같았다. 가슴에서도, 머리에서도 그녀를 당장 붙잡으라고 아우성치고 있었다. 그러나 동하는 끝내 그녀에게 여기 남아서 자기와 함께 가자는 말을 하지 못하였다.

미카엘라는 말없이 울고 있었다.

"여기 있는 동안 형제님으로 인해 행복했어요. 많이…… 존경하고 흠모하였습니다."

그녀가 눈물에 흠뻑 젖은 목소리로 말했다. 그 순간 동하는 벅찬 감격으로 미카엘라를 끌어안으며 눈물을 쏟아냈다.

"아, 수아!"

그것은 사랑일 수도 있고, 존경일 수도 있고, 뜨거운 형제애일 수도 있었다.

"가시오. 가서 나 아닌 다른 불쌍한 사람들의 손이 되고, 발이 되고, 눈이 되어 주시오. 그것이 내가 수녀님께 줄 수 있는 모든 사랑이오."

그렇게 두 사람은 서로를 끌어안고 한없이 눈물을 흘렸다. 그리고 미카엘라는 동하의 마음속에 영원한 별이 되어 다시 캄보디아로 떠났다.

미카엘라가 돌아간 후 동하도 자신의 허전한 마음을 어떻게 가눌 수가 없었다. 자신도 진심으로 미카엘라를 좋아하고 사랑하고 있었다.

그리고 자신을 위해 그렇게 멀리까지 와서 혼신의 힘으로 자신을 간호해준 고마움을 잊을 수가 없었다. 하지만 자신의 아직 불완전한 몸으로 그녀와 결혼을 할 수는 없었다.

미카엘라가 떠나고

거의 정상으로 회복된 동하는 귀국하여 모교로 복귀하였다. 동하는 전보다 더욱 강건한 육체와 정신으로 다시 태어나 있었다. 힘겨운 투병 생활을 하면서 환자들의 심정과 고통을 더 잘 이해하고 공감할 수 있는 강인한 의사가 된 것이다.

가끔씩 미카엘라가 못 견디게 그립기도 했지만 그녀는 성직자의 길을 걷는 사람이었다. 잊어야 했다.

그리고 1년 후. 동하는 일본으로 건너갔다. 소화기 외과의 세계적인 권위자들인 다케시다 교수와 이케다 교수가 포진하고 있는 동경대학 외과에서 교환 교수로 와달라는 초청을 받은 것이다.

일본 동경대학에서는 박동하 교수와 함께 소화기 외과질환에 대해 함께 연구하기를 희망하고 있었고, 본교 측에서도 촉망받는 외과의사인 그를 세계 학계의 중심부로 밀어주기 위해 배려를 해주고 있었다. 세계적인 권위자들 밑에서 그들의 술기를 모두 배우고 익히고 연구 해야만 그들과 싸울 수 있다는 지론이었다.

일본으로 건너간 동하는 밤낮을 가리지 않고 배우고, 가르치고, 수술하고, 연구하였다. 학문을 향한 전진은 멈출 수가 없었다. 동경대학에서도 그의 실력과 술기에 놀라워했고, 강건종 박사와 친분이 두터운 세계적인 석학인 다케시다 박사도 그의 실력과 열성에 칭찬을 아끼지 않았다.

그런데 1년 계약으로 파견된 동경대학에서의 근무가 끝나갈 무렵 본

악마 교수와

교에서 긴급 연락이 왔다. 위급한 환자가 있으니 빨리 귀국해 달라는 것이었다.

"그렇게 시급합니까? 어떤 환자입니까?"

"와 보시면 압니다."

그리하여 동하는 계약기간을 1달 정도 남겨두고 신변을 정리한 후 동경대학 측에 양해를 구하고 모교로 곧바로 복귀했다.

그런데 뜻밖에도 대기하고 있는 환자는 바로 황유진 교수였다. 일본으로 떠나기 전에도 조금 수척해 보였던 황 교수였다. 하지만 회갑이 넘은 나이에도 불구하고 늘 정열적이고 건강했으며 꼬장꼬장한 어른이었다. 그래서 그저 좀 피곤이 쌓여 그렇겠지 하고 대수롭지 않게 생각했었다.

그런데 그게 아니었다. 황 교수는 동하가 일본에서 지내는 동안 건강에 이상을 느껴 내과에 입원하였고 정밀 검사를 받은 결과 대장암에 걸린 것으로 확인되었다고 했다.

황 교수는 수술이 불가피한 것으로 인정되어 이미 외과로 전과된 상태였는데, 대장암이 이미 상당히 퍼져 있어서 수술을 하지 않을 경우 1~2개월을 넘기기가 힘들 만큼 절망적이라는 결론이었다.

학교 당국은 황급히 수술을 하기로 결정했고, 황 교수도 이에 동의하였다. 학교 당국이 선정한 집도의는 외과학계의 태두이며, 외과 주임교수인 강건종 박사였다.

그런데 강 박사는 망설였다. 환자인 황 교수에 대한 부담감도 있었지만, 자신은 간담도가 전공이었다. 그때 이 소식을 들은 오종만이 집도의 신청을 하고 나섰다. 오종만은 신생 의대인 K의대에 외과교수로 있었다. 오종만도 소화기외과를 전공했고 독일 마인츠 의과대학에서 소화기외과로 박사학위를 받았다. 오 교수 역시 소화기외과에서 떠오르는 국내 권위자 중 한 사람이었다.

오종만은 자신이 황 교수를 살려낼 자신이 있다며, 대학 당국에 집도의 신청을 하였다. 강 박사는 내심 오종만을 마음에 두고 있었다. 박동하의 실력도 알고 있었지만 황 교수와의 좋지 않은 관계를 알고 있었고, 일본에 있는 터라 배제 하였다.

오종만은 강력하게 도전하였으며, 강 박사는 집도의를 오종만으로 결정하고 황 교수에게 통보하였다. 그런데 환자인 황 교수는 강 박사에게 양해를 구한 후 집도의를 박동하로 선정해 줄 것을 요청하였다는 것이다. 그리하여 대학 당국은 박동하 교수를 다시 집도의로 결정하였다는 것이었다.

동하의 놀라움은 컸다.

'그토록 무섭고 강인해 보이던 황 교수가, 마치 강철로 만든 강철의 해부기계 같았던 황 교수가 대장암이라니. 게다가 나에게 수술을 요청했다니.'

이 모든 일들이 믿겨지지 않았다. 하지만 어쨌든 황 교수는 자신에게 맡겨진 환자였다.

동하는 조용히 병실로 황 교수를 찾아갔다. 황 교수는 마르고 핼쑥한 모습으로 침대에 누워 있었다. 황 교수는 이제 강의실과 실습실에서 포효하던 사자처럼 용맹스런 공포 교수가 아니었다. 그저 나약한 환자였으며, 심하게 여윈 노인이었다.

동하는 황 교수를 보는 순간 연민의 마음이 들었다. 그 무섭던 당신도 중병에 걸리니 별 수 없는 나약한 인간이었던 것이다. 하지만 동하의 마음속에는 여전히 뭔가 풀리지 않는 앙금이 녹지 않는 납덩이처럼 남아 있었다.

"교수님, 저 박동하입니다. 이게 어찌된 일입니까? 기운을 내십시오.

악마 교수와

저희들이 잘 모시지 못한 때문 아닙니까?"

　동하가 황 교수에게 위로의 말을 하자 황 교수가 조용히 동하를 바라
보았다.

　"박 교수, 나 때문에 일찍 귀국하게 해서 미안하네. 하지만 자네에게
수술을 받고 싶어서 내가 병원 측에 특별히 부탁을 했네. 자네는 소화기
외과 질환의 최고 권위자가 아닌가?"

　"무슨 말씀이십니까, 교수님. 제 위로 서열이 높은 교수님들이 계시고
또 하늘같은 주임교수님이 계시지 않습니까."

　"아니야. 주임교수는 간 담도가 전공이고 소화기는 자네 아닌가? 강
박사도 인정하였네. 그래서 내 강 박사에게 양해를 구했네. 그리고 수술
중에 들어와서 봐 달라고 부탁을 했네. 강 박사도 소화기 수술은 자네가
자신보다 몇 수 위라면서 흔쾌히 동의하였네. 나를 좀 살려주게나."

　그 무서운 사자 같던 황 교수가 자신에게 간청을 하고 있었다.

　"하지만 미천한 제가 어떻게 감히 교수님의 몸에 칼을 댄단 말입니까?"

　"아닐세. 아니야. 나는 자네의 실력을 믿네. 그리고 자네에게 수술을
받고 싶네. 이것은 의사와 환자의 관계로 얘기하는 것일세. 그리고 스승
과 제자 사이라면 이건 명령이야. 이제 나는 자네가 맡은 환자일세. 잘
부탁하네. 자네도 더 큰 중병을 앓다가 일어나지 않았나. 나, 조금 더 살
게 해주게. 아직 정리해야 할 일도 많이 있고. 잘 부탁하네, 박 교수."

　황 교수는 간절한 애원의 눈빛으로 말하였다.

　"그게 다 무슨 말씀이십니까? 오래오래 건강하게 사셔야지요. 힘을
내십시오, 교수님. 최선을 다하겠습니다."

　동하는 황 교수의 여원 손을 잡아주었다. 비록 철천지원수처럼 생각
했던 인물이었지만, 어쨌든 그는 스승이었다. 그리고 이제는 자신이 맡
은 환자였다. 의사와 환자의 관계였다. 추호도 사적인 감정이 끼어 들

수 없는 일이었다. 최선을 다해 환자를 살려내야 하는 것이었다. 남녀노소 빈부귀천을 떠나 일단 자신에게 맡겨진 환자에 대해서는 철두철미하게 최선을 다하는 박동하였다.

병실을 나오며 동하는 착잡한 마음이었다. 황 교수가 비록 자신에게는 가혹하게 대했지만, 그래도 당신은 이 대학의 가장 큰 대들보였다. 그리고 자신과는 좋지 않은 인연의 연속이었지만, 사실 그는 수많은 제자들과 후학들로부터 존경받고 있는 대학자요, 교수였다.

동하는 왠지 어깨가 무거웠다. 평생을 해부학 교실에 몸담고 한눈 한번 팔지 않고 오직 학생들의 교육과 학문 연구에 평생을 몸 바쳐온 노교수의 말년 치고는 너무 가혹하고 비참하다는 생각이 들었다.

더구나 당신께서 대장암에 걸린 것은 불규칙한 식생활과 학문 연구에 과도한 정신력을 사용한 것도 한 가지 원인이 되었을 것이었다. 황 교수는 젊은 시절에는 도시락을 두 개씩 싸가지고 다니면서 연구실에서 자면서 공부를 해왔다는 것이었다.

다음날. 동하는 병원장과 외과 주임교수, 외과의 다른 교수들, 내과, 방사선과, 병리학과, 마취과의 주임교수들이 모두 모인 가운데 황 교수의 병세에 대하여 장시간 토론을 했다.

내과와 병리학과 교수들은 수술에 반대하였다. 병의 진행 상태로 보아 수술 도중에 사망할 확률이 90프로 이상이라고 하였다. 그리고 암세포들이 이미 췌장과 근처 장기와 임파선 등에 광범위 하게 퍼져있어 수술이 거의 불가능한 상태라고 하였다. 외과교수들도 근처에 큰 혈관이 많아 수술 도중 출혈로 사망할 가능성이 크므로 수술은 안 하는 것이 좋겠다는 의견이었다.

"그대로 증상 치료만 해드리는 것이 어떻겠습니까. 그러면 1달 정도는 더 큰 고통 없이 사실 수 있을 것으로 보입니다. 괜히 수술 한다고 해

악마 교수와

서 잘못하면 수술 도중에 사망 하실 수도 있으며, 성공한다 해도 3개월 정도 더 사실 것으로 보이는데, 그 기간도 수술의 후유증으로 고통스러우실 것입니다."

내과 주임교수는 그렇게 수술에 반대하였다. 교수들은 설령 수술에 성공 한다고 해도 황 교수의 남은 수명을 3개월 정도로 예상하고 있었다. 그러나 환자인 황 교수 자신이 수술받기를 강력히 원하였으므로, 외과교실에서는 모험적인 수술을 감행하기로 결정을 하였다.

마취는 수술의 중요성을 감안하여 마취과 주임교수가 직접 하기로 하고 일반외과, 내과, 방사선과의 주임교수들이 수술 상황을 지켜보기로 했다. 그리고 병원장은 모든 임상과목의 주임교수들과 그 아래 교수들에게도 수술이 끝날 때까지 비상대기 명령을 내리겠다고 하였다. 황 교수의 수술로 병원 전체가 비상사태에 돌입한 것이다.

수술은 이틀 후 아침에 하기로 했다. 수술 전날 동하는 연구실에서 잤다. 전날 밤 그는 수술장을 다시 둘러보았다. 아직 소독에 넣기 전인 메스, 가위, 리트랙터, 휘셉, 켈리 따위의 수많은 수술 기구를 모두 점검하고 수술 침대와 무영등, 마취기계, 인공호흡기, 심전도 등 모든 기계장치를 다시 점검하였다.

그리고 다음날의 수술을 계획하고 구상하며 수술실을 서성거렸다. 이따금씩 수술 침대를 바라보는 동하의 눈빛은 날카롭게 빛나고 있었다. 마치 챔피언 결정전을 앞둔 권투 도전자가 시합이 있기 전날 밤, 다음날 자신이 싸울 경기장에 나와 링을 둘러보며 다음날의 시합을 예상하고 마음의 준비와 각오를 다지는 그런 모습이었다.

그는 이제 그가 가장 무서워하던 스승을 수술하게 되었다. 1년차 레지던트 선생이 다음날의 수술방을 체크하기 위해 간호사와 함께 수술실로 왔다가 박 교수를 발견하고는 깜짝 놀라 슬그머니 되돌아갔다. 수술이 있기 전날 수술방을 둘러보는 교수는 처음 보았기 때문이었다.

그는 아예 연구실에서 잠을 잤다. 잠들기 전 수술부위의 해부학 책을 다시 펼쳐 보면서 장기와 구조물들을 머리에 익혔고, 황 교수의 각종 검사 기록과 사진 등을 다시 철저히 재검토 하였다.

수술의 진행 과정과 자신이 해야 할 일에 대해서 써놓은 것도 하나하나 다시 검토하고 점검하였다. 그리고 머릿속에 모든 수술 과정을 생각해 보며 혼자서 가상수술을 시행해 보았다. 미흡한 부분은 다시 책을 찾아보고 그림으로 그려보고 방법을 연구하였다. 추호의 실수도 있어서는 안 될 것이었다.

생명에는 연습이 없다. 기회는 한 번뿐이다. 마지막 기회였다. 마지막 전진 캠프에서 정상을 공략하는 등반가의 심정으로, 그리고 야간에 폭풍우를 뚫고 비상상황에서 거대한 비행기를 착륙시키는 조종사의 심정으로 그런 마음으로 수술에 임할 것이었다.

드디어 다음날 아침 9시. 대수술이 시작되었다. 연구실에서 잠을 잔 동하는 구내식당에서 간단히 아침식사를 한 뒤 수술실로 향했다. 수술실 입구에는 병원장과 학장, 그리고 총장이 나와 있다가 박동하 교수를 격려해 주었다. 동하는 감사의 인사를 하고 수술실로 들어가 흰 가운을 벗고 초록색 수술복으로 갈아입고, 캡을 쓰고, 마스크를 하였다.

수술방에는 이미 레지던트 선생들이 모두 나와서 수술방 간호사들과 함께 수술 준비를 완료한 상태였다. 환자인 황 교수는 이미 수술실로 옮겨져 마취 전 처치를 위해 수면제와 진통제 주사를 맞고 잠들어 있었고, 양쪽 팔의 혈관에 수액(링거) 주사를 맞고 있었다.

그런데 막 손을 씻으려는데 누가 불렀다. 외과 주임교수인 강건종 박사였다. 강 교수는 집도의 대기실로 동하를 불렀다.

"교수님 나오셨습니까? 제가 집도의가 되어 송구스럽습니다."

악마 교수와

황 교수와 동년배인 강 박사에게 동하는 존경과 감사의 인사를 올렸다.

"그게 무슨 소린가? 소화기는 자네가 최고 아닌가. 그런 말 말게."

강 교수는 외과 학계의 태두이며 간담도 수술에 있어서는 국내 최고의 권위자였다.

"자네는 이미 중견 외과의사니 내가 더 무슨 말이 필요 하겠나만은, 한마디만 하겠네. 박 교수, 저 수술 침대에 누워 있는 사람이 결코 황유진 교수라고 생각하지 말게. 이렇게 말하면 황 교수에게 결례가 될지도 모르지만 그저 개나 돼지를 수술한다고 생각하게. 황 교수가 사실 돼지 같이 생겼잖아, 하하하. 그저 돼지 배를 가른다고 생각하게."

산전수전 다 겪은 주임교수는 동하의 긴장을 풀어주기 위해 농담까지 해가며 수술의 무게를 빼주려고 하였다.

"알겠습니다, 교수님."

"그리고 내가 계속 수술방에 서 있으면 박 교수가 부담스러울 수 있으니까 가끔 들어가 보겠네. 과감하게 칼을 쓰게. 자네는 뛰어난 외과의사야. 소장, 대장, 수술에는 국내 최고가 아닌가. 자네만큼 뛰어난 사람이 없네. 나보다 한참 위일세."

"그게 무슨 말씀이십니까, 교수님. 듣기에 민망스럽습니다."

"아닐세. 사실이 그렇네. 내가 더 할 말은 없네. 이제 들어가 보게."

"알겠습니다. 최선을 다 하겠습니다, 교수님."

동하는 강 교수에게 인사를 하고 나왔다.

수술 인력도 다른 수술에 비해 2배 이상으로 대폭 늘린 상태였다. 또한 내과와 흉부외과 교수들도 지원을 나와 있었다. 수술실 간호사(Scrub nurse)들도 모두 최고의 실력자들로 배치되었다. 병원 전체가 황 교수의 수술에 바짝 긴장하고 있었다.

"자, 가까이들 오지."

동하는 수술대 앞으로 바짝 다가서며 말했다. 그리고 수술 부위의 복부를 베타딘 소독약으로 소독한 후, 수술 부위만 노출시키고 다른 부위는 모두 소독포로 덮었다. 마취과 주임교수로부터 수술을 시작해도 좋다는 오더가 떨어졌다.

동하는 메스를 들었다. 동하의 얼굴에 숙연함이 스쳐갔다. 그 독 오른 사자처럼 포효하던 황 교수와 수없이 대결하던 나날들이 떠올랐다. 동하도 인간인지라 감정의 흔들림을 모두 억제할 수는 없었다.

그러나 우선 수술에 최선을 다해야 했다. 자신을 무한히도 핍박했던 황 교수였지만 그는 지금 자신의 환자일 뿐이었다. 최선을 다해 그의 환부를 도려내고 생명을 구해야 할 것이었다. 그것이 환자에 대한 의사의 임무였다.

'그래, 모두 잊자. 오직 수술에만 전념하자. 강인한 정신력이 내 수술을 이끌어 줄 것이다.'

동하는 메스로 배를 가르기 시작했다. 붉은 피가 번져 나오자 보조자들이 거즈로 재빨리 피를 닦아 수술 시야를 좋게 해주었다. 피부를 절개하고, 귤껍질 같은 지방층을 제치고, 복부 근육을 가르고 헤치며 들어가자 복막이 나왔다. 복막을 가위로 가르자 내장이 모습을 드러냈다. 동하의 손은 피범벅이 되어 있었다.

동하는 뱃속에 손을 넣어 작은창자와 큰창자를 꺼내기 시작했다. X선 사진을 보아가며 암의 발생 부위를 찾는 것이었다. 문득 해부학 실습 때 대장과 소장을 꺼내며 자신들을 지도하던 황 교수의 모습이 떠올랐다. 동하의 두 손은 신들린 듯 신기에 가까운 솜씨로 움직이고 있었다.

그가 땀을 흘리며 암 조직 부위를 찾고 있는데 언제 들어왔는지 등 뒤에서 강건종 주임교수가 암이 생긴 부위와 절개방법에 대해서 조언을

악마 교수와

해주었다. 동하는 놀라운 솜씨로 암 조직을 모두 제거해냈다.

간 기능이 나빠진 황 교수는 많은 피를 흘리고 있어 마취과에서 수혈을 하였다. 내과와 흉부외과 주임교수들도 상태를 보아주었다.

어느새 3시간이 지나고 있었다. 그러나 그의 눈빛은 먹이를 찾는 표범처럼 조금도 흐트러짐이 없었다. 암세포는 부근의 임파선과 콩팥 쪽에도 전이의 기미를 보이고 있어 그쪽까지 모두 제거해야 하는 대수술이었다.

점심까지 건너뛴 채 수술이 계속되었다. 다른 과의 주임교수들도 차례로 다녀갔다. 그리고 무려 10시간에 가까운 대수술 끝에 암 조직을 모두 제거하고 수술을 완벽하게 끝마쳤다. 성공이었다.

아무런 흐트러짐 없이 수술을 끝낸 동하는 그제야 후들거리는 다리로 밖으로 나와 연구실 소파에 가서 쓰러졌다. 히말라야의 고봉을 오르듯 혼신의 힘을 다한 수술이었고, 주임교수도 완벽한 성공이라며 칭찬을 아끼지 않았다.

수술을 받은 황 교수는 ICU(Intensive Care Unit 중환자실)로 옮겨졌다. 일반 병실로 환자를 옮길 때까지는 계속 긴장을 늦추지 말고 환자를 보살펴야 했다. 다시 기운을 차린 동하는 저녁도 건너뛴 채 음료수만 마시고 다시 ICU로 가서 피로한 것도 잊은 채 밤새 황 교수를 지켰다. 계속 가래를 석션(흡인)해 주고, 수혈을 하고, 산소를 공급하며 관찰하였다. 중간에 잠시 나와서 늦은 저녁식사를 한 뒤에 다시 중환자실로 달려갔다.

황 교수는 ICU에서 무려 사흘간 의식을 찾지 못했다. 동하 역시 사흘 밤을 거의 새우다시피 하고 끼니까지 거른 채 초조한 마음으로 황 교수를 지키고 치료하였다. 피 한 방울, 수액 한 방울 떨어지는 것까지 세심하게 관찰하며 최선을 다하였다. 그만큼 박동하의 어깨도 무거웠던 것이다.

어쨌든 당신도 스승이었다. 그리고 자신과의 인연은 안 좋았지만, 많은 후학들로부터 존경 받는 학자였다. 그리고 자신에게 수술을 부탁한 자신의 환자였다. 그리고 황 교수가 거물이라는 것과 병원과 후학들의 기대 같은 것이 중압감으로 어깨를 짓눌렀다.

마침내 나흘째 되는 날, 황 교수가 서서히 의식을 되찾기 시작했다. 그리고 다시 일반 병실로 옮겨져 집중적인 치료에 들어갔다. 그리고 며칠 후 황 교수는 완전히 의식을 되찾고 회복되기 시작했다.

"고맙네, 박 교수. 자네가 내 생명을 구해 주었어."

정신을 차린 황유진 교수는 동하의 두 손을 잡고 고마워했다. 수술 결과에 대해서 매우 만족해하는 것 같았다.

"과찬의 말씀이십니다. 교수님, 당분간은 아무 생각 마시고 푹 쉬십시오."

동하가 황 교수를 위로하였다.

"고맙네, 박 교수. 정말로 고마워. 그리고 수고 많이 했네."

황 교수는 동하의 두 손을 잡고 거듭 감사의 인사를 하였다.

그렇게 동하가 황 교수의 병실을 나오는데 그제야 무언가 오래된 가슴속의 응어리 하나가 풀리는 듯한 느낌이었다. 그 무섭던 황 교수가 별것도 아닌 야윈 노인이었단 말인가. 불온한 감정이기는 했지만 드디어 어느 정도 원수를 갚았고 통쾌한 복수를 했다는 생각도 들었다. 후련함 같은 정체 모를 감정의 여운 같기도 하고 황 교수와의 싸움에서 승리한 것 같다는 우월감도 들었다.

3개월 후, 황 교수는 항암제 치료와 방사선 치료를 받으며 다시 정상적인 교수 생활에 복귀하였다. 황 교수는 휴직을 하거나 더 쉬시라는 학교 당국의 당부에도 불구하고 당신은 예전처럼 학생들의 강의와 실습

악마 교수와

에 임하겠다고 고집을 부렸다. 그 꼬장꼬장 하고 칼날 같은 성격은 하나도 변한 것이 없었다.

학생들이나 교수들이나 후학들을 대하는 태도 역시 예전 그대로였다. 오히려 더해진 것 같았다. 그리고 아픈 몸에도 불구하고 왕성하게 논문을 써내 발표하는 것이었다. 원리원칙을 중시하고 학문에 있어서 결코 타협을 모르는 대학자였다. 동하와는 이상한 인연으로 서먹한 사이가 되고 말았지만 그는 많은 제자들과 후학들로 부터 마음속으로 존경을 받고 있는 스승임에는 틀림이 없었다.

하지만 황 교수는 최초로 자신을 가로막은 거대한 산이었다. 그런 황 교수에 대해서 복수하리라는 감정이 늘 남아있던 동하는 황 교수를 수술함으로 해서 어느 정도 그런 감정이 해소된 느낌은 있었다. 그러나 그것은 엄밀히 말하면 그저 의사와 환자의 관계였을 뿐이고 당신과의 사이에는 여전히 두꺼운 벽이 느껴졌다.

그 후 복도나 교수회의 석상에서 가끔 황 교수를 만나는 때가 있었다. 그러나 그저 인사만 하고 지나칠 뿐이었다. 황 교수도 마찬가지로 별 말이 없었다.

동하는 늘 쫓겨 다니듯 너무도 바쁜 생활의 연속 이어서 마음의 여유도 없었다. 다만 황 교수를 자신이 이겼다는 생각, 자신이 수술했다는 우월감은 여전히 남아 있었다.

하지만 황유진 교수의 차가운 태도와 도저한 눈빛은 예나 지금이나 그대로였다. 여전히 황 교수는 황 교수일 뿐, 정 붙이기는 어려운 스승이었다. 그렇게 시간은 또 흘러갔다. 동하도 진료와 강의 수술 논문 발표 등으로 매일 바쁜 나날을 보냈다. 잠시라도 한가한 시간이 없이 언제나 바쁜 것 이었다. 그렇게 세월이 또 흘러가고 있었다.

그러던 어느 날, 외래진료를 끝내고 연구실로 돌아오자 황 교수가 이미 숨을 거두었다는 소식과 함께 오후에 긴급 교수회의가 열린다는 전통이 와 있었다.

"황 교수님이……."

동하는 막상 황유진 교수가 돌아가셨다니 마음을 어떻게 주체하기 어려웠다. 그렇게 성공적인 수술에도 불구하고 황 교수는 처음부터 소생 가능성이 희박한 상태였다. 수술을 하지 않았더라면 3~4개월도 견디기 어려운 상황이었고 그나마 성공적인 수술로 2년간 생명을 더 연장할 수 있었다. 그 시간은 황 교수의 강인한 정신력으로 버틴 시간이었다. 그 기간도 당신은 최대한 자신이 맡은 강의와 실습을 꼿꼿한 자세로 해내며 연구실을 지켰고 마침내 숨을 거두고 말았다.

동하도 수일 전 내과에 입원한 황 교수의 병세가 위독하다는 소식을 들었다. 그래서 한번 찾아가 뵈어야겠다고 생각하고는 있었으나 선뜻 내키지도 않았고 일이 너무도 바빠서 차일피일 미루고 있었다.

"황 교수님이……."

동하는 막상 황유진 교수가 돌아가셨다니 마음을 어떻게 주체하기 어려웠다. 한동안 멍한 얼굴로 창밖을 바라보았다. 연구실 창문 밖으로 펼쳐진 푸른 하늘에 흰 구름떼가 무심하게 흘러가고 있었다. 무언가 마음속 저 깊은 곳으로부터 와르르 무너져 내리는 느낌이었다. 돌아가시기 전에 한번 찾아가 뵙고 위로라도 해드릴 걸 하는 후회가 들었다.

'그토록 강철 같고 무섭던 황 교수님이 돌아가시다니.'

정말 믿어지지 않는 일이었다. 의과대학의 가장 큰 거목이 쓰러진 것이었다. 동하는 남다른 감회에 젖었다. 당신이 비록 자신을 가로막은 원수 같은 교수였지만 후학들로 부터 존경받는 학자임에는 틀림없었다.

황 교수는 누구였는가? 동하는 장대로 카데바들을 꺼내며 포효하던 황 교수의 모습이 아직도 눈에 선하였다. 그 부지런하고 열성적이던 모

악마 교수와

습들, 등 뒤에서 자신을 바라보고 있던 그 서늘하고 무섭던 눈빛, 그리고 항상 실습이 끝나면 실습실을 가장 늦게 나가는 사람이 바로 황 교수였다.

당신은 언제나 그러하였다. 정규 실습시간이 4시간이었다. 실습은 오후 2시에 시작해서 6시에 끝나게 되어 있었다. 그러나 6시에 끝나는 날은 한 번도 없었고 보통 밤 10시, 늦으면 밤 12시가 넘어서 끝났다.

그렇게 실습이 끝나면 학생들과 조교 선생까지 모두 내보낸 후, 일단 학생들이 정리하고 청소하고 간 실습실 바닥에 떨어진 살점이며 내장 조각들을 일일이 핀셋으로 주워서 자루에 담았다.

이제 흉한 모습이 된 카데바들, 20여 구나 되는 찢어발긴 시체들이 누워 있는 밤 열두 시의 실습실은 매우 차갑고 음습하며 때로는 오싹한 전율이 스미는 곳이었다. 피 맺히고 서러운 영혼들의 통곡으로 가득한 곳이었다. 웬만한 사람들은 혼자서는 도저히 무서워서 내려갈 수도 없는 곳이며, 그곳에 혼자 남아 있다는 것만으로도 온몸이 굳어버릴 매우 공포스러운 일이었다. 그러나 황 교수는 아무런 마음의 동요 없이 묵묵히 혼자 남아서 모두 떠난 실습실의 뒷정리를 하였다. 카데바들의 자세를 바로해 주고 그들의 얼굴을 쓸어 만져주고 그렇게 모든 정리를 하였다.

그런 후에는 불을 끄고 육중한 철문을 자물쇠로 잠그고 두터운 해부학 책을 옆구리에 끼고 지시봉을 들고 열쇠 꾸러미를 쩔렁이며 어둡고 침침한 계단을 천천히 올라가는 황 교수의 모습은 숭고해 보이기까지 하였다.

그리고 실습이 있는 날은 아예 집으로 퇴근하지도 않고, 그렇게 밤 12시가 넘도록 모든 뒷정리를 한 뒤 연구실에서 손수 라면을 끓여서 요기를 하고 연구실 침대에서 잠을 청하던 황 교수였다. 그런 생활을 해온 것이 발병의 한 원인이 되었을 것이었다.

40여 년 가까이 그런 생활을 해왔으며 임종 시까지도 그런 생활을 계속해온 노학자 황 교수. 그는 추호의 어긋남도 인정하지 않는 학자였다. 오직 해부학을 위해 태어난 학자였다. 그런 황 교수였다.

'정녕 이렇게 떠나시는 건가? 이렇게 떠나실 것을 나와는 왜 그토록 인연이 없었던 것일까.'

알 수 없는 쓸쓸함이 동하의 목 안 가득 차올랐다.

'당신과의 길었던 싸움이 이제는 끝난 것인가. 왜 내게는 그토록 가혹하게 대했으며 왜 나는 황 교수와 정을 붙이지 못했던 것일까.'

악마 교수와

그날 오후 긴급 교수회의가 열렸다

황 교수의 장례 문제를 협의하기 위한 회의였다. 모두가 대학의 산 증인이며 가장 큰 대들보를 잃은 슬픔과 비통함으로 가득하였고 숙연한 분위기였다.

동하도 마음이 무겁고 착잡하기는 마찬가지였다. 어쨌든 황유진 교수는 자신의 스승이 분명하였으며 평생 학자의 길을 올곧게 걸어온 분이었다.

교수들은 총장 후보였던 황 교수의 업적과 의과대학의 위상을 생각해서라도 대학장으로 성대하게 장례를 치르자는 의견에 모두 동의하였고 동하도 마찬가지였다. 그런데 정작 병원장인 신혁수 박사는 황 교수를 학교장으로 할 수 없다는 의견을 내놓았다.

"지금 학교장으로 거행해야 한다는 의견이 지배적입니다만, 저는 지금 그렇게 할 수 없는 안타까운 사정을 전체 교수님들께 말씀드리고 의견을 구하지 않을 수 없는 곤혹스러운 처지에 있습니다."

그러자 회의장은 일제히 술렁거리기 시작했다. 모두가 납득할 수 없는 일이었다.

"대학장으로 장례를 치를 수가 없다니 그게 무슨 말씀입니까? 지금 대한 의학협회장으로 장례를 치르자는 의견도 대두되고 있는 상황입니다."

"이해할 수가 없군요. 아니, 왜 학교장이 안 된다는 말씀입니까?"

"이거 너무 심한 얘기 아닙니까? 황 교수님이 어떤 분이셨습니까? 그분이 그만한 대접도 받지 못할 분이란 말씀이십니까?”

일부 흥분한 교수들은 언성까지 높였다.

“아아, 여러분. 조용히 잠시 조용히 해주십시오. 제 말은 그런 뜻이 아닙니다. 오해하지 마십시오.”

병원장이 모두에게 호소하자 장내는 다시 잠잠해졌다. 병원장은 무거운 목소리로 다시 입을 열었다.

“여러분, 황 교수님의 공적을 폄하해서 학교장으로 할 수가 없다는 말이 아닙니다. 여러 교수님들과 함께 상의할 문제가 있기 때문입니다. 대학본부와 조율할 문제도 있고 행정적인 문제도 있습니다.”

병원장의 말은 종잡을 수가 없었다. 모두가 어안이 벙벙한 가운데 신박사는 잠시 정회를 요청했다.

“어쨌든 잠시 정회를 하겠습니다. 사실 갑작스럽게 회의를 소집하는 바람에 미처 준비하지 못한 서류도 있고…… 자, 앞으로 두 시간 후에 회의를 다시 열기로 하겠습니다. 두 시간 후면 외래진료 시간이 모두 끝나니 그때 의과대학과 부속병원의 모든 교수님들이 참석한 가운데 다시 전체 회의를 열겠습니다. 그때 다시 장례문제를 토의해 주시기 바랍니다. 죄송합니다.”

병원장은 대학본부에 다녀오겠다며 밖으로 나갔다. 교수들도 웅성거리며 삼삼오오 흩어졌다. 외래진료나 회진 강의 등을 마무리하기 위해서였다.

동하는 다시 연구실에 가기도 뭣하고 해서 잠시 교수휴게실에 가서 휴식을 취할까 생각 중이었다. 갑자기 당한 충격도 크고 마음이 착잡해서였다. 그래서 몇 걸음 걷고 있는데 누군가 뒤에서 동하를 불렀다. 내과의 박석민 교수였다.

“교수님 나오셨습니까?”

악마 교수와

동하는 정중히 인사를 하였다.

"박 교수, 우리 밖에 나가서 얘기 좀 하세. 그렇지 않아도 내 자네에게 할 말이 있어서 자네를 찾고 있었네."

두 사람은 밖으로 나가 정원 안쪽의 구석진 벤치에 나란히 앉았다.

"저에게 하실 말씀이……."

"그래, 내가 자네에게 할 말이 있네. 황 교수님 얘기일세. 황 교수님이 이렇게 돌아가시다니 정말 너무 허망하군."

박 교수는 많이 울었는지 두 눈이 붓고 붉게 충혈되어 있었다.

"정말 이렇게 떠나시니 마음이 허전하고 슬프고……."

박 교수의 눈빛에는 진한 슬픔이 가득 하였다.

"그렇습니다."

그러나 동하는 마음이 허전하고 슬픈데도 이상하게 눈물은 나지 않았다. 뭔가 씁쓸한 슬픔이었고 알 수 없는 앙금 같은 것이 남아있었다. 박 교수가 입을 열었다.

"자네하고는 좋은 인연은 아니었지. 황 교수님 때문에 자네가 여러 가지로 마음고생이 심하지 않았나."

"글쎄요. 다 지난 일인데요, 뭐. 황 교수님도 떠나셨고, 제가 부족해서 그랬던 것인데 다 잊어야겠지요."

"그래."

박 교수는 담배를 피워 물더니 '후' 하고 길게 연기를 내뿜었다. 그리고 잠시 하늘을 바라보더니 조용히 말문을 열었다.

"내가 자네에게 이런 얘기를 해서 괜찮을까 모르겠네만. 자네에게 부담을 줄 수 있을 얘기 같아서 말이야."

박 교수는 뭔가 망설이는 눈치였다.

"하십시오, 교수님. 저에게 무슨 말씀인들 못하신단 말씀입니까? 교수님은 제 은인이 아니십니까."

"은인은 무슨……."

박 교수는 잠시 생각하다가 말을 이었다.

"그래. 하긴 이제 황 교수님도 작고하신 마당이고, 나도 가슴속에만 묻어 두고 있기에는 답답하고. 지금이 얘기할 기회인 것 같아. 그래서 실은 내가 그렇지 않아도 자네에게 얘기를 좀 하려고 준비를 하고 왔네만……."

박 교수는 잠시 침묵하였다.

"무슨 말씀이십니까?"

동하는 무슨 얘기인지 궁금하였다.

"사실은 황 교수님이 영원히 비밀로 하라고 분부를 남기셨지만 당신께서도 이제 세상을 떠나셨고, 자네도 아직 황 교수님에 대한 앙금 같은 것이 남아 있는 것 같아 내 얘기하기로 하겠네."

"황 교수님 얘기인가요?"

동하는 뜻밖이었다.

"그렇다네. ……실은 자네 대학시절 받은 장학금 있지?"

"예. 교수님께서 주선해 주셔서 저에게 3년간 장학금을 지급해 주지 않으셨습니까? 그 덕분에 학교를 잘 다녔고 박 교수님과 고교 동창회에 평생을 두고 은혜를 갚으려고 생각하고 있습니다."

"아니야. 생각해 보면 자네에게 미안해. 내가 해준 것도 없이……."

"미안하시다니요, 교수님. 도대체 그게 무슨 말씀이십니까?"

동하는 박 교수가 무슨 말을 하는지 이해할 수가 없었다.

"아니야. 자네에게 미안해. 정말이야."

박 교수는 재떨이에 담배를 꾹꾹 눌러 껐다. 그리고 동하를 바라보며 말했다.

악마 교수와

"그 장학금 말이야, 실은 석 달 치만 우리 동창회에서 나간 돈일세. 나는 거기에 몇 푼 보탰을 뿐이고. 나머지 3년간은 모두 전액 황 교수님이 내신 돈일세."

동하는 너무도 깜짝 놀랐다. 상상조차 해본 적이 없는 일이었다.

"황 교수님이…… 저에게 장학금을 주셨다구요? 그, 그게…… 정말이십니까?"

"그렇다네. 내가 왜 거짓말을 하겠나. 분명 황 교수님이 자네에게 장학금을 대주셨다네."

동하는 쇳덩이 같은 무거운 흉기로 뒤통수를 세게 얻어맞은 듯 정신이 멍했다.

"그러니까 자네가 본과 2학년에 올라가서 말이야. 그때 자네 어머님께서 작고하셨고, 자네가 경제적으로 학업을 계속 하기가 매우 어려운 상황이라는 소문을 황 교수님이 들으신 모양이야. 하루는 황 교수님이 나를 조용히 부르시더군. 내가 자네와 같은 고등학교 출신이고, 의과대학의 고교동창회 회장을 맡고 있다는 걸 아신 거지."

"그래서요?"

"황 교수님이 자네에게 장학금을 주는 게 좋겠다고 말씀하시더군. 사실 그때는 동창회에 기금도 얼마 없고 여러 가지 사업을 벌이고 있을 때라서 장학금 지급이 어려운 상황이었네. 그래서 부끄러운 고백이지만 장학금 지급이 곤란하다고 말씀드렸네. 더구나 자네가 나이도 많았고 자네에 대한 동창회의 시각도 곱지 않았거든."

박 교수는 미안하다고 말하였다.

"무슨 말씀이십니까? 당연히 그랬었겠죠."

"아니야, 미안한 건 미안한 것이고……. 그런데 황 교수님이 미리 다 알고 있었다는 듯 빙그레 웃으시면서 준비한 봉투를 내어놓으시더군.

동창회 이름만 빌려달라고 하시면서. 그 후 매달 당신의 월급에서 상당한 액수를 떼어서 우리 동창회 통장으로 자동 입금시켜 주신 걸세. 우리는 그 돈을 자네에게 장학금으로 지급했을 뿐이고. 명색은 동창회 장학금이었지만 실은 그것은 황 교수님께서 내신 돈이었네.”

동하는 충격으로 입을 다물 수가 없었다.

“동창회장으로서 나도 면목이 없어. 다른 사업 예산을 깎아서 거기에 내 돈을 조금 보태서 고작 석 달 치만 동창회 돈으로 자네에게 지급했고, 나머지는 모두 황 교수님이 주신 돈이었어. 그 돈을 가지고 동창회 이름으로 자네에게 지급한 것일세.”

박 교수는 그동안 황 교수의 돈이 입출금된 동창회 통장을 보여주었다. 아주 오래되어 색조차 바랜 통장이었다. 통장을 열어보니 매달 황유진 교수님 이름으로 꼬박꼬박 입금된 흔적이 빼곡했다.

“다 털어놓고 나니 나도 마음이 후련하네. 자네에게도 참 면목이 없네. 동창회 돈을 주었어야 하는 건데……. 황 교수님께도 죄송하고…….”

동하는 부들부들 떨리는 손으로 낡은 통장을 움켜쥔 채 한동안 아무 말을 하지 못했다. 자기도 모르게 굵은 눈물방울들이 툭툭 떨어지기 시작했다. 그것은 깊고도 깊은 가슴속 저 밑바닥에서부터 천천히 솟아오르는 진한 눈물이었다.

“아, 저는 그런 줄도 모르고…… 교수님, 어떻게 이러실 수가…… 그럼 왜, 왜 진작 저에게 그런 말씀을 한마디도 하시지 않으셨습니까, 왜.”

동하는 그대로 땅바닥으로 미끄러져 무릎을 꿇으며 절규했다.

“교수님, 어떻게 이러실 수가…… 왜 진작 저에게 그런 말씀을 한마디도 하시지 않으셨습니까, 왜……. 저는 황유진 교수님께 고맙다는 인사, 감사하다는 말씀도 한번 못 드렸습니다. 왜, 왜, 저에게 오랜 세월 알려주시지 않으셨습니까?”

　　　　　　　　　　　　　　　　　악마 교수와

마음을 어떻게 진정할 수가 없었다. 동하는 안타까움에 떨리는 손으로 박 교수의 두 손을 움켜잡고는 빗물 같은 눈물을 쏟았다.

"어떻게 알리나. 황 교수님의 엄한 분부고 명령인데. 나도 그분 제자고, 무섭기는 마찬가지였어. 지금 이런 얘기도 자네가 부담스러워할 테니 절대 비밀로 하라고 하셨는데 약속을 어기는 것이라서 마음이 편치 않아. 그분은 그런 분이셨지. 그분은 결코 자신의 선행을 남에게 얘기하거나 떠벌리거나 드러내는 분이 아니셨네. 황 교수님이 누구신가? 우리 학교 다닐 때도 그러셨어."

박 교수가 말을 이어갔다.

"황 교수님이 말일세. 대학가에 데모가 한참 심할 때 비밀 루트를 통해 상당한 액수의 돈을 민주화투쟁위원회와 학생회 등에도 보냈다는 사실 아는가? 다 익명으로, 자신의 월급을 쪼개 낸 돈이었지."

동하는 다시 또 놀랐다.

"그렇다네. 당신께서는 학생들이 수업시간에 빠지거나 시험이나 실습시간에 빠지는 것은 엄격히 통제하셨지만, 그 외의 시간에 투쟁에 참여하거나 학생운동을 하는 것은 막지 않으셨네. 자신의 일은 충실히 하고, 투쟁도 민주적으로 해야 한다고 주장하시면서 말일세."

황 교수는 늘 군사정권이 가난을 몰아내고 경제를 발전시킨 것은 참으로 크나큰 공로이지만, 인권을 탄압하고 민주화에 역행하는 것은 잘못된 일이라고 역설했다고 했다. 박 교수가 다시 새 담배를 피워 물고는 길게 연기를 내뿜었다.

"만약 비밀로 학생 운동에 자금까지 지원해 준 사실이 발각되었더라면 대학에서 영원히 파면 당하고 징역까지 사실 뻔했지. …… 이거 내가 자네에게 자꾸 괜한 소리를 하는 것 같네 그려. 황 교수님 명령대로 아예 모든 것을 비밀로 덮어두는 건데……."

"아닙니다, 교수님. 그게 무슨 말씀이십니까? 저는 생전에 아무 말씀도 없으셨던 황 교수님과 저에게 아무것도 가르쳐 주지 않으신 박 교수님이 원망스럽습니다. 뭐든 다 말씀해 주십시오."

"그래, 그럼 기왕 말나온 김에 더 하겠네. 자네가 인턴을 마치고 레지던트에 올라갈 때 외과를 지원하지 않았나."

"예, 그랬습니다."

"그때 외과 의국에서 반대가 아주 심했었네. 지원자도 많았고 실력은 대개 비슷비슷했거든. 거기다 자네는 나이도 있고 과거 전력도 있고 해서 입국이 어려운 상황이었어. 그때 황 교수님이 외과 주임교수를 끈질기게 물고 늘어지셨네. 황 교수님의 입김이 없었다면 자네가 외과에 들어가기는 불가능했어."

"어떻게 그런 일이……. 그랬었군요. 저는 그런 줄도 모르고 제 힘으로 된 줄로만 알고 있었습니다."

동하는 계속 놀라울 뿐이었다.

"그리고 자네 어머님께서 황 교수님을 한 번 찾아오신 적이 있다고 하시더군."

"저희 어머님이요? 언제 말씀입니까?"

그것은 처음 듣는 얘기였다.

"글쎄…… 아아, 맞아. 자네가 학교를 휴학 하고 군대에 갔을 때 어머님께서 조용히 찾아오셨다더군."

순간 동하는 어머니에 대한 그리움으로 목이 메었다.

"그랬다고 하셨네. 그러면서 자네 어머님이 인품이 훌륭하신 분이었다고 말씀하시더군. 다른 학부모들은 찾아와 협박을 하거나 돈 봉투를 가지고 와서 학점을 달라고 하는 수도 있는데, 자네 어머니는 그저 모든게 감사하다며 눈물만 흘리시더라는 거야. 그리고 자네가 훌륭한 외과

악마 교수와

의사가 되도록 잘 이끌어주시면 감사하겠다고 하셨다더군."

동하는 마지막 가시는 얼굴도 뵙지 못했던 어머니 생각에 목이 메어왔다.

"그러고는 시골에서 직접 농사 지으신 고추며 마늘이며 고구마를 내놓고 가시는데, 황 교수님도 가슴이 아프셨다고 하시더군. 하지만 자네는 제대해서 복학한 후 또 성적 불량으로 유급을 당했고, 후에 들으니 칼로 팔목을 그어 자살기도까지 했었다면서?"

"부끄럽습니다, 교수님."

"아니야, 이해하네. 자네 심정이 오죽 했었겠나. 황 교수님이 학부모가 찾아온다고 봐주는 분도 아니시고. 하지만 황 교수님은 자네 어머님께 박동하가 다시 학교에 들어온 것으로 보아 패기와 용기가 있는 학생이고 집념이 있는 학생 같으니 잘 지켜보겠다고 하셨다더군. 그리고 이듬해 자네가 최고점수로 2학년 진급을 하지 않았나. 그런데 자네 어머님께서 그 사실도 모르고 작고하셨다는 얘기를 듣고 황 교수님도 매우 마음 아파하셨다네. 그리고 그때부터 자네를 도와주기로 생각하셨던 것 같네."

동하의 뺨에서는 쉴 새 없이 눈물이 흘러내리고 있었다.

"이 사람아, 그만 울게. 내가 이거 자꾸 괜한 얘기를 하는 것 같네, 그려."

박 교수의 말에 동하는 오히려 고개를 저으며 박 교수의 손을 부여잡았다.

"아닙니다, 교수님. 저와 황 교수님이 관계되는 얘기는 뭐든 다 해주십시오. 부탁드립니다."

박 교수가 동하의 어깨를 두드리며 말했다.

"자자, 일어서서 저 안쪽으로 자리를 옮기세. 통장은 이리 주고. 동창회 사무실에 보관해야 하네. 얼른 저쪽으로 들어가세. 저 앞에 다른 교수들이 오네."

두 사람은 인적이 드문 정원 안쪽으로 들어가서 벤치에 나란히 앉았다.

"그래도 그렇지, 어떻게 그동안 단 한 번도 저에게 아무런 언질도 주지 않으셨습니까. 정말 너무하십니다."

"미안하네. 하지만 이 사람아, 자네도 알다시피 누가 황 교수님의 엄명을 거역하겠나. 그 바람에 자네에 대한 모든 공은 나에게 돌아왔지만 나는 그저 심부름꾼이었을 뿐이야. 그리고 말이 나왔으니 얘기지만, 황 교수님이 정말 고생하신 것은 자네의 교수 임용 때였다네."

"그때는 박 교수님이 힘을 써주시지 않으셨습니까? 그때 정말 교수님께는 여러 가지로 너무나 많은 신세를 져서 그 은혜는 평생 잊지 않고 보답하려고 생각하고 있습니다."

당시 동하는 자신의 교수 임용이 전혀 불가능하다는 것을 알고 있었기에 어디 종합병원에 과장으로 근무하면서 야간으로 대학원에 다닌 후 신설 의과대학 쪽에 자리가 있나 알아보려고 생각하고 있었다. 하지만 일단 문이라도 두드려 보자는 심정으로 박 교수를 찾아갔던 것이었다.

"아니야, 그게 아니라니까. 어차피 말이 나왔으니 확실히 할 것은 확실히 해두어야지. 그래야 내 마음도 편하지. 사실 그때나 지금이나 나는 대학이나 학계에서 별 힘도 없고 유능한 교수도 못되네. 그리고 내가 무슨 힘으로 자네를 교수로 임용시킬 수 있었겠나. 어림도 없는 얘기고 전혀 불가능한 일이지."

"그게 무슨 겸손의 말씀이십니까, 교수님. 듣기에 송구스럽습니다."

"아니야. 사실이 그래. 그래서 그때 내가 실은 황 교수님을 찾아갔었네."

박 교수가 황 교수를 찾아가 박동하가 외과 교수가 되고 싶어 하고 교수 임용에 지원했다고 전하자 황 교수는 드디어 올 것이 왔다는 듯 무릎을 탁 치며 매우 기뻐하셨다고 했다. 그리고 "내 박동하가 그럴 줄 알았

악마 교수와

네. 진짜 칼잡이가 되겠다는 말이지? 역시 내가 사람을 제대로 보았어."
하면서 함께 노력해 보자고 했다는 것이었다. 당신은 동하가 학문의 길
로 나가주기를 내심 기대하고 있었던 것이다.

"나는 그때처럼 황 교수님이 기뻐하시는 것을 본 적이 없네. 마치 자
네가 교수에 지원하기를 속으로 학수고대하고 계셨던 분 같았네. 처음
에는 황 교수님도 자네가 의학을 공부할 자격이 없다고 생각하셨던 것
같네. 물론 자네가 운이 없어서 그렇게 된 것이었겠지만, 당신은 원리원
칙주의자 시거든. 물론 인간이니까 감정도 있었겠지. 하지만 퇴학까지
당했던 자네가 다시 입학해서 올라온 것을 보고 관심을 가지고 유심히
지켜보셨던 것 같네."

그러다가 동하가 군에 다녀오고 다시 낙오를 하고, 그 다음해에 해부
학에서 의대 역사상 최고점수를 획득하자 황 교수는 속으로 매우 놀라
워하면서 동하에게 매력을 느끼게 된 것이라고 하였다. 그때부터 마음
속으로 동하를 키우기로 결심했다는 것이다.

"당신은 자신의 제자들 중에서 정말로 대의(大醫)가 한 명 나오기를 바
라고 기대하고 계셨던 것일세. 그것은 교수로서 당신께서 평생의 과업
으로 생각하셨던 일일 걸세. 세계적 학자들과 싸울 대의를 한 명 키우고
싶다는 것. 아마도 당신의 평생 바람이셨던 것 같아. 하지만 쓸만한 재
목을 발견하지 못하고 계시다가 마침내 자네를 발견하신 거지. 그때 이
미 자네를 키우기로 내심 굳게 결심하셨던 것 같네."

"어떻게 저 같은 것을……."

"하지만 황 교수님은 그것을 절대로 겉으로 나타내지는 않으셨지. 그
저 묵묵히 그늘에 숨어서 자네를 도와주기만 하셨네. 한마디로 황 교수
님은 자네를 마음속에 수제자로 정하고 긴 세월 속으로 깊이 짝사랑하
신 것일세."

동하의 입에서 깊고 한 서린 한숨이 터져 나왔다. 아무것도 모르고 원망만 했던 지난 세월이 너무 부끄럽고 죄스러웠다.

"당신은 어떻게 해서든 자네를 대의로 키우겠다는 야망을 품으셨던 것 같네. 그리고 절대 비밀로 한 채 숨어서 자네를 도와 오셨네. 야망이란 겉으로 내색하지 않고 조용히 숨기고 있는 것이 진정한 야망이 아니겠는가? 그분은 성격이 그런 분이실세. 그만큼 틀이 큰 어른이셨지. 인간적인 감정은 별로 내색하지 않는 분이셨거든. 하지만 당신은 이미 자네가 해부학에서 의대 역사상 최고 점수를 기록하자, 그때부터 자네를 믿고 수제자로 키우기로 확실히 결심하셨던 것 같네."

어쨌든 그날 이후 참으로 힘든 싸움이 계속되었다고 했다. 이른바 황교수와 대학 당국과의 물밑싸움이었다. 대학 당국에서는 아예 처음부터 동하의 나이, 유급과 퇴학이라는 전력, 난동의 전과 등을 들어 교수 임용자 후보 대상에서 조차 제외시켰다고 했다.

말하자면 응모 원서조차 받아주지 않은 것이다. 이에 대해 황 교수가 펄쩍 뛰면서 병원장과 학장, 그리고 외과 주임교수를 비밀리에 번갈아 만나가며 계속 설득작업을 펼쳤다고 한다.

"자네도 알다시피 황 교수님이 어떤 분이신가. 평생을 대학에서 자존심 하나로 살아오신 어른 아니신가. 그런 당신께서 처음으로 그 자존심까지 꺾으셨다네. 총장을 따라다니며 사정도 하고, 회유도 하고, 협박도 하고, 부탁까지 하면서 담판을 벌이셨지. 당신으로서는 처음으로 당신의 원리원칙주의를 깨신 거야."

황 교수는 그때 1주일간이나 총장을 따라다니며 담판을 벌였다고 했다. 황 교수는 "학문을 하는데 나이가 무슨 상관이며 과거의 전력이 무슨 장애가 됩니까! 박동하는 분명히 공부를 해낼 사람입니다!"라는 주장을 하며 대학 당국과 물밑싸움을 벌였다고 했다.

악마 교수와

"이런 말하기는 뭣하지만 자네는 정말 하늘의 별 따기였어."

"달걀로 바위를 깨는 식이었지. 전혀 불가능이었네. 그만큼 우리 대학 외과가 국내 최고 권위의 수준에 있으며, 국제적으로도 인정받고 있기 때문이 아니겠나."

"그렇습니다."

동하는 솔직히 인정했다. 당시에 지원자들 모두 어마어마한 권력과 금력과 인맥을 총동원해서 압력을 가해 왔기에 대학 당국의 고뇌도 컸다고 들었다.

그렇게 불가능한 상황에서 황 교수가 두 발 벗고 나서서 총장을 물고 늘어졌고 "눈앞의 경력만으로 사람을 평가하고 우열을 가려서는 안 되며, 그 사람의 가능성을 보아야만 한다."고 열변을 토했다고 했다. 황 교수는 "대학의 발전과 학계의 발전을 위해 거시적인 안목으로 보아야 한다."면서 강력히 동하를 천거한 것이었다.

박 교수가 잠시 생각에 잠겼다가 입을 열었다.

"황 교수님은 당신이 대학을 그만두는 한이 있어도 무슨 수를 써서든 자네를 교수로 임용시키기로 결심을 하신 것 같았네. 당신께서도 많이 고뇌하셨던 것 같아. 자신이 평생 지켜온 원리원칙 주의와 자존심을 무너뜨리고 참으로 민망한 모습까지도 보이셨다네."

"민망한 모습이라니요?"

황 교수는 일주일간 총장을 따라다녔지만 대학 당국에서 별 반응이 없자 저녁에 박 교수를 데리고 총장을 찾아갔다고 했다.

"그런데, 아 이 양반이 뭐야, 선물꾸러미까지 준비하셨더군. 선물이라면 자다가도 벌떡 일어나 고함을 치고 호통을 치며 다시 가져가라고 던져 버리던 분이었는데 말이야. 그리고 정말로 양말까지 벗은 맨발로 무릎까지 꿇고 총장 앞에서 머리를 조아리시는데, 정말……."

박 교수는 그때를 생각하자 자못 민망했는지 말을 잇지 못했다.

"어떻게 저 같은 것 때문에 무릎까지 꿇으시고……."

그때 황 교수는 이번 일이 잘못되면 자신도 교수직을 사퇴하겠다며 사직서까지 총장에게 건넬 정도로 초강경 자세로 버텼다고 했다. 상황이 그리되자 총장도 도대체 황 교수가 박동하와 무슨 관계냐며 놀라워할 정도였다고 했다.

당시 황 교수의 위상이란 당신이 허락만 하면 어렵지 않게 이 거대한 종합대학교의 총장이 되고도 남을 인물이었다. 하지만 총장은 고사하고 병원장, 학장, 대학원장 감투란 감투는 모두 물리치시고 오직 주임교수 하나로 충분히 만족한다던 고고한 학자였다.

결국 그런 황 교수의 무게 때문에 대학 당국도 황 교수의 천거를 쉽게 뿌리치지 못하고 동하를 교수 임용자 후보에 올려주었다고 했다.

"그리고 자네가 어떻게 1차, 2차, 3차 투표에서 선발이 된 줄 아는가. 그것도 황 교수님의 힘이었네. 황 교수님이 사전에 투표에 참가하는 교수들을 비밀리에 모두 만나보면서 물밑 접촉을 하시지 않았다면 전혀 불가능한 일이었지. 교수들이 황 교수님을 보고 자네를 밀어준 거니까. 정말 발이 닳도록 뛰어다니셨네."

사실 당시 외과 주임교수와 병원장과 총장은 각기 다른 사람들을 밀고 있었다고 했다. 그러니 싸움이 치열하지 않을 수가 없었다. 외과 주임교수와 병원장과 총장을 넘어서야 하는 싸움이었던 것이다.

"황 교수님이 그렇게 무섭도록 결사적으로 달려 드시는 것은 나도 그때 처음 보았다네."

그제야 동하는 당시의 내무부장관과 대기업의 총수가 밀던 후보자들이 탈락한 이유를 알 것 같았다. 당시로서도 그것은 불가사의한 일이었다.

악마 교수와

"어쨌든 황 교수님이 자네를 교수로 임용시키기 위해 혼신의 힘을 다해 결사적으로 싸우셨다네. 정말 대단했었지. 하늘의 별따기 만큼이나 어려운 싸움이었으니까. 아마 자네가 탈락했더라면 황 교수님께서도 교수직을 사퇴하셨을 걸세."

투표에서 이긴 날 저녁, 황 교수는 박 교수를 불러서 수고했다며 막걸리를 사주었고, 이러한 이야기를 어느 누구에게도 발설하지 말라는 엄명을 내렸다고 했다.

모든 얘기를 들은 동하는 한동안 멍해져서 정신을 차릴 수가 없었다. 황 교수는 그 후로도 동하의 유학에도 신경을 많이 써주었다고 했다.

"그분은 학문적 욕심과 야망이 너무도 컸던 분일세. 자네를 외국 학자들과 경쟁시키기 위해 음지에서 계속 노력을 하셨네. 아마도 숨어서 자네가 커나가는 모습을 바라보며 혼자서 기뻐하셨을 것일세. 아니 그보다 더 큰 뜻을 가지신 분이셨네. 아마도 자네를 위해 당신의 원리원칙주의를 깬 것에 대해 후회하지는 않으셨을 거야."

박 교수가 말을 이어갔다.

"황 교수님은 자네를 속으로 참 많이도 사랑하셨다네. 당신께 수많은 제자들이 있고 그중에서 특별히 사랑하는 제자들도 많이 있었겠지만, 그중에서도 자네를 제일 크게 사랑하셨네. 나하고 둘이 계실 때는 자네를 칭찬하는 말씀도 많이 하셨었네. 그러면서도 자네가 행여 부담스럽게 생각할까봐, 그리고 공치사 받는 것이 싫어서 그 장구한 세월동안 아무런 내색도 하지 않으신 양반이야."

박 교수는 기나긴 얘기 끝에 긴 한숨을 지으며 말을 맺었다.

"참으로 당신도 어지간한 분이셨네, 어지간한 분이셨어. 그저 숨어서 자네를 짝사랑하신 것이지. 아마도 백 명의 평범한 장수들보다 한 명의 뛰어난 장수가 전쟁을 승리로 이끌 수 있다고 생각하셨던 것 같네. 하지만 그 크신 뜻을 우리가 어찌 헤아릴 수 있겠는가……. 그리고 이거, 황 교수님이 나중에 자네에게 전달해 달라고 하셨는데 오늘 전달하기로 하겠네."

박 교수가 가운 주머니에서 무언가 보석함 같은 것을 꺼내 동하에게 건네주었다.

"이게 뭡니까?"

"황 교수님의 선물일세, 받게. 당신을 수술해준 데 대한 감사의 인사고, 당신 마음의 작은 성의라고 하셨네. 아마도 당신께서 자네에게 내리는 마음의 정표 같은 것이라고 생각하네. 그리고 자네가 훌륭한 외과의사가 되기를 바란다는 말씀을 꼭 전해 달라고 하셨네."

동하는 보석함을 열어보았다. 순금으로 만든 메스였다. 메스날도 메스대도 모두 순금으로 만들어져 있었고 메스대의 한쪽 면 아래에 '황유진'이라는 이름 석 자가 각인되어 있었다. 황금 메스는 아무 말이 없었지만 많은 말을 하고 있는 듯했다.

동하는 한동안 멍한 얼굴로 앉아 있었다. 아무 말도 할 수 없었고, 아무것도 할 수가 없었다. 자신은 아무런 감사의 인사도, 아무런 은혜 갚음도 하지 못한 것이다.

'어떻게 이러실 수가 있단 말인가……. 따뜻한 술 한 잔도 대접해 드리지 못했는데…….'

악마 교수와

얼마나 시간이 흘렀을까

박 교수가 비통해 하는 동하를 다독이며 회의장에 먼저 들어갔다. 혼자 남은 동하는 어깨가 심하게 흔들렸고 마음을 어떻게 주체하기가 어려워 몸조차 가눌 수가 없었다. 동하는 마음속 깊은 곳에서부터 깊은 목울음을 토해내고 있었다.

얼마나 시간이 흘렀을까. 간신히 정신을 가다듬은 그는 충혈 된 눈으로 교수회의실로 들어갔다. 황 교수의 장례문제에 대한 논쟁은 여전히 계속되고 있었다. 그때 신혁수 병원장이 일어나서 주목해 달라고 요청하자 장내는 다시 잠잠해졌다.

"여러분, 오해하지 마십시오. 거듭 말씀 드리지만 제 단독으로 학교장을 하지 않겠다는 말씀이 아닙니다. 여기 과거에 황 교수님께서 유언 비슷하게 작성하신 서류가 있어 이것을 여러 교수님들에게 보여 드리고 의견을 구하고자 하는 것입니다. 제가 복사본을 나누어 드리도록 하겠습니다."

교무과 직원이 복사된 서류를 교수들에게 모두 나누어주자 병원장이 다시 말을 이었다.

"여러분, 이것은 황 교수님께서 대장암에 걸리시기 전 건강하셨을 때, 그러니까 당신의 회갑을 맞이했을 때 손수 작성하셔서 대학 당국에 제출한 기증서입니다. 황 교수님의 친필 서명과 도장이 찍혀 있습니다. 원문을 그대로 복사한 것이니 보시기 바랍니다. 제가 낭독해 드리겠습니다.”

병원장이 기증서를 읽어 내려가자 모두가 자기 앞에 놓인 기증서를 눈으로 읽기 시작했다. 동하도 기증서를 읽어 보았다. 그것은 당신의 사후에 당신의 육신을 해부학교실에 기증 하겠으며 카데바로 써달라는 내용이었다.

기증서에는 자신이 죽은 후 당신의 시신을 다른 카데바들과 똑같이 포르말린 탱크에 넣어서 보존할 것, 그리고 그후 다른 카데바들과 똑같이 취급하여 꺼내서 해부실습용으로 쓰고 뼈도 똑같이 추려내어 골학 실습용으로 쓸 것, 학생들에게는 자신의 신분을 절대로 밝히지 말 것, 살과 내장은 다른 카데바들과 똑같이 가마니에 섞어서 야산에 매장할 것…… 그러한 내용이 담겨 있었다.

그리고 이것은 30여 년간 해부학 실습실을 거쳐 간 모든 카데바들에 대한 속죄의 뜻이며, 당신의 시신 기증으로 이 땅에 한 사람이라도 더 유능한 의학도가 탄생하여 하나의 생명이라도 더 구원할 수 있다면 그 이상 바랄 것이 없다고 쓰여 있었다.

황 교수는 당신의 장례식에 대해서도 언급했다. 사후에 장례식은 치르지 말고 사망 당일 가족들의 입회 없이 카데바 탱크에 시신을 안장하는 것으로 모든 것을 대신 하라고 하였다

‘아아, 황 교수. 황 교수…… 당신, 정말로 끝까지…….’

동하는 안으로 흐느끼고 있었다.

“여러분, 이 기증서는 사실 저와 총장님, 그리고 김상헌 교수님과 학장님 외에는 아는 사람이 없었습니다. 물론 저도 최근에야 이 사실을 알게 되었습니다. 당시에 총장님 이하 대학 당국에서는 펄쩍 뛰며 만류하였으나 황 교수님께서는 이미 가족들의 동의를 얻었다면서 강력히 주장하셨고, 기증서를 받지 않으면 교수직을 사퇴하겠다고 하셨답니다.

악마 교수와

그 때문에 외부에는 절대 비밀로 하고 기증서를 받게 된 것입니다."

병원장이 말을 이어갔다.

"며칠 전 황 교수님께서 당신의 임종이 가까웠음을 예견하신 듯 저를 조용히 병실로 부르셨습니다. 그리고 자신의 뜻을 꼭 지켜달라고 당부하셨습니다. 그래서 긴급 교수회의를 열게 된 것입니다."

여기저기서 웅성거리는 소리와 함께 교수들의 흐느끼는 소리가 들려왔다. 병원장은 잠시 머뭇거리다가 다시 입을 열었다.

"자, 이 문제에 대해서 어떻게 했으면 좋겠습니까? 학교장이나 가족장 등 장례문제에 대한 다른 의견이 있으십니까?"

그러나 회의장은 숙연함 속에 바닷속 같이 깊고도 무거운 침묵뿐이었다. 아무도 입을 여는 사람이 없었다. 병원장이 다시 무거운 침묵을 깨고 말을 이었다.

"여러분이 침묵하시는 이유를 압니다. 당신의 성격이 어떤 분이셨는지 저보다 여러분들께서 더 잘 아실 것입니다. 그분은 우리 모두의 큰 스승이셨습니다. 결코 부탁을 하는 분이 아니셨습니다. 그분의 말씀은 부탁이 아니라 곧 명령인 것입니다. 물론 우리가 황 교수님의 뜻을 저버리고 장례식을 후하게 치르고, 그분의 선산에 안장할 수도 있습니다. 하지만 어느 누가 감히 대쪽 같은 학자이셨던 당신의 높으신 명령과 고귀하신 뜻을 저버릴 수가 있겠습니까?"

동하는 더 이상 슬픔을 견딜 수가 없어서 황 교수의 시신이 누워 있는 병실로 뛰어 올라갔다. 그리고 이미 차가워진 황 교수의 시신을 으스러져라 끌어안고 오열하였다.

"아아, 스승님! 황유진, 황유진 교수님! 이기셨습니다. 이기셨습니다. 당신이 이기셨습니다."

어느새 병원 직원들이 황 교수의 시신을 해부학 실습실로 모셔 가기 위해 들어오고 있었다. 동하는 바다처럼 넓고 깊은 마음을 알지 못했던 옹졸한 자신을 탓하며 몸부림쳤다. 당신을 철천지원수 같이 생각하는 자신을 집도의로 지목하여 생명을 내맡겼던 것도 당신의 크고 깊은 뜻이었던 것을.

"저는 얼마나 가소로운 인간이었습니까. 그 긴 세월 아무런 말씀도 없으시고…… 그리고 끝내 카데바로 이렇게 떠나신단 말입니까. 스승님, 아아…… 스승님! 왜, 왜 저에게 아무런 말씀도 없으셨단 말입니까. 왜, 왜! 저에게 이토록 무거운 짐을 남겨 주시고 어디로 이렇게 황망히 떠나신단 말씀입니까. 당신께서 투병생활을 하시는 동안 저는 당신을 위해 무엇을 해드렸단 말입니까. 제가 좀 더 수술을 잘 해드렸다면, 제가 좀 더 따뜻하게 보살펴 드렸더라면 더 사실 수도 있으셨을 텐데…… 이 죄를 어찌합니까?"

황 교수의 시신은 흰 시트에 덮인 채 이동침대에 눕혀졌고, 시신을 실은 침대는 덜커덩거리며 병실 복도를 내려가기 시작했다. 그리고 동하와 수많은 교수들이 그 뒤를 따르고 있었다. 그들은 마치 흰옷을 입은 한 무리의 수도승들 같았다.

긴 복도를 지나 황 교수의 시신을 실은 침대는 이제 어두컴컴한 지하의 해부학 실습실로 들어섰다. 실습실 안은 흰 가운을 입은 의과대학과 부속병원의 모든 교수들로 가득 메워졌다.

잠시 시간이 흐른 뒤 교무부장의 사회로 약식 장례식이 시작되었다. 모두가 황유진 교수에 대한 묵념을 한 후 학장이 간단한 인사말을 하고 병원장이 헌화 했다. 이어서 각과 주임교수들이 차례로 헌화를 했다.

알 수 없는 일이었다. 동하는 때로는 원망스럽고, 때로는 무섭고, 때로는 증오했던 당신의 모습이, 이제는 모두 숭고했던 모습으로 깊은 사랑으로 다가오는 것이었다.

악마 교수와

이제 그렇게 당신이 아끼고 사랑하셨던 해부학 실습실과 수많은 카데바들, 그들의 살점 하나까지도 소중히 사랑했고, 그들의 벌어진 입 속에 박혀 있던 낡은 금이빨 하나까지도 연민의 눈으로 바라보며 쓸어 만져주던 당신, 그런 당신께서 이제 스스로 그들과 똑같은 카데바가 되기 위해 해부학 실습실에 누워 계신 것이었다.

동하는 언젠가 본과 1학년 초겨울에 황 교수와 함께 김포의 야산에 갔던 기억이 떠올랐다. 카데바들의 살과 내장 조각들을 묻고 위령제를 지내주기 위해서였다.

봄에 시작한 해부학 실습은 늦가을쯤에 끝이 나는데, 그때쯤이면 뼈는 두개골부터 발가락, 손가락뼈까지 하나도 남김없이 모두 추려내고 그동안 떼어낸 카데바들의 살과 내장은 모두 가마니에 담긴다. 마치 정육점 쓰레기 더미처럼 누가 누구 것인지도 모르게 모두 뒤섞여 있는 것이다. 간이며 심장이며 폐도 떼어낸 것을 또 조각조각 자르고 가르고 난도질한 것들이었다. 그렇게 해서 발라낸 몇 가마니나 되는 그 살과 내장 조각들은 모두 트럭에 실려서 이름 모를 야산으로 향했다.

당시 해부학 교수들과 학생들도 모두 학교 측에서 마련해준 버스로 함께 갔었다. 매년 치러지는 연례행사였다. 버스로 세 시간이 넘게 걸려서 김포의 야산에 도착하니 이미 인부들이 커다랗게 구덩이를 파놓고 기다리고 있었다. 그들은 가마니에 든 카데바들의 내장과 살점 조각들을 가마니 째로 옮겨서 구덩이에 모두 묻고 둥그런 봉분을 만들어 주었다.

황 교수가 먼저 앞에 나와 준비해간 술을 따르고 절을 했다. 해부학 교수들도 절을 했고 학생들은 묵념을 하였다. 그날 티 없이 푸르고 먼 하늘을 바라다보던 황 교수의 처연하던 눈빛을 잊을 수가 없었다. 그리고 그 산에는 그런 봉분이 수도 없이 많이 있었다. 1년에 한 개씩 새로운 봉분이 생기는 것이었다.

그 산은 황 교수의 동창인 개업의사가 해부학 교실에 기증한 야산이었는데, 황 교수는 한식날이면 혼자 그 야산에 가서 벌초도 해주고 제사도 지내주고 한다는 것이었다.

그랬던 황 교수가 이제 앙상한 시신이 되어 그들과 똑같은 길을 함께 가기 위해 탱크 앞에 누워있었다. 실습실 안은 무거운 침묵으로 가득하였다. 침침한 불빛, 음습하고 어두운 공기, 실습 테이블의 번들거리는 스테인리스 섀시, 동물성의 피냄새 같은 것, 그리고 깊이를 알 수 없는 어둠…….

'……아아, 황 교수. 당신, 다시 일어서서 실습실을 돌아다니며 포효할 수는 없는 것인가. 아직 당신이 이룩해야 할 일들이 산더미처럼 많은데, 당신에게 은혜 갚음도 못한 수많은 제자들이 있는데, 그 모든 것 다 떨쳐버리고 어디로 이렇게 황망히 떠나려 하심인가.'

동하는 마음속으로 황 교수에게 외치고 있었다.

김상헌 교수가 나와서 황유진 교수의 유언장을 낭독했다.

"……그동안 부족한 저에게 은혜를 베풀어주신 대학 당국과 교수님들께 진심으로 감사를 드립니다. 아울러 우리 의과대학과 해부학 교실이 더욱 발전해 나가기를 기원합니다. 그리고 저의 퇴직금은 모두 대학 당국에 기부하오니 집안 형편이 어려운 학생들의 장학기금에 보태십시오."

그것이 끝이 아니었다.

"제가 소장하고 있던 해부학 관계 장서와 연구논문, 해부학도감 등의 모든 책을 의과대학 도서관에 기증합니다. 보잘 것 없지만 제가 쓰던 책상이며 의자, 침대도 모두 대학 당국에 기증합니다."

참으로 철저한 당신은 티끌 한 점 남기지 않고 모두에게 내어주신

악마 교수와

후 떠나신 것이었다. 그리고 유언장의 끝부분에는 동하에 대한 얘기도 있었다.

"……생각해 보면 모두 자랑스럽고 훌륭한 제자들이었습니다. 나는 그중 박동하 같은 뛰어난 제자를 만나게 해준 것을 하늘에 감사합니다. 그는 비록 늦기는 했지만, 의과대학 역사 이래 해부학에서 다시없을 최고 점수를 획득하였으며 수석으로 졸업하였습니다. 그의 손놀림은 신기에 가까웠으며, 성실하고 환자에 대한 정성과 사랑도 깊고도 큽니다. 대기만성이라고 했습니다. 박 교수, 그동안 미안했습니다. 나에 대한 서운했던 감정 다 잊으시고 외과학의 발전을 위해 일해 주시기 바랍니다. 세계외과 학계의 심장부에 들어가 외과학계의 거목이 되어 주시기를 간절히 희망 합니다."

끝으로 황 교수는 평생 가지고 다니며 아끼던 지시봉을 박동하 교수에게 물려준다고 씌어 있었다. 유언장 낭독이 끝나자 모든 교수들이 황 교수에 대한 묵념을 올렸다.

드디어 병원장의 지시로 카데바 탱크의 뚜껑이 열리기 시작하였다. 그 옛날 조교였던 유동식 교수가 레버를 돌려 카데바 탱크의 뚜껑을 열었다. 유 교수의 얼굴은 온통 눈물에 젖어 있었다. 곧 거대한 철근 와이어들이 육중한 쇠뚜껑을 들어 올리자 포르말린 냄새가 나기 시작했다.

김상헌 교수와 이찬영 교수, 그리고 유동식 교수가 흰 시트에 싸인 황 교수의 시신을 조심스럽게 들어올렸다. 그리고 탱크에 넣기 직전 잠시 얼굴을 공개했다. 황 교수는 조용히 자고 있는 듯 평안해 보였다.

곧이어 유동식 교수가 숫자가 적힌 나뭇조각이 달린 고리를 황 교수의 앙상한 팔목과 발목에 걸었다. 김상헌 교수와 이찬영 교수가 몇 번이나 망설이다가 황 교수의 시신을 천천히 탱크에 밀어 넣기 시작하였다.

"아, 안 돼! 안 돼!"

동하는 더 이상 참지 못하고 앞으로 뛰어나왔다. 그리고 황 교수를 으스러져라 끌어안고 흐느꼈다.

"못 가십니다……. 아아…… 선생님, 못 가십니다……. 이렇게는 못 가십니다!"

황 교수의 앙상한 팔목에는 5라고 쓰인 나뭇조각 고리가 걸려 있었다. 동하는 황 교수의 팔목을 부여잡고 그 여윈 손마디를 어루만졌다. 당신은 이제 5조의 카데바가 되는 것이다.

"아, 안 돼, 안 돼……! 아, 선생님, 황유진 교수님! 아, 선생님, 정말로 이렇게 떠나보내 드려야 한단 말입니까! 못 가십니다, 못 가십니다. 선생님, 정말 이렇게 가실 수는 없습니다. 어떻게 우리가 감히 교수님의 육신을 또 갈가리 찢어버릴 수가 있단 말입니까. 그 크나큰 아픔을 또 어떻게 감당 하신단 말입니까……."

병원장과 학장이 몸부림치는 동하를 부축해 일으켜 세웠다.

"박 교수, 진정하시오. 이것은 교수님의 뜻이요. 우리로서는 어길 수가 없는 높으신 뜻이오."

"열심히 하겠습니다……, 스승님. 이 박동하……, 정말로, 열심히 하겠습니다."

동하는 바닥에 무릎을 꿇었다.

이윽고 앙상한 황 교수의 시신은 포르말린 탱크 속에 안장되고, 다시 육중한 철문이 서서히 닫히기 시작하더니 덜컹 소리와 함께 굳게 잠겨 버리고 말았다. 당신은 그렇게 영원한 침묵의 세계로 떠나가신 것이었다.

다음날, 세미나실에 황 교수의 분향소가 설치되었고, 많은 사람들이 찾아와 애도하였다.

그 후 황 교수의 시신은 1년 후에 탱크에서 꺼내져 다른 카데바들과

악마 교수와

똑같이 해부학 실습용으로 쓰였다. 떼어낸 내장과 살점들은 다른 카데바들에서 떼어낸 것들과 똑같이 섞여서 가마니에 담겨졌고, 뼈도 모두 추려내었다.

황 교수는 자신의 뼈도 골학 실습용으로 쓰라고 했지만 해부학 교실에서는 차마 그렇게는 하지 못하고 뼈도 함께 묻기로 하였다. 당신의 뼈까지 골학 실습용 표본으로 굴러다니게 할 수는 없었기 때문이었다. 그리하여 황 교수의 뼈는 분쇄하여 태운 후 다른 카데바들의 떼어낸 내장과 근육이 섞인 가마니마다 뿌렸다.

그리고 이미 조각내어 해부한 황 교수의 심장은 따로 추려내어 봉합한 뒤, 정원에 서 있는 히포크라테스 흉상 앞의 잔디밭을 깊게 파고 묻었다. 비록 그것이 당신의 뜻은 아니었으나, 해부학 교수들의 제의에 따라 교수회의의 의결을 거쳐 결정된 사항이었다.

당신은 결코 그런 일을 진정 고마워하거나 바라지 않았겠지만, 그렇게라도 하지 않고서는 후학들의 죄스럽고 안타까운 마음을 가눌 수가 없었던 것이다. 아니, 그보다 황 교수 당신의 체온 한 자락이라도 이 캠퍼스에 남겨두고 싶은 후학들의 마음이었다.

카데바들이 떠나는 날 아침, 교정에는 몇 대의 트럭과 학생들을 태우고 갈 버스가 대기하고 있었다. 카데바들에게서 떼어낸 내장 조각과 살점들이 가득가득 담긴 가마니들이 나뉘어서 트럭에 실렸다. 그리고 살점을 발라낸 뼈들이 자루에 담겨 골학 준비실로 옮겨졌다.

히포크라테스 흉상 앞에는 학장과 병원장을 비롯한 해부학 교수들과 기초의학 교수들, 그리고 임상 교수들과 의대생들이 도열해 있었다. 그것이 당신의 뜻이 아니었으므로 공식 행사는 생략하고 조촐한 기념식만 올리기로 한 것이다.

해부학 교수들과 의대생들이 흉상 앞의 잔디밭을 깊게 파내자 소독포에 쌓인 황 교수의 심장이 유동식 교수에게 인계되었다. 그리고 심장을 땅 속에 깊이 묻은 뒤 그 위를 흙과 잔디로 덮었다. 곧이어 모두 묵념을 하고 학장이 조사를 하였다. 학장은 조사에서 그렇게 말했다.

"여러분, 오늘 우리는 이곳에 존경하는 스승 황유진 교수님의 심장을 묻었습니다. 하지만 이것은 단순한 심장이 아닙니다. 황 교수님의 정신을 묻은 것입니다. 숭고한 씨앗을 묻은 것입니다. 이제 이 씨앗은 싹을 틔우고 자라나 우리 대학을 푸르게 뒤덮을 것입니다.

비록 고인이 되셨지만 당신은 살아 있는 히포크라테스 흉상으로 후학들의 가슴속에 남아 있으며 날마다 새로운 태양으로 떠올라 인술의 길을 환하게 비추어 주실 것입니다. 황 교수님의 심장은 우리 의과대학의 동력이 되어 힘차게 맥박 치며 우리 대학을 이끌어 주실 것입니다."

그리고 트럭과 버스가 김포의 야산으로 떠났다. 서릿발처럼 매섭던 스승은 그렇게 떠났다. 모든 카데바들을 당신의 크나큰 품으로 끌어안고 떠나신 것이었다.

물론 아무런 비석도 세워지지 않았다.

악마 교수와

황 교수가

작고한 후 동하는 한동안 깊은 실의와 슬픔에 잠겨 있었다. 그러나 곧 다시 일어서서 황 교수의 깊은 뜻을 가슴에 새기며 전진하였다.

그렇게 세월은 또 흘러가고 있었다. 동하는 이제 국내외에서 가장 유능한 외과의사로 자리 매김을 해 나가고 있었다. 환자들의 신망도 두터워 환자들은 인산인해를 이루었다.

그는 후진 교육에도 철저하였다. 늘 황유진 교수의 유품인 지시봉을 허리에 끼고 다니면서 황유진 교수 뺨치게 성적 관리가 엄격한 것은 물론이요, 점수가 짜기로 유명하였다. 그리고 인턴, 레지던트 등의 전공의들을 얼마나 혹독하게 교육시키는지 전공의들이 견디다 못해 외과를 포기하고 다른 과로 옮겨가거나 아예 그만두고 다른 병원으로 가버리는 사람들도 속출했다.

그만큼 그는 전공의들을 무섭게 들볶아 댔으며 "외과의사의 조그만 실수도 환자에게는 치명적일 수 있다."며 늘 확실하고 정확하고 철저하게 할 것을 강조하였다. 그리고 "실력이 없고 공부하지 않는 것은 의사의 죄악"이라며 끊임없이 공부하도록 질타하였다.

동하가 수술실에 들어오면 어떻게나 철저하고 무서운 사람으로 돌변하는지, 일단 그가 수술장에 모습을 나타내면 모든 스태프들과 보조자들과 간호사들은 초긴장 상태로 돌입하곤 했다. 그리하여 사람들은 그를 가리켜 "황유진 교수가 부활했다"고 말했고, 아예 '황동하' 교수라고 부르기까지 했다.

동하는 수술에 있어서도 가히 타의 추종을 불허했으니, 수술실에서 수술기구보다 손가락을 더 많이 쓰고 손가락으로 모든 수술을 능수능란하게 해내는 것으로 유명 했다. 특히 새로운 수술도 두려워하지 않고 모험적인 수술도 과감하게 감행하여 모두 성공시켜 나갔다.

박동하는 모든 수술에 앞서 자신만의 독특한 의식 두 가지를 행하였다. 우선은 수술에 들어가기 전 연구실에서 미카엘라 수녀가 준 십자가 목걸이를 받쳐 들고 수술이 잘 되게 하여 줄 것을 기도하였다. 그리고 집도의 대기실에서 수술복으로 갈아입고 조용히 마음을 정리하였다.

그런 다음에는 황 교수께서 내려주신 황금 메스를 두 손바닥으로 받쳐 들고 환자의 이름과 수술명을 외치며 수술이 잘 되게 해달라고 기도한 후 수술실로 들어갔다. 이후 박동하의 수술에 실패라고는 없었다.

동하의 뛰어난 술기와 의학적 실력은 이제 만인에게 '신의 손'이라는 별명으로 불릴 만큼 유명해졌다. 그리하여 동하는 미국외과학회가 선정하는 세계적으로 가장 촉망받는 젊은 외과의사 10인에 선정되었다. 동양권에서는 그가 유일하게 선정된 것이었다. 그 결과 외국의 저명인사들이나 총리 수상 등이 수술을 받기 위해 동하를 찾아오거나 동하를 초청하여 수술을 받기도 하였다.

그리하여 박동하 교수는 한국 정부로부터 대통령 외과 주치의로 임명받았고, 미국정부로부터 백악관 외과 자문의로도 위촉되어 양국 대통령을 직접 접견하고 임명장을 받았다. 모두 자신과 대학의 영광이었다.

그리고 얼마 후 동하는 미국 하버드 대학교의 초청을 받아 그곳 외과 교수로 가기로 결정하고 모교에 사직서를 제출했다. 동하가 하버드 의과대학으로 가기로 결정한 데는 황 교수의 유지가 큰 역할을 하였다.

그런데 동하는 곧바로 미국으로 떠나지 않고, 하버드 대학교에 교수

악마 교수와

임용을 3개월간 연기해 달라고 요청했다. 지난날 유니세프와 약속했던 의료봉사 기간을 마저 채우기 위해서였다. 하버드 대학 측도 동하의 뜻을 흔쾌히 받아들여 주었다.

봉사지역을 지원하기 전 동하는 왠지 가슴이 두근거리고 긴장되었다. 미카엘라가 있는 곳으로 가고 싶었다. 동하는 잊어야 한다고 그토록 마음을 다져왔고 억지로 잊으려 했던 그녀에 대한 그리움이 다시 부풀어 오르는 것을 느꼈다.

동하는 조심스럽게 유니세프와 수도회를 통해 그녀의 근황을 알아보았다. 그런데 뜻밖에도 그녀가 미국 방문 건으로 문책을 당하여 수도회에 돌아가지 못하게 되었으며 캄보디아를 떠난 지도 오래 되었다는 소식이 들려왔다. 동하는 아차 싶었고 놀랍기도 하였다.

'그렇다면 그때 나한테 온 일 때문에. 그런데 왜 그동안 나에게 아무런 연락도 없었단 말인가.'

그녀는 수도회를 떠난 이후에도 다시 유니세프의 직원 신분으로 수도회와 국제기아대책기구가 공동으로 하고 있는 사업에 여전히 참여하고 있으며, 지금은 필리핀의 로하스 지역에서 일하고 있다는 것이었다.

"그런데 말이야, 수아 씨가 지금 아프다네."

"예? 뭐라구요?"

미카엘라 수녀의 근황을 알아보고 들려준 남형의 말에, 동하가 깜짝 놀라 되물었다.

"자세한 근황은 잘 모르겠는데 유니세프 관계자의 말이, 풍토병에 걸려서 입원해 있다가 지금은 회복되고 있다는 소식이야. 열악한 곳에서 일하다 보니 그랬겠지."

"어떻게 그런 일이!"

동하는 한동안 말을 잇지 못했다. 존스홉킨스 대학병원에서 그녀를 그냥 보내는 것이 아니었다는 깊은 후회가 밀려왔다. 남형이 말했다.

"뭘 망설이나? 이 사람아 지금 당장 필리핀으로 지원해서 가게. 자네로 인해 문책을 받은 사람이고, 자네한테는 생명을 두 번씩이나 구해준 수호천사가 아닌가."

남형이 조금 망설이다가 다시 말했다.

"……그리고 박 교수, 자네가 말 안 해도 평생 수아 씨 한 사람만 쳐다보고 살았다는 거 알아. 옛날 일이라 말하지만, 나도 한때 수아 씨를 좋아 했었거든. 나는 보았네. 자네를 향한 수아 씨의 사랑을. 수아 씨한테도 자네는 모든 사랑이고 삶의 전부야. 많이 늦었지만 이제라도 수아 씨와 결혼하여 함께 하게."

그랬다. 그곳에 가면 이제 동하는 마지막으로 수아에게 청혼할 생각이었다. 그리하여 박동하 교수는 대학에 사직서를 제출하였다.

그가 떠나는 날 아침, 의과대학 캠퍼스에는 동행할 유니세프의 관계자들이 나와 있었고, 대학총장과 학장, 병원장 등 수많은 사람들이 나와서 떠나는 그를 환송해 주었다.

"박 교수님, 아쉽습니다. 우리 대학에 계속 계셔 주셨으면 했는데 고래를 수용하기엔 우리 대학이 너무 작은 것 같습니다. 더 큰 바다로 나가십시오."

병원장은 아쉬움을 감추지 못하였다.

"무슨 과분한 말씀이십니까. 어디를 가든 모교를 잊겠습니까."

"아닙니다. 이제 박 교수님은 공인이십니다. 우리 대학과 외과학계의 상징적인 인물이 되셨습니다. 이제 박 교수님으로 인하여 우리 대학이 더욱 빛나고 있습니다."

"무슨 과찬의 말씀이십니까. 듣기에 송구스럽습니다."

"아닙니다. 사실이 그렇습니다."

악마 교수와

"박 교수님은 무한히 뻗어나갈 우리 의료계의 원동력이십니다."

학장과 병원장은 그렇게 박 교수를 격려해 주었다. 또한 그 시절 해부학 교실 조교였던 유동식 교수를 비롯해 모든 교수들이 나와서 박동하 교수의 장도를 축하해 주었다. 그리고 잊을 수 없는 생화학의 박윤식 교수, 처음 자신을 강의실에서 쫓아냈던 박 교수는 정년퇴임 후에 고령에도 불구하고 명예 교수로 대학원에 가끔 출강하고 계셨다.

"축하합니다. 박 교수, 큰 의학자가 되십시오."

박윤식 교수는 이제 뛰어난 외과 의사가 되었으며, 앞으로도 무한하게 장래가 촉망되는 박동하 교수에게 경의를 표하며 축하해 주었다.

"교수님, 이렇게 나오셨습니까. 감사합니다. 건강하십시오."

동하는 연로한 박윤식 교수의 두 손을 잡고 감사의 인사를 드렸다. 삼총사 친구들도 나와서 축하해 주었다.

"마, 박 교수는 우리 친구지만 정말로 존경한대이."

"마, 박 교수는 에베레스트 산처럼 우뚝 솟아 버렸는기라."

"황 교수님께서도 기뻐 하시겠지라."

"그래, 그러니까 이노마가 의과대학의 전설이 된 기라."

"박 교수 결혼식은 어데서 하노? 필리핀서 하나, 미국서 하나. 멀다고 연락 안 하면 안 된데이."

"그래라, 우리가 다 몰려갈 것인께."

"아니, 이리로 와서 우리 대학교 강당에서 해라."

"그래, 그게 좋겠다. 마 크게 하재이."

그렇게 모든 것을 정리한 후 박동하는 마지막으로 홀로 캠퍼스에 서 있는 히포크라테스 흉상 앞에 가서 기도를 올렸다. 황 교수의 심장이 묻혀 있는 곳이었다. 그 옛날, 자신이 퇴학당한 후 해머로 찍어대던 흉상이었다.

이제 세월의 흐름 속에 흉상의 청동색 빛깔도 빛바래가고 여기저기 마모되어 가고 있었지만 그 모습은 그대로였다. 박동하는 흉상 앞에 두 번 절하고 일어서서 묵념을 하였다.

자신의 긴 그림자를 끌고 있는 강철 같은 그의 두 어깨는 생명의 수호신처럼 견고하고 든든해 보였다. 그렇게 박동하는 대학을 떠나 필리핀으로 향했다.

그리고 3개월이 지난 어느 날, 의대학장 앞으로 한 통의 우편물이 배달되었다. 미국에서 박동하 교수가 보낸 것이었다. 학장은 반가운 마음으로 편지를 뜯어보았다.

박 교수의 편지에는 그동안 자신을 키워준 대학 당국에 대한 감사의 인사와 함께 자신의 퇴직금은 모두 가정 형편이 어려운 학생들의 장학금에 보태어 달라고 쓰여 있었다. 그리고 자신의 심경을 토로하며 자신이 가야 할 길에 대해서 적고 있었다.

"……생각해 보면 황유진 교수님은 저에게 있어서 평생을 두고 넘어야 할 거대한 산과 같은 존재였습니다. 이제 황 교수님의 가르침에 조금이라도 보답하는 길은 의학도로서 최후까지 당신의 뜻을 따르고 당신께서 가신 길을 함께 가는 것이라고 생각합니다. 최선을 다해 의학의 발전과 고통 받는 환자들을 위해 노력하겠습니다. 그리고 훗날 사후에 저도 시신을 해부학 교실에 카데바로 기증할 것을 약속드리며, 여기 기증서약서를 동봉 합니다. 다른 카데바들과 똑같이 쓰시기 바랍니다."

학장은 묵묵히 박 교수의 편지를 다 읽어 보았다. 그리고 일어서서 창가로 다가갔다. 멀리 히포크라테스 흉상이 내려다 보였다. 두 사람의 거인이 떠난 대학이 갑자기 허전하고 쓸쓸하게 느껴졌다.

박동하 교수의 지나온 내력과 미카엘라 수녀와의 관계도 잘 알고 있는 학장은 안경을 벗고 눈가를 문질렀다. 학장은 다시 자리로 돌아와 앉

악마 교수와

으며 의학도의 가야 할 길을 생각해 보았다. 그리고 박동하 교수의 기증서를 총장에게 보고하기 위해 따로 철해 놓으며 창문 너머로 먼 하늘을 바라보았다.

"저는 그곳에서 보았습니다. 미카엘라 수녀님은 예전처럼 그곳 난민들을 돌보고 있었으며 마치 천사 같은 모습이었습니다. 여전히 그런 그녀의 아름다운 자태를 바라보며, 비록 늦기는 했지만 그녀와 사랑의 꿈을 이루고 행복한 결혼생활을 할 생각에 한없이 마음이 부풀었습니다. 그리하여 그녀에게 마지막으로 청혼하였습니다. 그리고 그녀의 대답을 기다렸습니다.

그러던 어느 날 성당에서 홀로 조용히 기도하고 계신 수녀님을 보았습니다. 저 높이 십자가에 매달리신 예수님 앞에서 무릎 꿇고 기도하고 있는 그녀의 모습을 보았을 때 저는 한없는 평화를 느꼈습니다. 그리고 무언가 알 수 없는 힘이 저를 가로막고 있다는 것을 느꼈습니다.

마침내 수녀님은 저와 결혼할 수 없다고 말씀하셨습니다. 더구나 수녀님께서는 징계기간이 끝나 수도회에 다시 입회하시었으며 종신서원을 앞두고 있었습니다.

그녀는 더 큰 뜻을 가지고 더 많은 사람들을 위하여 나아가는 수도자였습니다. 저 같은 것과는 비교가 안 되는 더 큰 의사인 것이었습니다.

그리고 모든 사람의 빛이었습니다. 그녀의 미소와 그녀의 손길과 그녀의 눈빛은 수많은 사람들을 변화시키고 그들에게 힘을 줄 것입니다. 그녀는 성자의 길을 가고 있는 것입니다.

그녀는 그녀의 이름 그대로 미카엘라 대천사가 될 것입니다. 하느님은 미카엘라 수녀님께 한없는 힘을 부어 주실 것입니다.

지금까지 이 박동하, 비록 패배는 하였지만 누구에게도 무엇에도 무릎을 꿇어본 적은 없었습니다. 하지만 수녀님 가시는 길에 저는 무릎을 꿇었습니다. 누구보다도 뜨겁게 그녀를 사랑하고 있습니다. 그리하여 그녀를 보내 드리기로 하였습니다.

수녀님은 제 손을 잡고 하염없이 눈물만 흘리셨습니다. 저는 수녀님을 꼭 안아 드렸습니다.

수녀님은 제게 꼭 결혼할 것을 신신당부 하셨습니다. 그것이 수녀님의 뜻이라고 말씀하셨습니다.

수녀님은 당신을 잊으라고 말씀 하셨습니다. 그리고 제가 좋은 사람을 만나 결혼할 때까지 기도하고 기도 하시겠다고 하셨습니다.

그렇게 저는 미국으로 돌아왔습니다. 수녀님의 뜻을 생각해 보겠습니다. 그것이 사랑이라면 마음이 아프고 힘들겠지만 수녀님과의 결혼을 잊기로 하겠습니다.

그리고 저는 독신으로 살아갈 것입니다. 비록 함께 있지는 못하지만 미카엘라 수녀님은 황유진 교수님과 함께 언제나 제마음속에 함께 계실 것입니다.

이 박동하, 끝까지 약해지지 않을 것입니다. 그리고 최선을 다해 외과학의 발전과 소외되고 힘없는 이웃들을 위하여 헌신할 것입니다.

미카엘라 수녀님의 사랑과 황유진 교수님의 큰 뜻을 가슴에 새기며……."

(끝)

다시 빠삐용을 생각하며…

아주 오래 전이다. ㄷ시의 변두리 극장에서 영화 빠삐용을 보았다.

억울하게 감옥에 갇혀 탈출에 대한 신념 하나로 벌레까지 잡아먹으며 생존한 빠삐용(불어로 나비 라는뜻).

그는 가슴에 새겨진 나비문신이 있다.

대서양의 프랑스령 기아나, 버려진 섬 생조제프 격리소 독방 지하 감방.

인간 이하의 극단적이고 야만적인 탄압.

끝없는 탈출시도, 8번에 걸친 탈출 시도와 실패.

마침내 백발을 휘날리며 야자수 꾸러미를 절벽 아래 바다에 던지고 바다로 뛰어내려 탈출하는 빠삐용.

작가 앙리 샤리에르, 감독 프랭클린 제이 샤프너, 주연 스티브 멕퀸, 더스틴 호프만, 그 모든 스텝들에게 나는 진심으로 머리 숙여 감사한다.

너는 죄가 있다. 인생을 낭비한 죄.

"나는 자유다. 이놈들아! 난 이렇게 살아남았다."

악마 교수와

마침내 영화가 끝나는 벨이 울리고 사람들이 의자를 덜그럭 거리며 일어설 때, 3류 극장의 어둠속에서 나는 한동안 몸이 굳은 듯 움직일 수가 없었다.

　혼자 울고 있었다.

　절대로 살아서는 나오지 못한다는 악마의 섬도 끝내 빠삐용의 신념을 굴복시키지 못하였다.

　신념은 모든 것을 이룰 수 있나니.

　그날 이후 빠삐용은 내 마음속에 들어와 신이 되었다.

　그때도,

　지금도,

　죽을 때까지……

악마 교수와 전설의 의대생

김명주 지음

발 행 처 · 도서출판 청어
발 행 인 · 이영철
영   업 · 이동호
홍   보 · 천성래
기   획 · 남기환
편   집 · 방세화
디 자 인 · 이수빈 | 김영은
제작이사 · 공병한
인   쇄 · 두리터

등   록 · 1999년 5월 3일
(제321-3210002510019990000063호)

1판 1쇄 발행 · 2020년 11월 30일

주   소 · 서울특별시 서초구 남부순환로 364길 8-15 동일빌딩 2층
대표전화 · 02-586-0477
팩시밀리 · 0303-0942-0478

홈페이지 · www.chungeobook.com
E-mail · ppi20@hanmail.net
I S B N · 979-11-5860-907-8(03810)

이 책의 저작권은 저자와 도서출판 청어에 있습니다.
무단 전재 및 복제를 금합니다.

이 도서의 국립중앙도서관 출판시도서목록(CIP)은 서지정보유통지원시스템 홈페이지
(http://seoji.nl.go.kr)와 국가자료공동목록시스템(http://www.nl.go.kr/kolisnet)에서 이용
하실 수 있습니다.(CIP제어번호: CIP2020043889)